LA GUERRE DES VENTS

LES SEPT ÎLES

TOME SIX

A.R. KNIGHT

1

LA PIERRE DES ÂMES

Wax craignait de ne jamais s'habituer aux voix dans sa tête, et voilà qu'il en avait une nouvelle.

Le skar de Tamas brillait dans son coin inférieur gauche, sa chaleur ne traversant pas l'épaisse tunique de Tamas que Wax portait pour la cérémonie. Le spectacle. La représentation. Il était difficile de jauger ce que la foule pensait de tout cela, leurs expressions, assis dans le même théâtre où la tentative de gravure d'Eujo avait été évitée de justesse la veille, mêlaient perplexité et ennui.

— Félicitations, dit l'homme masqué qui avait remis le skar, le même qui avait annoncé le sort d'Eujo.

Il était le seul partenaire de Wax sur la scène par ailleurs vide, l'échange marqué par quelques musiciens faibles dans une fosse proche, grattant leurs instruments. Les Gardiens d'Eujo et de Wax, la bandite Torny et la sœur de Wax, Bliss, étaient devant, attendant que la pompe se termine pour qu'ils puissent se diriger vers les quais et quitter cette maudite île.

Tamas n'avait pas vraiment été un plaisir, et, lorsque

l'homme masqué, ses robes cramoisies froissées, se pencha, Wax s'attendait à ce que les problèmes continuent.

— Partez vite, chuchota l'homme, tendant un bras pour faire sortir Wax de la scène. Des excuses non dites teintaient son ton plein de remords. Normalement, il y aurait une cérémonie plus grandiose pour cela. Une pièce de théâtre, des honneurs, un festin, et beaucoup, beaucoup plus de boisson.

— Mais ? demanda Wax lorsque l'homme se tut, répondant à l'indice.

— Ce sont les Najahn. Ils deviennent agressifs. Ce skar que vous portez maintenant ? C'est le mien. Ils ont refusé de nous laisser en rassembler d'autres.

— Vous me donnez votre propre-

Alors que les rideaux se fermaient autour d'eux, l'homme masqué ricana :

— J'en aurai un autre. Ce qui importe, c'est que nous respections la tradition. Vous avez joué votre rôle, vous méritez la récompense. Maintenant, partez.

Wax n'avait pas besoin de demander pourquoi l'homme semblait encore nerveux. Les Najahn ne voulaient pas seulement garder les skars, ils voulaient prendre les pierres à quiconque les possédait. Ils sauraient maintenant que Wax et Eujo étaient présents dans la capitale de Tamas, et leurs sbires violets et noirs seraient probablement en route.

En fait, l'homme masqué avait peut-être refilé le skar de Tamas à Wax juste pour éviter d'avoir des ennuis lui-même. Pratique.

Si Wax avait voulu confronter les Tamas à ce sujet, cependant, le moment était passé : un regard en coulisse ne révéla que des travailleurs s'affairant, préparant le théâtre pour un spectacle ultérieur, heureusement libre de Renouvellements, de skars et du sort du monde.

Torny, bandite et la mieux habillée de leur groupe, dans des verts et bleus soyeux et duveteux, siffla lorsque Wax s'approcha et souleva son collier. Le skar de Tamas faisait son travail, scintillant, même si, dans son esprit, Wax entendait la pierre chuchoter en même temps que l'approbation de son amie. Moins en mots réels, plus en impressions et en charabia aromatisé, les skars étaient des atouts imparfaits. Capables de miracles, capables de destruction massive, Wax s'était néanmoins habitué à leur bavardage constant.

Comme être de retour chez lui, dans le bouillonnant Kitaye.

La contrepartie de la bandite, Bliss, se tenait à proximité, travaillant sur un nouveau bâton avec une lame de sculpture. Chaque coup de couteau écartait des bandes pour les remplacer par des bandes de fer, une technique qu'elle avait apprise sur Foti, l'île de feu. Trop de têtes dures parmi leurs ennemis, signa Bliss, et elle ne voulait pas que son bâton se brise en plein combat.

Une tête loin d'être la plus dure se tenait près de la tête du chariot, observant les foules errantes de Tamas vaquer à leurs occupations par cette journée fraîche, mais pas froide. Livier, assassin de Kance et ancien ennemi, gardait une main près de sa rapière et l'autre sur le chariot lui-même, aidant à maintenir l'homme debout. Malgré avoir reçu des skars de Vis d'Eujo et de Wax, l'homme prenait son temps pour se remettre d'une bagarre enflammée quelques semaines plus tôt. Non que Wax s'en soucie : un Livier compromis était un Livier qu'il n'avait pas besoin de craindre.

Du moins, pas trop.

— Comment ça fait ? demanda Torny, après son sifflement. Vous êtes à égalité maintenant.

— À égalité ? dit Eujo, la Reine de Kance qui en avait l'allure, assise sur les sacs empilés du chariot, buvant quelque chose dans une tasse en terre cuite. Il va gagner. Je n'aurai jamais de skar de Tamas maintenant.

— Sauf si je le vole pour toi, dit Torny.

— Je croyais que tu étais ma Gardienne ? demanda Wax, s'approchant du chariot et glissant le collier sous sa chemise.

— C'est une Reine, Wax. Je dois suivre le pouvoir.

« Elle marque un point », signa Bliss, levant les yeux de son travail sur le métal. « Il n'y a plus de Renouvellement. Eujo est réelle. »

— Je suis bien réel, protesta Wax. J'ai juste besoin de Kance et de Noctia, et ensuite...

Il s'interrompit, un trait trop courant lorsque ce sujet était abordé. Torny et Bliss ne le poussèrent pas là-dessus, car ils savaient aussi bien que Wax que tout ce qui suivait les sept skars était au mieux flou. Obtenir un skar de Noctia semblait de toute façon impossible : l'île entière était passée de paisible observatrice des îles à une force maraudeuse, tentant de tout contrôler par leurs vouges et leurs soldats en armure.

Et même s'il parvenait à obtenir les sept, que se passerait-il ensuite ? Il avait promis à Pan d'obtenir les pierres, et cette promesse avait suffi à faire avancer Wax, mais dans quel but ?

Une question dont il pouvait reporter la réponse jusqu'à ce qu'il ait tous les skars, peut-être, mais qui se faisait de plus en plus pressante néanmoins.

— Nous devrions y aller, ma reine, dit Livier, maintenant que le Vis est de retour. Votre navire devrait bientôt arriver au port.

— Alors partons, répondit Eujo, levant les yeux du court

message griffonné à côté de sa tasse. Je déteste cet endroit de toute façon.

Cette note, urgente, était celle qui nommait Eujo seule Reine de Kance et demandait son retour immédiat. Elle l'avait fixée pendant la majeure partie de la journée précédente. Wax aimerait dire qu'il pouvait comprendre pourquoi, mais la promesse mourante de Pan était ce qui s'approchait le plus d'un véritable destin pour lui. Néanmoins, il grimpa sur le chariot et s'assit à côté d'Eujo, sa main trouvant la sienne, une étreinte rendue.

Ce que cela signifiait, ce à quoi ces doigts entrelacés faisaient allusion, restait encore inconnu. La nuit dernière avait été consacrée à de longues conversations avec Livier, la Reine se mettant à jour sur ce qu'était devenu Kance, sur ce à quoi elle devait s'attendre. Wax, apaisé par la bière, avait dormi.

Le skar Tamas essaya de lire l'humeur d'Eujo, murmurant par-dessus les autres pierres, mais Wax le repoussa. Comme choisir de ne pas écouter une conversation ou d'ignorer un estomac qui gargouille. Il s'en remettrait aux bons vieux sourires, aux touchers et aux petites rides autour de ses yeux tandis qu'Eujo soutenait son regard un long moment avant de revenir à la note, à sa tasse — du thé noir — et à ce que cela signifiait pour aujourd'hui, demain et au-delà.

Bliss rejoignit Livier sur le banc du conducteur de la charrette, le seul poney tacheté de soleil attelé et prêt à les tirer vers le quai. Torny, comme elle le préférait, prit sa propre place à l'arrière de la charrette, fredonnant un air tout en lançant une carotte dure entre deux bouchées.

Le port de Tamas bourdonnait avec le lent déclin de l'hiver. Les tonneaux de bière fraîche dominaient, bien que les vins et autres aliments ajoutaient juste assez de variété pour garder les choses intéressantes. De lourds galions reposaient près des quais, récemment remis à l'eau après leur hivernage à sec. Les voyages commerciaux vers le sud allaient bientôt commencer, à en croire le vacarme, et les belles journées comme celle-ci offraient une bonne occasion de prendre de l'avance.

Ce que Wax ne voyait pas au milieu de l'agitation du port, c'était le *Storm's Edge*, le navire personnel d'Eujo commandé par l'inimitable Deux. Ils avaient fait leurs derniers adieux avortés au navire sur la côte sud de Whent, s'enfuyant à la faveur de la nuit après que Wax eut, eh bien, immolé un domaine. Wax grimaça à ce souvenir, un rappel que les skars n'étaient guère des serviteurs prêts à obéir à ses ordres. Plutôt comme des amis sauvages, disposés à écouter puis à prendre les choses en main.

— Nous sommes en avance, dit Livier tandis que Bliss guidait la charrette vers un espace libre devant un entrepôt du quai.

— Ou Deux est en retard, répondit Eujo.

Leur entourage attira une légère attention, principalement des autres charrettes et porteurs qui devaient les contourner. Autrement, le port était assez animé pour garder Wax et ses amis au bas des préoccupations de quiconque. L'anonymat leur convenait bien, et Wax resta dans la charrette, observant l'horizon, pendant qu'Eujo et Livier plaisantaient sur la ponctualité de Deux.

— Les Najahn auraient pu le trouver, dit Livier. Nous devrions nous éclipser, Eujo. Trouver un trou de marin où se cacher jusqu'à l'arrivée de Deux.

— Il nous trahira dès qu'il se montrera, rétorqua Eujo. Si les Najahn nous chassent vraiment, alors nous devrons embarquer le plus vite possible. Boire de la bière dans une taverne sombre n'aidera pas à cela.

— Je ne pense pas que ça va marcher de toute façon, dit Torny, descendant de l'arrière de la charrette et brandissant le poignard vers le quai. Je devine qu'on va bientôt se faire remarquer.

Un galion portant le drapeau rouge et orange de Foti glissait vers la mer, poussé par des dockers avec de longues perches. Alors que l'énorme vaisseau se déplaçait, sa masse révéla une frégate pourpre et noire dans l'emplacement suivant. Des soldats Najahn, armés et en armure, se tenaient à proximité, montant la garde. Les voiles du navire étaient ferlées, des caisses de provisions étaient disposées le long de son quai choisi. Se rechargeant pour un voyage.

Peut-être, alors, pas chargés de trouver Wax, Eujo et leurs skars.

— Alors viens de ce côté de la charrette, lança Livier. Ne reste pas à découvert.

Torny rit. — Quoi, tu penses qu'ils nous connaissent de vue ? Ils ont de superbes dessins de Wax sous la main ?

Le sarcasme de la bandit, cependant, se flétrit rapidement alors que leur quintette se formait près du poney. Un nouveau bruit de quai s'approchait : des jurons collectifs et les raclements, les chocs de marchandises en mouvement. Wax regarda vers le nord, dans la même direction que leur poney et à l'opposé du navire Najahn, pour voir un contingent pourpre et noir se diriger vers eux. Le groupe ne portait pas de voulges — les lances courbes étaient difficiles à cacher — et arborait des robes, pas des armures, ressemblant moins à des soldats et plus à des érudits. Des sacs et des sacoches bien remplis pendaient lourdement dans le groupe.

— Ils partent ? demanda Eujo à l'air. Pourquoi ?

— Noctia veut les skars, répondit Torny. Je parie que c'est un groupe de Tamas.

Les érudits passèrent, apparemment inconscients, jusqu'à ce qu'une paire ralentisse, leurs yeux tombant non pas sur Wax, ni sur Eujo, mais sur le tueur de Kance à côté d'eux.

Livier marmonna un juron unique, qui fit rougir Eujo.

— Voilà une étrange coïncidence, dit le premier érudit, une femme plus âgée avec plus d'une marque sur le visage. Alors qu'elle parlait, le reste des érudits ralentit, se retourna, posant près de deux douzaines de regards sur leur groupe. La dernière fois que je vous ai vu, vous fouiniez dans notre bibliothèque à Noctia. À la recherche d'informations sur Whent et sa Faille Dorée. Maintenant vous êtes ici. L'érudit évalua Livier, jaugeant son apparence claudicante. Avez-vous trouvé ce que vous cherchiez ?

— En effet, dit Livier, offrant une légère révérence. Votre aide a été très précieuse.

— Alors ils sont morts, n'est-ce pas ? Les traîtres ? L'érudit laissa son regard dériver vers Wax et les autres. Vous aviez dit qu'ils avaient commis une offense grave contre Kance. Vous étiez si en colère, et votre main... L'érudit hocha la tête vers les marques sur la paume de Livier, causées par Wax et sa mortelle fourchette de dîner. Au moins, ça a guéri.

Livier commença à répondre, et Wax aurait écouté si ce n'était un léger tapotement sur son bras gauche. Bliss, partiellement cachée derrière la charrette. Elle inclina la tête vers le sud, le long du quai.

Courant vers eux, leurs sacoches abandonnées, se trouvaient deux érudits Najahn. Quand ils commencèrent à crier, Wax n'eut pas besoin de deviner leurs mots.

Il espérait seulement que Deux ne serait pas trop en retard.

2

LE PALAIS CÉLESTE

Kance s'étendait en contrebas, ses nombreuses flèches et leurs ramifications formant une toile enchevêtrée que Quik commençait à peine à comprendre. Une soirée et maintenant une matinée, et une tardive de surcroît, à en juger par la lumière du soleil qui filtrait tout autour de lui. Quik dut réprimer un frisson, voire un cri, en se retournant sous la fine couverture et le petit oreiller.

Même en hiver, on l'avait prévenu, les nids deviendraient chauds.

Le verre moulé formait l'enceinte, à l'exception des marches et de la petite porte circulaire à la droite de Quik. Deux anneaux de métal bronzé maintenaient le conteneur de verre en place, l'attachant au Palais Céleste, un nom banal qui transmettait néanmoins exactement où se trouvait Quik. Invités des deux Reines, l'une qu'ils avaient laissée mourir et l'autre... perdue ?

Quik se frotta les yeux, cligna des paupières face aux planeurs, aux lianes végétales, aux oiseaux qui emplissaient l'air en dessous, autour et au-dessus de lui. Les besoins habituels — nourriture, boisson, un endroit pour les évacuer — se firent sentir.

Où pouvait bien être son frère en ce moment ? Le dernier rapport des Najahn les situait sur Whent, fuyant vers l'est, mais cela remontait à un certain temps. Quik n'avait pas eu beaucoup d'occasions d'obtenir des informations après cela, avec la rébellion de Gladdring.

Ce qui laissait Quik où, exactement ?

La raison initiale de rester sur Noctia, pour donner à Quik le temps de se remettre, de construire une relation avec les pourpre et noir, d'obtenir leur soutien pour aider son frère, avait échoué. Elle s'était effondrée si complètement que Quik était maintenant un ennemi de cette même organisation. Il avait perdu ses amis, sa famille, et le peu d'aide qu'il avait venait d'un traître encore plus grand, assez manipulateur et taciturne pour pratiquement garantir que Quik se retrouverait trahi ou abandonné avant longtemps.

Mais sans savoir où était Wax, Quik ne pouvait pas partir à la recherche de son frère. Pas avec les démons, les combats, le tumulte.

L'île en contrebas, cependant, présentait quelque chose de différent. Kance n'était pas Vis, était, avec ses flèches acérées, ses montagnes et ses vallées brumeuses, loin de l'être, mais sa beauté naturelle évoquait un foyer que Quik réalisa lui manquer, réalisa qu'il ferait peut-être mieux d'y retourner.

Vis, selon la rumeur, combattait aussi les Najahn. Ses parents travaillaient peut-être sous la menace d'une vouge.

Une menace contre laquelle Quik pourrait au moins essayer de lutter.

Ayant retrouvé un peu de clarté, Quik rejeta la couverture, poussa la porte circulaire pour entrer dans l'étrange nœud rond servant d'entrée à au moins quatre nids. Un mince couloir, arborant également du verre courbé sur le dessus et des lattes transparentes droites en dessous, le mènerait dans le palais proprement dit. Avant cela, indiquait une robe argentée et bleue de Kance accrochée à un crochet près de sa porte, le Vis devrait s'habiller.

La voix de Gladdring guidait autant Quik que ses vagues souvenirs de la visite de la veille, une déambulation qui avait suivi tant d'épuisement en mer. Une tension aggravée par la crainte que l'équipage Najahn ne se retourne contre lui et Gladdring, les laissant soit morts soit à la dérive, le cotre Najahn abritant désormais quelques cadavres de plus. Quik s'était effondré de fatigue la nuit dernière, et trouva ce réveil tardif déconcertant.

Kance, semblait-il, adorait les portraits, tous réalisés dans un style tacheté. Encadrés de filaments séchés, de douces auréoles arc-en-ciel entourant les anciennes Reines, les soldats de Kance et, selon les plaques dorées sous chaque portrait accroché aux murs nacrés, des citoyens ordinaires. Qu'avait fait Jonas Mylien, marchand, pour mériter que son visage blafard soit accroché dans le palais ? Ou Paliva Veen, gardienne des infirmes ?

Kance choisissait-elle ses héros au hasard ?

Au-delà des portraits, le Palais Céleste adorait le bleu dans toutes ses nuances, et plaquait cette couleur sur les chaises, les bancs, le carrelage dur sous les pieds de Quik. Serviteurs, soldats et bureaucrates s'affairaient ici et là, plus d'un s'arrêtant pour fixer le visage tatoué de Quik, les lourds gantelets pendant à sa taille.

Ces armes, sculptées dans le bois et maintenant, grâce à un forgeron Najahn, à pointes métalliques, ne quitteraient plus jamais le côté de Quik. Il y avait eu trop de fois où le chaos était apparu sans prévenir, où une force meurtrière avait été exigée, pour pécher par excès de politesse.

Après tout, Quik était un Vis. Les autres îles le considéraient comme un homme sauvage, alors pourquoi ne pas l'assumer ?

Gladdring captivait l'attention de la salle du trône, une vaste chambre près du sommet du palais. Quik avait pris l'un des nombreux ascenseurs — fonctionnant grâce à un système de poulies élaboré qu'il n'avait ni le temps ni l'envie de comprendre — pour monter depuis son nid, et constata qu'il était loin d'être la première ou la deuxième personne à arriver. Il n'était cependant pas trop tard pour le petit-déjeuner.

Le buffet, un mélange de poisson et de fruits, avec de l'eau de source de montagne, était disposé sur une table latérale juste à l'intérieur de la pièce, et Quik s'occupa à remplir une assiette pendant que Gladdring poursuivait son récit exagéré devant une foule de tueurs et de gratte-papiers. Ils buvaient les paroles de Gladdring, les expressions allant de la détermination sobre chez les soldats à l'inquiétude écarquillée chez les politiciens chétifs. Gladdring, bien qu'il n'ait pas tenté de revendiquer le trône, avait néanmoins la foule en cercle autour de lui, les mains s'agitant comme un chef d'orchestre dirigeant le groupe à sa guise.

Quik n'avait pas beaucoup aimé ces grands orchestres de Noctia, et il ne se donna pas la peine de se joindre à cette représentation non plus. Au lieu de cela, il mangea, but et attendit sur le côté jusqu'à ce que Gladdring conclue, terminant son discours avec tant de suggestions que l'équipe de Kance partit, étourdie et motivée. Quik perdit ensuite encore quelques minutes pendant que Gladdring exécutait des danses en tête-à-tête, l'ancien Tenet et actuel traître de

Noctia veillant à adresser des signes de tête complices à Quik ici et là.

Comme si Quik allait encore tomber dans le panneau.

Il pouvait consentir à être utilisé, mais croire que Gladdring avait autre chose que son propre succès dans son cœur noir... Pas après que le Renouveau de Noctia ait basculé par-dessus bord.

— Nous les avons, dit enfin Gladdring en s'approchant de Quik, entraînant le chasseur Vis loin de la grande salle et de ses trônes de verre jumeaux.

Gladdring garda le silence jusqu'à ce qu'il ait conduit Quik dans une petite pièce adjacente, visiblement destinée aux serviteurs ayant besoin d'une pause. Gladdring fit glisser un étroit verrou sur la porte, les enfermant. Leur seule compagnie était un unique tabouret et une minuscule table, une petite fenêtre près du plafond laissant filtrer juste assez de lumière pour qu'ils n'aient pas besoin de la minuscule lanterne sur le mur de droite.

— Une pièce privée, expliqua Gladdring tandis que Quik scrutait l'espace. C'est tout à fait normal. Les Reines les utilisaient.

Le Tenet s'accroupit, faisant reculer Quik, et passa ses doigts le long du bas de la porte. Un tissu noir était pressé contre le sol.

— Ça étouffe les sons. Difficile pour les espions d'écouter aux portes.

— Qui pourrait espionner ?

— L'autre Reine, évidemment.

Pas de surprise là-dedans. Quik avait vu cette rivalité de près, avait failli mourir à cause de ses conséquences.

— J'espère que vous avez bien dormi ? demanda Gladdring en joignant les mains, semblant réellement s'en soucier. Ils sont un peu étranges, n'est-ce pas, les nids ?

— J'y suis habitué.

Gladdring cligna des yeux, puis sourit.

— Bien sûr que vous le seriez. Dormir dans les arbres ne doit pas être si différent, n'est-ce pas ?

— Je voulais dire que je suis habitué à être dans des endroits étranges. Ça ne me fait plus peur.

— Ah.

Le hochement de tête de Gladdring fut plus lent cette fois. Cet homme aimait vraiment ses gestes.

— Alors peut-être serez-vous heureux d'apprendre que nous ne quitterons pas celui-ci de sitôt. Les Kance croient notre histoire, et croient encore plus aux skars que nous leur avons donnés. J'ai obtenu nos nominations en tant que conseillers.

— Nos ?

— Eh bien, les miennes. Et vous en tant que mon garde personnel et assistant.

Quik renifla. Gladdring fronça les sourcils.

— Vous semblez hostile ce matin, mon ami Vis. Ai-je fait quelque chose pour vous contrarier ?

— Rien, répondit Quik. Mais je ne serai pas votre garde ni votre assistant. Je rentre chez moi.

Quik aurait pu continuer avec toute l'histoire, à propos de son frère et tout ça, mais donner plus de matière à Gladdring ne ferait que jouer contre lui. Qui sait quelles chaînes Gladdring pourrait trouver dans cette histoire pour entraver le chasseur ?

— À Vis ? Vous savez que l'île est perdue, n'est-ce pas ? Selon ce que j'ai entendu ce matin, Kitaye est sous contrôle Najahn. Seul Mottilan survit, et ce n'est qu'une question de temps.

— Gardez vos mains visibles, dit Quik en pointant la poche de Gladdring. Je connais vos astuces.

Un léger sourire, mais Gladdring sortit la main.

— Seulement certaines d'entre elles, mon ami. Le point, cependant, demeure. Vis est en train de tomber. Kance est notre meilleure chance d'arrêter Fassle.

— Et faire quoi ? Quik leva le doigt accusateur vers le visage de Gladdring. Vous continuez à prétendre que vous sauvez les îles. C'est ce qu'Annalyse n'arrêtait pas de dire sur la plage, quand vous me gardiez dans la cage, mais savez-vous même comment ?

— J'essaie, ce qui est plus que ce que vous obtiendrez de Fassle.

— Ce n'est plus suffisant. J'en ai fini de vous attendre.

Gladdring semblait sur le point de protester, puis s'arrêta, une expression pensive se dessinant sur ce visage ridé et joufflu.

— Vous savez, je pense qu'il y a un moyen pour nous d'obtenir tous les deux ce que nous voulons, dit Gladdring. Annalyse. Vous lui avez dit de fuir vers Vis, n'est-ce pas ?

Quik haussa les épaules.

— C'était tout ce que nous pouvions imaginer.

— Si quelqu'un pourrait avoir une idée de quoi faire avec tous ces skars, ce serait elle. Gladdring sourit sincèrement maintenant. Rentrez chez vous, Quik. Retournez sur votre île et trouvez la scientifique. Ramenez-la ici.

— Pourquoi reviendrions-nous ?

— Parce que, dit Gladdring, ce sourire s'élargissant, la Reine disparue de Kance a été retrouvée. Vivante. Et elle est en route. Je pense que vous savez qui voyage avec elle.

Wax. Bliss.

Une chance de tenir un ancien serment.

Gladdring tenait Quik à nouveau, et ce salaud manipulateur le savait. Mais que pouvait faire d'autre le Vis ?

3
SAUVEUR DIVISÉ

Elle avait oublié ce que c'était d'être seule avec ses propres pensées.

Comme si tu l'avais jamais été.

Son autre moi, blotti dans l'esprit de Maena, toujours sa compagnie, toujours son compagnon alors qu'elles fixaient le plafond gris et sale au-dessus d'elles. La paille moisie sous elles, sous les cuirs usés de Rana que Maena enfilait encore chaque matin, ajoutait une teinte de pourriture à la pièce. Elle devrait les changer, devrait nettoyer la boîte qu'elle s'était appropriée quand le Whent était arrivé.

Une tâche destinée à rester en bas d'une liste qui ne semblait jamais remonter.

Parce que nous faisons un travail plus important.

Sur ce point au moins, Maena pouvait être d'accord. En parlant de ça...

Elle se redressa brusquement, saisit son épée courte façonnée par le Whent, et épousseta la paille qui s'accrochait à ses cuirs et à ses cheveux. Elle attrapa une tunique déchirée et s'en servit comme chiffon pour frotter la saleté et un scarabée égaré de son visage. Les insectes faisaient partie du quotidien dans les Profondeurs Obscures, ni pires ni meilleurs, en réalité, que sur un navire Rana. Au moins, les rats ne descendaient pas aussi bas.

Sa chambre trapue occupait un coin au troisième étage de ce qui était, pour tout observateur, un bloc taillé. Mi-roche naturelle, mi-pierre déplacée, maçonnée et lissée par des cadavres infatigables, maintenus en vie d'abord par le Roi Mort et maintenant par Svarde, le barbare Foti, la construction reflétait plus d'une douzaine d'autres, avec encore plus en cours de taille dans la roche elle-même. Maena n'était pas sûre des plans de Svarde pour cette métropole souterraine.

La dernière fois qu'elle en avait entendu parler, les démons allaient obtenir une escorte vers la surface. Qui resterait ici en bas alors ? Les corps ? Avaient-ils même besoin de maisons ?

Concentre-toi, Maena. C'est un grand jour.

Son autre moi, une âme arrachée à Maena et refaçonnée par un démon il n'y a pas si longtemps, n'avait pas besoin de se le rappeler... à elle-même. L'activité résonnait dans toute l'immense caverne. Des chariots qui grondaient, des marteaux qui cognaient, et des cris qui appelaient pour que ceci ou cela soit apporté ici ou là. Chaque ordre était suivi par les masses silencieuses et mortes, qui se traînaient, titubaient et déambulaient avec du matériel ou des marchandises à la remorque.

Maena observait tout cela depuis l'entrée de son bâtiment — ses divers colocataires étaient soit déjà au travail, soit, revenant d'une équipe de nuit, profondément endormis, probablement avec l'aide de la bière. La capitaine Rana réprima l'envie de dégainer sa lame pour abattre un cadavre passant avec une caisse de ce qui semblait être des champignons bouillis dans ses mains. Des rations pour une armée en marche.

Bien que Maena ne fût pas sûre de ce que ces marcheurs de feu mangeraient.

Probablement des traînards.

Maena esquissa un demi-sourire à cette pensée. Un sourire qui s'effaça lentement tandis qu'elle traversait la ville animée. Elle passa la grande porte d'entrée, sa barricade recouverte d'os poussiéreux d'humains et de monstres. Elle longea un large tunnel menant à une autre grande salle, celle-ci portant les cicatrices de mille batailles le long de ses murs naturels, de son plafond ébréché. Ces derniers jours, l'espace avait supporté autant d'armes différentes, les ingénieurs Whent s'activant à toute heure pour fortifier les barrières, construire l'artillerie et façonner un fort à partir duquel Les Sept Îles pourraient repousser une horde de démons.

Maintenant, ces barrières étaient repoussées sur le côté ou séparées, leurs extrémités hérissées empilées les unes sur les autres. Des carreaux de baliste gisaient en épaisses piles, leurs lanceurs dépourvus de cordes et appuyés contre les murs. Les ingénieurs chargés de s'en occuper avaient la tête et les mains penchées sur une tâche différente : produire d'épais et étranges cuirs masqués de métaux. Trop grands pour n'importe quel humain, ils portaient le coup de grâce à l'humeur tranquille du matin de Maena.

— Ami leur parle en ce moment. Elle pense qu'ils comprennent, dit Svarde, l'homme aux mille blessures, près du centre de la pièce.

Le barbare ne portait que la plus fine des armures, bien que sa véritable défense vînt de la lame noire dentelée toujours à son côté. La garde de l'épée brillait d'opales : des skars de Noctia. D'une manière ou d'une autre, l'épée maintenait en vie le guerrier noueux et brutalisé malgré suffisamment de dégâts pour réduire n'importe quel humain normal en charpie. Son partenaire de conversation avait moins de cicatrices mais était tout aussi grand, avec une barbe désormais assez imposante pour servir de nid à la plupart des oiseaux Rana.

Jochi, seigneur de guerre Whent et maître de la conquête des vastes cavernes de l'île du nord, acquiesça aux paroles de Svarde. Ses cuirs étaient plus épais, ornés de clous métalliques, et une paire de haches redoutables pendait à sa taille, une vue qui faisait sursauter Maena chaque fois qu'elle les voyait maintenant : elles avaient appartenu à Svarde, autrefois. Un cadeau que le barbare avait fait lorsque ses mains avaient changé de préférence, de nécessité, pour la lame.

Il n'avait pas demandé à Maena de prendre les armes. Svarde ne demandait pas grand-chose à Maena ces jours-ci.

Parce que nous l'effrayons.

Effrayer un homme au-delà de la mort ? Cela ne semblait pas plausible, mais c'était là, un tressaillement lorsque Maena s'approcha.

Il ne nous comprend pas. Il ne nous a jamais compris.

Ça, ce n'était pas tout à fait vrai. Il y avait eu un moment, peut-être plusieurs, sur l'ancien navire de Maena alors qu'il se dirigeait vers le nord, et dans les Fosses, avant tout cela, avant —

— Qu'as-tu décidé ? demanda Svarde. Tu viens avec nous ?

Tu ne peux pas. Tu sais pourquoi.

— Marcher vers une guerre avec le Whent ? renifla Maena. Désolée, Svarde. C'est quelque chose que je ne ferai jamais.

— Essayer de sauver Les Sept Îles ne t'intéresse pas,

Rana ? dit Jochi, la voix de l'homme un grognement carbonisé après tant de pipes, tant de temps passé à hurler des ordres. Tu t'accroches encore aux anciennes façons ?

— Certaines choses ne sont pas si faciles à oublier. De plus, avec vous tous partis, il se pourrait que je finisse enfin par accomplir quelque chose ici.

Svarde pencha la tête à ces mots, mais ce fut Jochi qui répondit en premier :

— Je ne pars pas non plus. Il y a trop à faire ici, et si j'entends bien Svarde, ce sont les marcheurs de feu et les Najahn qui feront la plupart des combats. Ce n'est pas la guerre du Whent.

— Jusqu'à ce que Fassle en décide autrement.

— Nous avons un accord, interrompit Svarde. Fassle et Yarvick connaissent les termes. Nous ramenons Kance à la raison, les marcheurs de feu obtiennent leur foyer. Une fois que Kance verra à quoi ils sont confrontés, ils céderont.

— Je ne le ferais pas, dit Maena. Pour rien au monde.

Svarde rit tandis que Jochi fronçait les sourcils.

— Alors c'est une bonne chose, Maena, que je n'aie pas à t'affronter.

La lèvre de Maena tressaillit. De temps en temps, le barbare montrait qu'il avait encore de la vie, d'une manière ou d'une autre, dans ce corps ruiné.

Ne le fais pas. Ça n'en vaut pas la peine.

— Vous n'affronterez personne si ces combinaisons ne sont pas terminées, dit Jochi en regardant au-delà de Svarde vers la plus grande masse d'ingénieurs au travail. Je vais les presser. Fassle veut que vous bougiez d'ici ce soir, et plus vite ces salopards brûlants seront partis, plus vite nous pourrons commencer à sécuriser le bassin.

C'est ainsi qu'ils l'appelaient, le bassin. Le lac souterrain contenant ces portails tourbillonnants vers ce qu'Ami disait être d'autres mondes, des artéfacts laissés par les dieux et maintenant en train de s'effondrer. Les marcheurs de feu venaient de l'un d'eux, apparemment parce que leurs efforts pour sauver leur propre monde avaient échoué. Alors maintenant, ils avaient une chance de ruiner celui-ci.

— J'aurais dû te demander, dit Svarde en se tournant pour porter toute son attention sur Maena. À propos de tout ça. Je ne veux pas t'ignorer.

— Mais tu le fais.

Svarde grimaça, mais l'homme tint bon. — Tu n'es toujours pas toi-même, Maena. Tu ne l'es plus depuis long-temps. Tu dis des choses étranges, et tu disparais à des heures bizarres.

— Étrange ? Venant de toi ? Un homme qui ne dort jamais, ne mange jamais, ne boit jamais ?

Un hochement de tête. — Peut-être qu'aucun de nous n'est plus tout à fait ce qu'il était.

Exactement.

— Si je me souviens bien, le Svarde que j'ai rencontré voulait détruire les démons, dit Maena en croisant les bras. Il disait qu'il ferait n'importe quoi pour débarrasser le monde des monstres. Mais te voilà, à te battre pour eux. Pourquoi ?

— Parce que, Maena, je ne suis pas sûr que nous puissions gagner. Les marcheurs de feu sont nombreux, ils sont forts, ils sont intelligents. Les îles ne sont pas unies.

— Un calcul. Venant de toi.

Svarde fronça les sourcils. — C'est de ça dont je parle, Maena. Tu es hostile une minute, heureuse la suivante. Je ne comprends pas.

Et il ne comprendra jamais. Il a perdu de vue l'objectif, Maena. Pas nous.

— Peut-être que tu comprendras quand tu verras ce

qu'ils font à Kance, dit Maena. Quand ces monstres réduiront l'île céleste en cendres. Peut-être que tu te souviendras de qui tu es.

— Peut-être. Mais j'espère que toi, Maena, tu feras de même.

Le capitaine Rana laissa Svarde là et s'éloigna dans les tunnels. Une personne qui observerait pourrait penser que Maena partait se promener, prendre l'air ou même chercher de l'eau fraîche dans les grottes. Les éclaireurs, les soldats et les gens de Whent faisaient la même chose tout le temps, bien qu'ils allaient en groupes sur ordre de Jochi. Le Dessous Sombre restait un foyer pour les démons, restait un risque.

Maena marchait seule.

Alors qu'elle laissait derrière elle tous les regards curieux, s'aventurant plus haut à travers des virages étroits, une petite lanterne à sa ceinture lui donnant de la lumière, Maena accéléra le pas. Elle marchait avec détermination. Elle tournait à des encoches, presque invisibles, taillées dans la pierre aux intersections, faisant son chemin autour du gouffre béant de la Blessure, montant, passant par-dessus et autour. Presque une heure de voyage.

Cela se termina dans une bulle, une chambre en pente humide et moisie. Des trous parsemaient le sol, presque un treillis par endroits. Maena n'avait pas besoin d'aller si loin, bien que la chambre s'étendît profondément dans l'obscurité. Assez loin pour faire ce qui devait être fait.

Un gémissement étouffé attira ses yeux, sa lumière, vers la droite. Maena plongea la main dans la sacoche sur son dos, emballée finement pour le court voyage, et en sortit quelques-uns de ces champignons. Enveloppés et prêts à manger. Une gourde aussi. Elle se pencha, glissa le bâillon de tissu hors de la bouche du jeune homme. Ses yeux étaient hagards, sa peau plus émaciée que la dernière fois qu'elle l'avait visité.

Plus souvent, j'ai dit. Il va mourir de faim si nous n'en prenons pas mieux soin. Nous avons encore besoin de lui.

Maena grimaça en desserrant les liens de l'homme, gardant une main sur le pommeau de son épée pendant qu'il mangeait et buvait. Au moins, il avait suivi les instructions, utilisant ces trous pour vider sa vessie et ses intestins. Quand il eut fini, Maena replongea la main dans sa sacoche, sortit une autre petite boîte, celle-ci marquée d'avertissements dans l'écriture carrée de Whent.

— Est-ce ce que tu m'as dit de trouver ? demanda Maena.

Le Whent hocha la tête. Maena la tourna dans sa main. Elle semblait si petite, pour ce qu'elle promettait.

— Combien ? demanda-t-elle.

Il lui donna un nombre. Un qui prendrait du temps à son forgeron pour les fabriquer sans être remarqué, mais faisable.

— Merci, dit Maena, tendant alors la main pour rattacher les liens de l'homme.

Il se jeta sur elle, alors, dans une tentative désespérée d'atteindre son épée, et Maena l'écarta d'un coup de coude à la mâchoire. Il s'effondra sur les pierres, un gémissement rauque marquant la fin de la lutte.

— Tu as de la chance que j'aie besoin de toi, mangeur de roche, dit Maena, reprenant son travail. Et je te pardonnerai ça. Comme le feront les îles, quand elles découvriront ce que nous avons fait.

Oui. Tu rempliras enfin ton serment.

Leur serment. Ensemble. Pour trop d'amis perdus, Maena ferait ce que Svarde ne ferait pas, et mettrait fin aux démons.

4

LA LONGUE MARCHE DANS L'OBSCURITÉ

Le succès avait conduit Svarde à l'exil, l'échec en avait fait un roi. Certes, un roi d'un royaume fait de pierre et de cadavres. Mais dans l'ensemble, c'était une meilleure fin que la cabane au sud-ouest de Vis, où ses seuls amis étaient le vent, la pluie et...

Kivi renifla, juste devant, avertissant Svarde d'une baisse du plafond du tunnel, qui l'obligerait à se baisser. Lui et la ferrite marchaient à l'arrière d'une force hétéroclite : des choses mortes, des marcheurs de feu et des ingénieurs Whent — Jochi avait refusé d'épargner ses soldats pour la guerre de Najahn, mais avait offert ses scientifiques pour faciliter le passage des démons brûlants.

Les atours du commandement étaient devenus moins étouffants depuis que Svarde avait saisi pour la première fois la lame dentelée, se retrouvant dépendant de son pouvoir vital. Les skars de Noctia dans le manche de la lame se mêlaient à la lame elle-même, un morceau d'un plus grand poignard façonné par Vis à l'époque où le dieu vivait, complotait, trahissait Noctia d'un coup brutal. Du moins, c'est ce que disait la légende, et Svarde n'accordait plus beaucoup de crédit à ces récits.

Les vérités de toute une vie avaient été soumises à de nombreuses épreuves ces derniers mois, et avaient échoué pour la plupart.

Là-haut devait se trouver la prison inutile de Catya, son vieillissement forcé alors que les skars épuisaient sa vie pour créer un filet d'écorchage de démons. Les îles avaient jugé ce filet si nécessaire qu'elles avaient imposé les Renouvellements, une course à l'échelle mondiale menée par les âmes les plus jeunes des îles pour rassembler les sept skars afin de récolter la récompense dévastatrice. Svarde avait endossé le rôle de Gardien avec un honneur solennel, avait laissé la femme qu'il aimait à la fin pour dépérir, et s'était enfui.

Pour apprendre, grâce aux efforts d'Ami — sa compagne Gardienne, tout aussi déchirée par le sort de Catya — que les démons n'étaient pas des tourmenteurs aléatoires mais des créatures en fuite. Malheureuses, confuses et projetées de leurs mondes mourants vers les îles. Le fait de connaître la raison pour laquelle ces monstres s'infiltraient dans les maisons, les fermes et les forêts changerait-il grand-chose ?

Pour un Svarde plus jeune, qui préférait nourrir son amertume avec de la violence et de la bière, probablement pas.

Pour le plus âgé ?

— C'est peut-être de là que tu viens, dit Svarde à Kivi, le lézard à plaques rocheuses, à l'aise dans les endroits les plus chauds, qui cligna de ses yeux saphir vers lui. La ruine embrasée de Foti serait parfaite pour toi, n'est-ce pas ?

Comme pour acquiescer, Kivi se retourna et mordit dans le mur, ses mâchoires de pierre raclant la roche et laissant derrière elle des morceaux de géode scintillants. Svarde voyait tout cela grâce à la lanterne accrochée à sa ceinture, la flamme vacillante et l'huile qui l'alimentait donnant à ce large tunnel une vie ombragée.

La piste laissée par Ami et ses marcheurs de feu en tête de la formation n'était pas difficile à suivre : là où les démons marchaient, des brûlures noires marquaient le chemin. De la mousse carbonisée, de la pierre roussie et des cendres jonchaient le sol.

Le fait que les marcheurs de feu aient accepté la guerre d'Ami, demandée par les Najahn d'en haut comme prix à payer pour donner aux démons brûlants un foyer parmi les îles, était une surprise. Les monstres avaient montré, avec leurs constructions métalliques et leurs fléaux à quatre bras, un talent pour détruire tout ce qui se trouvait sur leur chemin. Ami, tout en notant qu'elle ne pouvait pas tout comprendre de ce que disaient ces créatures couronnées d'obsidienne, suggérait que les démons étaient fatigués. Qu'ils menaient une guerre perdue d'avance contre leur monde mourant depuis si longtemps...

Eh bien, Svarde pouvait comprendre cela. Même s'il avait choisi d'observer le combat contre les démons de loin.

Maintenant, avec une dernière frappe décisive contre le venteux Kance, peut-être que les batailles pourraient s'apaiser. Jochi suggérait des barricades, un massacre général contre tous les démons qui sortiraient sans montrer d'intelligence, de raison. Les skars soutenant les arbalètes, les lances et les épées. Finalement, ces autres mondes mourraient, et la paix, ou ce qui s'en rapprocherait le plus pour les îles, s'enracinerait.

Comme motivation pour marcher, Svarde s'en contenterait. Cela valait mieux que la rage amère, en tout cas.

Les skars parlaient, et la lame aussi. Bien que Svarde lui-même n'ait jamais apprécié le méli-mélo mental qui accompagnait une poignée de pierres divines, Ami en avait transmis l'impression de manière assez vive : comme être au milieu d'une dispute, sans pouvoir s'échapper. La lame ne parlait pas de la même manière, touchant plutôt les pensées de Svarde avec des connexions, des impressions, des suggestions que le barbare pouvait accepter, laisser ou déformer.

Ces suggestions étaient, invariablement, des choses mortes.

Dès le début, alors que Svarde était au bord de la mort, il avait trouvé que les humains étaient les plus faciles à saisir. La lame prenait les ordres de Svarde — bouger, construire, protéger, assister, donnés sous une forme moins verbale et plus émotionnelle, comme se forcer à se lever ou à respirer — et les traduisait à travers une certaine magie de Noctia que ces corps pouvaient comprendre. Les humains correspondaient le mieux à ces impressions, y réagissaient comme Svarde le voulait, bien qu'il y ait eu des ratés. L'un avait interprété l'ordre de Svarde de trouver de la nourriture en essayant de déchiqueter des travailleurs Whent à proximité. Un autre avait tenté d'allumer un feu de cuisine en enflammant son propre bras pour démarrer le brasier.

Des problèmes à résoudre, et Svarde y était parvenu, à une exception près : établir un lien avec quoi que ce soit au-delà d'un humain.

Ami avait mentionné sa tentative de rassembler plus de corps de démons pour que Svarde s'entraîne, et le barbare pouvait demander à la lame de chercher des insectes, d'anciens cadavres d'animaux traînant dans les grottes, mais ses demandes concernant ces formes étrangères restaient sans réponse. Peut-être que Svarde ne formulait pas correctement la commande, peut-être que la lame ne commandait pas la domination sur les âmes non humaines.

Quoi qu'il en soit, la marche à travers les grottes, en éloignant Svarde des morts qu'il dirigeait, avait laissé la lame s'installer dans un doux silence. Comme quelqu'un qui respire, endormi, dans la même pièce.

Jusqu'à ce que l'arme se réveille.

L'étincelle vint de l'avant, comme une lumière s'allumant dans l'esprit de Svarde. Il trébucha, raclant le sol poussiéreux de la grotte. Kivi renifla une question.

— Quelque chose ne va pas, dit Svarde, en passant la lame à deux mains. Quelqu'un est mort là-bas.

Kivi prit l'information et se précipita sur le côté, grimpa au mur et reprit sa progression vers l'avant sur le plafond. Mieux pour une embuscade, bien que Svarde ne puisse imaginer ce qui pourrait traîner dans ces cavernes avec les marcheurs de feu qui passaient.

La réponse arriva presque une heure plus tard, après avoir parcouru une série de salles oblongues avec de brusques détours autour de bassins suintants — certains fumaient encore de la chaleur résiduelle des marcheurs de feu. Deux ingénieurs Whent, le visage pâle et trempé de sueur, se tenaient au-dessus d'un troisième, le corps détecté par la lame. La silhouette gisait noircie, brûlée presque au-delà de toute reconnaissance.

— Un accident, dit le premier ingénieur d'une voix de fer mort lorsque Svarde les rattrapa. Une des vestes de protection s'est accrochée à un rocher et a glissé. Il a essayé de la rattraper, tout comme le marcheur de feu. Ses vêtements ont pris feu, et c'était fini.

Svarde fit un signe de tête vers les bassins, plantant la lame dans le sol de pierre devant lui. — Il n'a pas essayé l'eau ?

— Cette substance bouillait à cause de tous les marcheurs de feu. C'était juste une autre façon de mourir.

Le deuxième ingénieur croisa les bras et regarda Svarde. — Ami nous a dit d'attendre votre arrivée, pour voir s'il y avait quelque chose que vous pourriez faire ?

— Comme quoi ? gronda Svarde en réponse, bien qu'il sût déjà où cela allait mener.

— Le réveiller. Le ramener.

— Il n'y a pas de retour possible. La lame émit une pensée. Le corps n'était pas si brûlé qu'il ne puisse se tenir debout, ne puisse être utilisé avec un peu d'effort Noctia. Svarde repoussa cette idée. — Votre ami est parti.

Les yeux du premier ingénieur lancèrent des éclairs. — Nous allons en guerre, Svarde. Il ne s'agit pas d'amis. Il s'agit d'un corps de plus sur la ligne de front.

La marche du jour se termina comme elle avait commencé, un groupe dans une caverne sans nom quelque part sous la mer. Les marcheurs de feu s'étaient séparés, trouvant une chambre à plusieurs embranchements de là pour s'installer. Svarde ne savait pas ce que ces créatures mangeaient, comment elles survivaient, mais les démons n'avaient encore rien demandé.

— Pas que je le saurais s'ils l'avaient fait, dit Ami, assise une chope à la main près du petit feu central de la chambre. Les tentes étaient disposées autour de la pièce, les éclaireurs et ingénieurs Whent se divisant en leurs propres conversations. Les marcheurs de feu ne me parlent pas beaucoup de toute façon.

Ami, ses cheveux roux attachés en arrière et disparaissant dans ses cuirs Noctia, fixait le feu. La lumière se reflétait sur son masque facial doré, les deux skars Vis incrustés sur le côté près de sa joue. Une lame Whent reposait à proximité, un cor de commandement à sa ceinture. Des insignes parsemaient sa personne, déclarant Ami ceci et cela selon les exigences de Jochi.

— Mais ils écoutent, répondit Svarde en s'installant en face de sa camarade Gardienne.

Pas qu'il en eût besoin. La fatigue, la faim, tous les aspects naturels du fait d'être en vie ne concernaient plus Svarde. Oh, il ressentait encore les choses assez bien : se cogner l'orteil contre un rocher lui ferait bien mal, et sa gorge semblait être sèche en permanence, mais verser de la bière dans son gosier ne ferait que trouver un trou par lequel s'écouler, sans ivresse, sans plaisir malté à en tirer. La nourriture semblait manquer le moment entre toucher sa langue et avoir un goût quelconque, un rien crayeux voyageant jusqu'à son ventre et ressortant de l'autre côté dans le même état qu'à l'entrée.

Svarde était une créature de stase, et Ami le savait.

— Pour l'instant, dit Ami, agitant son sandwich aux champignons — des mousses comestibles écrasées entre deux gros chapeaux bruns — vers l'épée de Svarde. Pour ce que j'en sais, ils pourraient avoir peur de cette lame et de ce qu'elle a fait à leur chef. Avec toi dans les parages, ils marcheront là où on leur dira parce qu'ils n'ont pas d'autre choix.

— Est-ce une mauvaise chose ?

— Ça l'est si nous sommes censés partager les îles avec ces monstres quand nous aurons fini.

Ami ne prononçait pas ces mots avec beaucoup de crainte, cependant. Plus avec acceptation, voire du dégoût. Elle avait arrêté de les appeler démons et semblait chercher quelque chose au-delà de "marcheur de feu" à utiliser. Quelque chose qui s'intégrerait mieux dans une insulte après quelques pichets.

— Tu as entendu parler de l'ingénieur ? demanda Svarde.

— Celui qui s'est fait griller ?

Svarde acquiesça.

— Il ne sera pas le seul quand nous aurons terminé, répondit Ami, bien qu'elle eût la grâce de froncer les sourcils et de soupirer. J'ai réfléchi à la stratégie de bataille, comme si j'étais une sorte de général. Je ne peux penser à rien d'autre que de laisser les marcheurs de feu avancer. Tout brûler sur leur passage. Ne serait-ce pas horrible ?

— Ça gagnerait. Svarde parla, puis s'arrêta. N'est-ce pas étrange que Whent et Noctia soient probablement les seules îles avec de vrais commandants militaires, à part Kance, et ils disent qu'ils nous soutiennent, mais ne nous donnent rien ?

Ami rit. — Svarde, si j'ai appris quelque chose en côtoyant Fassle, c'est qu'il saisira toute occasion d'affaiblir ses alliés. Surtout si cela brûle ses ennemis dans le processus.

— Tu dis qu'ils nous tendent un piège ?

— Je dis que Fassle et Jochi adoreraient que Kance meure en détruisant nos amis marcheurs de feu, et nous avec. Ami pointa l'épée de Svarde. C'est pourquoi tu dois prendre chaque corps qui tombe et le remettre en ligne. Notre pouvoir dans la prochaine guerre dépendra du nombre de marcheurs de feu qui survivront à celle-ci.

5

BAGARRE SUR LES DOCKS

Un port pittoresque en hiver, les flocons de neige tourbillonnant tandis que les rares navires assez imposants pour braver la glace et réaliser de plus gros profits entraient et sortaient. Les dockers, emmitouflés dans d'épais cuirs et fourrures, criaient des ordres et poussaient des caisses sur les pavés. Rires, activité industrieuse et lumière du soleil miroitant sur des armures violettes et noires.

Ce dernier détail frappa davantage Wax alors qu'il réprimait un soupir. Ce qui aurait provoqué la panique il y a quelques mois se résignait maintenant à une nouvelle certitude. Torny dégaina ses dagues, Bliss son bâton de métal, et même Livier tira son épée, la lame d'argent semblant à sa place dans le froid. Seule Eujo partageait la moue résignée de Wax.

— Les skars, alors ? dit la Reine, comme si elle annonçait une mauvaise affaire.

—Je crois bien.

Les Najahn, Wax en compta environ huit, ralentirent en dépassant les érudits en fuite qui avaient repéré les Renouvellements. Ils se formèrent en deux rangs, les dockers et les porteurs s'écartant comme une mer musculeuse autour d'eux. Les Najahn de devant sortirent leurs vouges, les tenant prêtes, tandis que ceux de derrière décrochaient les disques chakram aux bords tranchants. Encore quelques pas pour être à portée et Wax devina que ces disques viseraient leurs têtes.

Il ne s'agissait plus des Renouvellements, mais des skars.

— On les brûle ? On les fait engloutir par le sol ? dit Eujo, rejoignant Wax alors qu'ils prenaient place derrière Livier, Bliss et Torny. Une douzaine de façons différentes de mourir.

— Ça n'est pas obligé.

—Je ne pense pas qu'ils nous laisseront partir, Wax.

— Alors on va les balayer de notre chemin. Wax lança à Eujo un sourire qu'il savait exaspérant. Accorde-moi quelques minutes et tout ira bien.

—Qu'est-ce que tu...

Wax n'attendit pas, se précipitant vers l'océan et une jetée proche qui s'avançait vers lui. Au bout de la jetée attendait un petit remorqueur, actuellement en pause entre deux missions pour guider les plus gros navires à travers les banquises rétrécissantes. Le pauvre capitaine se tenait près du bateau, une main en visière, observant l'étrange silhouette qui courait vers lui.

Un Vis couvert de cuirs chauds ne se démarquait pas vraiment des autres habitants des îles, mais Wax courait avec la foulée bondissante d'un amoureux de la jungle, faite pour esquiver les fougères et garder l'équilibre sur un sol jonché de feuilles. Cela devait expliquer le regard interrogateur, la curiosité que le nouveau skar de Wax captait dans son esprit.

Le skar Tamas alimentait les possibilités, et Wax les mélangeait, comme s'il modelait une rêverie, avec ses propres désirs. Le capitaine tressaillit, comme si quelqu'un l'avait giflé, puis se pencha pour commencer à détacher son navire.

— Nous allons devoir vous emprunter un moment, dit Wax en arrivant près du capitaine, le skar Tamas continuant d'imprégner les mots d'un besoin frais, d'un désir, d'une envie. La pierre lui renvoyait ce qu'elle ressentait : l'ennui du capitaine, sa quête de sens dans une routine quotidienne morne. Nous sommes des Renouvellements, et nous devons échapper aux Najahn.

— Le bateau n'ira pas si vite, marmonna le capitaine, défaisant néanmoins les cordes épaisses.

— Mais vous pouvez nous guider à travers la glace. C'est ce qui compte.

Un héros, voilà ce que serait le capitaine, et le skar Tamas le lui faisait croire. Le rendait si vrai que Wax tendit la main, la posant sur l'épaule du capitaine pour se stabiliser. Il dit à la pierre, comme pour chasser une démangeaison, de relâcher la pression avant qu'il ne s'effondre.

Comme après un sprint intense, ces skars.

Des cris attirèrent l'attention de Wax vers ses amis, bien que ses Gardiens ne le regardaient pas, ni les Najahn. Au lieu de cela, Livier, Bliss et Torny avaient abandonné Eujo pour la charrette, sautant dessus et lançant le poney dans une charge confuse et sauvage le long de la jetée. Eujo, à droite et seule sur le quai, tendait une main vers les Najahn.

Cette main unique décontenança l'avancée noire et violette.

Les vagues y mirent fin.

La mer gelée se souleva, ce qui avait été un paisible clapotis se creusa non loin de Wax, comme si une cuillère géante avait plongé dans l'océan. Le trou, cependant, ne se remplit pas, mais se précipita vers le rivage. Des vagues déferlèrent par-dessus la bordure de pierre, glissant sur les pavés et s'écrasant contre les soldats Najahn. Les bottes autrefois sur un sol stable se retrouvèrent à glisser, les lourdes armures faisant basculer les soldats dans un désastre maladroit et cliquetant.

Accompagné de plus d'un cri de douleur. Wax grimaça. Ces chakrams, ces vouges, seraient tranchants pour une prise accidentelle.

Mieux valait ça que la mort, cependant.

— Attention, Wax ! cria Torny, ramenant le Vis à la charrette qui fonçait. Elle ne s'arrêtera pour personne !

Bliss et Livier tentaient tous deux de calmer le cheval, mais entre les vagues tourbillonnantes, les cris et l'absurdité pure de la matinée, les yeux du poney s'étaient révulsés, ses sabots martelant le sol. Derrière Wax, son remorqueur libéré, le capitaine jura et sauta à bord.

Wax ne fit rien de tel. Se tenant droit devant le poney qui arrivait, Wax tendit les deux mains vers l'animal. Laissa à nouveau le skar Tamas prendre le contrôle. La pierre lui renvoya la peur, la panique, et Wax massa ces spasmes pour les transformer en calme, en complaisance. Le poney frissonna, son galop ralentissant, les sabots dérapant en claquant sur le bois raide plus gelé que jamais.

Son doux museau s'arrêta au menton de Wax. Les yeux écarquillés de Bliss se trouvaient derrière, les rênes dans ses mains. Livier lâcha un juron kance, sauta alors que Wax passait en courant devant le cheval, se dirigeant le long de la jetée.

— Déchargez tout sur ce bateau, lança Wax à ses Gardiens, égalant la foulée de Livier le long du quai en revenant vers Eujo.

La Reine Kance — la seule reine de Kance maintenant, se rappela Wax — reculait, s'éloignant de sa propre inondation. Les Najahn se redressaient, quelques braves se ruant vers Eujo, leurs vouges faisant jaillir des étincelles tandis que les pointes rebondissaient sur le sol.

— Une idée audacieuse, dit Livier entre deux souffles alors que le duo approchait du bout du quai. Presque aussi créative que de me planter une fourchette dans la main.

— Mais bien moins satisfaisante.

Livier sourit, bien que le skar Tamas suggérât que l'assassin ne serait pas contre l'idée de planter une lame entre les côtes de Wax à un moment donné. Un avertissement qui suivrait plus tard, quand la loyauté absolue de Livier envers la Reine Kance ne l'en empêcherait plus.

Cela dit, Wax était entouré de menaces depuis des semaines maintenant. Au moins, Livier ne le cachait pas.

— Allez-y, dit Livier lorsqu'ils atteignirent Eujo, le tueur Kance dégainant à nouveau sa rapière. S'ils nous poursuivent, je m'en occuperai.

— Comme c'est touchant de te voir si empressé de donner ta vie pour moi maintenant, dit Eujo en passant devant Livier pour rejoindre Wax sans un regard en arrière. Dommage que ça n'ait pas été le cas avant.

— Pour le Palais Céleste, répondit Livier.

Eujo ne pouvait pas lever les yeux au ciel plus fort, mais elle passa rapidement à autre chose avec Wax, comprenant son geste vers le remorqueur. Torny et Bliss, maintenant rejoints par le capitaine, jetèrent leurs sacoches à bord, plus soucieux de la vitesse que de la délicatesse. Au moins un sac se brisa sur le bois dur du remorqueur.

Néanmoins, parmi les désastres possibles de la journée, un sac déchiré ne comptait pas.

— Comment l'as-tu soudoyé ? demanda Eujo alors

qu'ils couraient en arrière, Livier les suivant avec sa rapière ondulante, les Najahn décidant que leurs vies valaient plus qu'une poursuite hasardeuse. Un sourire ? La promesse de quelques mangues Vis fraîches ?

— Comme tu l'as dit, les skars.

Eujo fit un pas pour comprendre. — Le Tamas ? Qu'a-t-il fait ?

— Il m'a fait savoir ce qu'il voulait.

— Tu as lu dans ses pensées ?

— Mieux que je ne peux lire dans les tiennes.

Eujo fronça les sourcils. — Tu ferais mieux de ne pas utiliser cette pierre sur moi, Wax, ou je t'éviscère.

Wax rit, les Najahn et leur attaque malhabile presque oubliés. — Tu ne le ferais jamais.

— J'admets que ce n'est pas en haut de ma liste pour le moment. Eujo ralentit en approchant de la charrette, regardant en arrière vers les quais. Les Najahn étaient pour la plupart debout maintenant, s'occupant de leurs blessures. Quelques-uns regardaient dans la direction de Wax, mais leur regard disait que la fuite serait permise, voire bienvenue. C'était un bon conseil, Wax. De ne pas les tuer, je veux dire.

— Je me dis qu'on est là pour sauver les îles. Pas pour assassiner ceux qui y vivent.

Ce que Wax ne dit pas alors qu'il aidait Eujo à monter sur le remorqueur, c'est que Pan aurait insisté là-dessus. Ils avaient souvent traité Pan de mauviette en grandissant, toujours comme une taquinerie gentille. Il avait eu raison, cependant. Les blessures que Wax porterait de cette aventure, grâce au skar Vis, seraient plus mentales que physiques. Des cauchemars. Des rêveries qui s'attardent.

Mieux valait éviter d'en ajouter si possible.

Le remorqueur s'éloigna du port, le capitaine enthousiaste à la barre guidant le petit et rapide navire. Le poney et sa charrette avaient été renvoyés vers les quais pour quiconque voudrait les réclamer. La bête appartenait à Daklin, l'acteur Tamas et apparent acteur de pouvoir, mais l'homme n'avait pas voulu être vu avec les Renewals.

— La réputation et les rumeurs sont tout ce qu'un homme possède, avait dit Daklin la veille, inclinant une dernière fois son chapeau extravagant avant de disparaître.

Une autre âme que Wax ne serait pas mécontent de ne jamais revoir.

« Et maintenant ? » signa Bliss, rejoignant Wax à la proue du bateau.

Eujo et Livier avaient la tête penchée l'un vers l'autre, ce dernier bombardant la Reine Kance d'informations sur le royaume qu'elle gouvernait désormais. Torny surveillait l'arrière, la bandit pour une fois renonçant à lancer des couteaux pour garder un œil vigilant sur d'éventuels poursuivants. Ce qui laissait Wax et sa sœur scrutant l'horizon.

— On espère que Deux se montre, dit Wax. On espère que le navire va bien.

« Et ensuite ? »

— Direction Kance, Bliss.

Sa sœur hocha la tête. Le soleil continuait de briller, la mer scintillait, et là-bas, d'abord une tache à l'horizon, devint quelque chose de plus grand. Quelque chose que Wax connaissait.

— Tu vois ? dit Wax. Je savais que tout finirait par s'arranger.

Bliss ne put que rire.

6

LE PREMIER COUP

Quitter le Palais Céleste offrait plusieurs options : les plus constants et les plus craintifs pouvaient emprunter les escaliers, descendant des marches pendant des heures, un voyage si ardu qu'une auberge faisait de bonnes affaires à la base de la flèche du palais, accueillant ceux qui avaient besoin de vin de Kance pour monter, ou d'un lit pour s'effondrer après être descendus. Les âmes plus courageuses pouvaient essayer un ascenseur fabriqué par Kance, l'un des deux qui montaient et descendaient du sommet à la base grâce à d'énormes systèmes de poulies interconnectés. Le fait qu'ils tombaient souvent en panne, laissant les voyageurs potentiels bloqués pendant des heures ou des jours, était un risque pris pour la commodité.

Quik choisit la troisième option, ne serait-ce que parce que c'était le moyen le plus rapide d'atteindre le port, le navire en attente, et de s'éloigner de l'ingérence de Gladdring. Même avec l'ordre qui lui donnait un but, Quik continuait de sentir une ombre collante tirer ses ficelles, quelque chose que le chasseur espérait atténuer par la distance.

Pour atteindre cette distance, Quik se rendit sur un rebord, dont le bord peint en rouge avertissait les promeneurs ignorants qu'une mort certaine les attendait au-delà. Les murs gris du Palais Céleste s'enroulaient autour de Quik et du rebord, bloquant le vent sifflant. Un magnifique ciel s'étendait devant lui, occupé par des oiseaux, quelques nuages épars, et par la chose même qui l'attendait sur ce rebord.

Le planeur s'accrochait à son berceau avec des cordes passées dans des anneaux métalliques. Ces cordes remontaient jusqu'à un simple embrayage le long de la barre centrale du planeur, où une légère traction les libérerait et enverrait le planeur entre les mains du destin. Des voiles repliées aux couleurs classiques de Kance, bleu et argent, étaient ramassées sur les côtés au-dessus de la barre centrale, tandis que des paniers tressés et des sangles attendaient en dessous pour tout équipement. Les maigres possessions de Quik ne les remplissaient guère.

D'autant plus que le chasseur refusait de se séparer des gantelets.

— Tant qu'ils ne m'égratignent pas, dit sa pilote, une femme au regard perçant. S'ils le font, on pourrait tomber.

Quik s'approcha du rebord et regarda en bas. Le palais élancé, sculpté dans la montagne montante, offrait de nombreuses options pour des atterrissages d'urgence. Des emplacements, tous avec ces bords rouges criards, jalonnaient tout le chemin jusqu'en bas.

— Vous vous en sortirez très bien, dit Quik.

— Tu es un casse-cou, n'est-ce pas ?

— Tu n'as pas idée.

La pilote rit et aida Quik à s'attacher. En tant que passager, il était installé sur le dessus, un fin filet d'argent servant de lit presque confortable entre lui et la pilote. Ses mains agrippaient des barres solides. Un unique skar de Vis, pris dans le trésor volé de Gladdring, murmurait des paroles apaisantes dans l'esprit de Quik.

Une journée ensoleillée, une journée magnifique, et après un bref décompte, Quik s'envola.

Si Wax pouvait le voir maintenant.

Le planeur bascula du rebord, la pilote poussant en avant avec ses pieds. Leur vol s'inclina vers le bas, et l'estomac de Quik fit une course vers sa gorge, jusqu'à ce que les murs du palais disparaissent. Avec un claquement, un bruissement et le rugissement du vent, ces ailes repliées se déployèrent librement. Le planeur fit une embardée, la vue de Quik sur le sol qui approchait se transformant à nouveau en ce ciel clair. L'air froid traversait ses robes chaudes, ses gants épais empêchant ses doigts de s'engourdir, à défaut de son visage.

— Un bon décollage ! cria la pilote en dessous de lui. Tu tiens bon, Vis ?

— Pour le moment.

— Fais en sorte que ça dure. Je n'ai jamais perdu un passager, et je préférerais ne pas commencer avec toi.

Quik sourit. Difficile de ne pas le faire, maintenant que le planeur s'était stabilisé, qu'une visite au royaume de Noctia ne semblait pas dans l'avenir immédiat. Au lieu de cela, ils volaient au-dessus de la péninsule qui marquait la capitale de Kance — Vesphere — et le bord occidental de l'île. Au-delà de la mer étincelante en contrebas, Quik voyait des voiles et des navires en abondance, encore plus que ceux qui se regroupaient autour de la Cité Annulaire de Noctia.

— Tous ces navires sont de Kance ?

— Les nôtres, oui. Et des marchands cherchant refuge.

— Des Najahn ?

— Des monstres, surtout. Les bêtes sont encore nombreuses dans l'eau.

En effet. Quik avait entendu dire que les monstres n'apparaissaient plus si souvent sur terre ces derniers temps. Que l'Aegis ait récupéré une certaine force pour les brûler, ou que quelque chose d'autre interfère, personne ne semblait sûr. Les bêtes aquatiques, cependant, ne montraient aucun signe de ralentissement. Elles harcelaient les navires, attaquaient les ports et nageaient jusqu'aux plages pour dévorer, griffer ou se reproduire.

La pilote inclina le planeur dans une descente paresseuse, narrant ses choix tout du long. Planer jusqu'à la base signifiait s'éloigner le plus possible de l'île elle-même, laissant de l'espace libre pour les planeurs qui restaient au milieu ou remontaient.

— Remonter ? demanda Quik. Comment ?

— Des geysers de vent. Kance en est plein.

La pilote expliqua en détail les évents, lançant de l'air pur directement dans le ciel. Comme si Kance, le dieu, soupirait. Les planeurs pouvaient se positionner au-dessus des geysers, prendre l'air chaud et s'élancer assez haut pour atteindre les niveaux intermédiaires de la plupart des flèches.

— De là, c'est une randonnée, mais pas trop longue, conclut la pilote.

Quik la laissa continuer à divaguer, laissant la conversation s'estomper tandis qu'il admirait la vue. Mieux qu'une traversée de la canopée en Vis, bien que plus instable, et un rappel de ce pour quoi il se battait, de ce pour quoi ils se battaient tous.

— Tu vois ça ? À l'ouest ? demanda la pilote.

Quik se tordit le cou et remarqua des taches sombres au loin sur la mer.

— Des caravelles najahn, continua la pilote. Ils nous surveillent. On pourrait aller après eux, mais pourquoi perdre du temps ?

— Mieux vaut les écraser quand ils s'approchent.

— Pas vrai ? Ils auront l'avantage du nombre, mais leurs navires sont trop lents. On va les prendre en tenaille et envoyer ces salauds au fond de la mer. Les Najahn vont comprendre pourquoi Kance n'a jamais perdu une guerre.

Narro accueillit Quik alors que le Vis montait la rampe d'embarquement, une unique sacoche sur le dos. Le capitaine de Kance, vêtu de la cape, du bonnet et des bottes traditionnels bleu et argent de l'île du vent, semblait plus jeune que Quik, une illusion que l'homme dissipa en remarquant le sourcil levé du Vis.

— Naturellement beau gosse, tu sais, plaisanta Narro en s'écartant pour laisser passer Quik. C'est un don que ma famille a toujours eu. L'âge glisse sur nous, vraiment.

— D'accord, répondit Quik, portant plutôt son regard sur le clipper de Kance.

Le navire s'étendait comme une planche plate à gauche et à droite de Quik, ses planches blanchies se fondant dans une coque bleu ciel. Une teinture, expliqua Narro, destinée à camoufler le navire à distance. Toutes les cabines se trouvaient sous le pont. Même la barre était installée à l'intérieur de la proue.

— Le vent ne nous effleure que là où nous le voulons le plus, dit Narro en pointant du doigt les voiles carguées enroulées autour d'un unique mât. Tu verras. Quand nous serons en mouvement, nous trouverons Vis avant même que les Najahn ne sachent que nous sommes partis.

— Et quand est-ce qu'on se met en mouvement ?

Narro sourit, un large sourire fendant le visage rond de l'homme, encadré par des cheveux épais et bouclés. — C'est toi qu'on attendait. Des ordres urgents, tu dois savoir, arrivés juste à temps ce matin avant qu'on mette les voiles. Pas un gros problème, tu comprends, juste un changement.

— Un changement par rapport à quoi ?

— Ce qu'on est censés faire.

— Qui était ?

Narro prit alors un air différent. — Chasser le violet et le noir, Vis, et envoyer leurs sales carcasses voleuses de skar au fond de la mer.

Le probable succès de la mission originale de Narro devint évident peu après que le clipper eut mis les voiles, s'élançant de Kance avec suffisamment de vitesse pour repousser Quik contre un coffre de rangement, l'un des nombreux, dans ce qui servait de passerelle au navire. Installé sous la proue, Narro commandait un espace en demi-cercle rempli de plusieurs marins, de caisses bourrées de provisions — juste assez pour quelques jours à la fois, pour garder le clipper rapide — et d'une fenêtre vitrée à l'avant pour voir.

D'après les quelques voyages en mer de Quik, il estimait qu'un navire normal verrait vague après vague s'écraser contre cette fenêtre vitrée, la rendant inutile. Le clipper de Kance, cependant, ne chevauchait pas tant les vagues qu'il les survolait. Il *rebondissait* en filant, les légers contacts envoyant de faibles tremblements à travers la coque. Les heures défilèrent, le jour glissant vers le coucher du soleil, mais Narro refusa de baisser les voiles.

Ils atteindraient Vis le lendemain.

Autour de Quik, ces marins, ces soldats qui n'étaient pas impliqués dans la gestion de la toile de filaments tourbillonnante donnant au clipper sa vitesse, passaient leur temps à polir leurs armures, à aiguiser leurs rapières et à huiler les arbalètes de Kance.

Deux d'entre eux, près de l'arrière de la passerelle, travaillaient également avec plusieurs récipients. Un unique chaudron en fer noir, avec un entonnoir en bois posé sur le dessus, était placé entre deux plus petits vaisseaux. Chaque marin, utilisant des louches à bord haut, versait une ou deux cuillerées de leur fiole dans le récipient central. Tandis que Quik observait, une légère vapeur s'élevait, suivie par l'un des marins qui versait le mélange dans un troisième contenant, un globe de verre, avant de le boucher avec un bouchon en bois dur.

— Qu'est-ce que c'est ? demanda Quik alors qu'ils atteignaient la pleine mer et qu'aucune réponse, aucune explication ne se présentait.

— Une surprise, dit Narro, se détournant de la barre et parlant avant que l'un ou l'autre des marins ne puisse offrir une réponse. Une que tu verras bientôt, à moins que je ne me trompe.

— Bientôt ?

— Tu vois ça ? Narro pointa du doigt. Le ciel orangé, les nuages violets se fondaient dans une mer sombre, brisée par plusieurs points lumineux glissant à travers la vue. — Ça, mon ami, c'est un imbécile. Voyant la confusion de Quik, Narro adopta à nouveau son sourire féroce. — Un navire Najahn, se dirigeant vers le nord. Ces lumières sont un signal, appelant une escorte. Ils pensent être en eaux sûres, parce que Kance est resté tranquille. Sois honoré, Quik. Ce soir, Kance porte le premier coup.

7
COMMERCE D'ARMES

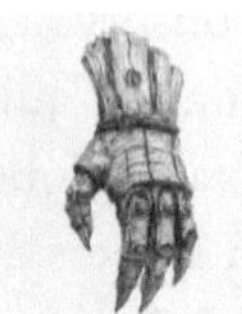

Dreamhold, comme Maena et la plupart des gens d'ici l'appelaient, n'était plus tout à fait la même sans ses morts titubants. Depuis que Svarde était parti avec les marcheurs de feu, toute la ville qui bourdonnait autrefois de ces cadavres pourrissants vibrait désormais au rythme habituel d'une cité vivante, avec ses cycles jour-nuit d'industrie, d'ivresse et de troc. Sans la magie alien, Maena trouvait les bâtiments en pierre d'ardoise et les forges mornes trop ordinaires, trop calmes. Les Whent tenaient leur promesse de transformer les Ténèbres du Dessous en un simple foyer, mais ce faisant, ils abandonnaient l'objectif, la grande quête.

Cet endroit restait dangereux, mortel même, mais tout ce que Maena voyait en se dirigeant vers sa cible, c'était la même vieille routine.

Il restait suffisamment de marcheurs de feu autour de la chambre — et il en arrivait de plus en plus chaque jour, libérés de leur foyer brûlant dans de grandes capsules de fer noir — pour tenir la plupart des démons errants à distance.

Leurs énormes fléaux, les balistes, ou simplement leurs mains brûlantes, écrasaient la vie écumeuse des démons qui osaient s'aventurer sur le territoire des marcheurs de feu. Les monstres les plus intelligents s'échappaient vers la mer par des canaux sous-marins, ou se précipitaient vers les petits tunnels de l'autre côté de la chambre.

Ce matin-là, Jochi avait ordonné que ces tunnels soient fortifiés. Ces tubes noueux pointaient vers le sud, en direction des forces de marcheurs de feu de Svarde, et le commandant Whent estimait que permettre des attaques surprises contre ses amis n'était pas une bonne idée.

Un tel ordre signifiait plus d'équipement, de réquisitions et d'opportunités.

— Qu'est-ce que tu fais là ? gronda la cible de Maena alors qu'elle pénétrait dans la forge, sa chaleur constante coupant momentanément le souffle de la capitaine.

Oh, il sait très bien pourquoi.

L'ingénieur costaud, couvert de plus de suie que Maena n'aurait jugé sain, agita des pinces dans sa direction comme si les ustensiles orangés et incandescents pouvaient l'effrayer.

— J'aide à exécuter le dernier ordre de Jochi, dit Maena. Pourquoi d'autre ?

L'ingénieur aurait plissé les yeux, ou peut-être l'avait-il fait, mais des lunettes rouillées recouvrant ses orbites noircies empêchaient toute perception. Au lieu de cela, l'homme grogna, se tourna vers son assistante et ordonna à la femme tout aussi couverte de suie de prendre une pause.

— Je peux continuer... commença-t-elle en tendant la main vers les pinces.

— J'ai dit : prends une pause, répliqua l'ingénieur. Il n'y aura pas de travail dans ma forge sans que j'y participe.

Ainsi rabrouée, l'assistante se glissa devant Maena, marmonnant une insulte inutile de mangeur de roche entre ses dents.

Ne sois pas timide maintenant. Demande ce dont nous avons besoin. Ce dont nous avons vraiment besoin.

— Tu l'as ? demanda Maena, regardant autour d'elle pour voir si la réponse était évidente.

Des étagères fraîchement boulonnées aux murs présentaient les produits de l'ingénieur, allant d'outils standard à du matériel minier plus lourd. L'homme n'était pas un armurier, il l'avait dit à Maena la première fois que la capitaine Rana était venue, mais Maena avait déjà ses épées. Elle avait un couteau dans sa botte. Ce dont elle avait besoin, eh bien, n'était pas sur ces étagères.

Pas à la vue de tous, en tout cas.

— Il va falloir être plus claire, Rana, renifla l'ingénieur en posant les pinces et en rejoignant Maena à la large enclume de travail au centre de la forge. Il y a beaucoup de "ça" ici.

Le ton de l'homme suggérait plus que sa question. Il savait très bien pourquoi Maena était là, il le savait parce que plusieurs nuits consécutives dans une simple taverne à trois portes de là lui avaient arraché l'information.

Ou du moins le croyait-il.

— Le plan est en marche, dit Maena. L'opportunité est là.

L'ingénieur se pencha en avant, poussa les lunettes au-dessus de ses yeux. L'homme esquissa un sourire louche, révélant plusieurs dents manquantes autour d'une barbe noueuse et roussie.

— Trop tard, à mon avis. La plupart des marcheurs de feu sont déjà partis. Un autre reniflement. Tu as raté ta chance.

— Ils mourront sur les rivages de Kance. Ce qui m'inquiète, c'est ce qui vient après. C'est ce dont nous avons convenu.

— Tu penses pouvoir le faire, alors ?

Nous sommes les seuls à pouvoir le faire.

— Si tu m'aides, dit Maena. Mais le temps commence à manquer. Les gens vont finir par remarquer.

— Pourquoi ça ?

Parce que cet éclaireur que nous avons attaché a des amis, des amis qui le chercheront de plus en plus chaque jour qui passe. Nous aurions déjà dû le tuer.

— Mieux vaut que tu ne saches pas. Maena sortit une bourse. En l'ouvrant, elle révéla de la mousse violette luminescente. C'est ce que tu voulais, non ?

L'ingénieur hocha la tête, balayant du regard la petite forge. Des lanternes brillaient dans les coins, mais l'huile pour les garder allumées nécessitait du commerce. Maintenir la mousse en vie était plus facile, une éclaboussure ou deux d'eau de la rivière souterraine et les lueurs violettes garderaient une petite pièce éclairée. Le commerce et la culture des mousses étaient devenus l'une des nombreuses activités lucratives de l'empire souterrain de Jochi.

— J'en aurai besoin de plus, dit l'ingénieur. Surtout si tu as besoin d'autant que tu l'as dit.

La lèvre de Maena se retroussa.

— Livre la marchandise, et tu auras autant de mousse que tu pourrais jamais en vouloir.

— J'ai votre premier lot, juste ici.

L'ingénieur se retourna et se dirigea vers une étagère du fond, à peine éclairée par la lanterne. Des sacoches s'y étalaient, la plupart remplies de contenus bosselés. L'ingénieur en saisit une à l'extrême droite et la tira avec un grognement.

— Elle est lourde. Vous pensez pouvoir la porter ?

— Ça ira.

L'ingénieur n'avait pas l'air tout à fait convaincu par Maena, mais il garda ses doutes pour lui tandis que les deux sacoches changeaient de mains. L'homme avait raison : la sacoche faillit faire plier le dos de Maena, mais elle puisa dans une endurance particulière, celle qui naît d'une conviction profonde.

— Ce n'est pas suffisant, notez bien, dit l'ingénieur. Donnez-moi quelques jours de plus et vous aurez le reste. Avec la mousse.

— Comme je l'ai dit, vous l'aurez.

— Et pas un mot sur tout ça.

— Évidemment, répondit Maena. Je ne voudrais pas que l'un de nous se fasse dévorer par les démons. Quelle terrible façon de mourir.

L'ingénieur fronça les sourcils et ne dit plus rien tandis que Maena quittait la forge.

Le prisonnier avait le teint blafard quand Maena déposa la sacoche, la journée — si on pouvait l'appeler ainsi — s'étant écoulée sans que l'homme n'ait reçu de repas. Une torture non intentionnelle, mais se souvenir du bien-être de l'éclaireur Whent, et encore moins agir en conséquence, était loin d'être la priorité de Maena. Après tout, elle était déterminée à arrêter les démons, à empêcher quiconque de souffrir ce qu'elle avait enduré.

Comparé à cela, un peu de soif, un peu de faim... était-ce même important ?

— S'il vous plaît, dit l'éclaireur, je vous ai montré tout ce que vous vouliez. Laissez-moi partir, et je ne dirai jamais un mot.

Maena avait posé la sacoche sur le sol rocailleux, sa lanterne de ceinture projetant une lueur orangée sur le petit espace pierreux devant le treillis naturel surplombant la chambre en contrebas. Le cordon se défit, révélant des boîtes agglomérées. Toutes en métal, avec deux moitiés divisées. Une fine ficelle les reliait toutes ensemble, passant dans un petit anneau au sommet. Si Maena tirait sur cette ficelle, un séparateur à l'intérieur des petites boîtes se déplacerait, permettant aux contenus de se mélanger.

À partir de là, il suffirait d'enflammer la ficelle, et à mesure que la flamme atteindrait chaque contenant successivement, la caverne exploserait. Les pierres s'écrouleraient. Les portes, la piscine, seraient ensevelies au-delà de tout sauvetage possible.

Plus de démons, plus de terreur, plus personne comme nous.

— Ce n'est pas que je ne te crois pas, dit Maena à l'éclaireur, dont les mains étaient attachées, le bâillon gisant sur le sol entre eux. Elle lui avait déjà donné de l'eau, plus de pâte de champignons sur du pain fin. C'est que j'ai encore besoin de toi.

— Pour quoi faire ?

— Je réfléchis encore aux détails, mais ne t'inquiète pas, ce ne sera pas long.

— Je ne me sens pas bien, Maena...

— Ne m'appelle pas comme ça, mangeur de cailloux. Je ne suis rien pour toi, personne. Elle se leva, posa une main sur l'épaule tremblante et mince de l'éclaireur. Tu devrais dormir. Rêve de quelque chose de mieux que ça.

L'éclaireur continua de supplier jusqu'à ce que Maena remette le bâillon en place. Elle soupira à cette vue, se détournant rapidement. Ce n'était pas qu'elle voulait faire du mal à l'homme, même s'il était un Whent. Que l'éclaireur aille tout raconter à Jochi dès sa libération était cependant une certitude. Un gâchis, étant donné que l'éclaireur avait encore une certaine utilité.

Le rôle le plus important à jouer.

C'est vrai. Maena laisserait l'homme mettre fin à ses souffrances assez tôt, mais pour cela, elle avait besoin de plus de mousse à échanger. Plus de dispositifs pour couvrir le treillis. Elle s'étira, testa ses jambes, ses bras. En forme, prête à partir, et encore quelques heures avant de devoir retourner à Dreamhold.

Il était temps d'aller fourrager.

Les éclaireurs de Jochi — ceux qui n'étaient pas piégés dans l'alcôve secrète de Maena, en tout cas — tenaient de bonnes cartes. Les originaux s'étalaient sur de larges tables dans le camp Whent, surveillés par des gardes et souvent consultés par Jochi lui-même. Ces cartes décrivaient des chemins patrouillés menant à la surface, ponctuant des camps en croissance le long du chemin. Maena suivait maintenant l'un de ces chemins, montant et déviant ici et là pour s'enfoncer plus profondément.

Toujours plus profond, maintenant que les mousses étaient si prisées. Les cavernes se faisaient nettoyer. La lanterne de Maena projetait des ombres tandis qu'elle tremblait à chacun de ses pas, ses chaussures à pointes lui donnant de l'adhérence, sinon la marche la plus confortable. Pourtant, en quittant les tunnels plus larges, les chutes soudaines et les montées rendaient un bon équipement nécessaire.

Et, si les grognements crachants qu'elle entendait étaient une indication, une bonne arme aidait aussi.

Les bruits suggéraient un conflit, alors Maena cacha sa lanterne sous sa cape Whent en approchant. Les parois étroites de la grotte forcèrent la Rana à se faufiler dans un passage serré, la recrachant sur une fine corniche. En dessous s'étendait une petite mare, alimentée par l'eau gouttant d'un plafond presque au niveau de la plateforme de Maena. À son bord, auréolés non pas par leurs lanternes mais par des mousses bleues et violettes récoltées, se tenaient plusieurs Whent. Leurs tenues robustes étaient trop propres pour suggérer un long séjour dans les Profondeurs Obscures, et ils ne portaient pas les couleurs de Jochi.

Des commerçants, donc. Ou des fainéants espérant faire fortune sous terre. Qu'ils soient tombés sur un démon rampant et crachant était un mauvais coup du sort. La créature serpentine, avec un corps bleu étroit hérissé de pattes et de crêtes épineuses, tenait sa position à quelques enjambées des Whent. Deux langues jaillissaient d'une bouche fendue à chaque sifflement, des orbes bosselés sur ses pieds suggérant un habitat bien différent de celui où elle se trouvait maintenant.

Les deux côtés, donc, malchanceux.

Mais pas nous.

Non. Maena glissa ses jambes sous elle, s'installant tandis que les commerçants brandissaient lames et gourdins vers le démon. Le monstre ne semblait pas intimidé, la raison devenant claire lorsqu'il se cabra, ouvrant cette fente et crachant une substance nauséabonde sur le trio de commerçants. Les Whent hurlèrent lorsqu'elle les frappa, la substance collante, puante et... fumante ?

La Rana se pencha en avant, observant le démon tenter de profiter de la situation. La bête bondit, ses pattes noueuses la rendant instable. Le monstre percuta le Whent de tête, l'homme le plus costaud, et le repoussa dans la mare, plus profonde que Maena ne l'avait d'abord pensé. Le Whent disparut, aspiré par ses vêtements lourds, un désastre qui laissa néanmoins le démon exposé à une frappe brutale des alliés du commerçant. Gourdin et lame frappèrent, s'enfonçant profondément, et plongeant le démon dans une frénésie de sang bleu.

Les blessures s'échangeaient, et à mesure que le combat devenait plus désespéré, une défaite conjointe et fatale semblait de plus en plus certaine.

Maena observait, souriait, et remerciait Rana pour ces mangeurs de cailloux stupides. Aujourd'hui était un bon jour.

8

À LA SURFACE

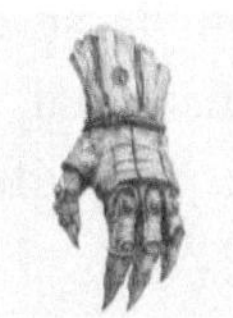

L a lumière du jour.

Deux semaines dans l'obscurité, à manger des champignons et à se demander quand Svarde atteindrait enfin la surface, quand il respirerait enfin un air non vicié par l'odeur brûlée des marcheurs de feu. Les éclaireurs Whent avaient apporté cet espoir à travers une grotte côtière à l'extrémité nord de Kance, autrefois bloquée par des glissements de terrain et maintenant dégagée par les marcheurs de feu eux-mêmes et leur force brute.

— On aurait pu la faire exploser, dit Olgata, l'éclaireuse Whent et porte-parole choisie par Jochi pour la marche, à Svarde alors qu'ils se tenaient bien en retrait de la paire de marcheurs de feu qui taillaient la roche. C'est pour ça qu'on a apporté les explosifs.

— Et risquer que les grottes s'effondrent sur nous ? demanda Ami, portant son armure Noctia complète, la lumière de la mousse rose lui donnant une teinte violet éthérée.

— On n'est pas des idiots. On l'aurait bien planifié, comme on l'a fait des milliers de fois auparavant.

— Alors considérez cela comme un avantage pour les marcheurs de feu, dit Svarde, apaisant le froncement de sourcils d'Olgata avec l'aisance d'un mort-vivant. On leur donne une tâche, on les laisse l'accomplir, on les lie à nous ne serait-ce qu'un peu.

Olgata renifla.

— Si vous pensez qu'ils se soucient le moindre du monde de nous, vous les lisez mal.

Devant les regards perplexes de Svarde et d'Ami, l'éclaireuse poursuivit :

— Ils sont désespérés, c'est tout. Ils veulent survivre. Ils feront ce qu'il faut pour ça.

Ce qu'Olgata voulait dire, à savoir que les marcheurs de feu pourraient décider, à tout moment, que travailler avec Ami, Svarde et Noctia n'était pas la clé la plus importante de leur survie, resta non dit. C'était une éventualité qui ne pouvait être confirmée, planifiée, ni calculée. Au lieu de cela, Svarde pensait qu'ils garderaient les marcheurs de feu occupés et récompensés.

L'inimitié tenue à distance par la corruption.

Le soleil et la brise marine fraîche pénétrèrent dans la grotte à mesure que le trou s'élargissait, les marcheurs de feu terminant leur tâche lorsque l'ouverture fut assez grande pour laisser passer deux de ces bêtes massives et brûlantes côte à côte. Ces démons ne seraient cependant pas les premiers à sortir, nécessitant une petite danse pour permettre aux créatures brûlantes de contourner Svarde, Ami et Olgata sans carboniser les humains. Un tour de passe-passe dans les grottes, mais auquel tout le monde était maintenant habitué.

Pourtant, malgré tout ce temps, Svarde ne comprenait toujours pas les marcheurs de feu et leurs particules. Ami semblait en avoir une certaine idée, et c'était suffisant pour lui.

Ce n'est pas comme si Svarde allait vivre parmi ces monstres encore longtemps. Une île du vent incendiée et il serait libéré de ces démons brûlants, il aurait le temps de...

Svarde interrompit cette sombre pensée en sortant de la grotte, posant le pied sur du vrai sable, bien que celui-ci fût couvert de glace fondante et de bois flotté. Des buissons d'hiver rabougris et de minces arbres bordaient la plage au sud, les flèches de Kance s'élevant juste derrière, montant toujours plus haut. Des oiseaux plongeaient et tourbillonnaient, quelques-uns descendant en piqué pour inspecter les nouvelles créatures émergeant dans leur milieu. Tous les animaux terrestres restaient bien cachés et à l'écart.

Intelligent.

— Je vais jeter un coup d'œil, dit Olgata, s'éloignant vers le sud. Quel est notre premier objectif ?

— Obtenir une reddition sans combat, répondit Ami, protégeant ses yeux en regardant autour d'elle. Sa plaque faciale dorée scintillait, presque aussi aveuglante que le soleil au-dessus. Si ça échoue, on signale à Noctia et on commence une marche sanglante vers le sud.

Olgata hocha la tête et s'éloigna, bondissant par-dessus les arbres et les pierres qui parsemaient le sable autrement agréable et doré.

— Une marche sanglante ? demanda Svarde, jetant un coup d'œil vers la grotte. Kivi rôdait à l'entrée, grignotant une pierre grise et humide. Je suppose que ce n'est pas de notre sang dont tu parles.

— Est-ce que les marcheurs de feu saignent ? demanda Ami, semblant plus fatiguée qu'excitée. Je ne crois pas.

Le temps qu'Olgata revienne, les marcheurs de feu et leurs suiveurs Whent s'étaient répandus sur le sable. Les marcheurs de feu durent ajuster rapidement leur démarche, leur chaleur faisant fondre le sable en verre luisant à chaque pas. Bientôt, la plage dêvint un miroir étincelant, une dalle à la fois brûlante malgré la température fraîche et glissante pour marcher dessus.

Svarde fit grimper les Whent dans les arbres, attendant le rapport promis par Olgata.

— Il y a une ville à moins d'une heure de marche au sud-ouest, dit Olgata, rejoignant Svarde et Ami sous les branches sans feuilles. Assez petite pour que je ne m'attende pas à un combat.

— Parfait, alors, pour le signal, et une ouverture facile. Ami hocha la tête, glissant son regard vers Svarde. Tu es d'accord ?

— Parfait pour faire savoir à Noctia que nous sommes là, c'est sûr. Facile ? Svarde ricana. Rien dans nos vies n'a été facile, Ami.

— La bière l'était autrefois.

Olgata les regarda tour à tour, son visage buriné ne montrant pas la moindre trace d'amusement.

— L'éclaireuse ne semble pas apprécier notre humour, dit Svarde, étirant son visage gris en un plus large sourire. Tu es trop sérieuse, Olgata.

— Nous avons une armée de démons brûlants dans notre dos, ajouta Ami. Les Kance vont soit plier comme une brise faible, soit brûler comme du papier tendre.

— Comment pouvez-vous en être sûrs ? demanda Olgata, se retournant pour regarder vers la ville mentionnée. Ils ont combattu des pillards, ils ont de solides armures, et...

— Ils n'ont jamais combattu quelque chose comme ça auparavant. Tout le monde est lâche face à l'inconnu. Kance le sera aussi.

Ami rassembla les marcheurs de feu avec de simples mots et gestes. Un doigt pointé vers la plage, un mouvement de marche, et ils partirent. Les marcheurs de feu, leurs têtes d'obsidienne en forme de diamant étincelantes, se mirent en route derrière la Gardienne. La plupart portaient deux lourds fléaux, les chaînes et les boules à pointes traînant dans la terre. Les grandes constructions si remarquées lors de leurs assauts n'avaient pas fait le voyage, les tunnels étant trop étroits pour que ces chenilles massives puissent y passer.

En cela, au moins, Svarde trouvait un certain réconfort : les marcheurs de feu seraient suffisamment étranges. Introduire ces machines métalliques grinçantes et craquantes pourrait être difficile à accepter, même pour leurs alliés Noctia. C'était une chose d'inviter une aide militaire, c'en était une autre de jouer un rôle dans sa propre destruction.

Pourtant, Svarde marchait là, maintenant aux côtés d'Ami, avec Kivi à la traîne. Un homme immortel avec une lame dentelée, qui à la fois ressemblait et ne ressemblait pas à la femme dont il égalait le pas. La nourriture, la boisson, même l'air à respirer lui étaient désormais aussi lointains que la mort lui avait jadis paru pendant ces jours exaltants où il parcourait les îles avec Catya.

Une force étrange, mais aux nobles fins. Le rêve les porterait.

La cible d'Olgata, la petite ville, était nichée entre plusieurs monolithes gris argenté imposants. Les flèches encadraient les bâtiments regroupés et la pointe centrale, un cylindre enveloppé d'escaliers avec des points de lancement pour planeurs à son sommet. Un pilote habile pouvait utiliser les vents de Kance pour traverser la moitié de l'île depuis une telle flèche, et Svarde se demandait si l'un d'eux n'avait pas déjà décollé, portant un avertissement à travers le vent.

La fin d'après-midi apportait une lueur orangée et des ombres assorties, les marcheurs de feu se fondant eux-mêmes dans l'air crépitant qui suivait leurs rangs en marche. Des lignes noires et brûlées suivaient leurs pas, du sable vitrifié marquant leurs empreintes. Les bêtes marchaient en silence, bien que Svarde vît leurs crânes étinceler chaque fois qu'il se retournait : des ors, des bleus, des verts dansant contre l'obsidienne.

Une stratégie de bataille, espérait-il.

Ami siffla l'arrêt à l'extérieur de la ville, dans un champ boueux destiné aux semailles de printemps. Des arbres frêles et les bords des monolithes bordaient leur formation, avec Svarde et Ami devant — Kivi renifla entre eux — et les marcheurs de feu bien derrière. Olgata et les autres Whent restaient hors de vue sur la plage, fidèles à leur rôle de réserves en cas de besoin. La ville, avec sa fumée ondulante s'élevant des cheminées rougeâtres, ses bâtiments d'un blanc éclatant se dressant fermement, ne remarqua rien.

— Attends un peu, marmonna Ami.

— Oh, je sais ce qui va arriver.

Ami esquissa un sourire. — Vraiment, Svarde ? Tu as déjà envahi une île auparavant ?

— La dernière fois, j'ai fini par aider les Whent à repousser quelques démons. Je ne pense pas que ce sera pareil maintenant.

— Non, probablement pas.

Cette réponse trouva sa vérité lorsqu'un planeur solitaire s'élança de la flèche de la ville. Il fit un long virage paresseux dans le ciel sans nuages, survolant les marcheurs de feu avant de descendre en planant pour atterrir doucement à quelques pas devant Ami et Svarde. Son pilote, un homme de Kance mince, courut jusqu'à l'arrêt, tirant sur un fil pour replier les ailes du planeur en une ligne étroite. L'homme se débarrassa de l'appareil, le rattrapant et le déposant doucement au milieu des mottes boueuses. D'un geste du poignet, il remonta ses lunettes de vol au-dessus de ses yeux, clignant des yeux vers Svarde et Ami. Une rapière solitaire reposait dans un fourreau à son côté, son équipement étant par ailleurs conçu pour voler, pas pour combattre.

— Bonjour, envahisseurs ! dit l'homme en s'approchant, une fine moustache et un sourire courageux illuminant son visage. Bienvenue sur notre île venteuse !

Ami fronça les sourcils, jeta un coup d'œil à Svarde, qui rit.

— Bienvenue en effet, répondit Svarde. Je suis Svarde, voici Ami, et derrière nous se trouvent nos amis, les marcheurs de feu, qui viennent se battre pour leur droit de vivre dans notre monde.

L'homme fit la moue, hocha la tête. — Une requête inhabituelle, mais bon, quand on marche avec des démons, je suppose que l'habituel a déjà pris le large. Je m'appelle Veloc, et je suis ici pour vous dire que Kance n'a pas de conflit avec vous ou vos démons. En fait, je dirais que nous n'avons de conflit avec personne sauf ces maudits violets et noirs. Veloc hocha la tête vers Ami, qui portait son armure Noctia. Gardienne, je suis surpris de vous voir porter leurs couleurs. La dernière fois que j'ai entendu parler de vous, vous et le Cercle n'étiez pas en bons termes.

Un autre regard entre Svarde et Ami, bien que cette fois la Gardienne aux cheveux de feu prit les devants.

— Tu es bien informé, Veloc, pour être si isolé, commença Ami.

— Tu dis ça comme si je ne devrais pas l'être. Veloc

croisa les bras. Ce n'est pas comme si Whent avait gardé le silence. L'hiver dégèle et les rumeurs voyagent vite. Ce qui importe maintenant, cependant, c'est la vérité. Que prévoyez-vous, et qu'attendez-vous de nous ?

— Rendez-vous, et dites aux autres villes de Kance d'en faire autant. Nous ne sommes pas intéressés par la destruction.

— Alors qu'est-ce qui vous intéresse ?

— Un foyer pour les marcheurs de feu. Et pour d'autres démons aussi, si nous en trouvons.

Veloc passa devant Ami et Svarde, provoquant un reniflement curieux de Kivi. L'homme examina les marcheurs de feu, debout en formation calme, leur obsidienne scintillante. Il les observa pendant un long moment, avant de se gratter le menton.

— Alors ils sont intelligents, n'est-ce pas ? Civilisés ? demanda Veloc.

— Suffisamment, répondit Svarde. Ils méritent une vie.

—Je demanderais pourquoi, mais la journée tire à sa fin et je crains que nous ne soyons dans une impasse, dit Veloc, et pour la première fois, sa voix s'éloigna de la verve pétillante d'un coquin. Je n'ai aucune envie de voir ma maison anéantie, et je sais que mes amis amateurs de bière n'ont aucune chance contre ces monstres que vous avez là-bas. Je ne peux pas, cependant, vous promettre l'île. Veloc revint, se planta à nouveau entre Ami, Svarde et sa ville. Donnez-moi un jour. J'enverrai un messager, j'expliquerai notre situation désespérée et je plaiderai pour la paix. Ensuite, si Kance refuse, vous pourrez marcher sans crainte de notre part. Et s'ils acceptent, eh bien, nous pourrons mettre fin à ce combat sans qu'une seule vie ne soit perdue. Qu'en pensez-vous ?

— Ça ressemble à la promesse d'un fou, dit Ami.

— Mais une promesse que nous pouvons essayer, intervint Svarde. Ami, si les premières histoires sur les marcheurs de feu racontent comment ils ont détruit une ville, ils perdront toute chance d'être acceptés. Nous devons essayer.

— L'homme, l'homme, euh, à l'air très malade a raison, acquiesça Veloc. Avec les planeurs, nos nouvelles voyagent vite. Un jour, mes amis, et ensuite vous pourrez avoir toute la violence que vous désirez. Installez votre camp ici si vous le souhaitez, je reviendrai demain.

Avec une révérence brusque, Veloc se retourna et commença à marcher vers la ville. En partant, l'homme leva une seule main, un tissu blanc tiré d'une poche et agité. À cette vue, deux planeurs s'élancèrent de la flèche, leurs formes sombres surfant sur les vents du crépuscule autour du monolithe, tournoyant vers le sud, la mort ou la délivrance sur leurs ailes.

9
EN MER

Si on lui demandait de comparer sa cabane dans les arbres sur Kitaye avec les logements à bord du *Storm's Edge*, le somptueux navire d'Eujo, Wax devrait admettre que les draps fins, les repas copieux et le luxe général faisaient forte impression. Les araignées ne grimpaient plus le long de ses jambes la nuit, et la brise marine fraîche contrebalançait l'humidité souvent oppressante de la jungle.

Et il était difficile de nier le plaisir d'avoir un équipage qui préparait chaque repas et apportait du café ou du thé sur demande.

— Je sais, signa Bliss quand Wax, soupirant, transmit ces pensées à sa sœur alors qu'ils étaient assis sur le pont supérieur du navire.

Le toit argenté au-dessus de la vaste salle à manger servait de bain de soleil pendant cette belle journée ensoleillée qui suivait leur départ de Tamas. Wax et Bliss avaient chacun une fine chaise en toile, des robes Kance propres remplaçant leur équipement d'aventurier en lambeaux. Aucun ne portait d'arme, tous deux avaient le visage et les pieds nettoyés par des douches à l'eau de mer, et ils trinquaient avec des tasses fumantes tandis que les voiles scintillantes de Kance flottaient au-dessus d'eux.

Bien que des blocs de glace flottaient ici et là au milieu des vagues profondes, Deux ne les considérait plus comme une préoccupation, et le *Storm's Edge* les repoussait simplement. Cependant, tous les navires ne pouvaient pas en dire autant, donc l'océan était par ailleurs désert, sans aucune ombre à l'horizon ni ailleurs. Pas de nuages non plus, une journée ensoleillée et magnifique.

Presque assez pour faire oublier à quelqu'un pourquoi il était ici.

— Je n'arrive pas à croire que nous soyons arrivés si loin, continua Bliss, signant de sa main gauche tout en sirotant de sa droite. Personne n'est vraiment blessé non plus.

— Grâce aux skars, répondit Wax.

Et ce ne sont que les blessures physiques, bien que Wax gardât cette partie pour lui. L'ultimatum d'Eujo à Noctia revenait chaque fois que ses pensées allaient dans cette direction : repousser le traumatisme, la terreur, les dommages durables et se concentrer sur le sauvetage des îles, être le Renouveau, et ainsi de suite. Une litanie, presque un mantra, que Wax avait pris l'habitude de murmurer pour lui-même au début et à la fin de chaque journée.

Que Noctia y croie ou non, les îles avaient besoin de lui, ou du moins c'est ce que Wax se disait.

— Que disent-ils ? demanda Bliss. Quand nous sommes assis comme ça, est-ce qu'ils te parlent ?

— Tout le temps. Constamment.

— Tu les comprends ?

— C'est comme parler à un animal. Tu peux

comprendre ce qu'ils veulent, et ils pourraient m'écouter si je les pousse à faire quelque chose, mais ce n'est pas parfait.

— En ce moment, que veulent-ils ?

Wax rit doucement.

— Eh bien, Vis se concentre sur un orteil que je me suis cogné ce matin. Foti est silencieux maintenant. Rana n'arrête pas de me dire de faire pousser l'océan pour nous faire avancer, tandis que Whent semble vouloir que le navire soit découpé en minuscules radeaux.

— Quoi ?

Wax leva sa tasse de thé en haussant les épaules.

— Comme je l'ai dit, ils ne sont pas intelligents. Ils sont insensés et étranges.

— Et Tamas ?

Wax jeta un coup d'œil à sa sœur. Le skar de Tamas fonctionnait différemment des autres, moins concentré sur le monde naturel et plus sur la vie qui l'entourait. En ce moment, il captait une honnête curiosité de sa sœur, mêlée d'inquiétude et d'un peu de désir.

— Tu veux l'essayer ? dit Wax, en sortant le collier de sous sa robe. Avec une légère pression de chaque côté de l'emplacement du skar de Tamas, il fit sortir la topaze. Ce n'est pas dangereux pour toi. Juste, tu sais, ne le fais pas tomber.

— Comme si. Bliss tendit la main et prit la pierre. Elle ferma les yeux un moment, puis secoua la tête. Tu n'es pas très intéressant, Wax.

— Je ne le sais que trop bien, dit une nouvelle voix, celle d'Eujo, qui montait sur le pont supérieur.

— Hé, dit Wax, se retournant dans sa chaise pour lancer un regard blessé à la Reine, je suis très intéressant. Tu sais que je suis allé sur toutes les îles sauf une ?

Eujo prit la troisième et dernière chaise à la gauche de Wax, ses robes bleu argenté ondulant dans le vent.

— Vraiment ? Tu as vu quelque chose d'intéressant ?

— Eh bien, dit Wax, mettant ses bras derrière sa tête, s'adossant contre la toile de la chaise. J'ai rencontré cette femme folle qui n'arrête pas d'insister sur le fait qu'elle est de la royauté. Mais c'est une si mauvaise actrice qu'elle a failli nous faire tuer, et...

— Hé, ils n'allaient pas nous tuer. Juste me faire un joli tatouage.

— C'est ce que c'était ? J'aurais dû les laisser faire, alors ?

— Toi ? Eujo rit. Si je me souviens bien, c'est Livier qui nous a sauvés.

Wax nia, dévia, plaisanta et bavarda avec la Reine, les deux échangeant des piques et des taquineries, des histoires et des idées folles jusqu'à ce que le thé soit épuisé. C'était une matinée aussi parfaite que Wax pouvait l'imaginer, jusqu'à ce qu'Eujo se lève de sa chaise, mentionnant qu'elle, Deux et Livier devaient discuter de ce qui se passerait quand ils atteindraient Kance.

Quand la Reine deviendrait l'unique dirigeante de l'île.

Alors qu'Eujo partait, Wax regarda sa sœur, qui avait sommeillé un moment, mais avait maintenant les yeux ouverts et arborait un large sourire.

— Quoi ? demanda Wax.

Bliss tendit la main, la pierre de Tamas brillant dans sa paume.

— Tu sais ce que ça m'a dit ?

— Que je suis le meilleur ?

Elle secoua légèrement la tête, toujours en souriant.

— Que tu l'aimes, Wax.

Le juron surpris de Torny à la nouvelle que Fassle et

Yarvick travaillaient ensemble fit rougir le bandit et souleva le sourcil de Deux de l'autre côté de la longue table à dîner alors que le quatuor, plus Livier et le capitaine du navire, partageaient un repas tardif.

— Je dis, poursuivit le bandit, que ces deux-là se battent dans l'ombre depuis, genre, aussi longtemps que je suis en vie. On parle de gorges tranchées, de trésors volés, de pots-de-vin et de chantage. C'est impossible.

— Apparemment, on a trouvé un moyen, dit Livier. L'assassin semblait encore un peu pâle à cause de ses blessures reçues sur Tamas, mais les nuits passées à serrer un skar Vis avaient fait leur effet. La nécessité et tout ça.

— La nécessité ? demanda Wax. Quelle nécessité ? Quelle est la menace ?

Eujo leva la main et tapota son bracelet. — Ceux-ci. Les skars sont la raison pour laquelle Fassle a arrêté le Renouveau, et je suppose que Kance en a volé un paquet à Noctia. Fassle les veut récupérer, et Yarvick aussi.

— Une alliance comme celle-là ne dure que jusqu'à ce que les skars soient récupérés, dit Deux. Après, je suppose qu'ils retourneront à leurs vieilles habitudes.

— Génial. On ne verra pas ça, dit Torny. Donc ils envoient tous les Najahn après Kance ?

— Pas tous. Vis se bat aussi, bien que cette lutte semble être presque terminée. Mottilan résiste, Kitaye est tombée.

Wax déglutit, échangeant un regard inquiet avec sa sœur. Sa mère et son père auraient-ils participé aux combats ? Peu probable. Ils avaient quand même peut-être perdu des amis. La Lira de Bliss aurait été au cœur de toute rébellion. Un Wax plus jeune aurait peut-être bondi aux mots de Deux, exigeant de rentrer immédiatement chez lui, mais à la place, il garda le silence.

Il n'y avait rien que Wax puisse faire pour Vis, du moins pas chez lui.

— Wax ? demanda Eujo. Tu n'as rien à dire ?

— Que puis-je dire ? Nous avons pris notre décision il y a longtemps. Ce sont les skars, c'est l'Égide, ou rien.

— Tu es d'accord, Bliss ?

La sœur de Wax hocha la tête. — Je suis sa Gardienne. Je vais où Wax va.

— Dieu merci, dit Torny. Je n'ai pas besoin d'aller sur cette île infestée de plantes.

Ils allaient cependant à Kance. Deux, avec Livier et Eujo ajoutant des détails, fit un nouveau briefing à Wax, Bliss et Torny. Les dernières nouvelles, avant que Deux ne soit parti pour Tamas, détaillaient ces skars volés et les Najahn à leur poursuite. Que Fassle et Yarvick mènent une guerre totale contre Kance semblait inévitable, que Kance finisse par tomber semblait tout aussi certain. Foti, Rana, Whent et Tamas soutenaient Noctia, et avec ces ressources, une conclusion était déjà définie.

— Sauf que nous avons les skars, dit Eujo à la fin. Avec eux, nous pouvons repousser n'importe quelle armée.

— Ouais, sauf que Noctia les a aussi, répliqua Torny. Si tu veux sauver ton île, Eujo, il te faudra quelque chose de différent.

— Quoi donc, Torny ? La voix d'Eujo avait retrouvé son acier familier.

— Se débarrasser du soutien de Fassle. Celui de Yarvick aussi, dit Torny. Ils parlent d'arrêter les démons, de sauver les îles ? On le fait en premier, ils n'ont plus de raison de se battre. Les autres îles ne se rendront pas pour rien.

Livier rit : — Tu fais ça paraître si facile, bandit.

— C'est parce que ça l'est. On amène Wax ici à Kance,

on lui lance quelques skars de ce stock volé, et boum. Ça fait un set de sept.

— Et ensuite ? demanda Livier. Le trône de l'Égide se trouve au centre de Noctia. Ils ne vous laisseront pas vous en approcher, et même si vous y arrivez d'une manière ou d'une autre, qui s'en soucie ? Ils ne s'arrêteront pas.

— Nous montrerons aux îles qu'il existe une autre voie, dit Wax, attirant les regards sur lui. Je n'essaie pas de devenir le prochain Égide. Je ne veux pas utiliser les skars pour tuer ou blesser qui que ce soit. Mais je crois, je dois croire, que nous pouvons les utiliser pour arrêter les démons. Comme Fassle et Yarvick, mais sans leurs armées, sans leur contrôle. Nous pouvons être meilleurs, parce que nous devons l'être.

Un discours, un petit, et Wax aurait aimé voir du soutien sur les visages qui le regardaient, mais à la place, il trouva de l'inquiétude, du doute, et plus d'un soupir. Eujo fit remarquer que leur nourriture refroidissait, et la conversation dériva, sans solution évidente, vers d'autres sujets.

— Tu as essayé, dit Eujo, après, quand elle et Wax se tenaient à l'arrière du navire. Sichi brillait intensément, sa lumière rose transformant la mer en une fleur d'été écumante.

— J'essaie, répondit Wax. Je ne sais juste pas encore comment nous allons faire ça.

— Arrêter les démons ? Sauver les îles ?

— Deux questions difficiles.

Eujo se pencha sur la rambarde arrière. Elle avait un air sérieux, ses cheveux volant dans la brise. Toujours si déterminée, si résolue à conquérir le prochain défi. Si différente de lui, de ces jours où il se balançait dans la jungle.

De Sawi aussi.

— On ne peut pas se reposer, Wax. On ne peut pas

abandonner. Je ne vais pas laisser mon île tomber. Eujo ne regardait pas Wax en parlant, comme si l'océan détenait une réponse là-bas. Mais je ne veux pas non plus que mon peuple meure. Tu penses que ça en vaut la peine ? De se battre pour les skars ?

— Ou quoi ?

— On donne les pierres à Fassle et Yarvick, voilà quoi. On leur fait promettre de reculer.

— L'autre Reine ne l'a pas fait. Elle devait avoir une raison, dit Wax. Je pense qu'on arrive à Kance, on découvre ce que c'était, et on voit. Qui sait, avec un peu de chance, la réponse nous attendra.

— Et si ce n'est pas le cas ?

— On en trouvera une, Eujo. C'est ce qu'on a fait tout ce temps. On ne peut pas s'arrêter maintenant.

— Je suppose que non. Eujo sourit, se redressa. On verra Kance demain. La première fois en des mois que je serai chez moi. La première fois que tu verras les flèches, les planeurs. C'est incroyable, Wax.

— Tu me feras la visite ?

Eujo posa une main sur le bras de Wax, le ramenant vers les cabines. — Tout, Wax. Je te montrerai tout. Et pour une fois, on n'aura pas de couteaux dans le dos.

— Ça a l'air ennuyeux.

Les yeux de la Reine brillèrent tandis qu'elle riait : — Wax, je te garantis que rien de tout ça ne va être ennuyeux. Y compris ce soir.

Eujo se retourna, marchant à reculons, sa main dans la sienne, ressemblant en tout point à l'espiègle, la puissante, la magnifique...

Wax secoua la tête, suivant ce sourire éclatant, cet espoir déterminé.

Le skar de Tamas bourdonna sa vérité, et Wax ne pouvait qu'être d'accord.

10

GRIFFES D'ABORDAGE

Le Kance embrassait la terreur. Comme le disait Narro, cacher un navire en pleine mer, même au crépuscule, n'était pas chose aisée, alors pourquoi ne pas embrasser l'attaque, devenir la fin de son ennemi ? Les soldats Kance, ceux qui ne s'occupaient pas des voiles ou du gouvernail du clipper, grimpaient sur le pont étroit dans un crépuscule nuageux, vêtus d'épaisses robes et armés de rapières.

Pas de plaques d'armure pour ces épéistes.

Au lieu de cela, ils frappaient le bastingage de leurs poignées tandis que les deux navires se rapprochaient. Leurs voix s'élevèrent en un chant tonitruant que Quik ne connaissait pas mais apprit rapidement, une simple récitation appelant à l'aide du dieu du vent et à la chute de leur ennemi. Quik observait, chantait, prenait part à tout cela depuis la proue du clipper, ses propres robes Kance légères dans le crépuscule glacial. Il ne portait pas d'épée mais ses gantelets de bois, sculptés sur Vis et maintenant à pointes métalliques grâce à quelques forgerons entreprenants de Noctia.

Ironique, peut-être, que cet effort causerait maintenant du tort à leurs propres forces.

Les Najahn n'ignorèrent pas l'approche. Comme le Kance, la caravelle ne semblait pas destinée aux soldats. Des marins en tuniques et cuirs noirs et violets Najahn se rassemblèrent sur le pont supérieur, certains passant des arbalètes à une première ligne pour le tir initial.

Quik s'apprêtait à signaler l'imminente pluie de carreaux lorsque le clipper Kance fit une embardée, virant brusquement à tribord et s'éloignant de leur trajectoire de collision directe vers le navire Najahn. La manœuvre coupa le navire dans l'eau, abaissant son profil juste au moment où les Najahn tiraient. Quik dut s'agripper à la rambarde de la proue pour ne pas tomber, entendit les sifflements des carreaux destinés à lui, aux Kance, qui passaient au-dessus de leurs têtes.

Une manœuvre ridicule, un virage sauvage, et un retournement de situation la seconde suivante : les voiles claquèrent et le navire Kance vira à bâbord, réduisant rapidement l'écart avec la caravelle Najahn. Le navire ennemi avait l'avantage de la taille, les marins Najahn se penchant par-dessus le bastingage pour ajuster leurs prochaines salves vers le bas, pour se retrouver face à des grappins lancés dans leurs figures.

— Pour Kance ! cria Narro.

Certains des crochets de fer à trois pointes rebondirent sur leurs cibles pour tomber dans la mer. D'autres mordirent dans la caravelle avec de durs craquements, faisant éclater le bois. Leurs lanceurs s'écartèrent, et Quik vit des coureurs Kance prêts à bondir, leurs robes flottant au vent, sur les cordes. Avec des pas prudents, les Kance posèrent un pied devant l'autre pour se précipiter vers les Najahn. Derrière eux, d'autres combattants Kance ouvrirent le feu avec leurs propres arbalètes, visant les archers Najahn qui tentaient de recharger au milieu du chaos.

Et ils touchaient leurs cibles.

Quik entendit les premiers cris alors qu'il faisait son propre bond, évitant les cordes Kance — il n'était pas assez confiant pour penser qu'il avait l'équilibre nécessaire pour celles-ci — pour frapper le côté de la caravelle. Les gantelets de Quik s'enfoncèrent, ses pieds bottés cherchant des prises. N'en trouvant aucune, la coque mouillée étant un piètre support pour un grimpeur, le chasseur de Vis compta sur ses bras. Une secousse à la fois, il se hissa le long du côté de la caravelle près de la proue du navire.

Dans le crépuscule, pas une âme ne le vit. Ou peut-être l'avaient-ils vu, et supposé que la force de Quik lui ferait défaut bien avant qu'il ne puisse atteindre le bastingage.

Une mauvaise supposition.

Alors que les Kance et les Najahn s'engageaient dans un combat à l'épée à l'ancienne, les rapières rencontrant les coutelas Rana plus traditionnels et quelques voulges dégainées, Quik poursuivait son ascension. Narro avait donné au Vis un objectif différent, qu'il allait atteindre.

Avec des copeaux de bois saupoudrant ses cheveux et ses bras commençant à brûler de l'effort, Quik atteignit le bastingage supérieur de la proue, se hissa par-dessus avec une roulade maladroite. Il se redressa sur un genou pour voir un Najahn tourbillonner, une arbalète se levant vers le visage de Quik.

Le chasseur bondit en avant, ses bottes trouvant enfin de l'adhérence sur le pont plus plat et plus sec. Quik plaqua l'homme, utilisa le choc comme levier pour se redresser et, se penchant sur sa gauche, jeta le Najahn par-dessus bord. Le marin rebondit une fois sur la coque avant de disparaître dans les vagues, un cri muet étant le dernier son qu'il ferait jamais.

La caravelle Najahn correspondait au même design que celle sur laquelle Quik avait voyagé à Foti, ce qui signifiait que le chasseur était du mauvais côté. À sa droite, la proue de la caravelle se courbait vers le haut, une voile la reliant au mât principal au centre du navire. Un mât plus petit et une voile se cachaient à l'arrière du vaisseau, brillant d'une lueur orange dans les dernières braises du jour. Ce mât plus petit et la barre à proximité, les cabines en dessous, étaient son objectif. Pour y arriver, Quik devrait traverser un bourbier sanglant.

La confiance de Narro envers les Kance semblait, à première vue, mal placée. Leurs rapières entaillaient les marins, repoussaient les Najahn, mais les petites lames n'avaient pas la portée nécessaire pour affronter les voulges. Les lances recourbées prirent le dessus, les Najahn abandonnant leurs coutelas alors que d'autres voulges arrivaient des ponts inférieurs, transmises par des serviteurs, des prisonniers ou d'autres marins. Même pendant que Quik regardait, essayant de planifier un moyen de traverser, les Kance se retrouvèrent dans une position désespérée.

Le chasseur Vis n'avait jamais combattu dans une guerre auparavant — le plus proche étant le raid de plage Najahn contre les bandits — et ce qu'il fallait faire semblait un mystère total. Foncer dans le tas ? Essayer de se faufiler par le côté tribord ? Se débarrasser de la cape Kance et prétendre être un espion Najahn depuis le début ?

— Vis !

Le mot porta, dur et paniqué au-dessus des vagues qui claquaient, des cris, des grognements et des jurons. Narro, escaladant les cordes et regardant sa bande pressée et perdante. Le Kance avait une main et les deux pieds sur la corde, la rapière levée, et un regard suppliant dirigé vers Quik. Plus d'un ou deux Najahn le suivaient.

Eh bien, voilà qui mettait fin à l'option furtive.

Poussant un cri, Quik feignit de se diriger vers les larges marches à sa gauche. Deux Najahn armés de voulges réagirent, se détachant de l'attaque Kance pour pointer ces lances courbes vers les escaliers. Un soldat normal aurait pu courir droit sur ces pointes acérées, pariant sur ses capacités à l'épée ou au bouclier pour repousser les voulges.

Quik n'était pas un soldat ordinaire, et si cela signifiait qu'il n'avait aucune idée de comment se battre en formation, aucune idée de comment parer et attaquer, cela signifiait qu'il avait autre chose : l'imprévisibilité.

S'élançant de sa feinte, Quik bondit de la deuxième marche, rebondissant sur le pont supérieur de la proue à sa droite. Comme s'il s'élançait d'un arbre de la jungle, Quik sentit son pied se planter et poussa, volant plus haut que ceux qui levaient leurs voulges et atterrissant dans un plongeon désarticulé. Le Vis plaqua les deux Najahn au sol, ses gantelets perçant la faible protection offerte par les robes des Najahn. Un liquide chaud éclaboussa la propre robe de Quik tandis qu'il entraînait la paire au sol, l'élan alimentant son prochain mouvement.

Lors de la chasse aux hanoko, il fallait toujours partir du principe que les félins chassaient en meute. Ne jamais devenir une cible facile.

Quik roula loin des corps des Najahn, ramenant ses gantelets et les os, la peau, le tissu pris dans leurs pointes en travers de sa poitrine. Le coup attendu d'un troisième Najahn surpris arriva, frappant de haut en bas avec une intention sauvage. La lame se fissura dans le gantelet droit de Quik, se logeant dans la plaque de bois. Le marin Najahn le fixa, tentant de retirer la lame sans succès.

Le Vis gronda, le Najahn détourna les yeux de l'arme vers le guerrier. Il n'avait qu'une seule lame. Le guerrier en avait deux, et le second gantelet n'avait aucune difficulté. Se redressant d'un bond, Quik poussa l'épée coincée et son porteur dans une retraite maladroite, terminée par un violent coup d'estoc de son gantelet gauche. Sa victime toussa, frissonna et s'effondra.

Mais le hurlement guttural ne venait pas du marin, pas plus que la lame tranchante qui entailla le bras de Quik. Le chasseur pivota, vit un autre Najahn s'effondrer sur le pont, la rapière de Narro se retirant du flanc de l'homme.

— Garde tes yeux ouverts, Vis, dit Narro en faisant un signe de tête à Quik. Nous avons l'ouverture. Retournons-y.

Les paroles concises de Narro disaient vrai. Bien que Quik n'ait abattu que trois hommes, le chaos de sa charge avait divisé la défense Najahn, permettant aux raiders Kance de percer. Les cordes assurées, d'autres combattants Kance sprintaient vers le haut, tandis que les Najahn luttaient pour former une ligne défensive le long du pont supérieur. Ces voulges conservaient un avantage meurtrier, que Quik ne se souciait pas d'affronter.

Au lieu de cela, Quik partit sur la droite, appelant Narro à le suivre. Les Najahn s'étalèrent pour suivre, poursuivant le duo Kance à travers le pont supérieur de la caravelle. Le mouvement amincit la ligne des pourpre et noir, un effet que Quik perçut davantage dans l'ombre alors que le soleil descendait sous l'horizon. Personne n'avait le temps pour des torches ou des lanternes, la bataille sombrant dans l'obscurité.

Sichi ne s'était pas encore levée, et dans son retard, Quik trouva un avantage.

Narro contra la première arrivée, utilisant sa rapière pour écarter la poussée de la voulge. Quik, restant à la droite de Narro, esquiva la déviation et se rapprocha. Ses gantelets poussèrent le manche de la voulge vers le haut, exposant le marin à l'estoc de Narro qui suivit. Les robes pourpre et noir flottèrent tandis que Quik poursuivait sa charge, restant à couvert derrière le corps qu'il poussait vers les amis qui suivaient.

À peine visible à découvert, Quik fila sur la droite, donnant au corps une dernière poussée vers un groupe d'épées et de lances. Les Najahn jurèrent, manquèrent le Vis alors que Quik fonçait vers l'objectif initial : la cabine du capitaine Najahn et les secrets qui, espérait-il, l'attendaient à l'intérieur.

Derrière Quik, Narro cria, attirant l'attention. Les Kance pressèrent leur attaque, et Quik, à l'écoute d'une éventuelle poursuite, n'entendit rien. Un combattant fuyant la scène inquiétait moins que la lame déjà sur votre cou.

Ou peut-être ne pouvaient-ils même plus le voir.

Quik faillit rentrer de plein fouet dans la cabine, la porte en bois et le mur apparaissant plus comme une sensation que comme un objet visible. Les pointes de ses gantelets grattèrent, trouvèrent le contour de la porte. Quik tira sur la poignée — un mouvement maladroit avec les énormes gantelets, mais le Vis n'osait pas se désarmer avec le combat qui grondait encore dans son dos. La poignée trembla.

Verrouillée.

Quik recula. Visa, et projeta son gantelet gauche en avant. Les pointes métalliques brisèrent la charnière supérieure de la porte, la pliant vers l'intérieur. Un second coup broyant délogea la charnière inférieure, le métal tordu grinçant. Une seule poussée maintenant suffirait à —

Des pas, courant dans sa direction. Quik pivota, poussant de son gantelet droit. La voulge entrante, visant droit vers le cou de Quik selon l'entraînement Najahn, creusa un profond sillon dans le gantelet droit de Quik, traçant une coupure brûlante à travers son épaule droite. Le Najahn enchaîna le raté avec une charge d'épaule, qui aurait pu fonctionner contre un adversaire plus faible, une carrure plus mince.

Quik y répondit par une poussée de l'épaule gauche, l'impact perçant à travers les robes du Najahn. Des côtes craquèrent, l'homme suffoqua, et Quik enchaîna d'un coup de pied sur l'imbécile trébuchant. Le coup frappa l'entre-jambe de l'homme, le faisant tomber avec sa voulge sur le pont.

Celui-là ne se battrait plus.

Ignorant l'entaille sur son épaule, Quik se retourna vers la porte en ruine, lui asséna un second coup de pied. La serrure fit son travail, faisant pivoter la porte vers la droite, où elle claqua contre le mur de la cabine et resta suspendue là, une chose ruinée, et que Quik pouvait enfin voir, grâce à la lumière des bougies venant de l'intérieur.

Là, attendant, se tenait une seule forme blindée. Le capitaine Najahn, avec son arbalète levée. L'arme cliqua, le carreau vola, et Quik sentit une douleur cuisante dans sa poitrine. Le chasseur chancela, le capitaine se pencha pour recharger, pour armer l'arbalète.

Pour les Vis. Pour ses amis. Pour son frère.

Quik gronda une prière de chasseur, se lança dans une charge de taureau. Un, deux, trois pas et le capitaine lâcha son arbalète. Il n'atteignit pas l'épée à sa taille, mais plutôt les bougies allumées à côté de la table derrière lui. Une couverte d'épais papiers, les lignes se brouillant alors que le carreau d'arbalète déchirait les poumons de Quik, son cœur, quelque chose d'important.

Le capitaine tendit le bras, renversa la bougie alors que

Quik enfonçait son gantelet dans l'étroite jointure au bras de l'homme. La bougie heurta la table, les flammes trouvant leur léchée. Les griffes de Quik trouvèrent leur propre prise, mordant à travers les anneaux plus souples sous cette plaque Najahn, s'accrochant à la peau et à ce qui se trouvait en dessous. Le Najahn hurla. Quik tira, donnant un coup de pied en même temps, entraînant le capitaine dans une chute sanglante sur le sol.

Les premières volutes de fumée, la première odeur de brûlé, frappèrent le nez de Quik, et il aperçut une solution : une cruche de vin. Quik tendit la main vers elle, trouva ses doigts engourdis, son gantelet trop maladroit, sa vision trop floue. Alors il balança à la place, fracassa la cruche sur la petite flamme menaçant de dévorer les cartes. Un pourpre profond se répandit sur la table, engloutissant l'orange, deux couleurs dansant, jusqu'à ce qu'elles ne deviennent qu'une seule obscurité.

11
CHARITÉ

Le décor était magnifique pour un meurtre : une piscine dans une grotte, l'eau léchant les pierres humides et les stalagmites autour des bords, le goutte-à-goutte de l'eau qui s'infiltrait depuis le haut. L'air stagnant reprenait un peu de vie alors qu'une rafale lointaine se frayait un chemin. Et, bien sûr, l'agonie grondante et frémissante des monstres qui avaient tendu une embuscade au groupe de Whent, qui avaient succombé à leurs épées et à leurs haches, bien qu'évidemment, pas sans avoir mordu en retour.

Ceux que Maena s'apprêtait à achever.

Deux mangeurs de roche en étaient sortis vivants, l'un grièvement blessé et tentant de se bander tandis que l'autre vérifiait les corps de leurs camarades. Un effort sinistre, marqué par des griffures, des entrailles et des jurons. Un effort qui l'empêchait également de vérifier l'état de son ami, une vérification désormais inutile alors que Maena descendait de son poste d'observation. Le coutelas menait la plongée, s'inclinant vers le bas et portant son coup mortel avec pour seul bruit un soupir choqué. Elle chevaucha le corps qui s'effondrait jusqu'au chemin rocheux, se dégageant dans une position de frappe accroupie, chaque pied se nichant dans le gravier sans un craquement. Le coutelas, toujours tranchant, se retira d'un coup sec de la main de Maena, sa main gauche servant à équilibrer la Rana dans son prochain mouvement.

L'étroit chemin menant à la piscine s'illumina avec la cible : de la mousse rose fluorescente. Agglomérée ici et là, la mousse recouvrait l'espace d'une lueur rosée, le sang et les morceaux éparpillés prenant des ombres, une teinte plus cramoisie. Sa cible se penchait sur le dernier de ses amis, la hache de retour à sa ceinture et un autre juron sur les lèvres.

Achève-le.

L'homme posa une main sur l'épaule du corps, une pression affectueuse. Une réfutation brutale de la voix dans la tête de Maena, et une qui provoqua une question, un changement, un halètement de quelque chose qu'elle croyait disparu depuis longtemps.

— Que s'est-il passé ? demanda-t-elle, sa voix un murmure raide.

L'homme se retourna brusquement, sa main allant vers sa hache avant d'hésiter, confus. Il portait l'accoutrement typique d'un Whent : des vêtements épais, une barbe, des cicatrices se mêlant aux nez cassés du passé. Massif, méfiant. Une odeur de pin écrasé lui parvint. Un bonnet en fourrure couvrait étroitement sa tête, ses teintes argentées et brunes autrefois immaculées maintenant maculées des résidus de la bataille.

—Qui es-tu ?

— Je cherchais ça, dit Maena, désignant la mousse de son coutelas. J'ai entendu des bruits et je suis venue voir si je pouvais aider.

— Tu arrives beaucoup trop tard. L'homme commença à dire autre chose, puis remarqua la forme affalée près de Maena. Bon sang, non.

Il s'avança en traînant les pieds, passa devant Maena. La Rana fit un pas de côté, regarda le mangeur de roche se pencher sur le corps de son ami.

Tu as gâché ta première chance. Ne gâche pas celle-ci.

Maena voulait soupirer, jurer, se lamenter sur les folies qui avaient conduit cet homme et ses amis à leurs fins misérables. Au lieu de cela, elle leva le coutelas, l'aligna pour un coup simple visant à trancher le cou. Le mangeur de roche, ses mains sur son ami, s'immobilisa en frissonnant. Ces doigts auraient trouvé la nouvelle blessure, réalisant que sa coupure nette ne provenait pas de griffes de monstres.

Elle frappa.

Il plongea sur sa droite, roulant sur le côté de la grotte dans une torsion. Le coutelas ne manqua pas sa cible : il traça une ligne rouge le long du bras de l'homme, tranchant le cuir des Whent comme s'il n'était guère plus que du papier. L'affûtage des Whent à l'œuvre, là. Les efforts de Jochi se retournant contre son propre peuple. Approprié.

— Qu'est-ce que tu... commença l'homme, tirant sa hache alors que Maena pressait, fouettant le coutelas dans une autre entaille transversale.

Le Whent n'eut pas le temps de dégainer sa hache, n'avait nulle part où esquiver, et encaissa le coup de coutelas sur son bras. La lame mordit profondément, les brassards et le manteau faisant peu pour entraver le coup. Mais cela donna une seconde à l'homme, qu'il utilisa pour pousser un cri de défi sauvage, balançant la hache dans un mouvement ascendant.

De tels coups sauvages avaient leurs inconvénients :

prévisibles, imprécis, et Maena esquiva celui-ci, laissant la hache fendre l'air au-dessus de sa tête tandis qu'elle arrachait le coutelas. Accroupie, elle bondit en avant, visant un coup à l'estomac qui mettrait fin au combat. L'ouverture aurait dû être là, aurait dû être facile à saisir, mais le Whent ne retira pas son coup, laissant plutôt tomber son coude alors qu'il continuait à glisser le long de la paroi de la caverne. Le coup frappa la tête non protégée de Maena, la projetant vers le sol. Le coutelas ricocha sur la paroi rocheuse, la lame faisant jaillir des étincelles et manquant la chair.

Maena goûta le gravier en heurtant la terre, ses mains et ses genoux pressant pour la maintenir en mouvement, la garder...

La hache mordit dans le mur au-dessus de sa tête, une conséquence moins de la chance que de l'esquive du Whent. Ses pas de côté l'avaient fait éclabousser dans la piscine, son pied glissant très légèrement pour placer le coup plus haut. Maena lâcha son coutelas, bondissant plutôt pour agripper le poignet du Whent, le pliant vers le bas de tout son poids alors qu'il essayait de garder son arme. La tension, la torsion firent craquer quelque chose, l'homme hurla et lâcha la hache, libéra sa main et trébucha en arrière, tombant dans la piscine avec un éclaboussement glacé.

Maena lâcha la main, se relevant lentement et adoptant l'arme perdue. Elle récupéra aussi le coutelas, maniant à la fois la hache et la lame alors qu'elle se tournait vers le Whent blessé, la piscine perdant sa clarté immaculée tandis que le sang et la saleté souillaient les eaux.

— Que veux-tu ? gronda le Whent, reculant dans la piscine, vers l'eau plus profonde.

— Comme je l'ai dit, la mousse, répondit Maena. Toute la mousse.

— Alors prends-la ! Le Whent éclata en un demi-sanglot. Ça ne vaut pas la peine de mourir, rien de tout ça n'en vaut la peine.

— C'est là que tu te trompes. Ce que cette mousse va me rapporter, ce que je peux faire... Maena secoua la tête, s'approcha du bord de la piscine. Tu me connais ?

— Quoi ? Te connaître ?

Tu ne peux pas, Maena. S'il va au camp de Jochi, il nous identifiera. Nous serons piégés.

— Qui je suis, demanda Maena au Whent. Tu me connais ?

— Je ne t'ai jamais vue de ma vie.

— Mais vous vous souviendrez de moi.

Le Whent semblait saisir l'importance de la situation alors qu'il tenait son poignet cassé, assis à trois enjambées dans la piscine. — Non, j'peux à peine vous voir. En fait, j'vous ai jamais vue du tout. Des démons. Des démons nous ont attaqués. Ils ont tout pris. J'ai dû faire le mort, voyez. L'homme délirait maintenant, suppliant. Des larmes. De la morve. — J'aurais dû mourir, j'aurais dû.

Qu'il en soit ainsi.

Maena observa le triste spectacle pendant un long moment. Si loin des mangeurs de roche qu'elle avait combattus sur les ponts de centaines de navires. Si loin des propres guerriers de Jochi, prêts à affronter les marcheurs de feu et autres démons en contrebas. Achever l'homme maintenant serait presque un acte de miséricorde, lui offrir un cadeau.

Mais.

Nous sommes des tueurs, Maena. Parce que nous devons l'être. À cause de ce qui doit être fait.

Mais pas sans cœur. Pas encore.

— Restez là, dit Maena. Ne bougez pas de la piscine jusqu'à ce que je parte. Puis comptez jusqu'à cent, et faites-le lentement. Une fois que c'est fait, vous vous débrouillerez tout seul.

Son autre moitié, son âme divisée, enrageait tandis que Maena emballait la mousse. Autant qu'elle pouvait en porter, fourrée dans des pochettes, des sacoches, et les parties d'elle-même où elle pouvait coller. Le Whent gémit d'abord, puis tomba dans un silence de pierre, regardant Maena alors qu'elle se déplaçait. Pourtant, il respecta sa menace, ne fit aucun mouvement pour quitter la piscine. Elle se prépara à d'éventuelles insultes, mais elles ne vinrent jamais. Aucune bravade stupide qui aurait forcé Maena à porter un coup fatal.

Le Whent resta silencieux, et ce n'est qu'après qu'elle eut disparu au tournant, après qu'elle se fut arrêtée pour écouter, qu'elle l'entendit parler à nouveau.

Des nombres, l'un après l'autre, comptant.

Le forgeron dormait quand Maena revint. Dreamhold n'était jamais vraiment silencieux, l'obscurité et la profondeur encourageant amplement la beuverie et la débauche ivre, alors les coups violents de Maena s'accompagnaient d'un vacarme chantant derrière elle. Bagarres et bouffonneries. Il fallut trois séries, la dernière menée avec le pommeau de son coutelas, pour que l'homme ouvre la porte. Il prit les sacs sans un mot, les ouvrit une fois, et hocha la tête vers elle.

— Deux jours, dit le forgeron. Vous les aurez dans deux jours.

Maena retourna alors à son propre lit. Le matelas de paille plat. Elle nettoya son coutelas avec un chiffon en lambeaux. Se rafraîchit, et s'installa sur le lit dur.

C'était stupide. Il le dira aux autres.

Et alors ? Une femme étrange apparaît, le vainc dans un combat, tout ça pour de la mousse ?

Maena rit toute seule, puis s'arrêta, regarda autour d'elle. Il n'y avait personne pour l'écouter, ses colocataires faisant de leur mieux pour oblitérer hier avant que demain ne puisse commencer.

C'est un risque, et nous ne pouvons pas nous permettre d'en prendre davantage. Nous sauvons les îles, Maena. Cela vaut trop.

La capitaine Rana fronça les sourcils. Elle avait fait des choses terribles. Les avait rationalisées contre un plus grand bien, un meilleur avenir. Un qui semblait ne jamais arriver, jusqu'à maintenant. Ils étaient si proches.

Deux jours. Deux jours jusqu'à ce qu'elle en ait assez. Alors, la terre tremblerait, la chambre s'effondrerait, et les démons, tous, seraient détruits.

C'est pourquoi tu ne peux pas jouer à ces jeux.

Vrai. Plus maintenant. Bien que, qu'est-ce que cela importait ? Un seul Whent blessé, sans arme, perdu dans les Ténèbres d'en-dessous ? Maena tapota le manche de la hache volée, le reste de l'arme enfoui sous ses sacoches, ses cuirs et autres équipements. L'arme était de bonne qualité, pouvait être échangée contre quelque chose de mieux. Son ancien propriétaire n'en aurait certainement plus besoin.

L'homme ne survivrait jamais.

12

PLANEURS ET GLOIRE

Parce que le sommeil n'était pas plus nécessaire à Svarde que la respiration, le barbare, ainsi que quelques éclaireurs Whent montant la garde, repérèrent l'attaque des Kance. Elle ne vint pas par voie terrestre, comme une armée déferlante traversant les champs accidentés vers les marcheurs de feu et leurs amis. Au lieu de cela, les lueurs arrivèrent avec l'aube naissante, le rose de Sichi se mêlant aux premiers orangés du soleil pour illuminer ces filaments Kance comme des lames ondoyantes tout juste sorties de la forge.

Un essaim, c'est ce que Svarde pensa d'abord en voyant la formation contourner les montagnes au sud et à l'est. D'abord rien, puis des traits brillants s'alignant en une formation serrée. Haut et stable, ils se dirigeaient vers le campement endormi — les marcheurs de feu, bien que Svarde ne fût pas sûr qu'ils dormaient, s'étaient installés dans une somnolence calme et crépitante pendant la nuit — qui était maintenant réveillé par les sifflements alarmés des Whent. Un tambour de la toundra résonnait, un battement rapide dominant les appels d'oiseaux constants des Kance et les douces vagues.

— Kivi, on ferait mieux de trouver un abri, dit Svarde, se levant brusquement de la pierre qu'il avait choisie au bord du champ. Faisant partie d'une ligne de démarcation et suffisamment bonne pour s'asseoir, il s'en était levé de temps en temps pour faire le tour du camp nocturne. Quoi que ces cavaliers du vent préparent, nous ne pourrons pas faire grand-chose pour les arrêter.

Ami, plus proche du centre du champ, ne partageait pas la vision fataliste de Svarde. Elle avait bondi au premier appel des Whent et avait commencé à courir partout, aboyant aux marcheurs de feu et aux Whent de se lever, de prendre les armes et de se préparer à une attaque.

Comme s'ils en avaient le temps.

Les planeurs se déplaçaient plus vite que n'importe quelle armée en marche, et ils plongeaient comme des oiseaux en piqué. De sous les larges frondaisons d'un palmier, Svarde observa les premiers planeurs plonger. Au début, il ne distinguait pas leurs armes, ces traits dorés semblant n'avoir rien, mais des nuages de poussière au sol suggéraient le contraire. Les éclaireurs et les soldats Whent trop lents à quitter le champ commencèrent à crier de douleur, certains s'effondrant dans le sable pour ne plus se relever. Les marcheurs de feu n'avaient ni soufflets ni cris de guerre, croisant leurs bras pour dévier les projectiles entrants.

Svarde ne vit pas un seul de ces démons brûlants tomber, ni même subir une blessure. Pas de taches blanc cendré, pas de fureur étincelante.

Il vit cependant leur riposte.

Alors que les planeurs redressaient leur piqué pour survoler la zone, les marcheurs de feu se penchèrent, abandonnant leurs fléaux pour des roches, des mottes de terre durcies par la chaleur des démons en missiles de verre fondu. Avec leurs quatre bras, les démons lancèrent leurs répliques aux planeurs qui passaient. L'un d'eux fut touché à son aile fragile, l'engin tournoyant violemment en cercle avant de s'écraser directement au sol. Un autre perdit son pilote, la forme frappée tombant en chute libre vers son atterrissage final. Les planeurs n'encaissèrent pas ce feu mortel sans réagir, l'assaut fluide se brisant tandis que les planeurs tressautaient dans tous les sens, une esquive spasmodique qui avait ses propres conséquences.

Svarde grimaça en voyant une paire de planeurs entrer en collision, tandis qu'un autre, évitant une pierre lancée, vira trop brusquement et s'écrasa contre le flanc d'une montagne voisine. La première vague se dispersa, la plupart des planeurs faisant demi-tour vers la ville.

Comme s'ils y seraient en sécurité.

— Allez, Kivi, dit Svarde au fidèle ferrite. Je sais comment nous pouvons être utiles.

Le barbare se mit à courir d'un pas lent vers la ville, la grande lame noire et dentelée reposant sur son épaule gauche. Pas de haches à sa ceinture, pas de bouclier dans sa main droite. Les skars de Noctia et Vis, ou la lame façonnée à partir d'eux, joignaient leurs murmures dans son esprit, un bourdonnement constant qui à la fois nourrissait Svarde de vie et la lui retirait, le transformant en un vide insipide. Quoique capable.

Les Kance avaient encore quelques tours dans leur sac, les résultats visibles tandis que Svarde jetait des coups d'œil en arrière vers son armée. Une deuxième vague de planeurs arriva plus haut, leurs carreaux — tirés, Svarde le nota de la première vague, depuis des arbalètes montées sur rail — moins précis mais servant simplement d'ouverture pour leur prochaine arme : de petites bombes larguées à la main.

Ces petits objets hurlaient en descendant, frappant le sol et explosant en détonations éclatées. Une idée brillante volée aux artisans Foti et Najahn, maintenant déployée contre les soldats Whent qui se dispersaient. Ils en larguèrent aussi parmi les marcheurs de feu, qui absorbèrent la chaleur et la pression avec indifférence. Les démons prouvèrent qu'ils pouvaient aussi lancer plus haut, les mottes de terre et les pierres s'élevant si loin dans l'aube violet-bleu qu'elles ressemblaient à des étoiles filantes.

Des planeurs tombèrent. Des pilotes moururent. L'assaut des Kance faiblit, recula.

Aucune troisième vague ne contourna les montagnes.

Svarde continua sa course, seul.

La ville Kance avait un petit mur de pierre autour de sa périphérie, moins une défense qu'une agréable frontière. Des fresques recouvraient les briques blanchies à la chaux. Des noms aussi, proclamant les citoyens notables de la ville, ses dirigeants. Des noms que Svarde réduirait bientôt en cendres.

Pourtant, le barbare soupira en s'approchant lourdement, quittant les champs pour les routes de terre dure menant à l'intérieur. Il y avait eu un si mince espoir hier, une chance de paix, et maintenant cet espoir s'était envolé. Trop têtue, cette île stupide, et maintenant ils allaient mourir pour ça.

Eh bien, Svarde choisirait ses cibles. Ceux qui ne se battraient pas seraient épargnés par son épée. Quant à savoir si les marcheurs de feu adopteraient le même mantra, il ne pouvait le dire.

Mieux valait donc qu'il ait le premier coup contre l'ennemi. Les briser, et ce faisant, les sauver.

Trois soldats en armure cristalline de Kance se tenaient à la porte de la ville, en réalité une simple brèche dans le mur. Derrière eux, alors que Svarde approchait, le chaos régnait. Des planeurs écrasés et atterrissant, ceux qui n'avaient pas gardé assez d'élan pour disparaître dans l'un des cols de montagne, gisaient éparpillés sur la place, fracassés sur les toits ou accrochés aux cheminées. Les habitants couraient dans tous les sens, beaucoup portant des sacoches remplies sur le dos.

Ils fuyaient, donc. Intelligent.

— Bonjour, dit Svarde, Kivi reniflant à ses côtés, en s'approchant. Je suppose que vous n'aimeriez pas vous rendre maintenant, voyant que votre attaque n'a fait que nous provoquer.

Un garde s'avança, et Svarde reconnut le visage sous le casque, à moitié dans l'ombre alors que le soleil levant projetait ses rayons orange-pourpre sur le paysage.

— Les guerres ne se gagnent pas en une seule escarmouche, dit Veloc, dégainant sa rapière et la pointant vers Svarde. Aujourd'hui nous apprenons. Demain nous gagnons.

— Ces planeurs qui se sont échappés, peut-être. Vous, certainement pas. Svarde garda sa grande lame sur ses épaules et hocha la tête vers la rapière. Ce petit cure-dent ne va faire que te tuer. Range-le.

Veloc rougit. Les deux autres gardes s'avancèrent à ses côtés.

— Nous allons gagner du temps pour nos familles et nos amis, dit Veloc. Pour cela, les rapières suffiront.

Svarde inclina la tête. — La reddition vous donnera tout le temps que vous voulez, ainsi que vos vies. Nous ne sommes pas là pour vous tuer.

— Et nous ne sommes pas là pour nous coucher et

laisser les mangeurs de roches et leurs démons nous marcher dessus.

Le barbare souleva la lame noire dentelée de son épaule et la saisit à deux mains. Les voix de Noctia montèrent, affamées, exigeant que Svarde frappe. Derrière elles, en dessous d'elles, le Vis restait silencieux.

— Votre choix, vos conséquences, dit Svarde, puis il émit un sifflement bas.

Kivi bondit en avant et sur la gauche, se dirigeant vers le garde de ce côté. L'homme, apparemment surpris par la vitesse d'un férrite, donna un coup de pointe vers le lézard de pierre. Le coup arriva de façon désordonnée, la rapière heurtant la peau rocheuse de Kivi et se brisant. Kivi ne stoppa pas sa charge, percutant le garde et l'entraînant au sol.

— Aide-le, lança sèchement Veloc à l'autre garde, avant de faire un pas vers Svarde. Si je te tue, ton armée se brisera-t-elle ?

— Voilà le problème, dit Svarde. Tu ne peux pas.

Le regard perplexe de Veloc se transforma en horreur lorsque sa foulée se transforma en une estocade directe, que Svarde laissa percer son côté droit. La rapière glissa, et Svarde ressentit la douleur, bien que si distante, si vague, qu'elle ressemblait à un rêve. Aucun sang ne jaillit, pas de grimace, pas de cri d'agonie. Au lieu de cela, Svarde frappa en travers avec la lame dentelée, arrachant la rapière des mains de Veloc pour l'envoyer dans la poussière.

Le soldat de Kance recula d'un pas, secouant la tête. — Tu n'es pas réel. Ce n'est pas réel. Ça ne peut pas-

— Si, ça l'est.

Svarde donna un coup de pied à la rapière vers Veloc, la garde de la lame rebondissant sur les bottes blindées de l'homme.

— Ramasse-la et meurs, ou laisse-la et rends-toi.

Derrière Veloc, ses deux gardes ne rendaient pas le choix de se battre plus facile. Kivi, ayant assommé sa première cible d'un coup de tête, avait la jambe du second garde dans sa gueule. Les mâchoires du férrite se refermèrent, brisant l'armure de Kance et faisant hurler la femme. Le bruit trouva son écho dans la ville, les gens en fuite réalisant que la guerre était arrivée, et plus tôt que prévu.

Veloc déglutit, trouva assez de courage pour ramasser l'épée. Une fois de plus, il la pointa vers Svarde, bien que le barbare vît la pointe trembler.

— Courageux, et stupide, dit Svarde.

— Je ne suis pas un lâche.

— Je n'ai pas dit que tu l'étais.

Svarde bougea en parlant, se lançant dans un large balayage à deux mains qui aurait arraché la tête de Veloc de ses épaules. Le combattant de Kance se baissa, tombant sur un genou alors que la lame de Svarde sifflait au-dessus de sa tête. Veloc saisit l'ouverture, s'élança à nouveau, poignardant Svarde dans ce qui aurait dû être un coup fatal à l'estomac du barbare.

Encore une fois, la douleur distante, les murmures du Vis. Pas de sang, pas de chaleur, pas d'assombrissement de sa vision morte.

Svarde inversa son coup. Veloc, sa rapière coincée dans le cuir de Svarde, ne put se retirer assez vite. La frappe du barbare atteignit Kance en pleine poitrine, la lame brisant l'armure de Kance et projetant Veloc dans la poussière, une traînée rouge humide le suivant. La rapière gisait à côté de son propriétaire.

Veloc, gémissant, posa ses paumes au sol, commença à

se relever, mais Svarde posa un pied botté sur le dos de l'homme. Le plaqua dans la poussière.

— Dernière chance, Veloc, gronda Svarde. Arrête, ou je réduis ton crâne en poussière.

— Tu es un salaud, cracha Veloc à travers le gravier et la poussière.

— Un point que je ne contesterai pas, mais mon offre tient toujours.

Veloc jura, une chose faible et triste, puis s'affaissa. Svarde hocha la tête pour personne, puis retira son pied du dos de l'homme pour écarter la rapière d'un coup de pied. Ce faisant, Svarde siffla à nouveau, rappelant Kivi du garde gémissant pour qu'elle vienne à ses côtés.

— Beau travail, ma fille, dit Svarde au férrite, s'agenouillant pour tapoter la tête du lézard de pierre. Je suis fier de toi.

Kivi fit briller ses yeux de saphir, avec un éclat particulier. Svarde rit.

— C'est vrai, ils n'étaient pas grand-chose, marmonna Svarde, se relevant et regardant la ville.

Les gens continuaient d'affluer, vers ce que Svarde supposait être une sortie arrière, un passage à travers les montagnes. Un que leur armée suivrait bientôt.

— Satisfait avec trois ? demanda Ami peu après, le trio de gardes de Kance laissé assis contre le mur. Seul Veloc avait une blessure sérieuse, et Svarde avait aidé l'homme à la panser avec du tissu de sa sacoche. Je t'ai vu partir et je m'attendais à ce que toute la ville soit en feu maintenant.

— Si tu invites ces marcheurs de feu, elle le sera, dit Svarde, regardant les rangs flamboyants formés derrière Ami.

— C'est ce qui reste. J'ai renvoyé le Whent en dessous.

Ils sont en danger ici, et nous n'avons pas besoin de leurs corps.

— Non ?

Ami, ses cheveux de flamme et son masque doré flamboyant alors que le matin éclatait pleinement, arborait un sourire sinistre. — Tu es immortel, et les marcheurs de feu le sont pratiquement aussi. Kance est condamné, Svarde. La seule question est de savoir combien d'entre eux doivent mourir avant qu'ils ne s'en rendent compte.

13

MER ET PIERRES

Les Najahn se ruèrent sur le *Storm's Edge* avec des efforts surhumains. Le premier appel de Deux sur le pont survint peu après l'aube, alors que Kance allait bientôt apparaître à l'horizon. Déjà visibles à l'Est et se rapprochant rapidement se trouvaient plusieurs clippers najahn. Derrière eux, de lourds galions foti réquisitionnés par le violet et noir émergeaient.

— Un dégel précoce a rendu les choses plus difficiles que prévu, dit Deux à Wax et Eujo alors qu'ils arrivaient sur le pont.

La Reine et le Vis portaient tous deux une agréable fatigue, partiellement dissipée après un rinçage à l'eau de mer. Toute bonne humeur persistante de la nuit précédente, absolument incroyable, se dissipa rapidement à la vue de ces drapeaux qui approchaient et des soldats qu'ils représentaient. Wax posa sa main sur son collier, sentant les pierres chaudes qui attendaient sous sa chemise, la robe de Kance.

Qu'il aurait à faire appel à leur pouvoir sous peu n'était plus une question. Que Wax devrait contrôler les pierres divines encore et encore était maintenant le schéma de sa vie, aussi inéluctable que manger, boire, et... son attention dériva vers Eujo, qui s'était plongée directement dans une discussion tactique avec son capitaine.

— Peut-on les distancer ? répondit Deux à la question de la Reine. Les galions n'ont aucune chance de nous rattraper, et dans une course équitable, je dirais que nous pourrions aussi battre ces clippers. Mais ici, ils nous coupent la route, parcourant la moitié de notre distance avec un temps favorable en plus. Je vais appeler l'équipage aux armes.

— Vous n'avez pas l'air confiant, dit Eujo, partageant la rambarde avec Deux et imitant son regard fixé sur les navires ennemis.

— Nous sommes des marins, pas des soldats, ma reine. Livier est le seul vrai combattant que nous ayons à bord, hormis vos Gardiens, peut-être. Chacun de ces clippers aura une escouade ou plus de soldats najahn, armés et entraînés à tuer. Nous aurons du mal face à un seul, sans parler de trois.

— Alors nous ne les combattrons pas, dit Wax, attirant les regards sur lui. Nous n'avons pas à le faire. Il tapota son collier. Utilise ton skar de Kance, Eujo. Donne-nous le même coup de pouce que sur le chemin vers Whent.

Eujo acquiesça, tendit la main vers son bracelet, puis s'arrêta. — Deux, les Najahn nous combattent, n'est-ce pas ?

— En effet ?

— Alors chacun de leurs navires que nous coulons nous aide, n'est-ce pas ?

— Ce serait le cas ?

— Eujo ? demanda Wax. Quoi ?

— Nous ne fuyons pas, déclara Eujo. La Reine de Kance

n'arrivera pas chez elle en fuyant. Je veux inspirer mon île, pas leur donner plus de raisons d'avoir peur.

Le front de Deux se plissa, puis se détendit lorsqu'Eujo leva son poignet. — Vous voulez utiliser les skars ?

— Pas vouloir, mais le faire. Je vais le faire, Deux. Pour mon île, mon peuple, et pour gagner cette foutue guerre.

Wax resta silencieux pendant qu'Eujo et Deux planifiaient la défense, le premier clipper s'approchant du *Storm's Edge*. Bliss et Torny avaient enfilé leurs robes, avec du cuir en dessous. Bâton et dagues prêts. Les marins de Kance s'étaient également armés, bien qu'Eujo les ait concentrés sur le maintien de la vitesse élevée du *Storm's Edge*. Même si elle voulait utiliser les skars pour anéantir les Najahn, elle ne voulait pas faciliter un abordage chanceux.

Et c'était là la pensée à laquelle Wax revenait sans cesse. Eujo bouillonnait d'une froide fureur. Le skar de Tamas suspendu au cou de Wax le lui disait. La Reine de Kance voulait apporter la peur et la ruine, la destruction et la mort au violet et noir qui attaquaient sa patrie. Elle était prête, et bien qu'elle ne l'ait pas demandé, Wax savait ce qu'on attendait de lui : quand les skars auraient épuisé l'énergie d'Eujo, il devrait prendre sa place et achever le massacre.

Des accidents et le désespoir avaient provoqué les désastres précédents de Wax avec les skars : le démon-bulle de Rana, le domaine dans la ville côtière de Whent, le feu tourbillonnant et la terre ondulante à l'avant-poste najahn près de la Faille Dorée.

Eujo aurait pu fuir. Au lieu de cela, elle voulait utiliser les skars comme des armes.

« Ne devrais-tu pas être là-haut ? » signa Bliss, se plaçant devant Wax avec un froncement de sourcils.

Ils se tenaient tous deux à quelques pas de la proue du *Storm's Edge*, où Eujo et deux marins de Kance tenant des boucliers en bois rigide attendaient. Ces marins intercepteraient tout projectile entrant, donnant à Eujo le temps de concentrer son assaut. Le clipper était maintenant à quelques instants, son pont étroit couvert de soldats en armure. Chakrams, vouges et arbalètes hérissaient.

Une ancienne façon de tuer sur le point de rencontrer la nouvelle.

— Pan n'aurait pas voulu ça, dit Wax.

« Pan ne voudrait pas non plus que tu meures. »

— Donc c'est ça le choix ? Utiliser les skars pour tuer, ou mourir ?

Bliss ne donna à Wax ni froncement de sourcils, ni geste de soutien. Juste un regard direct. « Ce n'est peut-être pas de ta faute, mais c'est là où nous en sommes, Wax. » Elle jeta un coup d'œil vers le clipper, qui se rapprochait rapidement. « Seuls les enfants peuvent prétendre le contraire. »

— Ce n'est pas-

« Trouve un moyen, mon frère. » Bliss fit un signe de tête vers Torny, la bandit inconsciente, regardant les Najahn qui approchaient. « Je ne suis pas venue jusqu'ici, ne l'ai pas trouvée, pour la perdre maintenant. »

Les Najahn n'offrirent pas de préambule. Pas de négociation, pas de conditions, pas d'appel à la reddition. Le groupe sur la proue leva leurs arbalètes. Wax n'entendit pas les clics, mais les carreaux volèrent, les traits s'élevant dans les airs vers le *Storm's Edge*.

Ils n'arrivèrent jamais à destination.

Eujo s'occupa de la première salve. Le vent se leva lorsque la Reine tendit une main vers le clipper. Les carreaux ralentirent, s'inclinèrent et s'écrasèrent dans les vagues. Pas un seul n'atteignit le navire de Kance. Wax garda les yeux fixés sur les Najahn, vit la surprise se répandre sur certains visages.

Certains, pas tous.

— Ils savent, dit Wax, les mains sur la proue à côté d'Eujo, les deux navires se rapprochant l'un de l'autre. Ils s'attendent aux skars.

— Et alors ? répondit Eujo, essoufflée. Ils ne peuvent pas nous arrêter. À ton tour.

Wax regarda vers les vagues. Le skar de Rana s'éveilla dans son esprit, une inspiration fraîche, vive et prête. Wax le libéra, et la pierre s'élança. Wax lui-même se pencha en avant, s'appuyant contre la rambarde, l'eau l'attirant autant que le skar s'élançait vers elle. En dessous, les vagues changèrent, un flot s'éloignant du *Storm's Edge* et s'élevant vers le clipper. Contre tout courant, contre les autres vagues, un mur contre nature.

Le clipper heurta la vague avec violence, la force propulsant le navire à la verticale avant qu'il ne bascule. Des soldats tombèrent dans l'océan glacé, des éclaboussures et des cris s'élevant tandis que le clipper disparaissait avec son équipage. Wax observait la scène dans un brouillard, comme s'il regardait une fête après avoir bu trop de vin de pêche. Le skar Rana l'attrapa, le vola et le dévora, et le Renouveau serait tombé si sa sœur, si Torny ne l'avait pas saisi par les bras pour le maintenir debout.

La vague brisée unique commença à tourbillonner, s'enroulant autour du navire en ruine, des soldats qui nageaient, se transformant en un maelström écumant. Le *Storm's Edge* passa à côté tandis que ces âmes violettes et noires disparaissaient à jamais. Le skar les voulait plus profond, enterrées au fond de la mer. Il en réclamait davantage, poussant Wax par une pression silencieuse.

— Wax, la voix de Torny n'était qu'un bruit lointain.

Il ne pouvait pas laisser les Najahn revenir. Ne pouvait

pas les laisser s'échapper à la nage. Le skar ne le permettrait pas non plus. Ensemble, ils pourraient-

Wax heurta violemment le pont. Le peu de souffle qui lui restait s'envola, le skar Rana se dissipant dans une cacophonie confuse tandis que les autres pierres autour de son cou réclamaient leurs propres représailles. Le regard furieux d'Eujo les repoussa, l'expression glaciale et épuisée de la Reine associée aux yeux inquiets de sa sœur et de Torny.

— C'est fini, dit Eujo. Laisse tomber, Wax. Laisse tomber.

À peine Eujo avait-elle parlé qu'un des soldats Kance l'éloigna. La voix de Deux s'éleva, appelant Eujo à retourner sur le pont. Bliss tendit la main, saisit celle de Wax, mais le Vis ne bougea pas. Ses jambes étaient comme des aimants.

— Pas encore, dit Wax.

— Désolée, répondit Torny, imitant la prise de sa sœur et, ensemble, les deux tirèrent Wax vers le haut. Bliss glissa son épaule sous le bras droit de Wax, le stabilisant. Torny fit un signe de tête plus loin vers tribord, au-delà du tourbillon mourant. — C'est un de moins, mais ces deux autres se rapprochent vite. Tu ferais mieux de prendre des épices rapidement, Wax.

Des épices ? Si Wax parvenait à rester éveillé encore quelques minutes, il considérerait cela comme une victoire. Eujo, au moins, semblait avoir retrouvé ses couleurs. Il croisa son regard de fer pendant un instant bien trop bref alors que les marins Kance l'emmenaient vers l'arrière, où les deux autres clippers se rapprochaient.

— Allez, dit Wax. Allez avec elle.

— Tu tiens à peine debout, répliqua Torny. C'est plutôt difficile de-

— Vous pouvez vous battre. C'est ce qui compte.

La bandit, toujours prête à une réplique insolente, se contenta de froncer les sourcils et regarda par-dessus Wax vers Bliss. La chasseuse de Vis fit un léger signe de tête à Torny et elles tirèrent Wax en arrière, l'adossant contre le mur avant de la salle à manger, une planche inclinée de bois blanchi. Comme lieu de repos, cela ferait l'affaire, et avec ses Gardiennes qui s'éloignaient en courant, Wax n'avait pas vraiment le choix.

Le *Storm's Edge* continuait sa route, une tache à l'horizon devenant de plus en plus nette à chaque minute qui passait. Alors que des appels pour des contre-attaques, des boucliers, et l'abordage retentissaient derrière lui, Wax avait du mal à garder les yeux ouverts, à faire quoi que ce soit d'autre qu'écouter les murmures incessants des skar. Leurs grondements sans mots n'offraient aucune solution, aucune exigence destructrice, et en cela, au moins, le Vis trouva un petit réconfort.

14
RETROUVAILLES EN TEMPS DE GUERRE

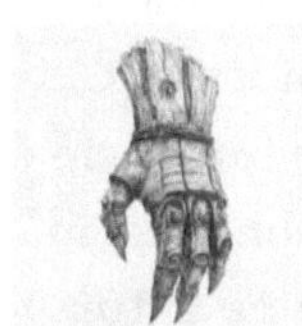

La douleur, vive et cinglante, arracha Quik d'une obscurité inconnue pour le plonger dans un monde doux, sablonneux et ensoleillé. Penchée sur lui, le visage empreint d'une inquiétude glaciale, se tenait quelqu'un que Quik avait renoncé à revoir. Cela ne faisait que quelques semaines depuis leur fuite précipitée de Noctia, mais les îles avaient sombré si profondément dans le chaos depuis lors que tout ce qui s'était passé avant semblait n'être qu'un rêve flou.

Annalyse, ici et maintenant, dans un tissage Vis, avec un bronzage naissant attestant qu'elle avait passé plus de temps dehors que Noctia ne l'avait jamais permis, faisait s'écraser ce rêve contre la réalité.

— Tu es réveillé ? dit Annalyse.

Quik essaya d'acquiescer, mais sentit les douleurs et entendit les grondements tonitruants d'un skar Vis qui se déchaînait contre ses blessures. Le skar expliquait pourquoi il ne pouvait pas rassembler l'énergie pour bouger, ni même pour secouer la tête. Les maudites pierres prenaient autant qu'elles donnaient, mais alors que les moments passés dans la cabine de la caravelle Najahn lui revenaient en mémoire, Quik se dit qu'une fois de plus, il devait sa vie aux skars.

Ce qui allait perdurer, les souvenirs, le traumatisme... il pourrait s'en occuper plus tard.

— Je suis sûre que tu es fatigué, dit Annalyse, jugeant apparemment que les yeux ouverts de Quik étaient une réponse adéquate à sa question. Nous allons avoir besoin que tu surmontes ça rapidement.

Cette phrase directe fut suivie d'autres explications. Le navire Kance, avec un Narro blessé toujours aux commandes, avait fait une entrée fracassante dans le port quelques heures plus tôt. Ils avaient mis le feu à la caravelle Najahn, traîné les blessés et les prisonniers avec eux, et mis les voiles vers Vis, la plus proche. Une décision prise autant pour obtenir de l'aide plus rapidement que pour ce que Quik avait préservé dans la cabine du capitaine Najahn.

— Des cartes grossières, mais des cartes quand même, dit Annalyse en s'asseyant à côté de Quik. Ils n'étaient pas seuls — le navire Kance se balançait à un quai proche, des porteurs Mottilan travaillant avec les marins Kance pour décharger le navire, sa maigre cargaison et ses nouveaux prisonniers. Cette caravelle longeait notre côte, notant les points de débarquement possibles. Où nous avions des défenses et où nous n'en avions pas. Il y avait aussi des plans détaillant une attaque terrestre.

Les Najahn attaqueraient apparemment par l'Ouest, ignorant ou submergeant la résistance restante de Kitaye. Quand les soldats auraient traversé les montagnes, la marine Najahn viendrait par la mer, écrasant Mottilan entre deux marteaux pour forcer une reddition rapide. Un plan qui serait risqué tant que Kance garderait le contrôle de l'océan entre les deux îles, ce que Narro affirmait que l'île du vent était déterminée à faire.

— Ce qui nous laisse face à une énigme, dit Annalyse. Les Najahn doivent savoir que Kance ne laisserait pas Vis, leur seul allié dans ce combat, lutter seul. Qu'est-ce qui pourrait pousser Kance à retirer ses propres navires ? Qu'est-ce qui les tiendrait à l'écart ? Annalyse baissa les yeux vers Quik, toujours trop fatigué pour lever la tête. Tu ne sais rien, n'est-ce pas ? Narro non plus.

Quik força un léger hochement de tête négatif.

— C'est bien ce que je pensais. Annalyse balaya du regard l'horizon au-delà des vagues, comme si la réponse pouvait se cacher là-bas sous les nuages de midi. Alors nous devons nous préparer à ce que les Najahn pourraient faire. Et c'est attaquer.

— Quand ? La gorge de Quik était rêche, un goût de fer persistait sur sa langue.

— Les éclaireurs disent dans quelques jours, dit Annalyse en tirant une gourde de sa ceinture et en versant le liquide rafraîchissant dans la gorge de Quik. Ils avancent vite. Elle retira la gourde, arborant l'expression la plus sombre que Quik ait jamais vue sur son visage. Ils doivent penser que Mottilan ne ripostera pas. Fassle ne sait pas à quel point il se trompe.

Au coucher du soleil, après avoir dormi tout l'après-midi, Quik était assis sur une chaise rigide autour d'une grande table en pierre portant une carte du côté est de Vis. Deshiva, miraculeusement en vie, aussi vibrante et dangereuse que jamais, présidait le premier véritable conseil de guerre que Quik ait jamais vu. Elle distribuait des ordres et recevait les conseils des anciens, des chasseurs, de Narro et d'Annalyse. Quik lui-même restait silencieux, laissant les ordres et leurs destinataires aller et venir.

Deshiva délivrait ses édits avec force, sans la langue d'argent de Gladdring. Un ordre de doubler les éclaireurs dans les cols de montagne s'accompagnait d'avertissements clairs sur le nombre de vies qui seraient perdues si les Najahn arrivaient par surprise. Une supplique à Kance pour envoyer plus de soutien naval fut envoyée par des pêcheurs avec des bateaux si petits et des pilotes si habiles que leur découverte en plein océan serait presque impossible. Le risque que ces minuscules bateaux fassent naufrage en pleine mer était récompensé par l'admiration ouverte de Deshiva, une confiance que leur bravoure serait commémorée.

Si Gladdring manipulait les gens avec des ficelles, avec des couteaux dans le dos et des skars modifiant les âmes, ici se tenait une vraie meneuse.

Quand Deshiva, enfin, se tourna vers Quik, il se leva. Ses genoux faillirent céder, le chasseur planta ses paumes massives sur la table de pierre, mais Quik ne se rassit pas. Il ne montrerait pas, ne pourrait pas montrer de faiblesse ici, pas parmi ses pairs, surtout les chasseurs Mottilan. Annalyse tressaillit à sa droite, mais Quik repoussa sa tentative de soutien.

Deshiva lui adressa un signe de tête solennel.

— Quik, je peux dire que c'est un vrai soulagement de te voir debout parmi nous. Ces gantelets à ta ceinture sont prêts à goûter au sang frais des Najahn ?

— Ils le sont, maître de chasse.

— Il a failli mourir, Deshiva, intervint Annalyse. Le skar Vis fait de son mieux, mais il a besoin de plus de temps. Il...

— Nous avons tous besoin de plus de repos, Annalyse. Si Quik dit qu'il est prêt, je le crois. Deshiva tapota un endroit sur la carte. Le Grand Sana. Nous gagnerons cette guerre en résistant plus longtemps que les Najahn. Pour cela, nous avons besoin que chacun de nos chasseurs en vaille une douzaine des leurs. La seule façon d'y parvenir est d'avoir plus de skars Vis. Deshiva posa à nouveau son regard dur sur Quik. Remonte le sentier. Tu trouveras un groupe dans la troisième maison sur la gauche. Ils partent dans une heure. Rejoins-les. Prends le Sana.

— Prendre le Sana ? demanda Annalyse. Mais les Najahn sont partout...

— Ils s'attendent à ce qu'on se cache, à ce qu'on se terre, coupa sèchement Deshiva. Nous ne ferons ni l'un ni l'autre. Quik, tu comprends ?

Le chasseur comprenait.

Quik rejoignit le groupe, un mélange épars de chasseurs Mottilan, Kitaye et Lira. La peau tatouée de chacun se distinguait, les motifs ressortant sur leur peau dans la lumière rose de Sichi. Quik ne reconnaissait aucun visage parmi eux, sauf un.

— Comment ? demanda-t-il lorsque Sawi accourut et l'enveloppa dans une étreinte serrée. Comment es-tu arrivée ici ?

— Il s'avère que ces grottes vont loin, dit Sawi en reculant et croisant les bras. Annalyse pensait que vous auriez besoin de plus de temps. Je savais que non.

— Deshiva aussi.

Un sifflement les attira tous deux vers le chef du groupe, un chasseur grincheux nommé Reth. L'homme souleva une lance, une sarbacane Mottilan pendant à un fil autour de son cou. Chaque autre chasseur portait le même équipement, et Sawi tendit à Quik sa propre sarbacane pour accompagner ses gantelets, promettant de lui apprendre en chemin, après qu'ils auraient échangé leurs histoires.

Sans un mot de plus, avec des sacoches sur le dos et des pochettes attachées à leurs cuisses, les quinze chasseurs s'élancèrent sur le sentier longeant la falaise qui montait et s'éloignait de Mottilan. En courant, Quik remarqua des fosses à piques couvertes, des plateformes nichées dans les branches d'où les archers pouvaient tirer à couvert, et des bûches et des rochers empilés prêts à être lâchés pour des glissements dévastateurs. Certains constructeurs Mottilan travaillaient encore maintenant, creusant des tranchées pour plus de pièges.

— Surprenant, n'est-ce pas ? dit Sawi alors qu'ils couraient près de l'arrière du groupe. Les jambes de Quik étaient lourdes, mais la sensation de la terre de Vis sous ses pieds, les parfums tropicaux et les sons de la jungle lui apportaient des souvenirs vivifiants. Mottilan n'est pas le désastre paresseux que nous pensions.

— N'ont-ils pas essayé de te tuer la dernière fois que tu étais ici ?

— L'homme qui a fait ça est mort. Les Najahn l'ont tué.

— Je l'aurais fait s'ils ne l'avaient pas fait.

Sawi rit. — Tu aurais été trop tard.

Ces mots forcèrent Quik à la regarder différemment. Que Sawi, autrefois la cueilleuse au tempérament doux, parle si naturellement de gagner un combat contre un chasseur reconnu ? Qu'elle évoque la vengeance comme une certitude plutôt qu'un souhait ?

Ils étaient si loin de ce qu'ils avaient été. Si loin.

— Ça ne reviendra jamais, n'est-ce pas ? demanda Quik alors qu'ils atteignaient le sommet de la falaise, tournant maintenant vers l'ouest dans les cols montagneux. La vie que nous avions avant ?

— Jamais. Penses-tu même que nous reverrons Wax ? Bliss ?

— J'ai promis que je l'aiderais, Sawi. Je n'ai pas renoncé à ce serment.

Un autre rire, grossier celui-là. Sawi commença à dire quelque chose, puis s'interrompit.

— Quik, j'espère que tu tiendras celle-là. Vraiment.

— Mais tu ne crois pas que je le ferai ?

— Je suis rentrée, Quik, parce que je voulais être ici. La voix de Sawi baissa, presque jusqu'à un murmure. Mais, peu importe qui gagne cette guerre, les îles ne seront plus jamais les mêmes.

Devant eux, les arbres s'épaississaient. Des maisons dans les arbres qui, en des jours meilleurs, auraient abrité des familles Mottilan, étaient sombres et abandonnées, leurs propriétaires blottis dans des abris de fortune sur les plages en contrebas. La route de terre portait peu de traces de passage, le commerce habituel étant mort. Une atmosphère étrangère, qui ne disparut que quelques minutes plus tard lorsque Reth dirigea leur groupe hors de la route, dans les sous-bois.

Ils allaient approcher le Grand Sana par la jungle, utilisant contre les Najahn leurs faibles capacités dans la nature. Un bon plan, auquel Quik ne réfléchit pas beaucoup tandis qu'ils marchaient toute la nuit.

Car tandis que Sawi décrivait le Monde d'En Bas, les démons à venir, et le barbare immortel à leur tête, le retour à la vie que Quik aimait semblait impossible.

15
L'HOMME DISPARU

La matinée avait bien commencé. Un réveil tardif après sa longue nuit, suivi d'œufs frais et de pain, apportés à Dreamhold par le premier des nombreux ravitaillements de Najahn. La Blessure résonnait maintenant de coups de marteau et de grincements de roues, tandis que les ingénieurs de Whent travaillaient depuis le bas et que leurs homologues de Noctia descendaient du haut pour tendre des cordes et des ascenseurs le long de l'immense étendue. D'après ce que Maena avait entendu dire, les plus grandes corniches étaient transformées en relais, où des soldats postés transféraient les sacoches d'un niveau à l'autre, réduisant à quelques heures un voyage qui prenait auparavant plusieurs jours depuis la surface.

Même dans sa forme la plus rudimentaire, ces livraisons apportaient un soulagement bienvenu par rapport aux champignons et à la mousse, et Maena dévora sa portion au milieu des tables bondées installées sur la place centrale de Dreamhold. La pierre ancienne et noueuse accueillait désormais des repas frénétiques décrétés par Jochi et ses intendants, annoncés par des cloches sonnant toutes les quelques heures. En dehors de ces intervalles, il fallait troquer, mais si vous étiez prêt à accepter la tambouille que Jochi fournissait, vous pouviez manger gratuitement.

Pour l'instant, du moins.

Maena, toujours seule, promena son regard sur les gens qui mangeaient autour d'elle. Ils étaient plus propres maintenant, ressemblant moins à une cohue d'explorateurs et plus à un groupe civilisé — autant que pouvait l'être un mangeur de roche. Des cuirs et des fourrures teints de différentes couleurs indiquaient les positions, allant du brun et du noir pour les ingénieurs au rouge profond pour les éclaireurs. Des bassins d'eau fraîche gardaient les visages plus propres, des forges fonctionnelles signifiaient que les couteaux et les lames étaient affûtés. Les sourires et les rires avaient remplacé la peur morbide qui dominait lorsque les marcheurs de feu étaient encore une force à redouter plutôt que des amis.

Des dupes, tous autant qu'ils sont. Les démons se retourneront contre nous, et Jochi perdra tout.

Si Pennifer ou Rasslebeck avaient encore été là, au lieu d'être repartis à Rana, ils auraient été d'accord. Jochi voyait la paix et le profit, une gloire inexploitée. Maena retint un rire naissant. Elle lui accorderait cela, bien qu'il ne le méritât pas. Fermer ces portes livrerait les Ténèbres d'en bas à Whent et Noctia, et Maena savait qu'elle n'en recevrait aucun crédit.

Les vrais héros ne sont jamais reconnus à leur juste valeur.

— Vous attendez quelqu'un ?

Cette question, posée d'une voix étirée et atone, fit relever brusquement le regard de Maena de ses œufs brouillés restants, salés et délicieux. L'interlocuteur avait le corps d'un éclaireur de Whent, mince et fait pour l'exploration, mais ne portait ni armes, ni cuirs de combat. À la place, de légères fourrures, un collier de dents d'os et une tunique terne couvraient une peau cendrée, un visage qui semblait n'avoir pas vu la lumière du soleil depuis aussi longtemps qu'il était en vie. Il sentait le feu de camp, une odeur de plus en plus rare à mesure que Dreamhold installait de meilleurs braseros pour combattre le froid constant des profondeurs.

Un nouveau venu, donc.

Et pas par hasard.

C'était vrai. Que quelqu'un approche Maena au hasard, une personne dont la réputation semblait se répandre instantanément à quiconque arrivait aussi loin en bas, était ridicule. Elle adhérait aussi à cette aura : pas besoin d'avoir des mangeurs de roche qui la harcèlent pendant ses rares moments de paix.

— Vous allez répondre, ou suis-je si intéressant à regarder ?

Maena posa sa fourchette et fit un signe de tête vers le tabouret de pierre de l'autre côté de la petite table carrée.

— Il y a de la place.

L'homme s'affala sur le tabouret, ses coudes s'étalant de chaque côté, les mains jointes au milieu de la table. Pas de nourriture ni de boisson, mettant fin à toute raison innocente pour s'asseoir.

— Vous êtes Maena, la capitaine de Rana, n'est-ce pas ? demanda l'homme, sachant parfaitement qu'elle l'était.

— Qui êtes-vous ?

— Haggerth. Je suis ici pour le compte de Jochi. Je vais vous poser quelques questions, si cela ne vous dérange pas.

— Des questions à propos de quoi ? Et que voulez-vous dire par « pour le compte de Jochi » ?

— Vous êtes de Rana, donc vous ne le savez peut-être pas, mais Whent n'est pas qu'un ramassis de brutes et de rustres. Les Fosses sont pour les criminels, et je suis l'un de ceux qui les attrapent.

Il fait disparaître les gens qui ne sont pas recherchés.

— La justice est une chose malléable à Whent, d'après mon expérience, dit Maena.

— C'est comme ça partout. Y compris ici en bas.

Maena fit un geste négligent de la main en signe d'accord. Elle jeta un coup d'œil autour d'elle et ne vit personne s'intéresser à leur conversation. Pas de renforts en observation, pas de curieux. Ce qui signifiait qu'ils ne connaissaient pas Haggerth, ou qu'ils savaient bien qu'il fallait rester en dehors de ça.

— Il y a un éclaireur qui est porté disparu depuis quelques jours, dit Haggerth, gardant ses yeux d'ardoise fixés sur elle, laissant les mots en suspens.

— Des gens disparaissent tous les jours ici-bas. Là-haut aussi.

— C'est mon travail de les retrouver, Maena.

— J'avais compris.

Haggerth donna la description de l'éclaireur, si précise que Maena se demanda où il avait obtenu ces informations jusqu'à ce qu'il révèle sa source : le partenaire de l'éclaireur.

Bien sûr, il fallait qu'on tombe sur le seul éclaireur qui aime autre chose que d'être seul dans le noir.

— Notre homme disparu est éclaireur depuis longtemps, poursuivit Haggerth. Ce n'est pas son genre de disparaître sans un mot, sans laisser de trace. Vous voyez ce que je veux dire ?

— Peut-être que c'est comme ça à la surface, mais ce

n'est pas là où nous sommes, Haggerth. Des démons rôdent dans ces tunnels et ils n'aiment pas laisser de preuves.

Haggerth acquiesça.

— Sauf qu'il n'était pas en service de reconnaissance ce mois-ci. Son chef et son partenaire disent tous les deux qu'il avait été chargé de cartographier en détail. Des sites pour des camps, des mines, et ainsi de suite. Bien à l'intérieur de la coquille.

La zone protégée, où les troupes de Whent maintenaient les tunnels propres et dégagés. Du moins, ceux qu'ils connaissaient.

Ne lui donne rien.

Comme si Maena allait le faire. Elle soutint le regard de Haggerth.

— Pourquoi me racontez-vous tout ça ? demanda Maena.

— Parce que j'ai parlé à plus d'une personne qui affirme vous avoir vue avec lui en dernier. En train de discuter, partant par les tunnels sud. Vous et lui, seuls.

Il a fait son travail.

— C'est de cet homme dont vous parlez ? demanda Maena.

— C'est lui.

— Il m'a montré un chemin plus rapide vers le bord de la coquille. Nous nous sommes séparés. C'est tout.

Haggerth ne bougea pas d'un muscle.

Il n'y croit pas.

— Pourquoi lui ? demanda Haggerth. De tous les éclaireurs, pourquoi lui ?

Parce qu'Inglan n'avait pas reculé à la taverne la veille, ne s'était pas écarté quand Maena avait commencé à parler. Il avait acquiescé quand elle avait chuchoté la vérité sur les portes tourbillonnantes et comment on pouvait les arrêter.

Dommage que sa foi se soit brisée.

— Il allait dans cette direction. C'est là que je me rendais, et j'avais besoin d'aide.

— De l'aide pour quoi ?

— Vous n'êtes pas ici depuis longtemps, n'est-ce pas Haggerth ? dit Maena, en avalant les derniers morceaux de ses œufs.

Il ne faut jamais gâcher un bon repas.

— Assez longtemps pour savoir que vous êtes là depuis plus longtemps que la plupart, répondit Haggerth. Vous êtes capitaine Rana, ce qui signifie que vous avez l'expérience de la navigation en terrains inconnus. Ce qui signifie que vous n'avez pas une opinion très favorable de nous.

— Whent ?

Haggerth lui fit un signe de tête.

— Rien de tout cela n'a d'importance, dit Maena. Ce qui compte, c'est ce qui se trouve dans cette chambre, sous ces eaux.

Haggerth inclina la tête, — Qui est ?

— La raison pour laquelle nous sommes ici, et la raison pour laquelle je suis restée.

— Je vous écoute.

Maena se leva, souleva son assiette en céramique grise. Haggerth l'imita.

— Écouter ne vous aidera pas beaucoup, Haggerth. Ça, il faut le voir pour comprendre.

Haggerth plongea ses mains dans son léger manteau. Il le serra autour de lui. Comme si l'idée d'aller quelque part donnait des frissons à l'homme. Ce qui, vu sa silhouette mince, n'était pas surprenant. Malgré tous ses discours, Maena parierait que l'homme n'avait pas été longtemps du côté le plus rude de la vie en plein air.

Une opportunité, donc.

— Vous allez me montrer ? demanda Haggerth.

— Ça dépend. Maena déposa l'assiette dans un bassin de lavage. Voulez-vous savoir ce qui se passe vraiment ici ?

— C'est mon travail.

Maena rit, — Alors venez, Haggerth. Je ne sais rien de votre éclaireur disparu, mais je peux vous montrer quelque chose de bien plus important.

16
INVASION

Vaincre sous les ordres d'un chef n'avait rien de satisfaisant. Svarde observait les Whent pénétrer dans la ville de Kance, s'emparer des bâtiments et rassembler les quelques habitants restants en groupes pour les surveiller, les commander, les occuper. Au-delà des murs et jusqu'aux champs en jachère et sales, les marcheurs de feu se regroupaient dans leurs camps habituels. Ami était quelque part là-bas, discutant avec le seul démon en qui elle avait confiance, celui qu'elle avait judicieusement nommé Étincelle.

Elle accomplissait le travail d'un général pendant qu'il restait assis sur le rebord d'une fontaine asséchée à regarder fixement. Kivi grignotait la même chose, creusant un casse-croûte granuleux dans la pierre.

— Quel goût ça a ? marmonna Svarde à la ferrite, et Kivi renifla en guise de réponse.

— Si bon que ça, hein ?

Un autre reniflement, la ferrite ne s'interrompant pas dans son repas. De la pierre de haute qualité, en effet.

Pour une journée marquée par la bataille, le seul

problème de la nuit semblait être les nuages à l'horizon. Épais et se dirigeant vers eux. Ce qui aurait pu être de la neige une semaine ou deux plus tôt allait probablement se transformer en pluie maintenant, et pas une petite bruine. Les Whent autour de Svarde transportaient leur équipement à l'intérieur des maisons, utilisant les poêles Kance au lieu de feux ouverts. Les fenêtres étaient fermées, les rues se vidaient. Les quelques chants de victoire et célébrations qui avaient lieu restaient confinés derrière les portes closes.

Après tout, les Whent n'avaient fait que regarder passer les planeurs. Qu'avaient-ils à célébrer ?

— Ça va être mouillé dehors, dit Olgata, l'éclaireuse Whent et le principal lien entre Ami, Svarde et les mordeurs de roche. Svarde grimaça à ce terme, une vieille habitude qu'il devrait tuer. Un orage arrive.

— Je vois ça. Svarde hocha la tête en direction de la lame dentelée, sa grande ligne reposant sur ses cuisses grises, le cuir usé qui les recouvrait. Je pourrais bien le traverser.

—Vous ne sentez pas non plus l'humidité ?

— Je la sens bien, mais je suis curieux. Svarde regarda vers les murs de la ville, les groupes brûlants au-delà.

—Je suis inquiète.

Svarde ricana. — Je parie qu'il y aura beaucoup de vapeur. C'est ce qui se passe quand on met de l'eau trop près de la chaleur. Il y aura un sacré brouillard demain.

Olgata ne se joignit pas à son rire. — Vous avez déjà vu ça ? La pluie sur ces marcheurs de feu ?

— Ils ont sûrement déjà dû y faire face.

Olgata se gratta le nez. — Vous pensez que Foti, le dieu du feu, met de la pluie dans sa demeure ?

Le fichu pressentiment de l'éclaireuse se révéla juste. Svarde ne dormait pas quand l'orage éclata — il ne dormait jamais — mais il s'était enfoncé si profondément dans un terrier de « et si » en rejouant le Renouveau de Catya que les premières gouttes passèrent inaperçues.

La panique des marcheurs de feu, en revanche, était difficile à manquer.

La vapeur montait effectivement dans l'obscurité, les formes brûlantes dans ces champs comme des phares dans la nuit. Une brume orange s'élevait comme des nuages. Svarde commençait à se lever quand les tremblements débutèrent, un mystère pour ses pieds résolu par ses yeux : les marcheurs de feu couraient, comme un seul homme, vers la ville.

— Kivi, dit Svarde en se levant. Comme toujours, malgré des heures passées assis, ses jambes obéirent sans la moindre plainte. Ce qu'il donnerait pour un petit picotement, une petite douleur. Je ne crois pas que les marcheurs de feu aiment la pluie.

Les Whent avaient posté des veilleurs, des vagabonds encapuchonnés patrouillant la ville par paires, et ils réagirent à l'approche du maelström de vapeur et de feu avec curiosité. Svarde, Kivi sur ses talons, dépassa des groupes bouche bée.

— Sonnez l'alarme ! cria le barbare, ses mots brisant le charme de la nuit pluvieuse.

— L'alarme ? répondit quelqu'un. Ne sont-ils pas de notre côté ?

— En ce moment, ils ne sont du côté de personne d'autre que le leur !

Svarde passa devant des maisons, des auberges, des boutiques sombres et des écuries. Ses pieds glissaient et martelaient la pierre mouillée. Les murs se dressaient dans l'ombre, auréolés face au grondement qui approchait. Les marcheurs de feu se regroupaient en courant, les lueurs fusionnant en une seule boule brillante se dirigeant droit sur la ville. Ils arriveraient d'un instant à l'autre.

Les Whent gardant la porte s'enfuirent en passant devant Svarde, se dirigeant dans la direction opposée, un choix que le barbare encouragea par un autre rugissement.

— Dites aux autres de quitter les bâtiments ! Restez à découvert ! cria Svarde après eux, faisant une supposition.

Pour garder une forge chaude, on la gardait couverte. Si les marcheurs de feu n'avaient pas complètement perdu l'esprit, ils chercheraient la même chose. Ces toits de Kance étaient ce qui se rapprochait le plus d'un abri dans cette crique, et quiconque se retrouverait coincé à l'intérieur serait...

Svarde grogna, prit une posture de combat au milieu de la porte. Assez large pour de grandes charrettes et guère plus, la corpulence de Svarde constituait un obstacle, renforcé par l'assistance renâclante de Kivi. Il tenait la lame dentelée devant lui, espérant un peu de la menace dont on se souvenait.

Espérant un autre type de peur.

Les marcheurs de feu déferlèrent, une masse bouillonnante de blanc et de gris sifflant, brisée çà et là par des éclairs orange et rouges. Ces triangles d'obsidienne flottaient aussi, planant sur la brume, leurs surfaces reflétant une lumière sauvage et excessive. Aucune clarté ne s'y trouvait, seulement la panique. La charge s'étendait plus largement que la porte, s'élevait plus haut que les murs de chaque côté de Svarde, et ne prêtait aucune attention à ce qu'elle approchait.

— Arrêtez ! cria Svarde dans la tempête, le vent déchaîné et la pluie se moquant de son appel, que les marcheurs de feu n'écoutèrent pas le moins du monde.

Ils devraient tenir compte de sa lame.

Les marcheurs de feu se précipitèrent vers lui, sans armes traînant derrière leurs formes, sans équipement métallique. Rien que de la flamme pure, et Svarde y fit face avec son épée. Rugissant une autre supplique pour qu'ils s'arrêtent, Svarde fit un pas en avant pour son premier coup, visant bas vers les jambes du meneur. Comme tenter de frapper le soleil, et l'attaque de Svarde ralentit tandis que la chaleur le submergeait, brûlait ses yeux morts et consumait ce qui restait de sa barbe craquelée.

La lame balaya quelque chose, dans cet enfer déchaîné, et trouva une cible.

Les marcheurs de feu ne ralentirent pas. Ils piétinèrent.

L'enfer s'enroula autour de Svarde tandis que des corps massifs, paniqués et brûlants le heurtaient. Il n'y avait rien à voir hormis le feu, rien à ressentir hormis une chaleur étouffante, et rien que Svarde puisse faire hormis s'accrocher à la lame avec sa peau cloquée. Quelque chose de lourd et brûlant tomba sur Svarde, l'étouffant dans une danse de flammes.

Une fois de plus, une mort méritée lui fut dérobée.

Une douleur sourde persistait. Pas exactement une douleur, mais plutôt l'épuisement lancinant alors que ses membres tremblaient, que ses yeux, sa bouche, ses lèvres disparaissaient. Alors que Svarde devenait à peine plus qu'un squelette, alors qu'il —

Son dos bougea, raclant contre la pierre fumante. Quelque chose de dur agrippa son épaule, et Svarde se retourna, vit avec des yeux qui n'auraient pas dû exister, Kivi tirant sur sa peau carbonisée. La lame frissonna à la droite de Svarde, et il n'eut pas besoin de regarder de ce côté pour sentir sa peau, son corps et ses os brisés se reconstituer. Il pouvait le voir assez clairement alors que ses jambes, qui n'étaient plus que des os calcinés se détachant du marcheur de feu, commençaient à faire pousser une nouvelle peau grise et morte.

Les skars firent écho à leur triomphe infernal dans l'esprit de Svarde. Avec leurs cris vint un son différent : la pierre qui craquait, se déplaçait, la terre qui tremblait alors que les marcheurs de feu trouvaient leur répit. Si des Whent ou des Kance étaient morts dans la ruée, Svarde n'en saurait rien : le carnage noyait tout le reste.

Svarde s'assit quelques heures plus tard. La reconstitution de son corps se poursuivait, une croissance lente, muscle par muscle, ou du moins c'est ce que Svarde se disait. Que ses organes ne seraient pas remplacés, régénérés, était un fait qu'il refusait d'envisager.

Ce qui était impossible à ignorer, cependant, c'étaient les ruines fumantes dans les champs et, d'une autre nature, dans la ville. Au milieu des sillons boueux gisaient de grands corps cendreux, une vision qui aurait coupé le souffle à Svarde s'il en avait eu à perdre. D'un regard mesuré, Svarde compta que plus de la moitié des démons brûlants avaient péri dans la tempête.

Un massacre de la main de la nature, par leur propre ignorance.

La ville avait souffert aussi, bien que ses pertes se comptaient en bâtiments effondrés. Des toits déplacés étaient devenus des abris de fortune, fumant alors que leurs ardoises chauffées recevaient la pluie. Les marcheurs de feu en dessous, visibles lorsque Svarde regardait par-dessus le mur, se recroquevillaient. Les puissants guerriers brûlants se roulaient en boule, s'étreignaient en flammes vacillantes. Beaucoup portaient des traces de cendres révélatrices, des blessures subies loin de tout combat.

— Qu'avons-nous fait, Kivi ? demanda Svarde au ferrite, se stabilisant sur les restes roussis de la porte. Sa main gauche frottait la pierre, plus osseuse encore que chair morte. Nous avons conduit les monstres à leur abattoir.

Pire encore, Svarde pouvait voir Jochi, Fassle et Yarvick déclarer cela comme une double victoire : Les marcheurs de feu terrassés par l'arme la plus simple que les îles pouvaient commander, tout en dévastant une ville Kance. Le premier jour de l'invasion Kance s'était avéré funeste pour les deux camps.

— Et maintenant ? dit Svarde, le ferrite toujours son seul public.

Au-delà des marcheurs de feu regroupés, les rues inondées étaient vides. Les Whent avaient dû suivre le conseil de Svarde, fuir vers les flèches, les canyons au-delà. Ami serait avec eux, essayant de trouver un semblant d'ordre, une stratégie.

Svarde observa son pouce gauche, vit la peau pousser comme une petite plante depuis l'os. Elle s'enroula autour de son bout de doigt, les parties disparates fusionnant ensemble. Il avait été piétiné par les marcheurs de feu, brûlé presque jusqu'au néant, et pourtant il était là, presque entier. Si ces démons ne pouvaient pas le détruire, alors qu'est-ce qui le pourrait ?

Ils avaient amené une armée à Kance, mais peut-être que l'île avait besoin de quelque chose à la fois de moins et de plus pour la mettre à genoux. Peut-être que Svarde devrait faire ce qu'il faisait le mieux, et le faire comme il l'aimait.

— Kivi, dit Svarde, je pense qu'il est temps que nous mettions fin à tout cela nous-mêmes.

Le ferrite renifla une question, à laquelle Svarde répondit en commençant une marche hésitante vers la ville. Le passage étroit se trouvait de l'autre côté, et à travers lui, après une longue marche, attendait le Palais du Ciel. Attendaient les dirigeants de l'Île du Vent. Svarde les briserait, un par un, jusqu'à ce qu'ils se rendent.

Et une fois qu'ils le feraient, le barbare escorterait les marcheurs de feu à travers les tunnels profonds, sains et saufs jusqu'à ce qu'enfin, ils trouvent leur nouveau foyer.

<h1 style="text-align:center">17</h1>

<h2 style="text-align:center">DE NAVIRE À NAVIRE</h2>

Jusqu'à présent, Wax ne s'était jamais senti piégé en mer. Les vagues et l'océan au-delà formaient une masse insondable, à ignorer comme les nuages ou la vaste jungle. Le bateau le mènerait à bon port, tant qu'il faisait confiance aux marins. Même lorsqu'ils avaient abordé le navire marchand Rana pour secourir Bliss et Torny, alors que tout le navire coulait lentement sous leurs pieds, Wax se sentait encore capable de s'échapper. De souffler, brûler ou flotter pour se libérer.

L'assaut des Najahn dressait des murs que Wax ne pouvait abattre. Pas tout seul.

Les soldats marins avaient troqué leurs armures épaisses contre des robes chaudes et maniables et des casques en cuir, et ils envahissaient le *Storm's Edge* depuis les deux clippers qui l'avaient rattrapé. Les grappins mordaient dans les rambardes en bois, rapprochant les navires suffisamment pour que les rampes d'abordage s'abattent sur les ponts. Les propres marins de Deux, armés de rapières, de gourdins et de tout ce qui leur tombait sous la main, se ruaient au combat en hurlant, mais ce n'étaient pas des combattants.

Kance n'avait pas connu de vraie guerre depuis des années, et le navire de la Reine n'était pas fait pour ce genre d'affrontement.

Wax vit les premiers coups, les vouges et les courtes épées des Najahn s'enfonçant dans l'équipage d'Eujo en une première frappe mortelle. Le Renouveau Vis s'appuyait sur le bastingage près de la poupe du *Storm's Edge*, Bliss se tenant à proximité, l'inquiétude inscrite sur son visage. Wax ne voyait pas Eujo elle-même, bien que des cris soudains et de bruyants éclaboussements venant du côté opposé, où le second clipper attaquait, suggéraient que la Reine de Kance maniait maintenant les skars.

À en juger par sa propre respiration saccadée et ses bras lourds, Wax estimait que la tactique d'Eujo consistant à balancer les troupes par-dessus bord ne durerait pas long-temps. Ensuite, ce serait-

— Tiens, signa Bliss, en tendant à Wax sa propre épée, qu'elle avait récupérée après son effondrement. Je ne voulais pas que tu te blesses, mais tu pourrais en avoir besoin.

Sa sœur planta son bâton devant elle, observant Wax tenir son épée avec des yeux qui doutaient qu'il en soit capable.

— Ça ira, répondit Wax. Au moins pour le moment.

— Une chose à la fois.

Ni l'un ni l'autre, cependant, ne se précipita vers les rampes d'abordage. Au lieu de cela, Wax jeta un coup d'œil derrière la proue. Une tache lointaine suggérait la présence de Kance, confirmant que toute fuite vers l'île serait difficile.

— Pas le choix, dit Wax. Je suis désolé, Bliss.

— De quoi ?

— De t'avoir entraînée là-dedans.

— C'est la faute des Najahn, pas la tienne. Faisons-leur payer.

La confiance de Bliss aurait pu convenir à un duel contre un hanoko, les félins de la jungle de leur pays, mais ni elle ni Wax n'avaient une réelle expérience face à des soldats entraînés ou ne savaient quoi faire dans une bataille rangée. Cette inquiétude taraudait Wax lors de ses premiers pas alors qu'ils se dirigeaient vers les combats, vers une résistance de Kance qui faiblissait.

Les vouges avaient de la portée, et les Najahn le savaient. Les lances courbes jaillissaient en avant, coupant et agrippant les marins de Deux. Wax en vit une passer sous la garde d'une rapière, trancher la robe bleu-blanc, et tirer sa cible, hurlante, par-dessus le bastingage dans l'océan glacial. Le manieur de la vouge se tenait côte à côte avec deux autres Najahn sur les rampes d'abordage, le trio prenant son temps pour lacérer patiemment les marins qui se défendaient.

Une tâche facile, avec la courte portée des rapières. Wax remarqua également d'autres Najahn sur le clipper qui chargeaient et tiraient des arbalètes. Le tangage des navires et l'action des vagues rendaient le ciblage difficile, mais chaque carreau qui touchait sa cible envoyait un marin au sol ou le faisait trébucher.

Quatre malheureux Kance restaient encore debout quand Wax et Bliss atteignirent l'assaut, ensanglantés, en sueur et jurant.

Bliss vit l'évidence et prit les devants, dansant jusqu'au bastingage à gauche de la rampe d'abordage. Elle posa son pied sur le garde-corps. Wax dépassa le marin de Kance de ce côté, balançant sa lame à plat dans un mouvement sauvage qui attira les deux vouges les plus proches pour parer. Le métal frappa le métal, et Bliss eut sa chance.

La chasseuse Vis s'envola, faisant tournoyer son bâton en sautant. L'extrémité cerclée de métal battit la vouge levée du Najahn le plus à gauche pour frapper le casque de l'homme. L'équipement noir se froissa alors que son propriétaire tombait sur sa gauche, heurtant le garde suivant. Bliss posa ses orteils sur le bord de la rampe d'abordage, coupant court à son élan pour ramener son bâton en arrière en vue d'un second coup.

— Chargez maintenant ! cria Wax, se précipitant dans la brèche que Bliss avait créée.

Le trio de Najahn se retrouva assailli par les pointes des rapières, les petites lames se glissant à travers les robes souples et le cuir léger en dessous. Le bâton de Bliss frappa à nouveau, visant les genoux faibles et envoyant le Najahn le plus éloigné glisser des planches. Les deux autres suivirent rapidement, une victoire tempérée par le fait que le dernier, dans un mouvement désespéré, accrocha un marin et l'entraîna avec lui dans l'abîme.

Pendant un bref instant, les rampes furent dégagées.

Les arbalètes comblèrent le vide.

Wax tendit la main, pressa le skar de Kance et sentit son vent se lever. La douzaine de carreaux se courba, heurtant les planches elles-mêmes ou s'envolant dans la mer. Les propres genoux de Wax fléchirent, une chute évitée alors que Bliss, laissant son bâton dans sa main gauche, tirait Wax en arrière sur le *Storm's Edge*. Les trois marins restants soulevèrent la première rampe et la jetèrent à la mer. Le temps qu'ils atteignent la seconde, d'autres soldats Najahn chargeaient déjà.

L'approche imprudente des Najahn donna une opportunité à Bliss alors qu'elle poussait Wax sur le pont du *Storm's Edge*. Gardant son bâton bas, Bliss passa devant les marins et balaya la rampe de son arme. Le premier Najahn abaissa sa vouge pour contrer le coup, un geste intelligent qui arrêta le mouvement transversal de Bliss, mais stupide car son élan emporta le Najahn vers l'avant. Il trébucha sur son propre blocage, tomba sur sa droite, là où la rampe avait été jetée, et plongea dans les eaux sombres.

Bliss se débarrassa de la vouge bloquante, leva son bâton pour parer le coup suivant, une attaque en saut du Najahn suivant. Le bond courageux du soldat l'amena de la rampe sur le *Storm's Edge*, une collision qui lui valut des coups d'estoc, mais qui repoussa Bliss et les marins de leur barricade de rampe d'abordage.

D'autres Najahn sprintèrent à travers.

Plus d'assaut lent et mesuré.

Wax se releva alors qu'un Najahn venait vers lui, la vouge en tête faisant une estocade d'éventration que le Vis dévia d'une frappe frénétique. Le soldat darda la vouge une seconde fois, l'écartant alors que Wax allait pour le blocage, envoyant le bout de l'arme craquer contre la poitrine de Wax. Une nouvelle douleur, à la fois une sourde ache et une perce aiguë, secoua Wax alors qu'il trébuchait en arrière. Le soldat ramena la vouge, l'envoya pour une autre estocade droite. Encore une fois, Wax lança l'épée dans un blocage sauvage, l'extrémité recourbée de la lance s'accrochant à la cuisse de Wax, traçant une ligne brûlante.

Le Vis glapit. Le soldat alla pour accrocher la vouge vers le haut, prolongeant cette ligne à travers l'estomac de Wax, sa poitrine, et tout ce qui s'y trouvait.

Wax chargea son assassin potentiel, à moitié tombant et à moitié attaquant, son épée profitant de la position basse de la vouge. Wax frappa l'épaule du Najahn, le coup glissant à travers avec seulement un grognement. Le mouvement, cependant, avait réduit la distance, libérant la jambe de Wax de la vouge.

Et mit la tête du Vis au mauvais endroit. Le Najahn projeta son propre crâne blindé en avant, délivrant un crack qui brouilla la vision de Wax, son épée tombant de sa main. Le Najahn, cependant, tendit le bras, attrapa Wax alors qu'il tombait en arrière. Il souleva le Vis par sa chemise, les yeux durs du Najahn se fixant sur le cou de Wax, et ce qui y était attaché.

— Nous les avons ! aboya le soldat, faisant pivoter Wax vers les rampes.

Le sang coulant de son nez, Wax commença à frapper le soldat. Son poing heurta les robes de l'homme, ne provoquant aucune réaction. Sur ses côtés, Wax vit d'autres Najahn affluer, les marins Kance repoussés ou morts. Sous lui, le pont du navire cédait la place à la rampe d'abordage, bordée par l'écume bouillonnante et les derniers soupirs des combattants en train de se noyer.

— Bliss ! essaya Wax, le cri n'allant nulle part, n'obtenant rien.

Au milieu des robes violettes et noires, des cris de bataille et des fracas, Wax ne pouvait voir ni sa sœur, ni Eujo, ni Torny. Les skars bouillonnaient dans son esprit, mais quand Wax tendit la main vers l'un d'eux, sentant le feu de Foti prêt à brûler, le soldat s'en aperçut. Alors que l'homme sautait sur son propre pont, il mit une main à la gorge de Wax, y enfonçant son pouce.

— Appelle les pierres, gamin, et tu mourras avant qu'elles ne répondent, grogna l'homme.

C'est ce qu'il pensait. Le skar de Foti prouverait le contraire.

Alors que Wax sentait la première chaleur monter dans sa paume, le regard du soldat Najahn se porta brusquement au-dessus de l'épaule de Wax. Ces yeux durs s'élargirent.

Et les skars tombèrent dans le silence.

18

AU SOMMET DU MONDE

Quik passa la journée avec Sawi et les autres chasseurs sous un auvent réchauffant. Les premiers murmures du printemps arrivaient sur le vent, avec les bourgeons frais et les oiseaux construisant leurs nids. L'humus lourd alors que la nature s'éveillait. De retour dans un tissage, ses robes de Kance abîmées laissées à Mottilan, Quik passa une grande partie de la journée simplement à *être*. Nommant les chants et les odeurs, traquant à travers les fougères, sentant l'écorce trop longtemps absente de son toucher.

— Ça revient vite, n'est-ce pas ? demanda Sawi, le rejoignant dans l'après-midi le long d'un coteau boisé. Elle avait apporté des fruits et du poisson salé, une outre remplie et prête. Comme Quik, elle marchait et parlait sans la vigueur de la jeunesse maintenant. Elle portait des cicatrices à l'intérieur. — Tu quittes Vis et tu as l'impression d'être perdu, mais la maison ne garde pas rancune.

— Je ne réalisais pas à quel point ça m'avait manqué, dit Quik. C'est comme revenir à la vie, après tous ces bâtiments, l'océan, les combats.

— Ce dernier point ne va pas disparaître.

— C'est vrai, mais au moins je sais que je suis du bon côté maintenant.

— Pourquoi, parce qu'on essaie de chasser les Najahn de notre île ?

— C'est la raison évidente.

— Tu as déjà pensé à ce qui se passera quand on gagnera ?

— Quand ? Quik renifla. Sawi, je ne vais pas rêver.

— Tu ne penses pas qu'on va y arriver ?

Quik secoua la tête tout en mâchant le poisson. Il devait le reconnaître à Mottilan : la ville savait comment assaisonner leurs fruits de mer. Kitaye aimait tout autant les richesses de l'océan, mais sa maison préférait un assaisonnement plus simple. Plus de fruits et de feuilles, moins de sel et de poivre.

—Je pense que Fassle et Yarvick ne s'arrêteront pas, dit Quik. Je pense qu'ils veulent tous les deux garder le pouvoir, et le moyen le plus facile de le faire est de conquérir les îles ou de les maintenir en guerre.

Sawi rit. Devant le regard interrogateur de Quik, elle pointa son propre sandwich vers lui comme pour souligner son propos. — Écoute-toi. Il y a quelques mois, tu n'étais que rudesse et fanfaronnades. Frapper d'abord, parler ensuite. Maintenant tu parles du destin du monde.

Quik noya un léger rougissement avec un sourire. —J'ai passé assez de temps avec Gladdring, je suppose.

— Qu'est-ce qui s'est passé là-bas ? Je veux dire, pas pourquoi tu es ici, mais avec Gladdring ? Comment tu t'es échappé de Noctia ?

Il raconta l'histoire depuis le début. Quand une note avait été laissée dans son lit de caserne — continuant sa rotation Najahn, Quik passait son temps en patrouilles du côté du port — lui demandant de se présenter devant un bar tard dans la nuit. Gladdring, d'une manière ou d'une autre toujours en vie, lui avait fait une offre que Quik ne pouvait pas ignorer : revenir dans l'action, aider son frère et arrêter de perdre son temps.

— À partir de là, ce fut un combat après l'autre, dit Quik. Nous avons fui avec la Reine de Kance, volé un tas de skars en chemin. Tu aurais dû voir ce qu'ils avaient fait au labo, Sawi. Un vrai bazar, mais ils y déversaient quand même de nouveaux skars.

— J'imagine que c'est ce qui arrive quand on perd le meilleur scientifique qu'on ait.

— Peut-être, dit Quik. Nous avons navigué jusqu'à Kance... Et les Najahn ont déclaré la guerre. Je ne voulais pas rester sur la touche, et me voilà ici.

Pourquoi ne voulait-il pas parler de la Reine de Kance ? De l'avoir laissée mourir dans l'océan, ou de ce que Quik soupçonnait être arrivé au Renouveau de Noctia ?

Des pensées aussi sombres exigeaient des moments plus sombres, et l'après-midi était trop belle pour la gâcher. Ça, et Sawi pourrait ne pas comprendre. Pourrait ne pas-

— Je suis contente que tu sois là, dit Sawi. Je veux dire, Annalyse est gentille, mais elle n'est pas des nôtres. Pas, tu sais, de notre groupe.

— Tu veux dire, les idiots qui voulaient jouer dans les arbres toute la journée ?

— Hé. Sawi donna une petite poussée à Quik. Toi aussi tu aimais ça, avant de décider d'être chasseur ou rien. Si sérieux tout le temps.

— C'est ce que Kitaye voulait.

— C'est drôle comme c'est toujours ce que les autres veulent qui nous tire dans tous les sens, n'est-ce pas ?

À cela, Quik n'avait pas de réponse.

La nuit apporta avec elle une longue course. Reth les fit s'équiper et partir dès que le soleil glissa derrière les arbres. Sichi était coincé quelque part derrière les montagnes orientales, rendant leur course à travers la jungle dangereuse. Des chevilles tordues, des pieds pris dans des branches, et Quik lui-même gagna plus d'une égratignure à cause de buissons épineux impossibles à remarquer dans l'obscurité totale. Toute attaque sensée aurait été annulée ou retardée.

Mais Mottilan était désespérée, et si les Najahn ne s'attendaient pas à un assaut, tant mieux.

Le Grand Sana occupait un point médian sur la lente montée du sol de la jungle vers les montagnes du côté est de Vis. Quik avait autrefois pensé que ces montagnes étaient grandes, mais comparées aux flèches de Kance, et même à certaines parties des cratères déchiquetés de Noctia, Vis n'impressionnait pas. Non pas que cela le dérangeait maintenant, la traversée et sa descente vers la fleur géante ne prenant qu'une journée à vive allure plutôt que plusieurs.

Un voyage plus long n'aurait donné aux Najahn que plus de temps, et la célérité des chasseurs trouva sa récompense alors qu'ils approchaient la base du Grand Sana par l'arrière, où arbres, fougères et autre végétation poussaient drus.

L'obscurité presque totale se brisa avec des oranges flous du côté éloigné du Grand Sana, les torches Najahn donnant à Reth assez d'ombres pour diriger ses forces. Quik et Sawi partiraient à droite avec un groupe, tandis que Reth et les autres balayeraient à gauche. D'autres responsabilités avaient été exposées plus tôt.

Pas celles que Quik préférait, mais il savait ce que c'était d'être un soldat dans les rangs.

Un chasseur de Mottilan prit la tête de leur groupe, guidant leurs pas chaussés de semelles souples à travers l'herbe fraîche jusqu'à la base écorcée du Sana. La fleur elle-même reposait à l'intérieur d'une coque massive, nervurée et épaisse après des siècles de lente expansion. Quik posa sa main gauche sur l'écorce extérieure, sentit sa texture solide avec sa paume. Les pointes de son gantelet entaillèrent la surface, s'attirant un regard noir et une réprimande silencieuse de leur chef.

Mais l'avertissement n'avait aucune importance. Avant que le groupe de Quik n'atteigne l'entrée, ces halos de torches vacillèrent. Des grognements et un unique hoquet s'échappèrent dans la nuit chantante. Pas d'alarmes, pas de cris. Un bon début. Leur chef Mottilan, suivant apparemment une intuition, fit signe au groupe de contourner leur côté.

Trois Najahn gisaient au sol, tirés hors de la lumière des torches pour être assis, ligotés et bâillonnés avec du tissu dans l'herbe. Aucun ne portait de véritable armure, seulement des robes. Les vouges étaient éparpillées sur le sol.

— Les fléchettes ont fait leur travail, dit Reth tandis que Quik et les autres se mettaient en formation. Montez au sommet, vite, et prenez tous les skars que vous pouvez. Nous tiendrons la base jusqu'à votre retour.

— Tenir contre quoi ? dit leur chef Mottilan. Trois Najahn ? Et aucun autre garde sur le sentier ?

Le Mottilan avait raison, un fait étrange que Quik peinait à comprendre. Le Grand Sana devait être l'endroit le plus important de toute l'île, pourtant les Najahn ne le sécurisaient qu'avec un trio de soldats négligents ? Un regard en bas de la colline, vers l'avant-poste endommagé, montrait une certaine activité nocturne, mais aucune patrouille ne se dirigeait par ici. Aucune sentinelle ne se demandait pourquoi toute une armée d'ombres se tenait maintenant devant la fleur géante.

Pendant si longtemps, Quik avait considéré les Najahn comme la plus grande force des îles, et pourtant les voilà qui laissaient les Mottilan marcher droit vers la victoire.

— Vis nous favorise ce soir, répondit Reth. Ne remettez pas la chance en question. Utilisez-la.

Bien qu'ils aient osé courir dans la jungle dans l'obscurité, personne ne se souciait de tenter la même chose à l'intérieur du Grand Sana. Quik, Sawi et les autres chasseurs allumèrent de nouvelles torches et commencèrent la longue ascension, se frayant un chemin à travers les plates-formes en forme de champignons, les échelles étranges et les toiles infestées d'insectes. En chemin, Quik et Sawi restèrent ensemble, sachant tous deux qu'ils étaient les seuls Kitaye Vis du groupe.

Une paire parmi des rivaux. Quik sentait les regards, les grimaces ici et là. Sawi avait mentionné l'attaque ratée contre l'avant-poste Najahn peu de temps auparavant, une attaque où Kitaye et Mottilan s'étaient battus entre eux et avaient fini par rendre la base aux Najahn. Leur situation désespérée actuelle empêcherait espérons-le le même résultat, mais il n'y avait aucun mal à être prudent, n'est-ce pas ?

— Wax et Pan auraient grimpé tout ça, dit Sawi alors qu'ils escaladaient une autre échelle en forme de champignon. Tu crois qu'ils avaient peur ?

Wax avait raconté cette histoire, un autre affrontement entre Mottilan et Kitaye. Une autre histoire qu'il valait mieux mettre de côté.

— Connaissant mon frère, il aurait traîné Pan avec lui, répondit Quik.

— Je n'en suis pas si sûre.

Quik sourit. — Qu'en penses-tu, alors ?

— Je pense que, malgré tous ses discours, Wax était assez heureux de la façon dont les choses étaient.

— Parce qu'il pouvait passer toute la journée avec toi.

Quik, ses mains — ces gantelets avaient retrouvé leurs attaches contre ses jambes — en pleine ascension, prononça ces mots sans réfléchir, par plaisanterie. Sawi, juste devant et rampant par-dessus le rebord suivant, se retourna et lança à Quik un regard féroce.

— Nous étions parfaits pendant un instant, dit Sawi. Cet instant est passé. Wax l'a tué quand il a choisi d'aller à Foti.

— Tu veux dire quand il a tenu sa promesse envers Pan.

— Quand il m'a quittée.

Sawi pivota sur ses talons et bondit vers le dernier tronçon.

Son frère avait fait un mauvais choix là, Quik devait l'admettre. Sawi avait du feu. De l'esprit. Plus d'aventure que ce qu'un tas de pierres précieuses possédées par des dieux ne pourrait jamais offrir.

Cette pensée, la vie potentielle que son frère aurait pu avoir avec Sawi, se dissipa lorsque Quik grimpa sur les pétales de fleurs du Grand Sana. Au lieu de célébrations, du grattage de skars Vis salvateurs au centre de la fleur, Quik rejoignit Sawi et les autres chasseurs dans un choc muet. Il n'avait jamais vu le sommet du Grand Sana auparavant, mais Quik connaissait assez bien les cendres et le feu maintenant pour savoir que le mâchefer stérile au centre de la fleur n'était pas ce qui devait s'y trouver.

— Il n'en reste pas un seul, dit Reth, la voix morte et vidée. Pas un seul, bon sang.

Les mots se terminèrent par un cri, bien que celui-ci vînt du sol loin en bas, et non de leur groupe. Quik, le plus proche du bord d'un pétale, se retourna et vit, rampant comme des braises, un essaim éclairé par des torches roulant vers la base du Grand Sana.

Les Najahn n'avaient pas seulement pris et brûlé les skars Vis. Ils avaient tendu un piège.

19
LA DURE VÉRITÉ

Le meurtre se transforma en quelque chose de plus complexe lorsque Haggerth se montra disposé à jouer le jeu. Au début, en quittant leur petit-déjeuner, Maena avait présenté le voyage comme une opportunité de trouver des réponses, prévoyant de poignarder Haggerth dès qu'ils auraient échangé Dreamhold et les regards indiscrets contre les grottes et leurs secrets. Au lieu de cela, Haggerth accepta de prendre des besaces, de la nourriture, de l'eau et des lanternes Whent à accrocher à leurs ceintures.

— Si cela peut m'aider à trouver l'homme, je vous accompagnerai, déclara Haggerth lorsque Maena lui fit la proposition.

Un jour de voyage, aller-retour. Maena ne précisa pas où, laissant planer le mystère. Haggerth s'y accrocha, car quel autre choix avait-il ?

Il est déjà certain que vous êtes la cause.

C'était assez clair. Mais Haggerth gardait son ton détaché, ses questions ouvertes. L'homme n'appelait pas les gardes de Jochi et ne sortait pas d'arme de sa veste encombrée. Ils se préparèrent, provisions rassemblées, sur le flanc sud de Dreamhold, prêts à s'aventurer.

Chaque sortie de Dreamhold était désormais gardée par des hommes en chair et en os. Avec le départ de Svarde, les cadavres s'étaient réduits à néant, leurs os et leurs corps gisant dans la poussière et nécessitant des remplaçants vivants. Avec les marcheurs de feu tenant toujours leur position, cependant, les incursions de démons étaient minimes. Les gardes plaisantaient, aiguisaient leurs haches et fixaient le vide pendant des heures. Maena soupçonnait que plus d'un remplissait sa gourde d'ale, à en juger par leurs yeux vitreux et leurs adieux grognés.

Quiconque viendrait après Haggerth n'obtiendrait pas de bonnes informations de ces ivrognes.

— Vous êtes soit chanceuse, soit très, très douée, dit Haggerth plusieurs heures après le début de leur marche, après avoir écouté Maena raconter la longue et sinueuse histoire de comment elle s'était retrouvée ici.

— Les deux.

Haggerth laissa échapper un rire, comme si l'homme ne voulait pas admettre qu'il trouvait cela drôle. — La meilleure façon d'être, je dirais.

— Et vous, Haggerth, lequel êtes-vous ?

Maena menait la paire, maintenant bien au-delà des lanternes extérieures. Les tunnels étaient plus sombres à présent, les mousses ayant été grattées par des éclaireurs et des chercheurs entreprenants. Sa propre lumière projetait des ombres parmi les roches tortueuses, le ruisseau occasionnel, les formations saillantes montant et descendant. Haggerth suivait, se tenant à plusieurs pas derrière.

Trop loin pour le poignarder sans avertissement.

Tout ce que son autre moitié voulait était un autre corps. Haggerth continuait de contrecarrer cette idée. Pas seulement à cause de la distance ou des soupçons évidents de Haggerth, mais parce que l'homme ne semblait pas aveuglément contre elle. Il écoutait, il posait des questions, il-

C'est un stratagème, Maena. Tu le sais. Il attendra d'être sûr, jusqu'à ce que tu te remettes en question, et alors ce sera fini. Tu ne peux pas prendre ce risque.

— À quoi pensez-vous là-haut ? demanda Haggerth.

— Je surveille mes pas, répondit Maena évasivement.

— Le tunnel est assez facile.

Maena s'arrêta. Haggerth s'arrêta aussi, gardant ses distances. Elle le regarda, ses joues sentant la fourrure qui bordait son épais manteau. Sa main s'attarda à sa taille, juste à côté de la poignée de sa lame. Trois mouvements : dégainer, faire un pas, se jeter en avant. Autant de battements de cœur pour y arriver. Haggerth ne pouvait pas bouger à gauche ou à droite, il ne pouvait que reculer.

Il trébuchera et tombera. Une proie facile.

— J'ai regardé dans beaucoup de mauvais yeux, dit Haggerth, brisant le doux silence. Les vôtres ne sont pas comme ceux-là.

Maena cligna des yeux. Laissa sa main loin de la poignée. — Quoi ?

— C'est pour ça que je suis ici. J'ai vu des salauds sans cœur. Ceux qui ont fait des choses terribles et qui appartenaient aux Fosses, appartenaient aux combats dont personne ne sortait. Haggerth parlait avec les deux mains nonchalamment le long du corps, sans adopter de posture défensive. — Ce n'est pas vous, Maena. Peut-être que vous êtes coincée dans quelque chose de mal, peut-être que vous avez entraîné mon éclaireur disparu là-dedans, mais vous n'êtes pas mauvaise.

Maena rit une fois, secoua rapidement la tête. — Vous ne savez pas de quoi vous parlez.

— C'est justement ça, Maena. Je le sais. Je le sais vraiment.

Maena plissa les yeux, étudia l'homme. — Qui êtes-vous ?

— Ce n'est pas la question ici. Haggerth fit un signe de tête vers l'avant. — Je pense que nous devrions continuer, si cet endroit est aussi loin que vous l'avez dit.

Son plan chamboulé, Maena fit comme Haggerth le suggérait, ses pas avançant à nouveau. Cette fois, elle cessa de mesurer la distance de Haggerth.

Ils arrivèrent et prirent un déjeuner tardif à l'objectif de Maena, une mince ouverture donnant sur une large pente qui descendait vers un vaste bassin. Celui qui tourbillonnait de couleurs et, au loin, atteignait le campement des marcheurs de feu. Ami avait parlé à Maena de cet endroit - indirectement, le Gardien parlait avec Svarde et Jochi, ignorant le capitaine Rana - et Maena était venue ici plusieurs fois depuis, à la recherche d'options.

Elle en trouva une maintenant, comme Maena le faisait souvent en venant par ici : avec de grandes ailes visqueuses, un démon au museau aplati se débattait sur le bord aqueux de la pente. Il émergea dans un spectacle éclaboussant, brisant la surface avec de dures respirations provenant de trous parsemés le long de ses flancs. Trois yeux, chacun un étroit diamant, brillaient de vert tandis que la créature luttait pour trouver prise dans un monde très différent de son foyer.

— Un démon, constata Haggerth en regardant en bas,

leurs pains aux champignons enveloppés et leurs carottes séchées éparpillés sur les besaces posées près de leurs pieds. C'est ce que vous espériez ?

— Je voulais que vous voyiez, dit Maena, commençant à descendre les pierres vers la créature qui se débattait. Tous ces monstres que vous connaissez, ceux que vous avez vus déchirer vos maisons, ravager les îles. Ce n'est pas tout. Pas même la plupart.

Haggerth ne la suivit pas, croisant les bras et observant Maena s'approcher de la bête. Ces yeux de diamant se fixèrent sur Maena, les mouvements de la créature ralentissant. Ses lourdes ailes n'étaient pas faites pour un endroit sans vent comme la grotte. Peut-être venait-elle des tourbillons argentés de Kance, une terre probablement balayée par un souffle constant.

Quelle cruelle surprise de s'échapper de la mort pour trouver quelque chose de pire.

Maena dégaina sa lame et se tourna vers Haggerth. — Ces démons n'ont pas leur place ici, Haggerth. Leurs mondes sont peut-être en train de mourir, mais cela ne signifie pas que le nôtre est l'endroit où ils doivent aller.

— Nulle part, donc, c'est ce que vous suggérez ?

— Quand un Rana atteint son dernier voyage, nous ne le traînons pas, dit Maena. Nous lui offrons une fin digne. Nous ne laissons pas cela arriver. Elle pointa sa lame vers le démon épuisé, qui reposait maintenant sa tête sur les galets. Son souffle n'était plus qu'un sifflement. C'est cruel, c'est inutile.

— Et ceux qui peuvent survivre ? Comme les marcheurs de feu ? demanda Haggerth, sa voix toujours aussi impassible. Que leur diriez-vous ?

— Je dirais que nous leur avons donné une chance et regardez. Maena leva sa lame, l'agitant vers la lueur de l'autre côté du bassin. Ils ont à peine bougé. Ceux qui l'ont fait ne sont qu'une arme.

— Je pensais qu'un accord avait été conclu, que...

— Un mensonge, et Svarde le sait. Les marcheurs de feu seront utilisés ou détruits. Rien entre les deux.

— Et vous leur accorderiez la miséricorde à la place ?

Le démon se redressa brusquement, poussant sur les pierres. Son aile gauche s'éleva vers Maena, prête à la repousser, mais sa membrane s'accrocha à un rocher plus tranchant. Une bouche pleine de dents en dents de scie grinça sous le trio d'yeux du démon, bien loin de la capitaine Rana. Elle se retourna et, d'une seule poussée, mit fin au bref séjour de la misérable créature dans son monde.

— Miséricorde, dignité, dit Maena en retirant lentement son épée. Appelez ça comme vous voulez, Haggerth, mais la fin est la même : les dieux ont créé ce monde pour nous, et nous seuls.

— Tout ceci, donc, dit Haggerth lorsque Maena revint à ses côtés au sommet de la pente, a quelque chose à voir avec mon éclaireur disparu ?

— Tout ceci a à voir avec un choix, répondit Maena. Elle tenait toujours sa lame, dégoulinante d'eau après un nettoyage rapide dans le bassin. Elle reposait sur son épaule, l'autre main de Maena tapotant le dessus de sa lanterne. Haggerth, comme toujours, gardait ses mains libres. Il s'appuyait contre un mur de pierre grise et rugueuse, sa lanterne à ses pieds. Je vous ai dit ce qui allait se passer. Vous pouvez soit m'aider, soit ne pas le faire.

Ce que signifiait ce "ne pas le faire" était clair pour tous les deux. Ce que Haggerth choisirait...

— Je pense que vous prenez une décision qui ne vous appartient pas seulement, dit Haggerth. Je pense que vous vous déclarez l'arbitre de trop de destins, Maena. Si ce que vous dites est vrai, si les démons ne sont destinés à rien d'autre que la mort, alors pourquoi est-ce votre responsabilité de la leur donner ?

— Parce que je suis la seule qui le fera.

Haggerth soupira. — Maena, j'ai dit que vos yeux ne vous désignaient pas comme un monstre. Je m'en tiens toujours à cela. Mais je vois autre chose à la place, quelque chose de bien plus dangereux.

L'épée quitta son épaule, pointée vers Haggerth.

— Vos prochains mots pourraient signifier votre vie, répondit Maena, d'une voix basse.

— Vous êtes une fanatique, Rana. Vous avez été seule avec vos propres pensées pendant trop longtemps. Haggerth cracha sur le côté. Le truc, c'est que vous pouvez avoir ces pensées. Ce qui m'importe maintenant, c'est mon éclaireur. Dites-moi où il est, et vous pourrez donner des morts miséricordieuses à ces démons autant que vous le voulez.

Je te l'avais dit. Je t'AVAIS dit qu'il ne verrait pas les choses de la bonne manière.

Oui, elle l'avait fait. Et Maena ne pouvait plus le nier.

Elle s'avança et Haggerth donna un coup de pied à sa lanterne. Le globe brûlant frappa la lame de Maena, se brisant et envoyant de l'huile enflammée sur ses vêtements. Jurant, Maena frappa quand même, son épée ne rencontrant que l'air alors qu'elle se débarrassait de son manteau, laissant ses morceaux brûlants se consumer sur les pierres en dessous.

Le temps qu'elle se redresse, Haggerth avait disparu.

S'il revient avant toi et dit ce qu'il pense, nous sommes morts.

Toujours à énoncer l'évident, mais son autre moi manquait tout aussi souvent la même chose. Haggerth n'avait pas de lampe, n'avait parcouru les tunnels déroutants qu'une seule fois pour arriver ici. Elle avait des heures, des connaissances et de la lumière de son côté.

Ce serait une chasse, certes, mais Haggerth n'irait pas loin.

20

UNE RÉSISTANCE

La journée misérable s'était transformée en nuit, puis de nouveau en jour, et Svarde ne s'arrêtait pas. Ses pieds, dans des bottes si brûlées et effilochées, foulaient la route pavée, supportant chaque pincement et chaque caillou avec détermination. Svarde ressentait la douleur, mais comme toute chose inutile, il la repoussait si loin qu'elle devenait aussi distante que les souvenirs de son foyer, de leur voyage, de Catya.

Bien plus proche était le ferrite. Le lézard de pierre maintenait Svarde ancré, autant qu'il pouvait l'être, dans la réalité. Elle reniflait pendant qu'ils marchaient, désignant les oiseaux bleus nichés et leurs oisillons dorés, suspendus aux buissons cristallins qui émergeaient des flèches grises s'élevant tout autour d'eux. Ces mêmes buissons libéraient des toiles scintillantes quand le vent se levait, des guirlandes qui avaient la grâce de ne jamais tomber dans la main, les cheveux ou les yeux de Svarde.

Comme si Kance elle-même refusait d'admettre une telle impolitesse.

Une bien pauvre chose, alors, pour un barbare de piétiner ses terres sauvages.

Après l'orage, l'air était lourd d'humidité, l'emprise précoce du printemps contrariée par le froid persistant de l'hiver. Ces rafales claquaient et se tordaient entre les arbres fins et les rochers, aussi vivantes que les rivières de lave de Foti ou les jungles de Vis. Les cheveux et la barbe de Svarde avaient brûlé lors de l'assaut des marcheurs de feu, leur absence le faisant frissonner tandis que Kance tenait sa conversation venteuse.

Non qu'il puisse geler.

Svarde passait ses pas à contempler le paysage, répétant encore et encore la proclamation qu'il donnerait à quiconque oserait se dresser sur son chemin : une protestation contre le fait de prendre des vies, un rêve pour les marcheurs de feu. Quand son auditoire, espérons-le ces imbéciles haut perchés dans le Palais Céleste, le rejetterait, Svarde les persuaderait d'une manière différente.

La lame dentelée ne semblait pas lourde, bien que Svarde supposât que le fragment brisé de la dague de Vis n'était pas pour ceux qui préféraient les armes légères. Ses bras aidaient l'épée à reposer contre son épaule tandis que Svarde avançait, marchant d'un pas confortable. Peut-être que Svarde aurait pu courir, tenir un sprint effréné avec son énergie inépuisable, mais cela aurait signifié abandonner Kivi, mettant en péril son équilibre précaire à pieds nus.

Cela dit, la vitesse aurait pu lui permettre de passer la formation qui bloquait maintenant le chemin devant lui.

Sept soldats de Kance, délaissant les robes pour l'armure vitreuse que portaient les combattants les plus sérieux de l'île. Ils se tenaient en ligne en travers de la route, et Svarde n'avait pas besoin de fouiller les arbres et les falaises de chaque côté pour deviner qu'il y avait aussi des archers cachés.

—Halte, envahisseur ! cria celle du centre, une femme assez robuste pour défier la réputation venteuse de Kance. Elle avait toujours une rapière à son côté, bien que la lame parût minuscule à côté des arêtes et des angles aigus de sa cotte de mailles. Votre marche s'arrête ici.

—Vraiment ? demanda Svarde, ralentissant pour s'arrêter à dix pas. À côté de lui, Kivi renifla et libéra ses évents, des bouffées de vapeur flottant autour d'eux. Qui êtes-vous pour m'arrêter ?

—Tyfate, répondit la femme. Commandante de la garde du Nord de Kance. Vous êtes Svarde, n'est-ce pas ? Le Barbare de l'Ouest ?

—Le Barbare de l'Ouest ? C'est ainsi qu'on m'appelle ?

—Vous n'êtes plus un Gardien, ni en esprit ni en action, alors il nous fallait quelque chose de nouveau. Tyfate fit mine de regarder autour de Svarde. Vous marchez seul ?

—Kivi est là. Svarde fit un signe de tête vers le ferrite. Sinon, je marche seul pour sauver des vies.

—En donnant la vôtre ?

La conversation avait déjà trop duré. Ami et le Whent devaient être en train de mettre les marcheurs de feu en mouvement, en supposant que les géants brûlants puissent être tirés de leur panique. Une fois en route, tout le but de Svarde serait ruiné si l'armée le rattrapait. Tout comme la vie de Tyfate, celle de ses soldats, et de tout Kance se tenant entre les marcheurs de feu et la victoire de Najahn.

—J'ai un message pour vos dirigeants, dit Svarde. Un qui leur donne une chance de garder leur île d'être détruite.

—S'il s'agit de céder au violet et au noir, vous pouvez emporter ce message avec vous dans la tombe.

Svarde retira la lame noire de son épaule, laissant sa

pointe méchante reposer dans la terre près de ses pieds. Laissant les Kance jeter un long regard à sa malveillance et décider s'ils voulaient vraiment goûter à son fer sombre.

—Il y a des forces en jeu ici, Tyfate, qui dépassent tout ce que vous pourriez espérer vaincre, dit Svarde, d'une voix égale et lente. Votre île fait face à une guerre impossible. La mener serait tout perdre. Acceptez mon offre et échappez-vous, bon sang.

—Les menaces ne vous mèneront nulle part. Une dernière fois, Barbare. Faites demi-tour et partez, ou restez et laissez votre cadavre fertiliser l'herbe de printemps.

Une petite partie de Svarde avait espéré quelque chose de différent. Avait espéré que cette fois, l'ennemi verrait raison. Mais le Barbare se tenait seul, et bien que le teint gris de Svarde puisse sembler étrange, et que son épée géante puisse faire hésiter un bagarreur de bar ou un adversaire solitaire, une force avec des effectifs et l'effet de surprise pouvait penser qu'elle pourrait gagner.

Ils se trompaient, bien sûr.

—Alors persuadez-moi, murmura Svarde, avant de pousser un vieux rugissement, un cri féroce, et qui lui fit autant de bien que tout ce que Svarde avait fait depuis qu'il avait saisi la lame noire.

Tyfate ne joua pas le jeu du leader héroïque. Ni aucun de ses soldats. Au premier mouvement de Svarde, les arbalètes chantèrent depuis les fourrés. Les carreaux pénétrèrent la peau de Svarde de gauche et de droite, mordant, déchirant, et laissant un feu brûlant lacérer le barbare.

Un feu brûlant que Svarde éteignit avec un autre pas en avant, un autre-

Le carreau suivant frappa le cou de Svarde, sifflant et privant le guerrier de sa voix. Svarde avait vu suffisamment d'hommes s'étouffer, privés de leur souffle pour savoir qu'il aurait dû s'effondrer, qu'il aurait dû agripper sa gorge. Pourtant, il continua d'avancer, et bien qu'un poids douloureux tirât sur son menton, aucun besoin désespéré ne se fit sentir.

La lame noire faisait ce que sa malédiction exigeait.

Svarde vit la première peur s'allumer dans les yeux des soldats de Kance. Leur courage déterminé dépendait d'un monde qu'ils pensaient comprendre, et maintenant ce monde s'effondrait. Tyfate appela ses soldats à se tenir debout pour leur Reine, une inspiration bien chronométrée, et quatre rapières bondirent pour rencontrer l'avancée criblée de Svarde.

Le barbare les accueillit d'un grand mouvement, fonçant en avant avec un abandon si téméraire qu'il aurait garanti la mort de tout homme normal. Les rapières à sa gauche et à sa droite se faufilèrent sous et au-dessus de l'attaque de Svarde, touchant une jambe et une épaule. Les coups s'avérèrent pires pour les assaillants, car la riposte de Svarde fendit leur armure comme de la soie lisse. Le métal se sépara, des fractures en réseau se propagèrent, bientôt suivies par une sombre floraison rouge. Les deux soldats au milieu tentèrent de parer, une tentative futile qui vit leurs rapières coupées juste au-dessus de la garde, le métal se brisant et volant au loin.

Alors que Svarde achevait son coup, les quatre soldats chancelèrent, tombèrent, et Svarde continua sa charge. Sur sa gauche, quelqu'un dans les buissons hurla. Kivi, qui n'était plus sur le chemin, avait trouvé une victime. Il espérait que la ferrite se retiendrait, assommerait le pauvre archer. Si l'homme n'avait pas essayé de tirer sur la ferrite d'abord, il aurait eu une chance.

Sinon, eh bien, Kivi pourrait trouver l'armure Kance un savoureux en-cas.

Trois autres se tenaient encore devant Svarde, Tyfate au milieu. Tous avaient dégainé leurs rapières, bien que leurs pas fussent en retraite. La terreur illuminait tous leurs regards, si absolue que Svarde s'en étonna jusqu'à ce qu'il se regarde lui-même, voyant les coupures sanglantes se refermer, les carreaux autrefois logés dans l'os être repoussés par la puissance du Vis rugissant dans les pensées de Svarde.

— Il n'y a pas de victoire ici, dit Svarde en enjambant un soldat Kance tombé. Vous vous perdez et ne gagnez rien.

Ces mots firent sourire Svarde. Il ne parlait plus beaucoup comme son ancien moi amateur de bière non plus, maintenant. Des semaines avec Jochi, le fardeau du leadership, et peut-être le destin du Roi Mort avaient poussé Svarde vers un discours plus raffiné, vers le genre de mots qui construisent les légendes.

Qui seraient respectés par les rois.

— Qu'êtes-vous ? balbutia Tyfate, faisant de nouveau correspondre l'avancée de Svarde à sa propre retraite.

Un autre archer hurla. La crosse d'une arbalète se brisa. De l'autre côté, un carreau, encore une fois, trouva le flanc de Svarde, n'arrêtant pas le moins du monde le barbare.

— Ce que je suis ? demanda Svarde. Je suis exactement ce que j'ai dit. Un porteur de paix, si vous le souhaitez.

Tyfate secoua la tête. — Ce n'est pas une paix que je peux comprendre.

— Alors il vaut mieux que vous appreniez, ou vous rejoindrez vos hommes.

La commandante Kance regarda à nouveau ses deux compagnons soldats. Dans leurs yeux effrayés, elle trouva un peu de courage. Une certaine détermination qui la fit ralentir, s'arrêter.

— Nous défendons Kance, dit Tyfate, sa voix tremblant au début, mais ferme à la fin. Nous ne céderons pas.

Ses soldats, à leur crédit, retrouvèrent leur résolution aux mots de leur commandante. Ils se formèrent à ses côtés. Leurs rapières brillaient dans la lumière matinale humide de rosée. Svarde évalua la situation, leva la lame noire à deux mains, les résultats du dernier combat gouttant encore de son tranchant.

— L'ancien moi, dit Svarde, aurait loué votre courage. Je ne le ferai pas, car ce combat est déjà décidé.

— Nous verrons bien.

— Bientôt, dit le barbare, sans la moindre trace de victoire dans ses mots, vous ne verrez plus rien du tout.

21

UNE VIE EST UNE VIE

Wax se réveilla en heurtant le sol, son épaule craquant alors qu'il roulait hors du hamac oscillant sur le bois mouillé, puis sur une grille métallique froide drainant l'eau qui éclaboussait plus profondément. Les lanternes grinçaient, le bruit couvrant les cris de l'équipage et le roulement du tonnerre. Tout cela ne masquait pas la douleur lancinante dans sa tête, ses os meurtris, et l'étrange silence qui résonnait dans ses pensées.

Pas un seul skar ne lui parlait.

Sur le dos, Wax porta la main à son cou, sentant la peau là où aurait dû se trouver l'attache métallique. Ses vêtements étaient les mêmes : du lin de Kance, finement tissé, bien que la robe de Wax ait disparu, et en son absence, il frissonnait. La lumière grise filtrant par une ouverture vers le pont supérieur suggérait qu'il faisait jour, mais les ombres profondes et la pluie indiquaient des nuages. Une source d'inquiétude, étant donné l'endroit où il se trouvait.

L'endroit où il...

Le clipper Najahn. Un petit navire. Ils avaient frappé

Wax, l'avaient assommé et l'avaient fourré ici. Le fait qu'il soit *toujours* à bord signifiait qu'Eujo, Torny et Bliss n'avaient pas pu le secourir. S'ils étaient encore en vie-

Non. C'était une piste qu'il ne suivrait pas. Pas encore. Jamais.

Au lieu de cela, Wax attrapa un poteau et utilisa le bois trempé pour se relever. Ils lui avaient laissé les bottes qu'il portait depuis Whent, et ces choses solides adhéraient suffisamment bien au pont inférieur. Les hamacs autour de lui suggéraient une vingtaine de lits, bien qu'ils se balançaient tous vides maintenant, se tordant alors que le clipper tanguait vague après vague. Des caisses et des effets personnels fourrés dans de petites boîtes verrouillées étaient attachés dans les coins, avec du matériel de rechange. Des voulges se tenaient attachées à un râtelier près des escaliers menant au pont supérieur, et leurs pointes brillantes donnèrent un objectif à Wax.

Les Najahn l'avaient peut-être fait prisonnier, mais ils avaient commis l'erreur de laisser Wax détaché.

Il fit des pas mesurés vers le râtelier, écoutant les cris au-dessus. Les appels des Najahn étaient tout sauf calmes : la voix d'un chef, le ton dur d'une femme hurlant de couper les voiles, de jeter du lest, d'attraper avec une corde un pauvre diable qui était passé par-dessus bord. Ses cris étaient accueillis par un mélange d'acquiescements et de panique. Le clipper roula. Une vague passa par-dessus bord, ruisselant le long des escaliers du pont alors que Wax s'approchait de la première marche.

Le Renouveau hésita.

Saisir une voulge et apparaître comme une menace violente apporterait quoi à Wax, exactement ? Il ne pouvait pas affronter tout le navire, et s'ils étaient vraiment au large, alors Wax assurerait son propre sort funeste en essayant d'abattre davantage de ce qui devait être un équipage maigre et blessé. La rencontre avec les bandits sur Foti lui revint en mémoire, une coopération forcée qui avait permis à Wax de vivre, de continuer, parce qu'il avait été patient.

Peut-être que la même chose fonctionnerait à nouveau.

Wax s'effondra sur l'échelle du pont, tint ses côtés des deux mains, et se hissa, une courte marche à la fois, jusqu'en haut. En approchant, la pluie cinglante commença à frapper ses joues en grosses gouttes froides. Ses doigts s'engourdirent rapidement, ses dents commençant à claquer. Sans la robe de Kance, Wax risquait de mourir de froid avant d'aller bien loin.

Les skars, cependant, pourraient l'aider avec ça. Ils le garderaient au chaud.

Ils pourraient, aussi, sauver le navire.

Wax s'élança sur le dernier barreau pour se hisser en titubant sur le pont supérieur, la rage de la tempête se révélant dans toute sa terreur. Alors que le Vis glissait sur le bois trempé et à moitié gelé, il vit des vagues s'élevant au-dessus du clipper tandis que le petit navire semblait tourner en cercles angoissés. Devant lui, le mât principal unique du clipper et la voile s'étendant de sa masse jusqu'à la proue divisaient l'horizon gris en deux. Des marins et des soldats se précipitaient à travers le navire, certains tombant, d'autres dansant sur le pont comme si le tumulte était la chose la plus normale qui soit.

— Attachez ces cordes !

La voix du capitaine à nouveau, derrière et au-dessus de Wax. Elle se concentrait sur quelques cordages près de la proue qui s'étaient détachés, se balançant comme des serpents à la recherche de souris. Deux membres d'équipage trempés se détachèrent du gréement pour plonger sur les choses, les ramener ensemble, un combat qui semblait tourner en leur faveur jusqu'à ce qu'une vague s'écrase sur la proue, projetant la paire contre le côté tribord du bateau. Les cordes reprirent leur claquement sauvage, Wax se remettant sur pied — et pressant son dos contre la cabine du capitaine pour se soutenir — juste à temps pour voir l'une d'elles, mise en évidence par un éclair, fouetter l'air et frapper l'un des deux marins, l'envoyant par-dessus bord.

Le corps s'écrasa dans la mer déchaînée, le bleu profond et l'écume blanche faisant disparaître le pauvre malheureux en un clin d'œil. Néanmoins, d'autres marins se précipitèrent sur le côté, tirant des cordes et des bouées annulaires à lancer après l'homme.

Comme si le clipper allait rester à proximité plus d'un instant.

Bien que, peut-être, Wax pourrait aider à cela.

Personne n'avait encore remarqué son arrivée, un fait que Wax mit à profit en regardant la porte du capitaine à son coude. Il tendit la main vers la poignée, poussa, et la trouva verrouillée. La trouva s'ouvrant un instant plus tard, un homme l'épée dégainée, des robes Najahn sèches attendant derrière.

— Vous ? demanda l'homme.

— Moi, répondit Wax, et il balança son poing.

Une offensive désespérée battait une défense perplexe, ou quelque chose comme ça.

Le coup de Wax, mouillé et engourdi, entra en contact avec la joue de l'homme. Le Najahn — était-ce le capitaine ? Se cachant dans sa cabine ? — trébucha en arrière et Wax le suivit, la porte se refermant derrière lui alors que le clipper roulait à nouveau.

Le Najahn essaya de se stabiliser contre le tangage du navire, dans une cabine dominée par une table, une couchette latérale et plusieurs caisses. Des plafonds bas, une lanterne suspendue à une charnière, et une odeur de vomi provenant du pot approprié complétaient le tableau, un tableau que Wax chercha à perturber en se ruant sur l'homme armé de la lame.

L'homme, toujours en reculant contre la table, balança la lame dans un large arc. Wax ralentit juste assez pour laisser l'épée passer avant de bondir en avant. La main droite du Vis jaillit, saisit le poignet armé du Najahn et le plaqua en travers du corps de l'homme. De sa main gauche, Wax se prépara à asséner un coup à la face harassée de l'homme, quand Wax remarqua son collier manquant, juste là sur la table.

— Un marché, croassa Wax, la gorge desséchée malgré toute la pluie froide qu'il avait avalée. Un marché pour sauver le navire.

— Que pourriez-vous bien faire ? grogna le Najahn, essayant de libérer sa lame.

Wax enfonça son genou dans le ventre de l'homme, lui arrachant un hoquet.

— Je suis un Renouveau. Faites-moi confiance.

— Vous êtes un traître, répondit l'homme d'une voix creuse, étouffée par un autre craquement, plus de cris et d'ordres frénétiques venant de l'extérieur. Je ne peux pas...

— Nous allons tous mourir si vous ne le faites pas.

Wax sentit quelque chose de pointu contre son abdomen et baissa les yeux pour voir que le Najahn avait sorti un poignard de sa main libre et en pressait la pointe à un endroit où il pourrait l'éventrer en un instant. Le Najahn, le visage rouge, haletant après le coup de Wax, retenait ce qui aurait dû être le coup fatal.

— Vous détruisez ce navire, vous nous détruisez, vous vous noierez en mer, dit le Najahn.

— J'avais compris, répliqua Wax. Maintenant, soit vous vous écartez, soit vous me tuez, parce que vous perdez des marins à chaque seconde.

L'homme s'écarta d'un mouvement si fluide que Wax se demanda si le Najahn n'aurait pas pu le tuer plus tôt. Si, peut-être, le Najahn n'était pas aussi stupide que Wax le pensait. Mais c'était une inquiétude pour plus tard.

Maintenant, Wax tendit la main, saisit et tira sur le collier de skar. Les pierres et leur réconfortant non-sens inondèrent son esprit. Le skar Vis s'attaqua à ses mains froides, aux contusions sur son dos et sa tête. Le skar Foti puisa dans sa chaleur, séchant les vêtements trempés de Wax. Et le skar Tamas confirma que le tueur partageant la pièce avec Wax était plus curieux avec prudence que meurtrier.

La pierre qui importait, cependant, était l'éclat argenté et l'eau qu'elle appelait.

— Venez avec moi, dit Wax en se retournant vers la porte. J'aurai besoin de vous.

— Pour quoi faire ?

— Pour me soutenir.

Le Najahn posa une autre question, mais ses mots se perdirent dans le tumulte alors que Wax fonçait à travers la porte. La pluie continuait, la mer tourbillonnait, et les marins se répartissaient le long des flancs du clipper, s'ac-crochant pour leur vie tout en essayant de lancer des cordes à ceux qui avaient échoué. La capitaine semblait avoir renoncé à essayer de diriger le clipper, se contentant d'indi-quer où les âmes étaient passées par-dessus bord et comment les retrouver.

Wax avait une meilleure idée, un meilleur outil.

Le skar Rana rugit lorsque Wax le libéra. Une vague gigantesque qui se dirigeait vers le clipper s'écarta, ne donnant au navire qu'un coup de glace plutôt que de s'écraser sur son pont. Le skar Rana trouva, dans les eaux proches, les marins en difficulté et les poussa à la surface. Le froid menaçait de leur ôter la vie, et Wax, ressentant les marins moins comme des personnes que comme des intuitions lointaines, donna des directives à la pierre Foti.

Derrière Wax, le Najahn se raidit, tout comme Wax, tandis que le skar Foti volait leur propre chaleur pour la pousser vers ces âmes nageantes. Suffisamment pour donner à leurs doigts la force de s'agripper, à leurs jambes la sensation de donner des coups de pied.

— Aidez-moi, dit Wax dans un murmure que le Najahn, tremblant derrière lui, entendit.

Des bras se glissèrent sous ceux de Wax, maintenant le Vis en l'air. Le Najahn appela à l'aide, bien que Wax ne vît pas si quelqu'un y prêta attention. Il se plongea dans les efforts du skar Rana, laissa la volonté de la pierre fendre une vague après l'autre, balayer l'humidité glacée du pont et pousser le clipper en avant, une poussée que la capitaine ressentit et utilisa.

Pour sauver les îles. Pour essayer. C'est ce qu'il avait promis à Pan, peu importe quoi, peu importe comment, peu importe si Wax s'enfonçait si profondément dans les pierres divines qu'il n'en reviendrait jamais.

22

UNE LONGUE CHUTE

Attaqué par des bandits, des monstres fluviaux, un autre Renouveau, et un maître assassin. Quand Quik vit les soldats Najahn se ruer sur les quelques chasseurs Mottilan à la base du Grand Sana, il faillit plonger de la fleur géante. C'était forcément un rêve, n'est-ce pas ? La cascade incroyable de conflits insensés qui avait suivi ses pas ces derniers mois défiait toute croyance, brisait la réalité, et faisait tourbillonner sa vie idyllique de chasseur de Vis dans un monde de fantasy.

Que faisait-il ici ? Comment tout avait-il pu déraper à ce point ?

— On saute, dit Sawi à côté de Quik, tandis que les autres chasseurs Mottilan avec eux jacassaient en arrière-plan, chacun essayant de trouver sa propre issue. On attrape une liane, on se balance au loin.

— Tu as perdu la tête ? dit Quik, cachant à peine sa propre folie. L'arbre le plus proche est loin en contrebas.

— Quel autre choix avons-nous ?

— Se frayer un chemin en combattant ?

Certains Mottilan avaient déjà opté pour cette solution, sautant dans le trou près de Quik pour apporter des renforts à Reth et aux autres à la base du Grand Sana. Ce geste n'avait guère de sens, à moins que le but ne soit de mourir avec un faux sentiment d'honneur. Ou peut-être espéraient-ils que les Najahn seraient intéressés par la capture de prisonniers. Il n'y avait aucune chance de se frayer un chemin à travers les assaillants.

— Ça ne marchera pas, et tu le sais, marmonna Sawi, ne faisant aucun geste pour empêcher les autres Mottilan de partir.

L'un d'eux demanda ce que Quik et Sawi allaient faire, et comme aucun ne répondit, le chasseur montra les dents, déclara qu'il prendrait quelques têtes de Najahn avant de rejoindre Vis, et disparut.

— C'est un choix, dit Quik, s'approchant du bord du grand pétale et regardant en bas. Si possible, encore plus de torches scintillaient maintenant, s'étalant bien au-delà du Grand Sana et retournant vers la route de montagne. Regarde. Ce n'est même pas la totalité d'entre eux.

— Surprise, dit Sawi. Quelqu'un a dû nous voir arriver. Les Najahn piègent un tas de chasseurs ici, lancent une attaque surprise pendant qu'on est tous partis. Mottilan tombe facilement.

— Annalyse a les skars. Elle va se battre. Deshiva aussi.

Qu'elles mourraient rapidement face à ces nombres, même avec les skars, resta non dit. Au lieu de cela, Quik revint à l'idée précédente de Sawi. Un saut était un vrai suicide, certes. Aucun arbre n'était assez proche du Grand Sana pour rendre un saut viable, encore moins assez haut pour les rattraper. Mais...

— J'ai peut-être une idée, dit Quik, se levant et

marchant vers le côté opposé de la fleur, celui faisant face aux montagnes sombres. Tu peux t'accrocher à mon dos ?

— Comme quand on était petits ?

— Exactement pareil.

Quik glissa les gantelets sur ses mains. Prit une profonde inspiration. Il ne s'était pas complètement remis des coups de couteau reçus sur le bateau, et la journée avait été longue à travers la jungle, à grimper le Grand Sana. Ce qu'il prévoyait de faire maintenant... eh bien, un vrai Vis devait être prêt à relever tous les défis.

— Que fais-tu, Quik ?

— Regarde, c'est tout.

Quik marcha sur le pétale, ses filaments lisses doux sous ses chaussures. S'agenouillant, puis glissant ses pieds jusqu'au bord, Quik se rapprocha autant que possible de l'écorce du Grand Sana. Avec son gantelet gauche, Quik tendit le bras et enfonça les pointes métalliques dans l'écorce massive de la plante. Le bois ancien se fendit, un craquement satisfaisant prouvant que l'arme de Quik avait du mordant.

Qu'il n'était pas complètement fou.

— Monte, dit Quik, et Sawi n'hésita pas.

Elle avait compris, alors. À la fois ce que Quik allait tenter de faire, et la fin qui viendrait s'il tombait.

Sawi agrippa le tissage de Quik, glissant ses doigts à travers les cordes de plantes séchées, et s'accrocha ferme- ment. Quik tendit ses muscles, murmura une prière à Vis, et se laissa pendre du pétale. Ces filaments plièrent sous son poids, et Quik utilisa cette flexibilité pour se balancer, lui et Sawi, dans un coup violent contre l'écorce du Sana. Les éclats noueux et ridés se brisèrent à l'impact, le gantelet glissant, raclant les morceaux tandis que Quik et Sawi glis- saient vers le bas. Il balança son bras droit, l'enfonça dans la coque du Sana, et ensemble les deux prises ralentirent, arrêtant le duo. Les pieds de Quik cherchèrent un appui, trouvèrent de minuscules fissures.

Les muscles brûlaient. La respiration s'accélérait. Le poids de Sawi sur son dos faisait plus pour déséquilibrer Quik que pour le tirer vers le bas, et le chasseur se pencha contre le côté du Sana.

— Nous y sommes maintenant, dit Sawi. Continue, Quik.

Quik voulut répliquer, mais être intelligent demandait une énergie mieux dépensée pour des priorités comme rester en vie et trouver sa prochaine prise. En dessous des pétales de la fleur, ils n'avaient pas de lumière, seulement la plus faible lueur de Sichi. Le côté du Grand Sana semblait un mur noir et rien d'autre, s'étirant vers un vide obscur loin, très loin en dessous. Les arbres vers lesquels ils pourraient sauter apparaissaient ici et là quand une brise amenait des branches égarées, des feuilles dans la faible lumière. Une escalade où il ne pouvait pas voir le prochain mouvement ?

Pourquoi pas, étant donné tout le reste ?

Quik se surprit à sourire alors qu'il libérait le gantelet gauche, laissant ces griffes acérées descendre en glissant, tordant sa main en arrivant à sa taille. Ils pendaient par un seul gantelet, avec le faible soutien des orteils chaussés de Quik. Son poignet droit brûlait alors qu'il enfonçait sa main gauche dans le côté du Sana, enfouissant une fois de plus les pointes dans le tronc de la fleur.

Maintenant la droite. Il la libéra doucement, la chute soudaine raclant le gantelet le long de l'écorce. Sawi poussa un cri, Quik enfonça le gantelet, les arrêtant brusquement. Son bras gauche était maintenant bien au-dessus de son épaule, douloureux, et ils avaient à peine descendu. Ça n'allait pas marcher.

— Sawi, dit Quik. On va glisser, et tu vas sauter.

—Je vais quoi ?

— Sauter. À trois.

Le chasseur commença à compter.

— Sauter où, Quik ?

Il prit une dernière inspiration.

—Je ne comprends p-

Quik fit glisser les gantelets ensemble, jusqu'à leurs extrémités. La prise céda, l'écorce se fendit, et ils chutèrent. Quik lutta pour garder les gantelets près de lui, les poussant encore alors que des morceaux le frappaient, l'égratignaient, se plantaient dans son visage, traversaient son tissu pour atteindre sa poitrine, malmenaient ses jambes. Ses chaussures se déchirèrent, et Quik releva les pieds, laissant les semelles abîmées rebondir sur l'écorce tandis que leur vitesse augmentait.

Sawi commença à crier, puis s'arrêta, arrivant à la bonne conclusion que toute évasion serait difficile à garder secrète si elle hurlait. Non pas que la descente fût silencieuse : l'écorce qui se brisait annonçait leur chute assez bruyamment, mais Quik ne pouvait pas s'en préoccuper. Pas maintenant. Il voulait tourner la tête sur le côté, surveiller les arbres, la bonne distance, mais ils tombaient trop vite, avaient trop de vitesse, avaient-

Elle sauta sans prévenir. Elle replia ses jambes sur le dos de Quik et poussa, s'envolant. Sans son poids, Quik essaya d'enfoncer ses gantelets, de ralentir la chute. Les pointes se brisèrent, des morceaux de métal s'envolant avec leurs frères d'écorce. Le chasseur tenta d'utiliser ses orteils, cherchant n'importe quelle prise. Il plaqua ses mains brisées contre l'écorce, mais ne trouva rien d'assez grand parmi ces rainures pour s'agripper. Il allait heurter le sol en quelques instants, et il n'y aurait pas moyen de survivre à cet impact.

Alors Quik, poussé par l'instinct, la panique, le pur désespoir, remonta ses genoux contre sa poitrine, posa ses paumes brûlantes contre l'écorce alors qu'il entrait en chute libre, et se propulsa, volant dans l'obscurité tel une chose sanglante et meurtrie.

23
POURSUITE

Courir à travers le Sombre En-dessous comportait des risques : un mauvais virage pouvait vous précipiter dans une pente, vous fracassant le crâne contre un rocher acéré. Un dérapage sur du gravier ou de la poussière séculaire pouvait vous propulser contre une paroi déchirante, vous laissant en sang, une odeur susceptible d'attirer les mauvais démons. Ou vous pouviez simplement perdre votre lumière, l'huile s'épuisant, vous abandonnant dans l'obscurité errante jusqu'à ce que vous mouriez de faim, haletant et rampant pour une aide qui n'arriverait jamais.

Haggerth pourrait subir l'un de ces sorts si Maena ne le retrouvait pas, et sa recherche devenait de plus en plus frustrante. Elle avait emprunté un tunnel latéral après l'autre, s'était faufilée à travers de petites ouvertures, avait pataugé dans des flaques peu profondes et contourné les plus profondes, mais le vaurien Whent n'avait laissé aucune trace.

Ou tu es une piètre traqueuse.

Une possibilité. Rana n'enseignait pas à ses enfants à

chasser comme le faisaient les Vis et les Whent. Pourquoi, quand l'île fluviale offrait tellement plus à quelqu'un capable de lancer une ligne, de jeter une lance, plutôt que de pister une bête sauvage ?

En l'état, Maena se fiait à ce que ses yeux lui disaient, à ce que son nez pouvait sentir, à ce que ses oreilles pouvaient entendre, et pour l'instant, tout cet ensemble ne lui offrait absolument aucun indice.

Alors va là où tu sais qu'il sera.

C'était déjà ce qu'elle faisait, gardant ses itinéraires de poursuite d'Haggerth sur les chemins qui la ramèneraient vers Dreamhold. Chaque virage en zigzag faisait traverser à Maena les lignes probables qu'Haggerth emprunterait pour rentrer chez lui, et pas une seule fois elle n'avait croisé sa route.

Ce qui laissait une conclusion probable : dans sa fuite sans lanterne, l'homme avait pris la mauvaise direction. Une erreur fatale, et une que Maena pouvait laisser le réclamer.

Et s'il réapparaît, un couteau fera tout aussi bien l'affaire à ce moment-là.

Maena renifla dans la faible lueur de sa propre lanterne, ses pieds retrouvant automatiquement le chemin d'où elle venait, vers la ville jonchée de cadavres maintenant grouillante d'explorateurs Whent, d'ingénieurs et d'opportunistes avides voulant exploiter le Sombre En-dessous pour quelque chose de mieux. Cette impression resta avec la capitaine Rana tandis qu'elle marchait, le dégoût moisissant dans son esprit.

Quoi, c'est la vérité. Tu les détestes. Nous les détestons. Ils méritent ce qui va leur arriver.

Ce que Maena savait, ce qu'elle avait été impuissante à empêcher, c'était la tendance homicide croissante de son âme divisée. La partie qui avait été arrachée par un démon obscur et qui ne voulait pas partir, ne voulait pas rester silencieuse, empoisonnerait les pensées de Maena à chaque instant jusqu'à ce qu'elle n'ait pas d'autre choix que d'obéir.

Obéir ? C'est une excuse commode. Tu veux cela autant que moi. C'est ce que tu as dit à Rasslebeck et Pennifer.

Vraiment ? De retour à la surface, quand Jochi avait interdit aux amis de Rana de se joindre à son expédition dans les profondeurs ?

Oui. Tu leur as dit que tu poursuivrais le combat, que tu accomplirais leurs serments de détruire les démons. N'oublie pas ta promesse, Maena. Ta promesse, pas la mienne.

Mais les promesses faites dans l'ignorance —

Non. Pas ça. Pas maintenant. Nous avons eu cette discussion mille fois. Le plan est en place. D'ici notre retour en ville, les explosifs dont nous avons besoin seront prêts. Ensuite, nous enterrerons tous ces monstres une fois pour toutes.

L'idée avait un certain attrait, et que pouvait faire d'autre Maena ? Rester parmi une bande de mangeurs de cailloux, sans responsabilité ? Avec Svarde parti, Jochi se fichait éperdument de ce que Maena disait ou faisait. Retourner à la surface était un choix, un qui la verrait rentrer à Rana et...

C'est une question pour une autre fois, Maena. Quand notre travail sera terminé, et que tu reviendras en héroïne pour avoir sauvé les îles.

Ah. Bien sûr. Une héroïne. Maena rit intérieurement en arpentant les tunnels qui la ramenaient vers Dreamhold. Célébrée, inscrite dans la légende, une vie digne de mémoire, et ses serments envers les Rana massacrés par les démons accomplis.

Son autre moi pouvait être meurtrière, penser en termes

de sang comme bénéfice, mais elle avait raison sur un point : quel choix Maena avait-elle vraiment ?

Dreamhold accueillit le retour de Maena sans commentaire. Un garde différent attendait à la sortie du tunnel sud, mais il fit à Maena le même signe de tête inexpressif qu'elle avait reçu à son départ. Le rocher d'homme vêtu de fourrure et portant une hache ne la questionna pas sur Haggerth, ce qui signifiait que l'équipe précédente n'avait rien transmis. Un coup de chance.

De la chance ? Tu supposes que les gens se soucient de toi et de tes agissements, Maena. Un seul le faisait, et il est perdu là-bas dans le noir. Ils s'en soucieront, cependant, après.

Maena s'enveloppa dans son anonymat et traversa le Dreamhold en expansion vers son centre, où l'attendaient sa chambre choisie et la forge voisine. L'heure, marquée par des silhouettes de lanternes sur des encoches gravées dans les parois des cavernes, suggérait que le retour de Maena était tardif. Le bruit fort et ivre provenant de divers chariots, tavernes et rassemblements de rue confirmait cette impression. Les Whent adoraient célébrer après une journée, n'importe quelle journée, qui se terminait avec eux en vie.

De toutes les choses, je dois être d'accord avec eux sur ce point.

Maena pouvait partager ce sentiment, bien qu'elle ne s'arrêtât à aucune des réjouissances croisées en chemin. Elle ne jeta pas non plus un regard aux misérables cadavres, poussés et assis contre les murs. De l'ail et d'autres herbes avaient été répandus le long des corps en décomposition pour masquer l'odeur. Svarde n'avait pas voulu que les os soient enterrés pour pouvoir les utiliser à son retour. En attendant, Dreamhold puait comme un festival printanier déformé, une respiration trop profonde apportant avec elle l'acide persistant des entrailles.

Une raison de plus de déclencher notre jeu et d'en finir avec cet endroit horrible.

Les portes de la forge étaient verrouillées à l'arrivée de Maena, les fenêtres obscures. Elle frappa une fois, ne reçut aucune réponse, ce qui laissait penser que son forgeron avait probablement rejoint l'une des fêtes de la soirée. L'idée de chercher l'homme lui traversa l'esprit, mais Maena la rejeta. Elle avait déjà beaucoup marché, et ses jambes lui faisaient savoir qu'elles ne seraient pas contre un peu de repos. Peut-être pourrait-elle s'accorder une pause, revenir le matin, et commencer sa dévastation héroïque toute fraîche.

Cette idée la conduisit jusqu'à l'immeuble où se trouvait sa chambre, près de la place centrale de Dreamhold. Cependant, en tournant au dernier coin, Maena s'arrêta net. Près de sa porte se tenaient deux autres Whent, aussi armés et en armure que le garde du tunnel. Ils ne tenaient pas de chopes de bière, et leurs yeux scrutaient la rue avec détermination. La capitaine Rana recula derrière le coin, s'appuya contre le mur d'un bâtiment et respira profondément.

Haggerth n'avait peut-être pas réussi à rentrer, mais l'homme avait des amis.

Un piège et un traquenard.

Mais Maena n'était pas encore tombée dedans.

Tu ne peux pas faire demi-tour.

Non, mais elle pouvait aller de l'avant. Si Jochi ou d'autres forces Whent étaient à ses trousses, alors Maena ne pouvait pas non plus compter sur l'ingénieur. Du moins, pas en attendant le matin. Elle devait obtenir ces explosifs et les utiliser maintenant, cette nuit même.

Le retour à la forge l'amena par des chemins différents, des passages étroits entre les bâtiments plutôt que les rues plus larges et leurs foules ivres. Maena tournait vivement la tête, à l'affût de, eh bien, ceux qui la guettaient. Elle trébucha sur un corps enveloppé d'herbes, se rattrapa à un mur. Elle prit une inspiration, inhala l'odeur d'ail, et eut un haut-le-cœur.

Tu n'es pas douée pour ça.

Elle était capitaine Rana. Pas une espionne. Maena menait des raids, croisait le fer. Se faufiler n'était pas sa vie.

C'est le cas maintenant.

Les larmes menacèrent. Leur arrivée soudaine et inattendue, et Maena colla son dos contre le mur de pierre rugueuse. Au-dessus, le plafond sombre de la grotte suintait de stalactites. Pas d'étoiles, pas de nuages, pas d'horizon. On ne pouvait ignorer la liberté que pendant un temps avant que son absence n'empiète sur chacun de vos sentiments. Elle était piégée, tellement piégée ici.

Jusqu'à ce que tu enterres ces démons. Alors tu pourras partir.

Exact. Retourner à la surface, soit dans une évasion audacieuse et secrète, soit en héroïne célébrée. Maena essuya ses yeux sur sa manche sale. Elle ne pouvait pas contrôler cette partie. Seulement le déclencheur, l'effondrement. Cela lui appartenait.

Cette concentration l'aida. Maena se dirigea d'un pas déterminé vers la forge sombre. Personne ne la poursuivit, aucun Whent ivre ne prit la peine de lui demander ce qu'elle faisait. La porte verrouillée se dressait devant elle. Les fenêtres autour du bâtiment étaient étroites, trop étroites pour s'y faufiler.

Même si tu le pouvais ?

Jochi mettait rapidement fin aux voleurs, prévenant le crime par le sang.

La forge était adossée à un autre bâtiment, sans ruelle de chaque côté, limitant les autres options. Comment pouvait-elle entrer ?

Attends.

Oui. Son appartement était peut-être surveillé, mais Dreamhold bourdonnait ce soir. Maena était peut-être épuisée, mais une bière ou deux, un repas léger, tout cela pouvait être trouvé à proximité. Elle pouvait se mêler à la foule, et quand l'ingénieur reviendrait à sa boutique...

24
UN HOMME, UNE ÎLE

Les attaques ne cessaient pas et Svarde ne s'arrêtait pas. Les corps marquaient sa progression, tandis que les bandes de Kance surgissaient des arbres, des falaises, des grottes, ou simplement en descendant la route, stupéfaites de voir le barbare et le ferrite, tous deux couverts des résultats de leurs travaux brutaux, sur leur chemin. Chaque confrontation se déroulait de la même manière, une question, une menace, une conclusion apportée par la lame dentelée de Svarde ou les mâchoires de pierre de Kivi.

Ils ne laissaient aucun survivant. Si un Kance tentait de fuir, Kivi le poursuivait, l'endurance du ferrite étant supérieure à celle de n'importe quel soldat.

Svarde avait-il l'intention d'être si définitif, si absolu ? La question s'évanouissait au fil des heures, des deux jours entiers qui passaient sans qu'aucun signe d'Ami et des marcheurs de feu n'apparaisse à ses talons. Leur armée, qui avait été une force conquérante il y a quelques jours à peine, avait été arrêtée par une tempête, ou du moins ralentie jusqu'à l'insignifiance. Ce qui mettait le poids du succès, de l'obtention d'un foyer pour les marcheurs de feu parmi les îles, sur Svarde et son ami ferrite.

Être immortel n'était pas un ticket gratuit pour la domination. Svarde n'avait que son corps et ses nombreuses cicatrices. Une force préparée pouvait le submerger, le détruire ou le piéger. La surprise restait sa meilleure chance, et Svarde réalisa qu'il ne pouvait pas y renoncer.

Ainsi, les Kance tombaient, âme par âme, le long de la route boueuse vers le sud.

Svarde ne prenait aucun chemin détourné, se glissait sous les arbres maigres voisins si un planeur apparaissait à l'horizon. Quand une mare se présentait, le barbare se baignait, mais c'étaient les seules diversions dans sa progression autrement implacable. La pluie, au moins, empêchait le pire d'atteindre ses yeux, mais au moment où Svarde atteignit le sommet d'une colline et regarda la capitale de Kance en contrebas, les flèches étincelantes et le ciel rempli de planeurs, il ne portait guère plus que des lambeaux, trempés de sang séché et de salive.

La grande cité de Kance avait le même aspect enchanteur que la première fois que Svarde y était venu. Il est vrai qu'à l'époque, Svarde était vivant et entouré de vrais amis dans une aventure exaltante. C'était... différent.

Quelle partie de la ville devrait-il traverser pour atteindre le Palais Céleste ? Pour convaincre les seigneurs qui s'y trouvaient d'abandonner leur guerre insensée ?

— Je ne sais pas, Kivi, dit Svarde au ferrite, mais si je n'essaie pas, alors chacun des marcheurs de feu mourra.

— C'est pour ça que tu fonces comme un héros homicide ?

Svarde fit volte-face à ces mots, bien qu'il connaisse

assez bien la voix pour garder sa lame basse. Olgata, une éclaireur en chef de Whent et la femme qui avait été près de Svarde depuis qu'ils avaient atteint Dreamhold, l'observait à quelques pas. Elle était assise sur un rocher, une pierre guide gravée des heures jusqu'aux petites villes que Svarde avait passées le long de la route. De minces sacoches bordaient son épais manteau d'éclaireur, sa chemise et son pantalon. Une hachette sur une cuisse et une lame sur l'autre. Une peinture faciale vert foncé masquait son visage.

Un équipement pour un long moment de solitude.

— Il faut bien que quelqu'un finisse ça avant que ça ne commence, répondit Svarde. D'après ce que je vois là-bas, les Najahn n'ont pas attaqué l'île. Ta présence ici signifie qu'Ami et les marcheurs de feu ne sont pas proches non plus. Ce qui veut dire que j'ai du temps.

— Pour faire quoi, massacrer tout le monde dans cette ville ?

— Il suffit que les dirigeants perdent la tête pour changer les esprits.

— Pour se rendre ? Kance ? Olgata glissa du rocher, caressa Kivi alors que le ferrite accourait pour la saluer. L'Île du Vent ne va pas céder. Ils se battront jusqu'au dernier.

— Les gens disent ça, mais tu sais ce que j'ai trouvé sur Whent ? Une île aussi fière que celle-ci ? Une ville en fuite parce que quelques démons sont venus rendre visite. Quand on est face à des chances impossibles, on prend sa famille et on fuit.

Olgata sembla concéder le point, rejoignant Svarde dans son regard vers la capitale de Kance. — Et tu es ces chances ?

—Je dois l'être.

La fanfaronnade de l'éclaireur s'estompa tandis qu'ils

observaient les planeurs tourbillonnants, les voiles étincelantes dans le port.

— Les marcheurs de feu sont en crise, admit Olgata. Ami n'a pas pu quitter la ville et les toits qu'ils ont transformés en abris. La pluie est trop fréquente, trop dangereuse pour eux.

— Alors c'est fini. Au prochain jour clair, ils devraient retourner dans les grottes.

— Ça te laisserait seul. Tout seul.

— Je le suis déjà.

Olgata hocha la tête. — Svarde, pourquoi fais-tu ça ? Pourquoi ne pas revenir avec moi, laisser Fassle et Yarvick à leur sang. Les marcheurs de feu peuvent plaider pour leur place. Foti ne refusera pas leur chaleur pour leurs forges, et Whent pourrait aussi les utiliser. L'éclaireur sourit. Beaucoup d'auberges ne diraient pas non à un démon comme ça pour garder leurs salles communes au chaud tout l'hiver.

Svarde fut presque convaincu par l'idée de l'éclaireur et sa signification plus large : laisser entrer les démons, ceux qui n'étaient pas que sang et dents, et chacun trouverait sa place parmi les îles. Certes, cela prendrait du temps, ce ne serait pas toujours facile, mais il y avait des foyers à avoir, des besoins à satisfaire. Svarde pourrait s'asseoir à Dreamhold et surveiller les portes jusqu'à ce que tous les mondes au-delà s'effondrent dans le néant.

Une pensée agréable, d'une certaine manière.

Tout ce que cela coûterait serait des milliers de vies Najahn et Kance alors que leurs armées et leurs marines s'entretueraient au fil des saisons.

— Si je peux y mettre fin rapidement, dit Svarde, alors nous pourrons accomplir les deux. Les démons pourront avoir leurs foyers, et cette ville pourra être sauvée, son peuple épargné.

— Un noble conquérant, alors.

— Non, un guerrier en quête d'une voie.

Le vent continuait de souffler — il soufflait toujours ici — et les nuages s'éloignaient du gigantesque pic montagneux à l'extrémité ouest de la ville. La surface grise et verte du rocher était parsemée de l'objectif de Svarde : le Palais Céleste, resplendissant sous les reflets de ses innombrables diamants captant la lumière du soleil. Des planeurs s'envolaient dès que la visibilité s'améliorait, tels des oiseaux quittant leurs perchoirs. L'escalier en spirale de la flèche scintillait, des groupes montant ses nombreuses, très nombreuses marches. D'autres emprunteraient les ascenseurs intérieurs.

Dans tous les cas, c'était une option.

Et une idée.

— Tu pourrais rester ? demanda Svarde à Olgata.

L'éclaireuse ne semblait pas surprise par la demande. Elle esquissa un léger sourire. — Suggérerais-tu, Svarde, qu'un monstre comme toi pourrait avoir du mal à monter là-haut ?

— Pas sans laisser une montagne de cadavres pour rivaliser avec cette flèche.

— Donc tu veux que je trouve un chemin, c'est ça ?

— Pour que je n'aie pas à en tailler un, oui.

Olgata se planta face à Svarde, le toisant de haut en bas. Son petit sourire s'effaça, laissant place à une expression neutre, son regard trahissant une intense réflexion.

— Je suis une éclaireuse sauvage, Svarde. Je n'infiltre pas les villes, dit Olgata avant de s'interrompre, mais nous avons besoin que tu restes en vie. Enfin, autant que possible.

— Alors tu viens ?

— À une condition, dit Olgata, puis elle se pinça le nez.

Il y a une piscine naturelle dans une grotte à vingt minutes d'ici. On va te nettoyer, et ensuite, Svarde, on verra comment te cacher, toi et ton épée gigantesque.

Même Kivi renifla à cette idée.

<h1 style="text-align:center">25</h1>

<h2 style="text-align:center">ARRIVÉE</h2>

La Cité aux Anneaux répondait à l'appel de la crise. La machine de guerre de Najahn et les efforts requis avaient rendu l'immense port plus animé que jamais aux yeux de Wax, les dernières touches de l'hiver ne parvenant guère à entraver le flux incessant des navires, le bourdonnement des forges et le boom du commerce. Les soldats de Najahn se pressaient sur les quais, supervisant le chargement de caisses sur de vastes galions Foti, réquisitionnés de leur service habituel de transport de minerai pour le transport d'armes. De plus petits voiliers, semblables à celui qui amenait Wax au port, abondaient également, équipés de nouvelles balistes de Rana fixées à leurs rambardes, prêtes à cibler les rapides navires de Kance. De nouvelles armes, des cordes barbelées, gisaient en tas pour accompagner ces balistes, conçues pour déchirer les voiles de Kance et faire couler leurs vaisseaux.

Une litanie militaire se poursuivait, que Wax noya tandis que son escorte le conduisait, lui l'ancien Renouveau, à travers les rues humides et l'air froid vers le quartier de Najahn. Les avenues familières, en escalier et pavées, lui rappelaient des souvenirs pas si lointains, des nuits passées avec Eujo à aller d'un dîner festif à l'autre, une distraction bien plus agréable que d'entendre encore des rodomontades sur la façon dont sa patrie, Vis, et Kance seraient bientôt écrasées par la puissance de Najahn. Les skars aidaient Wax, leurs murmures constituant une diversion pratique : le skar de Whent trouvait tout ce roc et cette pierre autour d'eux attrayants, suggérant par des pulsions muettes que Wax laisse le skar s'effondrer un bâtiment ici et là. Le skar de pierre de Rana reniflait les citernes d'eau de pluie logées sous les toits pointus, laissant entendre qu'il pourrait emporter le quartier escortant Wax, le laissant libre de... tout brûler, si le skar de Foti avait son mot à dire. Déclencher un immense brasier qui bondirait de maison en maison et réduirait la Cité aux Anneaux en cendres.

Tamas offrait une idée différente : les escortes de Najahn étaient curieuses du Renouveau de Vis, voire inspirées par le jeune homme qui marchait avec elles. Wax pourrait, d'une simple impulsion, transformer cette inspiration en rébellion, lui seul, avec les skars, pourrait arrêter les démons et ramener le monde à sa paix antérieure. Une idée séduisante contredite par toutes les armes autour d'eux, par le fait qu'ils emmenaient Wax rencontrer Fassle lui-même, le chef du Cercle dirigeant de Najahn et le même homme qui avait ordonné la guerre aux îles en premier lieu.

Que Fassle laisse simplement Wax devenir le prochain Aegis et arrête tout, achetant quelques années de calme relatif, semblait absurde. Wax lui-même ne voulait même pas de cet honneur, ni de la malédiction débilitante qui l'accompagnait, une malédiction dont Wax réalisait qu'elle ne venait pas seulement de la Blessure et de son trône.

Il avait utilisé les skars pour faire traverser la tempête au voilier, pour le faire passer au-delà des courants paresseux et des vents contraires afin d'amener le bateau au port de Noctia plus vite que quiconque ne l'aurait espéré. L'effort avait contraint Wax à rester allongé à toute heure, recevant nourriture et boisson par petites bouchées d'un équipage reconnaissant, diminué par les combats et les noyades. L'épisode n'avait pas laissé Wax s'interroger sur les possibilités, mais plutôt sur l'épuisement qui l'affectait encore : des pas lourds, une respiration lente, des yeux mi-clos même au milieu de l'après-midi lumineux de début de printemps qui l'entourait.

Les skars avaient un certain pouvoir propre, une explosion rapidement épuisée par tout effort réel, et les pierres divines n'hésiteraient pas à en prendre davantage à leur hôte. Pas seulement la volonté d'un jour, mais celle d'une semaine, d'une année, d'une vie entière. Combien Wax avait-il déjà perdu avec ces skars ?

— Donc vous voyez, la voix du capitaine de Najahn perça alors qu'ils franchissaient les portes du quartier de Najahn, tout ceci est une conclusion inévitable. Kance et Vis sont des îles courageuses, personne ne le conteste, mais plus vite ce combat se terminera, plus de vies seront sauvées. Vous le reconnaissez, n'est-ce pas ?

Wax tourna un œil las vers l'homme :

— Vous pensez que j'ai un quelconque pouvoir ici ?

Le capitaine de Najahn, enfermé dans son casque, accueillit la question avec un froncement de sourcils, puis un rire.

— Je suppose que non. J'ai oublié que vous autres Renouveau n'êtes plus ce que vous étiez.

Ce sentiment accompagna Wax tout au long du chemin jusqu'à la chambre de réunion du Cercle, un cercle littéral avec une plateforme enfoncée au milieu d'où les visiteurs s'adresseraient à Fassle, aux deux Adeptes, et à toute autre personne jugée nécessaire pour prendre une décision dans un sens ou dans l'autre. Wax, maintenant enveloppé dans des robes pourpres et noires de Najahn, entra dans la pièce sous des lanternes et leur chaude lueur. La pièce elle-même avait une chaleur fumante qui montait des fournaises loin en dessous. Fassle, le seul à partager l'espace, semblait se complaire dans ce climat artificiel : ses robes paraissaient aussi minces que le visage de l'homme, aussi osseuses que ses doigts en clocher.

— Le Renouveau renégat, dit Fassle en guise de salutation, une fois que Wax eut trouvé le marqueur en anneau doré et strié au centre de la pièce et s'y fut tenu debout. Je ne peux pas dire que j'ai jamais voulu vous voir face à face, mais je ne suis pas déçu que vous soyez là.

L'escorte de Najahn n'avait pas donné grand-chose à Wax pendant la marche, à l'exception de deux choses, des demandes que Wax avait faites alors que les tourelles de Najahn et leurs sinistres drapeaux se rapprochaient. Du café, fraîchement préparé avec des grains de Vis, et les épaisses robes formelles qu'il portait maintenant. Celles qui auraient fait transpirer Wax si le skar de Vis ne faisait pas de son mieux pour maintenir le corps de Wax en parfait alignement. En l'état, le Renouveau qui se tenait devant Fassle encaissa la légère insulte de l'homme sans broncher, arborant le large sourire caractéristique de Wax.

— Vous avez de la chance de m'avoir trouvé, dit Wax, savourant le frisson transmis par le skar de Tamas, détectant la surprise de Fassle.

— De la chance ?

— Bien sûr. Vous êtes sur le point de jeter tous ces gens,

tous ces beaux bateaux là-bas en pure perte, mais maintenant que je suis là, vous n'avez plus à le faire.

— Et laisser Kance et Vis garder leurs skars ? Fassle se pencha en avant, étudiant Wax depuis sa position élevée. Je crois que vous ne comprenez pas, Vis. Nous ne pouvons pas risquer l'avenir des îles sur un commerce bienveillant.

— C'est justement mon point. Vous n'avez pas besoin de plus de skars.

Plus de confusion. Sourcils froncés, nez plissé.

— Laissez-moi préciser, dit Wax. Au cours de la dernière saison, j'ai parcouru la plupart des îles. J'ai vu les skars en action de près. Je connais le pouvoir qu'ils possèdent. Je sais aussi qu'un seul ensemble de sept peut tenir les démons à distance pendant très, très longtemps.

— Moins longtemps qu'auparavant. C'est la raison même de notre présence ici.

— Certes, mais c'est parce que vous n'avez rien essayé de nouveau.

— Rien de nouveau ?

L'expression d'un leader déconcerté. Y avait-il quelque chose de plus précieux ?

— Écoutez, dit Wax en tapotant le collier. L'Aegis a, depuis que nous existons, brûlé ces skars pour éloigner les démons, n'est-ce pas ? Toute cette puissance, ne faisant qu'une seule chose. Mais et si nous faisions autre chose ?

— C'est ce que nous faisons. Nous allons entraîner nos soldats à utiliser les skars pour porter le combat aux démons et les éradiquer. Fassle sembla réaliser qu'il s'expliquait à son prisonnier. Maintenant, que-

—Je vous dis qu'il y a une meilleure façon, coupa Wax. Donnez-moi sept skars et une chance, et nous pourrons mettre fin à la guerre avant qu'elle ne commence vraiment.

Le Vis pointa Fassle du doigt. Réfléchissez-y de cette façon : en ce moment, votre héritage est de détruire le fonctionnement séculaire des îles. Avec mon aide, nous pouvons le modifier davantage. Vous pouvez être le sauveur. Celui qui a brisé la chaîne.

— Avec votre aide. Fassle aplatit ses mains jointes. Je dois dire, Wax, que ce n'est pas ainsi que je m'attendais à ce que cette audience se déroule.

— J'essaie de défier les attentes.

— Apparemment. Mais je trouve votre idée assez intrigante pour lui donner une chance, bien que vous arriviez trop tard pour arrêter la guerre. Kance a déjà été envahie, et l'assaut final sur Vis est en cours au moment où nous parlons. Fassle tapota ses doigts. Néanmoins, si vous agissez vite, vous pourriez épargner quelques vies. Deux jours, Wax. Deux jours pour prouver que votre idée a du mérite. Si ce n'est pas le cas, je vous placerai sur la Blessure avec vos sept skars. Vous serez notre nouvel Aegis pendant que les Najahn prendront les îles et prépareront nos forces pour débarrasser le monde des démons une fois pour toutes.

Si tout se passe bien, vous ne devriez pas porter la malédiction des skars longtemps. Quelques cheveux gris sur cette tête juvénile. D'accord ?

Eujo était probablement déjà sur Kance, peut-être même sous l'assaut à cet instant précis. Pareil pour la famille de Wax, ses amis sur Vis. Déjà tard, peut-être trop tard. Pourtant...

— Marché conclu. Deux jours, dit Wax. J'aurai besoin d'un skar de Kance et de Noctia, cependant.

— Oh, je sais exactement où vous pouvez les trouver, dit Fassle. Et je pense que vous serez très intéressé de la rencontrer.

Alors que Fassle faisait signe à un garde qui observait que la réunion était terminée, Wax tourna son attention vers l'intérieur, vers une imagination qui ne l'avait pas encore déçu.

Car le Renouveau avait promis un miracle, et Wax n'avait pas la moindre foutue idée de ce que ce serait.

26
CHUTE ET COMBAT

Sichi sauva le chasseur, comme la lune le faisait si souvent. La lumière rosée offrit à Quik une ombre à frapper, une branche qui s'attardait à la limite de sa portée alors que le Vis plongeait vers le sol herbeux à la base du Grand Sana. Ses mains, toujours gantées, s'agrippèrent à la fine branche, la saisissant à deux mains. L'estomac de Quik se souleva, la branche s'abaissant sous son poids avant de trouver une force cachée et de le faire tournoyer vers son tronc.

Une jungle se révéla en silhouette, une centaine d'options et de pièges émergeant alors que Quik volait, tandis que la branche... se brisa. Une chute arrêtée devint une chute reprise, mais Quik avait son objectif, avait changé son élan, et il balança son corps vers l'avant. La feuille de fougère attrapa la poitrine de Quik, se pliant, le retenant alors que le chasseur glissait le long de sa surface froide pour traverser l'autre côté, roulant, se heurtant aux buissons, aux feuilles et à la terre. Les épines et les pierres déchirèrent son tissu, entaillèrent la peau de Quik, et son épaule droite se brisa avec une douleur si soudaine que Quik voulut hurler.

Il retint sa langue. Serra les dents. Resta allongé, à la place, sur le sol froid. Au-delà, la bataille autour de la base du Sana commençait à s'éteindre. Les chasseurs mottilans ne poussaient plus de cris de guerre. Des ordres najahniens de se rendre flottaient à la place. Quik repoussa les implications, toutes les pensées du plus grand combat en cours. Ce qui importait maintenant était de se lever, de respirer, de s'en sortir vivant.

Le premier objectif s'accompagna d'une litanie de douleurs, des élancements et des pulsations qui se faisaient sentir à parts égales dans ses chevilles, ses genoux et sa taille. L'épaule de Quik avait disparu dans un vide engourdi, le bras pendant inerte, laissant l'effort de se lever à la gauche de Quik. Les gantelets, sans dents, n'étaient pas d'une grande aide ici, mais les retirer attendrait que Quik soit debout, à un point où les questions plus triviales pourraient-

Du bruit, et pas celui des lames s'entrechoquant, ou des lames sur les corps. Des feuilles qui craquent, de l'herbe qui bouge, et des questions prononcées. Le bruit caractéristique des cliquetis et des tintements d'armures.

Se pousser en position accroupie était plus facile que de se tenir debout, et les jambes ensanglantées de Quik semblaient plus disposées à adopter cette approche intermédiaire, acceptant sa poussée de la main gauche pour s'accroupir. Tournant sur ses talons dans la terre — ses chaussures, déjà réduites en lambeaux par le Sana, s'étaient brisées à l'atterrissage — Quik remercia une fois de plus Sichi pour sa bienveillance.

Trois Najahniens s'approchaient, voulges prêtes, à

travers l'étroite étendue verte entre le Grand Sana et la jungle. Ils avançaient lentement, prudemment. Bien entraînés, donc, et pas arrogants. Pas de chance.

La plupart des Najahniens que Quik avait rencontrés sur Noctia n'avaient que trop hâte de partager leur apparente invincibilité, leur mépris pour les autres îles. Quelques-uns de ces combattants arrogants ici, et Quik aurait pu leur donner une leçon. Une leçon fatale.

Au lieu de cela, le chasseur resta bas, se tenant sur la pointe des pieds. Il fit l'inventaire de ses armes : un bras valide, un gantelet sans dents, et des jambes qui pourraient céder après un usage prolongé. Pas génial, mais le gantelet endommagé pouvait encore bloquer un coup, et les Najahniens ne sauraient pas que le bras droit de Quik et ses jambes étaient presque inutilisables. La surprise, aussi, était de son côté.

Et c'était chez lui, ici.

Le chasseur fit un pas de côté vers la gauche alors que le trio najahnien trouvait la branche brisée, prise dans les bras frêles des arbres plus petits. L'un demanda si un animal pouvait en être la cause, son partenaire balaya cette idée, suggérant que toute coïncidence ce soir était un ennemi jusqu'à preuve du contraire. Le troisième continua d'avancer, utilisant sa voulge pour écarter les buissons, les premières feuilles de la fougère.

Quik attendit que le Najahnien atteigne le milieu de la fougère, que la voulge balaie largement pour dégager le chemin, laissant une faille dans les défenses de l'homme. Les casques najahniens protégeaient les côtés et le dessus, mais laissaient le visage dégagé, une ouverture que Quik exploita avec une pierre de la taille d'une paume. Le chasseur la lança, se redressant pour se tenir debout en la jetant, et la pierre écrasa le nez du Najahnien, envoyant le soldat trébucher, s'empêtrant dans les sous-bois.

Une armure lourde avait ses avantages, se relever après être tombé n'en faisait pas partie. Le Najahnien serait au sol pour quelques instants, des moments que Quik devait, absolument, utiliser.

Le chasseur donna un coup de pied vers la droite, visant l'arbre étalé dont la branche avait été son salut. Les deux autres Najahniens crièrent, et Quik eut un fugace espoir que la paire puisse battre en retraite, chercher des renforts, et lui donner une ouverture. Au lieu de cela, ils avancèrent, ignorant leur ami à terre pour se séparer. L'un suivit le chemin de fougères ouvert par leur allié sonné, tandis que l'autre, montrant que ses oreilles fonctionnaient mieux que ses réflexes, coupa à gauche, droit vers la couverture choisie par Quik.

Une erreur nécessaire, se séparer, et une que Quik allait exploiter.

Il se dirigea vers celui qui coupait à gauche, mettant quelques enjambées entre ce Najahnien et les deux autres. Quik n'avait pas d'autre pierre, mais une boule de terre et de feuilles dans sa main gauche ferait presque aussi bien l'affaire. Ses jambes brûlaient, le sang chaud coulant le long, mais elles fonctionnaient suffisamment bien pour permettre au chasseur de se précipiter de l'autre côté du tronc. La Najahnienne dirigea la voulge vers Quik, ouvrit la bouche pour appeler à l'aide, et reçut la terre directement sur les lèvres. Le cri se transforma en toux. La voulge vacilla, et Quik la frappa, le dos du gantelet repoussant la tête de lance courbée de la voulge vers le sol.

Si Quik avait eu une main droite valide, un simple coup de poing aurait mis fin au combat sur-le-champ. La Najahn s'y attendait, son regard paniqué s'accordant avec la terre jaillissant de sa bouche qui toussait. Le chasseur n'avait pas cette option, mais il avait un crâne, et la terre faisait une cible facile à viser. Son front frappa durement le visage de la Najahn, ses yeux se croisèrent alors qu'elle s'effondrait. L'armure cliqueta lorsque son corps se recroquevilla, une alarme aussi claire qu'un cri.

Quik se tourna pour faire face au duo qui approchait, la plaque violette captant les reflets roses de Sichi pour donner aux Najahn l'apparence de fantômes terrifiants alors qu'ils chargeaient. Ce simple mouvement mit à rude épreuve les jambes torturées de Quik, et sa cheville droite céda, s'effondrant comme son bras droit pour envoyer le chasseur dans une position de défense sur un genou. Il leva le gantelet, puis le laissa retomber, l'arme rejoignant sa jumelle inerte.

Le duo Najahn s'arrêta, les voulges pointées sur le cœur de Quik.

— Tu te rends, Vis ? demanda le Najahn encore indemne.

— Ne le laisse pas faire, dit le second d'une voix grasse et bouillonnante. Il mérite ce qui va lui arriver. Pavarde peut bien manger ses ordres. Elle n'est pas sur son navire maintenant.

Pavarde ? Le nom le démangeait, quelque chose à examiner plus tard, si Quik vivait jusque-là.

Le premier Najahn jeta un coup d'œil au second, une ouverture accordée par une petite tache morale. Quik en profita. Comme lors de sa deuxième embuscade, Quik ramassa de la terre avec sa main gauche et la lança sur le Najahn, se relevant avec l'élan du geste pour enchaîner avec un uppercut qui aurait dû atteindre directement le menton du Najahn.

Un coup qui glissa sur un avant-bras blindé alors que

les deux soldats bloquaient le jet avec leurs voulges et leur métal. Le premier Najahn fit pivoter le bout de sa voulge, frappant l'épaule de Quik et l'envoyant s'étaler dans la terre. Le second pressa la pointe de sa lance contre le cou de Quik.

— Comme je l'ai dit, gronda le Najahn ensanglanté.

— Fais-le, alors, dit le premier.

Quik n'eut pas le temps de se remémorer, de prononcer des dernières paroles. Son corps flanchait, submergé par la chute, le coup, le combat. La voulge, au moins, mettrait fin à tout cela, et le faire alors que Quik gisait dans le froid réconfort de son île natale ?

Une certaine justice.

Sauf que le coup ne tomba pas. Un grognement surpris, un juron, et un fort bruit métallique. De la terre éparpillée effleura la joue de Quik et il se tourna pour voir Sawi affronter le premier Najahn. La lame Whent de la femme étincela, repoussant la voulge du Najahn dans une parade serrée. Elle tenta de se rapprocher, mais le Najahn n'était pas un novice, et il annula l'avancée par un repli.

Un repli qui amena ses genoux tout près du corps étendu de Quik. Tandis que Sawi, sa lame tenue à deux mains devant elle, attendait, le Najahn saisit sa chance. Le soldat glissa son pied gauche en avant, se lançant dans une attaque directe.

Quik balaya l'air de son gantelet dans un revers, un coup manquant de puissance, mais suffisant pour faire trébucher le Najahn. Le coup de voulge partit à gauche et en bas, empalant un buisson. Un mauvais raté, que Sawi ne reproduisit pas.

— Allez, viens, dit Sawi, un battement de cœur plus tard, la lame Whent rangée dans son dos. Ils vont bientôt venir nous chercher.

— Je ne peux pas aller vite, répondit Quik, acceptant son aide pour remettre ses jambes fatiguées sous lui. Je ne vais rien distancer.

— On se cachera quand il le faudra. Sawi passa le bras de Quik par-dessus son épaule et les entraîna dans une marche chancelante vers la jungle. C'est notre île, Quik. On n'a pas fini de se battre pour elle.

27
BOIRE AVEC LES MORTS

Une seule bière ne rendait pas la fête avec l'ennemi beaucoup plus facile. Maena errait dans les rues de Dreamhold, la liesse nocturne débordant de pichets, de mauvaise musique de tambour, et du défi rugissant d'un bras de fer, d'une course ou d'un concours de boisson Whent à sa périphérie. Elle guettait les regards inquisiteurs tout en essayant de se fondre dans la masse, s'assurant toujours d'avoir un verre à la main et un rire prêt à sortir à la moindre stupidité qui se produisait à proximité.

Les Whent, cependant, ne voulaient pas laisser Maena jouer son jeu. Une réputation que Maena elle-même avait cultivée en évitant leurs fêtes endiablées par le passé signifiait que les guerriers costauds, les éclaireurs et les marchands considéraient la Rana comme une curiosité, et pas une à tolérer. Une bagarre amicale s'arrêta net lorsque Maena se faufila dans le cercle intérieur, les regards se tournant vers la capitaine Rana jusqu'à ce qu'un Whent, meurtri et ensanglanté par le combat précédent, exige de savoir ce qu'elle pensait faire là.

— Pas d'amateurs de caniveaux ici, grogna l'homme. Je

me fiche que Jochi dise qu'on n'est pas censés te frapper, ça ne veut pas dire que j'ai besoin d'un rat Rana pour gâcher mon bon temps.

— Comme si tu savais où en trouver un, rétorqua Maena, mais elle s'éclipsa assez vite lorsque trop de poings se levèrent pour insister.

Maena reçut un traitement similaire lors des concours de boisson, en prenant un en-cas à une table débordant de pâtisseries aux champignons, et même simplement en marchant dans les rues. L'hostilité n'était pas totalement nouvelle — Maena ne se mentirait pas à elle-même en disant qu'elle avait volé un éclaireur Whent pour ses exploits en partie pour apaiser le vieux désir toujours présent de causer quelques dommages à l'ennemi ancestral de son île — mais avec Svarde parti et les cadavres silencieux, les tensions rouillées secouaient leur paralysie.

Ne fais pas semblant d'être surprise. Ça a toujours été comme ça.

Vraiment ? À la surface, après que Maena et son équipe avaient vaincu ces premiers marcheurs de feu, Jochi lui avait fait un accueil chaleureux. Il l'avait invitée à la longue marche vers les Ténèbres d'En-Bas. Elle avait mangé à sa table, donné ses opinions et avait été écoutée.

Jusqu'à ce qu'ils arrêtent d'écouter. Tu sais pourquoi.

C'était la faute de Svarde. Le barbare était parti, avait joué les avant-gardes avec ces haches et la ferrite et l'avait laissée seule, il —

Tu n'as pas besoin de lui, et ce n'est pas la raison. Ne nous mens pas, Maena.

Non. Les invitations avaient cessé parce que Maena avait cessé d'avoir du sens. Du moins, c'est ce que Jochi avait dit. Trop assoiffée de sang, trop sauvage, trop dangereuse, et le fait qu'elle soit une Rana n'arrangeait pas les choses. Reste tranquille un moment, avait dit le seigneur de guerre, et c'est ce qu'elle avait fait. Elle avait poursuivi Svarde et...

Nous nous sommes rapprochés dans l'obscurité, n'est-ce pas ?

La dernière goutte de bière tira Maena de ses souvenirs. Elle s'était éloignée de la musique, de la bravade, et s'était retrouvée dans la cathédrale silencieuse que Svarde dominait autrefois. Maintenant, assis sur la chaise de pierre simple et imposante — elle était trop banale pour être un trône — se trouvait l'ancien propriétaire de Dreamhold. Dépourvu de pouvoir après le départ de Svarde, le Roi Mort était voûté, son armure massive et cabossée s'affaissant sur elle-même.

Son corps se décomposait-il là-dedans, ou l'enchantement de la lame, une fois offert, maintenait-il l'homme conservé ? Les autres cadavres semblaient certes empester les lieux, mais Maena n'en avait encore vu aucun tomber en poussière non plus.

Du moins, pas par des moyens naturels. Plus d'un avait perdu des membres ou avait été détruit par les Whent déchaînés.

— Je pense que vous approuveriez, dit Maena à la silhouette imposante. Toutes ces années à tenir la ligne contre les monstres, à attendre une fin, et me voici pour vous la donner.

Le Roi Mort n'offrit aucune réponse, alors Maena lui lança son pichet vide. Il se brisa contre son armure marbrée et abîmée, ne provoquant aucun mouvement.

— Mais ils ne chanteront aucune chanson sur moi, poursuivit Maena. Ils ne se souviendront jamais de la pirate Rana qui a fermé les portes, qui a vu la vérité.

Tu ne l'as pas vue non plus, jusqu'à ce que je te la montre.

— Me la montrer ? Tu ne m'as pas laissé l'oublier !

La voix de Maena résonna dans la cathédrale. Sans occupant vivant, personne n'avait remplacé la majeure partie de la mousse. À la place, une petite lumière rose filtrait de très haut. Un minuscule cadeau de Sichi, traversant tout Noctia, descendant la Blessure, jusqu'ici même.

Parce que tu devais accepter la vérité. Les démons sont les erreurs des dieux. Ils doivent être détruits, pas pardonnés.

— Je ne le sais que trop bien..., marmonna Maena, se retournant vers le Roi Mort. Vous auriez pu nous épargner tellement de temps. Un petit rire, parce que tout cela était vraiment absurde, n'est-ce pas ? Combien d'efforts cela aurait-il demandé d'inonder la chambre ? De pelleter de la terre avec votre armée de cadavres dans le bassin jusqu'à ce que vous l'enterriez ?

Une fois commencées, les accusations se déversèrent, une route non empruntée après l'autre, toutes déposées aux pieds du Roi Mort. Maena faisait les cent pas devant ce trône, trouvant une catharsis dans l'attention silencieuse et solennelle du Gardien. Certes, le Roi Mort ne répondait pas, n'offrait pas de suggestions, mais Maena en trouvait néanmoins.

Le chemin tortueux et compliqué qui l'avait amenée à ce précipice ne pouvait être changé, non, mais Maena pouvait délivrer les autres du même sort, et même si pas une âme ne connaissait son nom, si aucune statue ne s'élevait pour proclamer son génie, l'effort en vaudrait la peine.

Toutes les légendes n'avaient pas besoin d'être racontées.

— J'ai du mal à vous trouver si noble, annonça Haggerth, apparaissant flanqué de gardes Whent armés de haches à l'entrée de la cathédrale.

Maena, qui venait de terminer sa déclaration d'intention, se demanda si Haggerth avait choisi son moment pour éviter de l'interrompre.

— Vous écoutiez ? dit Maena, tournant le dos au Roi Mort et comptant les cinq soldats, Haggerth inclus, devant elle. Aucun n'avait le regard vitreux de l'ivresse, tous avaient les mains sur leurs armes. Me jugiez-vous ?

Mauvaises chances, Maena. Y a-t-il une autre issue ?

Pas que la capitaine Rana sache. Pas qu'Haggerth semblait prêt à offrir non plus.

— Quand un seigneur de guerre Whent faiblit, dit Haggerth en restant au centre de sa garde qui commençait à se déployer dans la vaste salle vide de la cathédrale, c'est souvent parce qu'il surestime ses capacités. Certains appellent ça des délires de grandeur. Trop obsédés par l'idée de devenir quelque chose qu'ils ne peuvent pas être, ils perdent de vue qui ils sont. Ça te rappelle quelque chose, Rana ?

On dirait que Haggerth n'a aucun sens du but.

— Il y a une différence, rétorqua Maena en reculant encore plus près du Roi Mort, comme si le cadavre géant en armure allait lui offrir une réponse. Je ne fais pas ça pour moi. J'essaie de sauver les îles.

Haggerth, maintenant que Maena y regardait de plus près, semblait effectivement avoir trébuché dans des grottes difficiles pendant des heures. Sa cape de fourrure Whent était déchirée, l'homme lui-même portait des traces de terre et des coupures sur les jambes, les bras et la tête où un coup aveugle avait laissé sa marque.

Bien.

— Alors pourquoi tant de secret ? Pourquoi enlever l'un de nos éclaireurs et mentir à ce sujet ? demanda Haggerth. Pourquoi pousser l'un de nos forgerons à fabriquer des explosifs sans même parler de ton plan à Jochi ?

— Tu es minutieux, n'est-ce pas ?

— Tu ne pensais pas que je découvrirais tout ça ? dit Haggerth, toujours décontracté, qui se tenait droit entre Maena et la sortie de la cathédrale. Tu croyais que personne ne remarquerait ? Ou que le forgeron n'avait pas dit à Jochi ce que tu avais demandé dès le début ?

— Il savait ?

— En partie. L'éclaireur disparu, c'est mon enquête, et maintenant la seule pièce manquante, c'est où, Maena. Où comptes-tu placer les bombes ? Est-ce là que nous trouverons notre éclaireur ?

— Jochi savait, et ne m'a jamais rien demandé ?

Haggerth fronça les sourcils. — Ma question d'abord.

Il ne te tuera pas avant d'avoir récupéré l'éclaireur. Tu as un moyen de pression.

Comme si Maena n'avait jamais été dans des négociations auparavant. Il est vrai que la plupart du temps, Maena avait pressé des capitaines de navire malchanceux de céder leur butin pour sauver leur vie, mais l'inverse n'était pas si étranger pour la laisser patauger.

Tout ce qui comptait était de trouver l'avantage et de l'exploiter.

— Un marché, alors, Haggerth, dit Maena. Ensemble, nous irons trouver l'éclaireur. Je te montrerai comment sauver les îles. Si ça ne te plaît pas, tu pourras me tuer là-bas.

Haggerth réfléchit, puis fit un signe de tête vers l'épée à sa ceinture. — Pas d'armes, pas de ruses. À partir de maintenant, Maena, capitaine de Rana, vous êtes prisonnière des Whent. À ces mots, les quatre gardes s'approchèrent. — Résistez, et je vous enverrai directement aux Fosses. Peu en réchappent une fois. Vous n'en sortirez pas une seconde fois.

28

RETROUVAILLES
ASCENDANTES

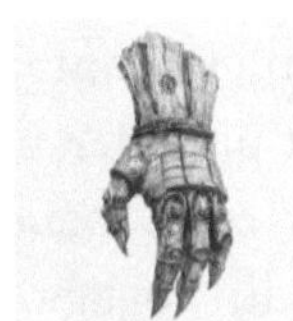

Svarde, bien qu'il détestât l'admettre, devait sa non-mort continue à Tamas. Cette maudite île, lorsqu'il était le Gardien de Catya, avait insisté pour qu'il joue un rôle secondaire dans la scène interprétée par Catya. Il avait dû bouger en rythme avec la musique, se déplacer avec légèreté tout en portant un couvercle peint en blanc censé représenter le soleil. Ami s'était moqué de lui, et même Catya n'avait pas pu cacher complètement son sourire, mais Svarde avait fait son travail, se pavanant sur scène comme le texte l'exigeait.

Maintenant, il se pavanait d'un pas léger dans les avenues de Kance. Les nuages obscurcissaient Sichi, projetant de grandes ombres depuis les lampadaires d'angle alimentés à l'huile de Noctia. Une réserve que Kance rationnait déjà, à en juger par le nombre de pâtés de maisons plongés dans l'obscurité. Olgata supposait que Kance avait également mis en place un couvre-feu, car trop de tavernes étaient silencieuses, trop de rues étaient vides. Des soldats erraient ici et là, vêtus de robes et portant des rapières dans l'air frais. Les chants d'oiseaux, symphonie naturelle de Kance, changeaient avec la tombée de la nuit, laissant place à des hululements bas et des trilles de créatures que Svarde ne pouvait pas voir.

La grande lame reposait sur son dos, dissimulée sous les vêtements tachés volés à plusieurs soldats de Kance qui n'en auraient plus besoin. Les robes n'étaient pas à la taille de Svarde et le serraient, le pantalon frottant contre des cuisses qui ne pouvaient plus rien sentir. Au moins la mort accordait-elle à Svarde cette bénédiction mineure : les douleurs et les maux du voyage, de la guerre, avaient disparu.

Pour une ville en temps de guerre, cependant, Kance maintenait une sécurité laxiste. Les patrouilles n'étaient pas nombreuses. Svarde ne sentait pas de regards le surveiller, ni d'espions d'une population déterminée à rester vigilante. Peut-être parce que Noctia n'avait pas encore apporté les combats jusqu'ici, peut-être parce que Kance croyait que sa victoire serait facile. Ou sa défaite inévitable.

— Si nous voulons atteindre le sommet du Palais Céleste, dit Olgata alors qu'ils s'arrêtaient furtivement entre deux maisons sombres, les bungalows de Kance trapus et parsemés de fenêtres, de bois fins, nous avons deux options : les escaliers ou les ascenseurs.

— Les escaliers.

— Mauvaise réponse. Les escaliers longent l'extérieur de la flèche. Ils nous verront arriver et nous piégeront. Tu pourrais survivre à ça, mais pas moi.

Svarde souffla, tapota Kivi, la ferrite qui se débattait à ses côtés.

— Tu n'es pas obligée de venir avec nous.

Olgata hocha la tête vers la poignée de la lame qui

dépassait de l'épaule de Svarde, là où elle restait en contact constant avec la peau grise le long de son haut du dos. Une concession aux skars dans l'arme, ce qu'ils exigeaient pour maintenir Svarde en vie.

— Cette lame ne doit tomber entre les mains de personne, dit Olgata. Si tu la laisses tomber, je dois la prendre et la ramener à Jochi.

— C'est la raison pour laquelle tu es ici ? La lame ?

— L'une d'entre elles.

Svarde allait devoir réévaluer l'éclaireuse Whent. Rusée, habile et toujours prête à abandonner le moment présent pour un objectif plus grand et plus lointain. Olgata s'était enfuie loin de Svarde et Maena lorsque les cadavres du Roi Mort avaient fait leur première approche, et elle avait pris la tête pour cartographier les tunnels au sud de Dreamhold jusqu'à Kance, jusqu'à Vis.

— Pourquoi es-tu si loyale, Olgata ? demanda Svarde. Qu'est-ce que ça t'apporte ?

L'éclaireuse secoua la tête.

— Pas maintenant. Si nous survivons à tout ça et que tu arrives à me faire boire beaucoup, peut-être que je te le dirai. En attendant, concentrons-nous sur les ascenseurs. Si nous faisons ça correctement, tu régneras sur Kance d'ici le petit-déjeuner.

Ils se cachèrent près de l'avenue principale menant au Palais Céleste et à l'énorme flèche qui le surmontait. L'amour de Kance pour le style fluide et argenté dominait la vue, même dans l'obscurité du petit matin. Des diamants célestes bordaient la large avenue, séparant des haies sculptées et des mâts de drapeaux flottant aux diverses insignes de Kance. Des lanternes brûlaient ici, des gardes patrouillaient, et Olgata n'était pas ravie.

— C'est magnifique en journée, dit Svarde. L'un des rares endroits des îles qui en valait vraiment la peine.

— Tais-toi, dit Olgata.

Ils avaient le dos pressé contre un bâtiment en pierre, haut de plusieurs étages et qui semblait destiné aux affaires officielles. Kivi s'accrochait au mur au-dessus de la tête de Svarde, les éclats occasionnels de ses griffes mouchetant sa robe.

— La discrétion nous a menés jusqu'ici, éclaireuse, dit Svarde, déplaçant sa main vers sa lame. Il est peut-être temps de changer de tactique.

— Je t'ai dit qu'ils couperont les câbles de l'ascenseur s'ils nous voient y entrer, rétorqua Olgata, sa voix un dur murmure. Tu n'écoutais pas ?

— Il faut juste bouger vite, alors.

Olgata semblait prête à balayer cette idée aussi quand un bruissement approchant, de nombreux pieds sur la pierre, l'interrompit. Le duo, bien dans l'ombre, détourna le regard du Palais Céleste, vit encore plus de gardes. Marchant en formation. Pendant une seconde, Svarde se demanda s'ils avaient été découverts, si Kance fortifiait enfin son lieu le plus important. Pendant une seule seconde, puis cette pensée s'évanouit à la vue d'un seul visage.

La Vis portait de nouvelles années dans les saisons depuis que Svarde l'avait vue pour la dernière fois. Le bâton qu'elle portait aussi avait changé, passant du bambou de Vis flexible mais cassable à du bois durci et du métal. Elle portait aussi des robes de Kance et marchait comme quelqu'un qui avait passé du temps dans la civilisation plutôt qu'avec les manières sautillantes de la jungle. Svarde prit tout cela en un coup d'œil, mais passa le reste de la marche à étudier ses autres traits, les yeux baissés et la bouche frustrée, les poings serrés à ses côtés. La façon dont elle ne cessait de jeter des regards en arrière vers la mer.

La façon dont elle marchait sans aucun des autres avec elle.

Bliss, c'était son nom. La fille qui avait été la seule à accepter de partager un peu d'herbe à pipe sur le pont de sa cabine cette nuit-là. Une courageuse, mais comment était-elle arrivée ici ? Et seule ?

— C'est la reine, dit Olgata, presque avec admiration. La seule de Kance maintenant. Elle était aussi leur Renouveau. L'éclaireuse posa une main sur le poignet de Svarde, fit un signe de tête vers la femme à l'air rebelle au milieu des soldats alors qu'ils passaient. Son bracelet. Il y a des skars dessus.

— Les pierres sont partout, Olgata. Ce qui compte, c'est de savoir si la reine sait comment les utiliser.

— Non, ce qui compte, c'est que nous avons notre ouverture.

— Quoi ?

— Le Régent, ou quiconque dirige Kance maintenant, est sur le point de perdre sa position. La Reine va prendre le contrôle, et maintenant, tu peux la capturer. Olgata hocha la tête en direction de l'entourage royal. Kance perdra sa volonté de se battre avec elle en danger. Ton plan stupide pourrait bien fonctionner.

— Attends, plan stupide ?

Olgata renifla. — Évidemment. C'est notre chance. Allons-y.

Avant que Svarde ne puisse s'enquérir davantage de ce qui, exactement, rendait son plan si stupide, Olgata se faufila le long du bâtiment, dans la large avenue, tout en restant dans l'ombre. Si les gardes en vue n'avaient pas été distraits à surveiller la Reine, le mouvement aurait été repéré. Au lieu de cela, Svarde suivit lourdement Olgata, et Kivi le suivit, tous restant baissés.

Kance aidait aussi ses envahisseurs ici, avec son architecture ornée, mais plate. Aucune clôture, aucune élévation étrange aux entrées, ni aucun autre obstacle ne forçait Svarde à faire des sauts difficiles ou des torsions bruyantes. Au lieu de cela, ils continuèrent en petit trot accroupi, utilisant les haies et les jardins en bourgeonnement. Olgata ne dit mot et Svarde ne commit aucune erreur, les amenant au bout de l'avenue sans incident, juste au moment où le groupe de la Reine se séparait en plusieurs parties. La Reine elle-même se dirigeait vers le centre de la flèche, où les ascenseurs attendaient à l'intérieur. La plupart des gardes se séparèrent pour reposer leurs jambes dans les casernes du rez-de-chaussée, supposa Svarde.

— Maintenant, nous attendons, puis nous ferons notre propre percée, dit Olgata. Nous prendrons le deuxième ascenseur, et-

— Non, marmonna Svarde. L'intuition du barbare lui avait donné une nouvelle idée. Je change le plan. Couvre-moi.

— Couvrir ? Quoi-

Svarde s'élança en ligne droite à travers la cour. Kivi, toujours loyal, l'égala foulée pour foulée, traversant les haies dans un craquement de feuilles et de brindilles. Les gardes de Kance prirent enfin conscience, se retournèrent et crièrent. Certains pensèrent à dégainer leurs rapières ou leurs arbalètes.

— Distrais-les, Kivi, dit Svarde tandis que ses pieds martelaient la cour pavée de diamants. Ne te fais pas tuer.

Le ferrite fit ce que Svarde demandait, fonçant droit sur le garde le plus proche et plaquant le pauvre homme. Kivi ne s'arrêta pas pour mutiler l'âme, mais rebondit vers le suivant, celui qui s'apprêtait à tirer sur Svarde. L'arbalète ne put décocher son carreau avant que le ferrite ne la brise, envoyant son propriétaire s'écraser durement au sol.

Svarde profita de ces secondes, atteignit l'arche fluide marquant l'entrée de la flèche. Des lignes argentées tourbillonnaient à droite et à gauche, comme si la bouche de la flèche soufflait du vent. Au lieu de cela, la grotte artificielle accueillit Svarde sans le moindre souffle. À l'intérieur, de douces lanternes auréolaient les ascenseurs jumeaux et leurs portes massives. La Reine et son groupe, Svarde en compta rapidement dix, montaient dans l'ascenseur de gauche.

Deux gardes, ceux-ci dans l'armure ornée de Kance, avec ces jolies rapières dorées, abandonnèrent l'effort de l'ascenseur pour se dresser sur le chemin de Svarde.

Pauvres âmes.

Svarde ne s'arrêta pas de courir alors qu'il levait les bras, dégainant sa grande lame. Ce faisant, la robe de Svarde se fendit, des fragments sur ses manches se déployant comme les nageoires d'une étrange créature. L'apparence étrange n'arrêta pas son élan, au milieu des cris, des jurons, des appels à faire bouger ce foutu ascenseur.

Une rapière frappa l'épaule gauche de Svarde. L'autre n'y parvint jamais, son propriétaire fendu sur la gauche et, dans l'élan, projeté contre le second garde. Svarde continua vers l'ascenseur, la rapière toujours plantée dans sa peau. Le reste du groupe avec la Reine devait être un tas de conseillers larmoyants, de politiciens sans valeur, car ils se recroquevillèrent au fond de l'ascenseur.

Tous sauf deux. Une jeune femme maigre avec un poignard dans chaque main, et Bliss, son bâton dégainé et prêt. Une posture de combat qui chancela lorsqu'elle vit

Svarde, reconnut les traits de son visage mort, lorsqu'elle entendit sa demande, lancée alors que Svarde posait ses pieds immortels dans l'ascenseur.

La paix, pas pour Kance, pas pour Noctia, mais pour les démons.

29
PARMI LES FLEURS

Malgré toutes les fougères, fleurs et lianes que Wax avait touchées sur Vis, il n'avait jamais rien ressenti de comparable aux lelunes dans le vaste cratère de la Blessure de Noctia. Quelques fleurs s'épanouissaient, Sichi se faufilant à travers les nuages pour embrasser le spectacle nocturne de sa lumière rose. Un vent vif tourbillonnait, faisant frissonner les plantes en bourgeon et rappelant à Wax qu'il n'avait pas enfilé la robe la plus chaude que Noctia lui avait fournie. L'armoire de sa chambre était en réalité tellement remplie de vêtements que Wax ne pouvait que supposer qu'ils avaient appartenu à quelqu'un d'autre.

Pourtant, tout lui allait parfaitement.

— Ce sont mes préférées, dit Catya, l'ancienne Égide, en le guidant à travers les champs de fleurs. Elle avançait lentement et avec précaution, une canne toujours à la main, mais elle parlait d'une voix nette et claire. Chaque nuit où je le pouvais, je quittais la Blessure pour les regarder s'épanouir.

— Elles sont magnifiques.

— Un rappel de ce que j'essayais de défendre, je pense. Plus que les Najahn, en tout cas.

— Ils ne vous traitaient pas bien ?

— Ils m'utilisaient, répondit Catya en jetant un coup d'œil à Wax, avec un sourire désabusé. Enfin, nous nous utilisions mutuellement. Ces skars m'ont peut-être volé une grande partie de ma vie, mais je n'ai jamais eu à marchander pour un repas, à m'inquiéter d'avoir chaud, ou de me faire ronger les orteils par un monstre.

Wax rit.

— Je connais plus d'une personne qui ferait cet échange.

— Et toi ?

Ah. Encore ce brusque changement de ton. Catya aimait faire ça, une habitude que Wax avait remarquée au fil de la soirée. L'Égide riait de ceci, plaisantait de cela, ou semblait perdue dans une anecdote agréable pour soudain la retourner contre Wax comme une attaque surprise. Un test, peut-être ? Ou simplement une bizarrerie développée au cours d'une décennie avec peu de raisons de vivre ?

— Non, dit Wax. J'ai fait la promesse d'aller jusque-là. Mais je ne m'assiérai pas sur ce trône.

— Parce que Fassle y a mis fin ?

— Parce que je pense que c'est une erreur.

Ils atteignirent une zone clairsemée. Catya s'assit sur la pierre tendre, tapota l'espace à côté d'elle et demanda à Wax de sortir l'outre de vin et les tartelettes qu'on leur avait préparées.

— Fraise, dit Catya en souriant tandis qu'elle soulevait la pâtisserie. Il y a une saison, je n'aurais pas pu manger ça. Pas sans la réduire en bouillie.

— J'imagine que c'est un soulagement, alors, d'être libérée de ce trône ?

— Ce n'est qu'une chaise, tu sais. Il n'y a rien de spécial à son sujet.

— Mais...

Catya posa la tartelette, fouilla dans la poche de sa robe et en sortit un collier. Un qui ressemblait beaucoup à celui que Wax portait maintenant autour du cou. Tous les skars étaient là, sauf un, la pierre de Vis que Wax connaissait si bien.

— Ils m'ont laissé les garder tous, mais je n'ai pas remis le collier depuis que je l'ai enlevé, dit Catya. Le seul skar que je porte encore ? Sa main libre alla à son cou, où une simple broche était accrochée. Wax pouvait deviner ce qui se trouvait à l'intérieur. Vis m'a rendu un peu de ce que les autres pierres m'ont pris. Du moins, un peu plus de temps. Elle se tourna pour regarder vers le centre sous tente, sa garde relâchée depuis que la force Whent avait endigué le flux de monstres. La chaise était un symbole pour tous les autres. Ça n'avait pas, ça n'a pas d'importance pour les skars. Fassle, bien sûr, aime pouvoir la contrôler.

— Alors comment faisiez-vous, ou faites-vous, pour être l'Égide ?

Un petit sourire.

— Ils appellent au Renouveau alors que l'Égide est encore en vie pour la transition, qui est plus que simplement poser tes jeunes fesses sur cette chaise. D'après ce que je sais, Demion l'a dit à celle d'après, et ses paroles ont été transmises d'une à l'autre, jusqu'à moi.

— Des paroles ?

— Après. Avant que ça ne refroidisse.

Catya leva un doigt, puis se mit à dévorer la tartelette. Wax prit le signal, remplit deux petites tasses en bois de vin rouge de Tamas — un bon cru du sud, selon le Najahn qui était apparu à sa porte avec l'assemblage tardif et l'ordre de rencontrer Catya à la Blessure — et goûta sa propre pâtisserie. Encore chaude, encore fondante, et délicieuse d'une manière dont rien de ce que Wax mangeait sur Vis ne pouvait l'être. Presque artificielle. Élaborée sans la main épineuse de la nature.

Ils mangèrent en silence. Catya prenait son temps, un rythme que Wax décida d'adopter une fois qu'il réalisa que la hâte ne lui apporterait pas les réponses plus vite. C'était ainsi depuis la rencontre avec Fassle. Un Najahn restait collé au côté de Wax, prêt à répondre à ses questions — dans une certaine mesure — et à le diriger vers les repas, vers des parties du quartier Najahn qu'il n'avait pas vues lors de son premier séjour dans la Cité des Anneaux avec Eujo, et à éviter de lui dire ce qui se passerait plus tard, sauf pour le mettre en garde contre l'ingestion d'une bière après l'autre.

Ce que Wax avait envie de faire, car cela pourrait flouter les cauchemars menaçant de l'assaillir à chaque instant. Des visions de Bliss et Eujo naufragés en mer ou poignardés par quelque vouge Najahn. Torny, criblé de carreaux d'arbalète. Ou, presque pire, continuant sans Wax, le supposant mort et perdu.

Le Vis ne pouvait pas réquisitionner un navire, ne pouvait pas nager jusqu'à Kance. Il avait demandé à son gardien Najahn s'il pouvait envoyer un message, et cette réponse viendrait le matin.

— Tu es en difficulté, dit Catya, entre deux léchages de garniture de fraise sur ses doigts. ˙

— C'est si évident ?

— Tu es ici sans amis. Pas de Gardiens, bien que Fassle ait dit que tu étais un Renouveau. Une fois de plus, Catya leva la paume, puis l'abaissa pour tenir le poignet de Wax. Je n'ai pas besoin de ton histoire, Wax. Je n'ai de toute façon pas assez de temps pour ça. Elle rit, leva les yeux vers la lune. Ces promenades ne sont pas faciles.

— Alors pourquoi en faire une avec moi ?

— Deux raisons. Premièrement, parce que Fassle l'a ordonné, et il me reprendra mes skars et tout ce que j'ai si je ne fais pas ce qu'il veut. Deuxièmement, parce que tu as une vraie chance de tout changer.

Wax vida sa coupe et la remplit à nouveau.

— Trop de gens disent ça.

— La différence, c'est que je sais de quoi je parle.

Catya sortit à nouveau le collier de skar. Elle tendit la main vers le diamant scintillant dans l'un des emplacements et, avec des doigts agiles et étirés, le libéra.

— Celui-ci est à toi, je n'en ai plus besoin.

— Kance ?

Catya hocha la tête tandis que Wax prenait le skar, mêlant ses curieux murmures aux autres.

— Plus que tout autre, celui-ci a essayé de me faire fuir. Il chantait toujours la liberté.

— Chantait ?

— C'est ce que font les pierres, Wax. Elles chantent.

— J'ai toujours pensé qu'elles parlaient dans une langue que je ne comprenais pas. Le langage des dieux, ou quelque chose comme ça. Et puis les émotions, n'est-ce pas ? Les pulsions qui me poussent à les laisser partir, à faire ceci ou cela ? Tu dis que c'est un chant ?

— Une partie d'un chant, dit Catya. Comme dans un groupe, chaque skar est son propre instrument, jouant sa partition. Quand tu lui donnes un solo, c'est là que ses capacités brillent et que tu obtiens ton feu, ton vent, ton tremblement de terre.

Wax cligna des yeux et se tourna vers son vin. Il espérait que Catya ne verrait pas le scepticisme sur son visage.

— L'Aegis avant moi ? C'était un musicien, donc c'est peut-être son interprétation, mais ça colle, poursuivit Catya, sans la moindre trace d'offense dans son ton toujours poli. Les dieux ont uni leurs pouvoirs pour créer les îles et le monde sur lequel nous vivons. Ça, nous le savons. Et pour créer le bouclier qui les entoure, il faut déplacer les skars pour qu'ils soient synchronisés, pour qu'ils jouent en harmonie.

Ça, au moins, Wax pouvait l'admettre. Les pierres qui veulent avoir leur moment de gloire en solo ? Bof.

— Comment fait-on ça ? demanda Wax. Ou plutôt, comment as-tu fait ?

— D'abord, il faut écouter. Pas un seul, mais tous. Ensuite, quand tu as leurs chants qui jouent ensemble, tu diriges. Tu dis à Foti de ralentir, à Vis d'accélérer.

Catya agita un doigt en l'air en parlant.

— Pendant tout le temps où j'étais assise sur cette chaise, Wax, je ne faisais pas rien. Au contraire, je maintenais les skars en harmonie. Jour après jour, attrapant du sommeil quand je le pouvais, pendant des années et des années, tandis que les skars me vidaient pour leur chant.

Wax avait commencé à écouter les pierres, il s'arrêta quand Catya finit, avec ce que cela impliquait.

— Je ne veux pas de ça, dit Wax, laissant retomber sa main du collier où il avait placé le skar de Kance. Je n'essaie pas d'être toi.

— Alors ne le sois pas.

Catya se leva en tremblant.

— Wax, tu dois te procurer un skar de Noctia. Ensuite, tu devrais faire quelque chose de différent, quelque chose que je n'ai pas envisagé jusqu'à ce que je voie tous ces skars utilisés de nouvelles façons.

— Qui est ?

— Tous les Aegis avant moi faisaient jouer aux skars une seule mélodie, celle qui tenait les démons à l'écart. Wax, je te le dis, il doit y avoir plus.

Catya tendit la main, posant une main stabilisatrice sur l'épaule de Wax tandis qu'elle plantait sa canne sur le sol caillouteux du cratère.

— Peut-être que tu peux trouver le chant que les dieux voulaient que nous jouions, celui qui peut remettre ce monde maudit sur le droit chemin.

30
DÉVORÉ PAR LES INSECTES

Boiter dans la jungle par une nuit sombre après une journée épuisante n'avait rien de réjouissant pour Quik dans son environnement natal. Chaque fougère, liane et racine noueuse devenait un obstacle, chaque zone glissante créée par la fonte des neiges du sommet de la montagne était une occasion de se tordre une cheville déjà douloureuse. Il n'y avait pas encore beaucoup d'insectes, mais ceux qui étaient de sortie semblaient les avoir trouvés, lui et Sawi, et harcelaient leurs corps meurtris sans pitié : des piqûres irritantes parsemaient bientôt leurs peaux malmenées.

Quik estima qu'au moins deux heures s'étaient écoulées lorsque Sawi abandonna, au moment où ils trébuchèrent dans une clairière relative sur la montée vers les montagnes et Mottilan. Elle déposa Quik, l'adossa à un arbre avant de s'effondrer elle-même. Les feuilles et les aiguilles leur fournissaient un lit, bien que frais. Le sang de leurs blessures se coagulait avec la terre. La bouche de Quik réclamait de l'eau, et il soupçonnait que Sawi n'était pas en meilleur état.

Le début du printemps signifiait que Vis n'avait pas encore ses fruits verdoyants. Leurs estomacs grondaient sans solution facile, alors Quik revint aux anciennes méthodes.

— Nous devons être des chasseurs, dit-il d'une voix rauque à Sawi, visible comme une ombre teintée de rose. Vivre comme les chasseurs le faisaient lors de longs voyages.

— Comment ?

— Manger ce qu'on peut.

— Je ne comprends pas ?

Quik sentit un insecte curieux se poser sur sa cuisse. Son bras droit ne fonctionnait pas, mais son gauche bougeait parfaitement. Sawi avait retiré ses gantelets, les laissant dans la poussière, alors quand Quik abattit sa main sur l'insecte, quand il emprisonna la créature ailée dans sa paume, les armes en bois ne le gênèrent pas.

L'avaler ne fut pas facile, mais l'insecte passa tout de même.

— Ils ne te rendront pas malade, dit Quik. En manger suffisamment, et tu survivras.

Le silence qui lui répondit fit se demander à Quik si le dégoût de Sawi l'avait rendue muette. Puis il entendit les légers claquements, le mouvement de la main à la bouche. Il sourit, laissa sa tête s'appuyer contre l'écorce douce tandis qu'il attrapait un autre insecte. Sawi n'avait pas oublié ce que signifiait être un Vis après tout.

L'île, le dieu, pourvoirait.

Sawi, en fait, poussa l'idée plus loin. Elle commença à fouiller dans les feuilles en décomposition, trouvant des vers, des scarabées et des larves plus juteux. Chaque bouchée repoussait la vie de Quik, ce qu'il avait appris à accepter, à viser, mais la sauvagerie était la survie, et au bout d'un moment leurs estomacs furent pleins. Leur soif apaisée par des choses plus chaudes que l'eau.

— Je crois que j'ai déjà mangé pire, dit Sawi, assise maintenant à côté de Quik, tous deux adossés au même arbre. Noctia pourrait apprendre une chose ou deux de ces insectes.

— Tu ne penses pas vraiment ça.

Sawi laissa échapper un rire rauque.

— Peut-être pas, mais leur poisson était toujours si dur.

— C'est vrai, n'est-ce pas ? Je le mâchais pendant une heure.

Maintenant, ils riaient tous les deux. Cela éloignait la douleur. Ils s'affalèrent l'un contre l'autre, chassant distraitement les quelques insectes qui osaient encore s'approcher d'eux pour les piquer, et laissèrent la nuit s'écouler, échangeant une histoire après l'autre.

— Nous devrions dormir à un moment donné, marmonna Quik, plus tard. L'aube ne va pas tarder, et nous devrons marcher à nouveau.

— Ou nous pourrions juste attendre ici, manger des insectes jusqu'à ce que les îles se calment.

— J'ai prêté serment à Wax, Sawi. Je ne peux pas abandonner.

— Je pense qu'il comprendrait, étant donné les circonstances.

Quik bougea, regarda le visage ombragé, sale et maculé d'insectes de Sawi avec ses cheveux emmêlés, ses vêtements ensanglantés. Il ne devait pas avoir meilleure allure, et pourtant, il y voyait une certaine logique, une considération que simplement s'allonger sous les feuilles en racontant des histoires pourrait être aussi bien que possible, tant qu'ils étaient tous les deux.

Sauf que Quik était à moitié mort, et Sawi avait été la partenaire de son frère.

— Je ne suis pas sûr qu'il comprendrait, dit Quik, détournant son attention, se concentrant sur quelques arbres sombres de l'autre côté de la clairière.

— Jusqu'à quel point connaissais-tu ton frère ? demanda Sawi, ne laissant aucune distance à Quik.

— C'était mon frère ? Quelle genre de question est-ce ?

— Tu étais toujours en chasse, Quik. À jouer l'important, pour ne te montrer que de temps en temps et nous dire de grandir.

— Parce que vous vous mettiez toujours dans les ennuis.

— Ce n'était pas parce que tu te sentais seul ?

— Je... Quik déglutit, cligna des yeux. La vie d'un chasseur Vis signifiait des jours dans la jungle, seul, à traquer une proie et à revenir avec elle, ou au moins l'emplacement pour un groupe à attaquer. C'était ce qui était attendu, ce qui se faisait. Peut-être. Pas plus que n'importe qui d'autre.

— Si tu avais passé plus de temps avec nous, alors tu saurais que Wax n'est pas du genre à s'attarder sur le passé, sur l'échec. Il continue d'avancer. Essaie encore et encore, parfois juste pour s'amuser. Sawi rit doucement. Il nous attirait des ennuis parce qu'il ne disait jamais non à une idée. Il voulait toujours que tu viennes aussi. Tu lui manquais, quand tu as grandi.

— Il me manque maintenant.

— À moi aussi, dit Sawi. Il aurait une idée stupide pour nous sortir de là. Quelque chose auquel nous ne penserions pas.

Ça, c'était bien Wax. Quik fixait les arbres. Que ferait son frère maintenant ? Il aurait les skars, ce qui changerait les choses. Un skar de Vis, par exemple, serait bien utile en ce moment. Quik aurait dû en prendre un à Annalyse.

Attends.

Quik regarda Sawi, vit que la fille s'était effectivement endormie. Sa tête reposait sur son épaule, mais à sa taille se trouvait la lame Whent. Une qui pourrait, utilisée correctement, peut-être...

— Donne-moi ton épée, dit Quik, tendant la main vers la lame.

— Pourquoi ? demanda Sawi sans ouvrir les yeux.

— J'ai une idée. Comme Wax.

Cela réveilla davantage Sawi, et elle tira la lame, la tendit à Quik.

— Qu'est-ce que tu vas faire ?

— Aide-moi à trouver une pierre.

Cette recherche, sur un flanc de montagne boisé, ne prit pas longtemps. Une pierre environ deux fois plus grande que le poing de Quik, traînée par Sawi. Ils mirent des feuilles en tas d'un côté, Sawi marmonnant à propos du risque qu'ils prenaient.

— Mottilan a des gens qui surveillent, ils le verront, dit Quik, mesurant le coup, l'espoir momentané faisant de son mieux pour repousser les douleurs et les yeux lourds. Ils viendront nous chercher.

— Ou peut-être que les Najahn le feront à leur place. Une voulge chacun. Ce ne serait pas agréable ?

— On n'aurait plus à s'inquiéter de tout ça.

Quik fit glisser l'épée sur la pierre. Un grincement, pas d'étincelles.

— Il faut que tu enfonces cette lame, dit Sawi, et Quik recommença. Toujours rien. Laisse-moi essayer.

C'était assez facile de lui passer l'épée. Quik n'avait

qu'un seul bras valide de toute façon. Il s'affaissa contre l'arbre, regardant Sawi évaluer son angle.

— Tu crois qu'Annalyse se demande où tu es ? demanda Sawi.

La question déstabilisa tellement Quik qu'il ne remarqua pas que Sawi faisait un coup mesuré, envoyant les premières étincelles voler dans les feuilles. Elle retira l'épée, répéta le glissement. Plus d'étincelles, plus de cris stridents de métal contre pierre.

— Peut-être ? répondit Quik.

— Je te garantis que oui. Tu n'as pas fait attention à la façon dont elle te regardait ?

Bien sûr que si. Bien sûr qu'il l'avait remarqué. Bien sûr que Quik avait voulu trouver du temps avec Annalyse, pour reprendre là où ils s'étaient arrêtés sur le quai à Noctia.

— Comment ça ? demanda Quik, et Sawi rit, faisant glisser la lame.

Cette fois, les étincelles laissèrent un peu de fumée. La fois suivante, elles laissèrent une braise, qui grandit.

— Je dis juste, Quik, si on s'en sort, je ne pense pas que tu aies besoin d'être seul.

Quik rit doucement, regardant les flammes grandir. L'aube approchait aussi, le ciel au-dessus perdant ses nuages et gagnant en lumière. Mottilan ne verrait peut-être pas l'éclat du feu, mais ils remarqueraient certainement la fumée. Ils viendraient, battant tous les Najahn en armure essayant de naviguer dans la jungle. Quik et Sawi vivraient, auraient la chance de se battre à nouveau.

Ou pas. S'échapper vers une plage tranquille sur la rive sud de l'île... sans Wax, Quik aurait gardé cette idée.

— Et toi, Sawi ? demanda Quik. Qui t'attend ?

— Ma famille. Mon île. Je suis revenue pour me battre, Quik. On dirait que je vais avoir cette chance.

31
DEVENIR UNE LÉGENDE

Des années et des années en mer, débutant comme simple coursier, matelot, gamine à bord des cargos Rana. Une fois capable de manier un coutelas et de tirer à l'arbalète sans toucher un allié, Maena avait gravi les échelons jusqu'aux clippers et aux cotres, sillonnant les eaux entre Noctia et Whent à la recherche de proies faciles. Durant tout ce temps, toutes ces attaques sur les villes côtières et les lourds navires de Whent, Maena ne s'était jamais retrouvée prisonnière.

Cela avait changé avec Svarde et sa plongée dans les Ténèbres d'En-Bas. Amenée une fois aux Fosses, et maintenant, à nouveau après avoir suivi ce barbare téméraire, elle marchait avec des mangeurs de roche de Whent dans son dos, les poignets solidement liés. Haggerth était le plus proche, son souffle assez près pour lui chatouiller la nuque. Le fait qu'il tienne une lame dont la pointe visait la taille de Maena n'était pas facile à ignorer non plus : il s'assurait d'entailler son cuir chaque fois qu'elle ralentissait.

Ils avaient laissé Dreamhold loin derrière eux, parcourant les tunnels inclinés et étroits vers le haut et autour de la vaste chambre dont les eaux abritaient ces terribles portails vers d'autres mondes, vers les premières erreurs des dieux. Maena avait d'abord essayé de penser à un piège astucieux pour le trio de Whent qui la suivait. Peut-être un passage latéral vers une caverne où pourraient vivre des démons, ou une course rapide pour disparaître devant leurs lumières de lanternes.

Ces deux options se terminaient de la même façon : Maena perdue dans l'obscurité, sans armes et les mains liées, nourriture pour les mêmes démons qui, avec un peu de chance, mangeraient les Whent.

On ne pouvait plus compter sur ces démons non plus. Les monstres, avec les marcheurs de feu prouvant être un rempart et Jochi étendant le territoire de Whent à mesure que de plus en plus de gens arrivaient en quête de fortune ou de liberté face à une existence plus misérable, avaient largement disparu. Les éclaireurs, surveillant la chambre, signalaient que des démons aquatiques s'échappaient encore par les tunnels plus profonds s'infiltrant dans les océans, mais les monstres terrestres se retrouvaient sous assaut dès qu'ils nageaient librement.

Alors Maena marchait vers sa cachette choisie, ne disait rien. Elle écoutait, à la place, son autre moi délirant, une personnalité toujours au bord de l'agressivité dans les moments les plus heureux, basculant maintenant vers la folie totale.

J'essaie seulement de t'aider, puisque tu sembles réticente à le faire toi-même.

Oui, Maena se retournant et essayant de donner un coup de tête à Haggerth pour le soumettre était définitivement une stratégie. Une qui résulterait en sa mort douloureuse, mais une stratégie quand même.

Je ne t'entends pas faire de suggestions.

Vrai. Maena avait son attention sur quelque chose de différent, quelque chose à laquelle elle allait devoir faire face dans environ une minute ou deux.

— On y est presque ? demanda Haggerth. Ça fait un moment qu'on marche. La nuit a été longue.

— C'est votre choix.

— En fait, c'est le vôtre. Si vous n'aviez rien fait de tout ça, je serais encore à la surface. En train de dormir dans un lit douillet.

— C'est toujours votre choix.

Haggerth grogna, mais laissa tomber les piques. Le calme de l'homme s'était effiloché pendant toute la marche jusqu'ici, comme un costume qui se décolle. Que ce soit l'épuisement, ou le fait que Maena n'ait pas encore cédé, le masque lisse glissait.

Une faiblesse potentielle ?

Si c'était le cas, l'exposer devrait attendre, car ils étaient arrivés. Maena gravit, avec l'aide de la main libre d'Haggerth, les derniers pas dans la large caverne surplombant le bassin. Le groupe entra, et l'éclaireur, le prisonnier de Maena, émit un gémissement pathétique à cette vue. L'homme, mince, émacié et desséché, tendit la tête vers le trio de Whent, et Haggerth ordonna à l'un des gardes de le détacher.

— Tenez-vous ici, dit Haggerth, dirigeant Maena vers le mur de gauche.

L'homme détacha la lanterne du crochet à sa ceinture et la posa au sol, dit au garde qui n'était pas chargé d'aider le prisonnier de garder un œil sur Maena, puis Haggerth s'avança, observant la chambre. Les trous dans le sol rocheux témoignaient clairement de ce qui se trouvait sous leurs pieds, et les boîtes sombres, reliées par des cordes de mèche, offraient une énigme qui fit s'accroupir Haggerth, tâtant l'un des cubes avec sa lame.

— Qu'est-ce que c'est ? demanda Haggerth.

Maena observa le garde qui la surveillait. L'homme semblait aussi fatigué que les autres, mais avait une main sur le pommeau de sa hache. Une barbe audacieuse, des cuirs épais, et un visage couvert de saleté. Quelqu'un qui travaillait la pierre le jour, donc. Pas un expert choisi par Jochi. Était-ce l'orgueil d'Haggerth, ou Jochi avait-il trop de priorités plus importantes, comme la guerre avec Kance, pour épargner ses meilleurs soldats pour cette petite mission secondaire ?

— Maena ? demanda à nouveau Haggerth. Quel était votre plan ici ?

— Résoudre un problème que Jochi et Svarde ne sont pas prêts à affronter.

— Ce n'est pas une réponse.

L'ancien prisonnier était sur ses jambes tremblantes. L'éclaireur vacilla, le Whent qui le soulevait manquant presque de perdre l'équilibre. Le propre garde de Maena bougea, tendit un bras pour stabiliser l'homme.

Maintenant.

Pour une fois, Maena et son autre moi avaient la même idée. La Rana fit un pas en avant, balança sa jambe et frappa la lanterne d'Haggerth. Le globe tournoya dans les airs, heurta une dalle de roche et explosa, répandant de l'huile enflammée. Plus d'une goutte atterrit là où il fallait, enflammant les mèches à plusieurs endroits. Des sifflements emplirent la caverne alors que le garde de Maena la frappa, envoyant la Rana s'étaler sur le côté, contre la paroi rocheuse.

— Courez, bon sang ! cria Haggerth.

L'expérience des Whent dans la taille de la pierre

montra sa valeur, car ils comprirent ce que signifiaient les mèches enflammées et bougèrent vite. Traînant l'éclaireur, abandonnant Maena, le trio se précipita dans le tunnel. Haggerth suivit, s'arrêtant pour tirer l'épaule de Maena, la relever.

— Allez, grogna Haggerth, les mèches brillant de plus en plus fort. Je ne vais pas vous laisser vous échapper si facilement.

Maena se dégagea de lui, affichant le sourire maniaque qui lui venait si naturellement maintenant.

—Je me suis déjà échappée.

Haggerth essaya de l'atteindre à nouveau, et la caverne explosa.

La pression vint d'abord. Un vent si fort et violent projeta Maena droit sur Haggerth, les propulsant tous deux contre le mur près de leur entrée. Le feu suivit, une brève flamme cédant la place à d'autres explosions alors que les autres explosifs prenaient leur tour. La terre trembla. La terre et la pierre frappèrent le dos de Maena, entaillant chaque parcelle de peau exposée. Son souffle fut expulsé en un instant.

À travers tout cela, la force la plaqua contre Haggerth, et elle vit ses yeux se révulser, la conscience le quitter alors que sa tête heurtait violemment la paroi de la grotte. Pendant une seconde, l'évasion sembla une possibilité alléchante.

L'instant d'après, le sol restant de la caverne s'effondra, aspirant Maena et Haggerth avec lui. La chute fut une sensation vague, la connexion de Maena avec la réalité rendue ténue par les ondes de choc répétées. L'ingénieur avait fait son travail, et bien que Maena n'ait pas terminé la cartographie complète, ce qui avait été fait était suffisant pour l'envoyer, les oreilles bourdonnantes, la tête douloureuse et le corps à moitié brisé, plonger avec les roches et les pierres vers son objectif.

Haggerth, une tache sombre éclairée d'en haut par les derniers morceaux de mousse et de mèche qui brûlaient leurs derniers instants, tombait assez près de Maena, suffisamment proche pour que lorsqu'ils frappèrent les eaux fraîches du bassin, elle puisse tendre la main et-

Nage, idiote.

Ses mains. Brûlées et meurtries, mais libres. La corde s'était rompue dans les explosions. Maena ne sentait plus ses doigts, mais ses bras brassaient l'eau trouble, ses jambes battaient. Elle tendit la main vers Haggerth alors que des rochers, des stalagmites pointues, plongeaient autour d'eux. Leurs vêtements, les épais cuirs de Whent, les entraînaient tous deux plus profondément, une mort certaine.

Et Maena voulait qu'Haggerth voie, qu'il comprenne qui l'avait amené ici. L'homme n'avait pas gagné, n'avait pas réussi, et alors que ses poumons brûlaient, le toucher cicatrisé de Maena trouva le manteau d'Haggerth. Elle le tira près d'elle et faillit désespérer, l'eau était trop sombre pour voir. Haggerth, lui aussi, semblait inerte. Peut-être déjà mort.

Une victoire finale suffisante.

L'était-ce ? Maena leva les yeux vers la surface, mais ne vit ni lumière, ni ondulations. Seulement pierre après pierre, décombres et poussière s'écrasant. Peut-être avait-elle réussi malgré tout, peut-être les cavernes étaient-elles assez fragiles.

Peut-être, peut-être avait-elle sauvé les îles après tout.

Pourtant, la descente de Maena dans l'obscurité ne continua pas. Ce qui avait été noir trouva soudain de la lumière, une lueur noisette, des particules ambrées s'élevant autour d'elle. Maena, tenant toujours Haggerth d'une main engourdie, se mit à tourner en cercle alors que les particules devenaient de plus en plus nombreuses. Elle battit des jambes, jusqu'à ce que ses pieds ne nagent plus, jusqu'à ce qu'ils sentent un poids, et la tirèrent, elle et Haggerth, vers un endroit où aucun Rana, aucun humain, n'avait jamais été.

32
CHANGER D'AVIS

Le lent grincement des engrenages devint l'allié de Svarde dans l'ascenseur de Kance. Les poulies craquaient dans un mouvement laborieux, tirant la frêle structure de bois vers le haut tandis que ses occupants s'échangeaient des regards curieux.

— Vous êtes ici parce que vous faites confiance à Fassle pour tenir parole ? demanda Eujo, la Reine de Kance. Elle se tenait flanquée de ses deux Gardiens, un terme qu'elle utilisait malgré l'abandon du Renouveau par Noctia.

Un mot que Svarde utilisait encore pour se décrire, bien que sa participation au Renouveau ait pris fin il y a plus de dix ans.

—Je leur fais confiance parce que je n'ai pas le choix, dit Svarde. Il tenait la grande lame noire devant lui à deux mains. Non qu'il eût l'intention de frapper, mais les surprises pouvaient venir de partout, et les deux Gardiens tenaient toujours leurs armes. Les démons fuient des mondes mourants. Ils ont besoin d'un endroit où aller.

— Vraiment ? demanda la plus petite des Gardiens, une femme vive et combative qui tenait un poignard dans chaque main. Ont-ils besoin d'un refuge ? Parce que d'après moi, ils ont tué beaucoup des nôtres. Pourquoi des monstres devraient-ils recevoir des terres gratuitement alors que beaucoup d'entre nous pourraient en avoir besoin ?

— Nous n'allons pas avoir de discussions politiques dans cet ascenseur, dit Eujo, posant une main sur l'épaule de la Gardienne. Une main, remarqua Svarde, menant à un poignet portant un bracelet particulier. Il pouvait reconnaître les skars n'importe où maintenant, ces pierres magiques semblant être à la fois la bénédiction et la malédiction de sa vie. Ce qui compte, c'est ce que nous allons faire ici, en cet instant précis.

« Abandonnez », signa Bliss, retirant une main de son bâton pour le faire. Un risque, et peut-être un signe qu'elle pensait que Svarde n'était pas tout à fait l'ennemi qu'il semblait être. « Nous pouvons trouver une autre solution si vous baissez votre lame. »

— Il n'y a pas d'alternative, acquiesça Eujo alors que Svarde reportait son regard sur elle. Je ne sais pas ce qui vous maintient en vie avec toutes ces blessures, et vous avez déjà l'air mort, mais en haut de cet ascenseur, il y aura trop de gardes, même pour vous. Elle agita le bracelet. Et je peux utiliser ceux-ci. Vous savez ce que cela signifie.

— Je le sais. Svarde, cependant, ne bougea pas la lame. Vous tuer apporterait le chaos, Reine de Kance. Noctia l'exploiterait. Ils prendraient votre île et donneraient à mes amis démons le foyer qu'ils méritent...

— Encore cette confiance. Je vous le dis, Fassle ne fera rien du tout, lança la Gardienne aux poignards. Une fois qu'il aura les skars, il aura son pouvoir. C'est tout. Tout le reste est soit utile, soit jeté.

— Vous parlez comme si vous connaissiez Fassle ?

— Je connais Yarvick, et Yarvick connaît sacrément bien Fassle, rétorqua la Gardienne.

L'ascenseur continuait son lent chemin vers le haut. De chaque côté s'élevaient des parois rocheuses rapprochées. Pas de rampes, les espaces entre le plancher de bois et la pierre rugueuse étant suffisamment étroits pour empêcher une chute accidentelle. Néanmoins, Svarde faillit reculer aux paroles de la Gardienne. Au lieu de cela, il secoua la tête et jeta un coup d'œil à la Reine.

— Vous avez trouvé une sacrée collection de Gardiens.

— Ils ne sont pas à moi, répondit la Reine. Mais Torny a raison. Je ne peux pas faire confiance à Fassle, ce qui signifie que je ne peux pas vous faire confiance.

« Vous le pouvez », signa Bliss. « Svarde nous a aidés, au début. Sur Vis. Wax et Sawi seraient morts sans lui. »

— J'ai bien tué ce démon, bien que je le regrette maintenant, grommela Svarde. Cette bête essayait probablement de comprendre où elle avait atterri, fuyant simplement...

— Stop, dit Eujo, puis elle fit un signe de tête vers le plafond beige de l'ascenseur. Nous serons bientôt en haut. Si vous voulez vivre, Svarde, alors nous avons besoin d'un plan.

— Négocier, répondit Torny, la Gardienne. Fassle n'est peut-être pas digne de confiance, mais c'est un salaud assoiffé de pouvoir. Il doit savoir que toute invasion ici coûtera beaucoup de vies. Ça ne lui fera pas d'amis. On parle, on gagne du temps, et ensuite on l'élimine.

S'il y avait eu une meilleure façon d'attirer l'attention de tout le monde, Svarde n'en était pas certain.

— Répète la dernière partie ? demanda Eujo.

— Bien sûr. Il semble évident que ce type fait partie du problème, dit Torny. Yarvick a toujours dit que Fassle était la plus grande erreur de Noctia. On se débarrasse de lui, peut-être que le prochain leader de Najahn sera prêt à jouer le jeu. En attendant, le grand moche ici peut faire entrer tous ces démons dans les Ténèbres d'en bas. Accumuler la pression. Quand il y aura trop de monstres pour les cacher, on forcera les îles à choisir des endroits pour eux. Facile.

— Vous avez pensé à tout ça à l'instant ? demanda Svarde.

— En fait, ça fait un moment que j'y réfléchis. J'ai passé beaucoup de nuits à regarder les étoiles, à contempler le destin de nous tous. Torny leva les yeux au ciel. Bien sûr que c'est maintenant, crétin. Je réfléchis vite. Tout bon voleur doit savoir comment se sortir d'un pétrin.

— Alors nous envoyons un cessez-le-feu à Fassle, dit Eujo. Svarde ouvrit la bouche et elle l'arrêta d'un geste de la main. Avec une offre. Nous rendrons les skars qui, d'après ce que j'entends, ont été volés à Noctia. Ils n'auront pas leur avant-poste sur notre île, mais ils récupéreront leurs pierres. Elle lança un regard direct à Svarde. Acceptera-t-il cela ?

Le barbare hocha la tête.

— Il devra, sinon je le couperai en deux moi-même.

L'ascenseur déposa le groupe dans un grand hall de pierre blanche, éclairé par des lanternes. Eujo se plaça devant, Svarde à l'arrière, bien que Bliss se tînt entre les deux. Une brise fraîche les accueillit, accompagnée d'une douce mélodie de flûte errante, dont la musique aérienne guidait le groupe vers la droite. Ou l'aurait fait, si au moins vingt soldats de Kance armés et en armure ne se tenaient pas là, leurs lames dégainées et pointées vers Svarde.

— Baissez vos armes, annonça Eujo, et bien que Svarde la jugeât encore jeune, sa voix avait la fermeté d'acier d'un commandant aguerri. Nous sommes parvenus à un accord.

Les soldats de Kance hésitèrent. Leurs regards se croisaient sous leurs casques ornés et vitreux.

— J'ai dit, remettez vos épées au fourreau, répéta Eujo. Ou avez-vous l'intention d'ignorer votre reine ?

Encore des regards, et une absence totale de mouvement.

— Allons, allons, intervint une nouvelle voix, arrogante et familière. Vous avez entendu votre reine. Rangez vos épées.

Plusieurs soldats s'écartèrent, révélant un homme imposant vêtu de robes bleu argenté de Kance. Malgré l'heure tardive, Gladdring — Svarde parvint à se rappeler son nom malgré le brouillard général de Noctia, l'homme avait toujours été mémorable — semblait plein d'entrain et radieux. Il écarta les bras devant Eujo et s'inclina profondément.

— Je suis si heureux que vous ayez survécu à votre périlleux voyage jusqu'ici, ma reine. Et une attaque à l'entrée de votre palais ? Gladdring jeta un coup d'œil à Svarde. Si nous n'avions pas monté la garde, nous n'aurions pas été prêts du tout.

Aux paroles de Gladdring, les soldats rengainèrent leurs épées, mais leurs regards durs ne changèrent pas. La plupart se posèrent sur Svarde, mais le barbare remarqua que plus d'un suivaient également Bliss et Torny. La confiance, semblait-il, n'était pas monnaie courante à Kance. Néanmoins, sur cette île, les reines étaient primordiales.

Eujo allait, avec un peu de chance, faire passer rapidement le mot en bas pour garder Kivi et Olgata hors de danger. Ami et la force des marcheurs de feu viendraient ensuite, une escorte propre pour redescendre sous terre et s'abriter de la pluie.

Pour une dirigeante, Svarde avait trouvé Eujo raisonnable. Même désireuse de clarifier les choses. Peut-être que l'âge ne l'avait pas encore calcifiée comme tant des pairs de Svarde.

— Naïve et imprudente, dit l'homme qui serait régent, l'homme que Svarde avait connu en dernier comme le Tenet du commerce de Najahn. Gladdring les accueillit dans la grande salle du trône du Palais Céleste — les deux trônes occupaient un côté, reposant sur une estrade argentée avec de larges fenêtres derrière elles donnant vue sur l'océan. Vous ne pouvez pas négocier avec un brute qui vous tient à portée de lame.

— Et pourtant, je l'ai fait, dit Eujo, passant directement devant Gladdring pour rejoindre son trône. Bien qu'elle portât des robes et du cuir de marin en dessous, la reine conserva son aura noble en se posant sur la construction rigide de pierre et de diamant céleste. Elle lissa ses robes sous elle, joignit les mains et lança un regard noir au régent. Votre rôle ici est terminé, Gladdring. Je vous remercie pour vos services, mais vous pouvez partir maintenant.

La force de Kance qui les avait accueillis à la sortie de l'ascenseur avait suivi le quatuor jusqu'à la salle du trône et observait maintenant la conversation. Ils s'alignèrent en une ligne courbe, coupant toute sortie facile, un détail que Svarde ne nota que parce que les mouvements avaient été délibérés. Pas un arrangement général de soldats se demandant quel serait le prochain mouvement, mais une étape dans un plan en cours. Le fait qu'ils ne murmurent pas entre eux, qu'ils restent concentrés, était soit le résultat d'un entraînement admirable, soit quelque chose de bien pire.

— Ma reine, vous venez d'arriver, dit Gladdring,

gardant sa position au centre de la pièce. Prenez le temps de vous familiariser avec Kance, avec notre situation...

— Notre ? interrompit Eujo. Il n'y a pas de « notre », Gladdring. C'est mon île, ce sont mes gens, et vous n'êtes ni l'un ni l'autre. Partez. L'ascenseur peut vous faire descendre, et je suis sûre que vous avez suffisamment de babioles précieuses dans cette robe pour marchander un passage vers un autre endroit.

Svarde rit alors que le visage de Gladdring rougissait.

— Elle vous a bien eu. Ordres de la reine, Gladdring. Allez, bougez.

— Toi, tu te tais, grogna Gladdring, avant de reporter ses yeux plissés sur Eujo. Je suis désolé, il semble que vous ne prévoyiez pas d'être raisonnable ?

— Prévoir d'être raisonnable ? Eujo se leva de son trône. Mon île est attaquée, et je viens de recevoir une offre pour y mettre fin. Pour trouver la paix. Quoi de plus raisonnable ?

— Vous feriez de Kance le pion de Noctia, dit Gladdring, sa voix prenant un nouveau ton, porteur d'un poids particulier. Les mains de l'homme avaient disparu dans les poches de sa robe, lui donnant l'apparence d'un conseiller calme. Vous livreriez votre peuple à Fassle. Au Najahn. Les mêmes personnes qui ont assassiné notre reine aînée. Vous avez passé trop de temps loin d'ici, Eujo.

Tandis qu'il parlait, le doute moqueur de Svarde frissonna, se brisa. Gladdring avait raison. Fassle prendrait Kance. La paix ne ferait qu'ouvrir la porte au désastre, pas quand Kance avait tous ces skars, pouvait tenir bon. Eujo était si jeune, si naïve. Gladdring avait raison, avait...

Le bruit des lames tirées attira l'attention de Svarde. Les soldats de Kance avaient dégainé leurs rapières, les pointant vers la reine. Une reine qui, elle-même, semblait pâle, effrayée et pleine de doutes. Torny et Bliss, ses deux

Gardiens, semblaient confus. Le bâton de Bliss heurta le sol de pierre avec un bruit sourd, tombé de doigts engourdis.

Cette vue donna à Svarde sa réponse, ramenant l'étrange mixture qui perturbait ses pensées à une clarté nouvelle, au moment même où Gladdring donnait l'ordre.

— Emmenez la reine dans ses appartements. Tuez les autres.

33
LE DERNIER ESPOIR

Le vin et les merveilles avaient le don de faire disparaître la nuit, et Catya ne manquait pas d'histoires. Une fois que Wax eut atteint son objectif — demander à Fassle comment obtenir son propre skar Noctia — l'impossibilité de le faire si tard dans la nuit laissa le duo avec une bouteille, de magnifiques fleurs et un ciel illuminé par Sichi à apprécier.

La tension de la veille, la frustration persistante de ne pas être près de Bliss, Eujo et Torny ne s'estompèrent pas complètement, mais furent tenues à distance tandis que Catya se remémorait les expériences qu'ils avaient partagées : réaliser qu'ils ne reverraient jamais leur foyer, comprendre ce que les skars leur feraient et comment il n'y avait pas d'autre option que de continuer à avancer.

— Tout ça pour que mes amis puissent continuer à parier leurs minerais dans les casinos de Smythe, dit Catya en souriant, les joues rougies par le vin. Comment trouves-tu ça comme noble cause ?

— Au moins, ils s'amusent, répondit Wax en versant les

dernières gouttes de la bouteille dans son verre. Vis est en train d'être déchiré et rien de ce que je fais ne l'arrêtera.

— Ce n'est pas de ta faute.

— Ouais, je sais. Ça ne veut pas dire que je ne suis pas frustré.

Catya hocha la tête, tous deux regardant vers le bas du cratère en direction de la Blessure et de sa couverture, patrouillée par des soldats najahn. Sans changement imminent de garde, les lanternes étaient basses, peu de bruit remontait jusqu'à eux. Aussi paisible que pouvait l'être le site d'un meurtre divin.

— Eh bien, mon ami de Vis, je crois que le vin est épuisé et la nuit est longue, dit Catya en s'appuyant sur sa canne pour se lever. Tu veux bien me raccompagner ?

— Bien sûr. Wax sourit. Dommage que Noctia n'ait pas d'arbres et de lianes. Ce serait tellement plus rapide de se balancer.

— Comme si mes vieux os pouvaient supporter ça.

— Il y a plein d'anciens de Vis qui se baladent encore dans la jungle, Catya. On pourrait t'apprendre.

L'Aegis posa sa main sur l'épaule de Wax alors qu'ils faisaient leurs premiers pas sur le sol caillouteux en direction du sentier et du tunnel menant à la Cité Annulaire. — J'aimerais beaucoup ça, Wax.

Le deuxième pas de Catya n'atterrit pas. Au moment où elle prononçait le nom de Wax, le sol tressaillit, glissant soudainement vers la Blessure. La canne de Catya glissa et elle tomba tandis que Wax se retournait, essayant de l'attraper alors même que ses propres pieds glissaient sous lui. Ensemble, ils culbutèrent dans les fleurs de lelune, la terre tremblant pendant plusieurs brèves secondes, jusqu'à ce que, utilisant la canne de Catya et la plantant dans les rochers éboulés, Wax les arrête tous les deux. Les doigts osseux de Catya agrippaient la robe de Wax, mais l'Aegis n'avait aucune peur dans ses traits, seulement de la détermination.

En regardant Catya, en dessous de lui, Wax eut un aperçu de la Blessure, et de l'endroit où elle avait été. La déchirure s'agrandissait, avalant les rochers qui dégringolaient comme si c'était une grande bouche dévorant Noctia. La toile de protection se déchira et tomba, les premiers cris se faisant entendre en écho. Le sol continuait de trembler, les secousses devenant de plus en plus violentes.

La canne vibrait dans la prise de Wax.

— Lâche-moi ! cria Catya, sa voix fatiguée s'élevant à peine au-dessus du grondement. Sauve-toi ! Les Îles ont besoin de toi !

Les îles n'avaient pas besoin de Wax, elles avaient besoin des skars, et aux mots de Catya, les pierres prirent vie dans l'esprit de Wax. Kance, nouvellement acquis, exhorta une rafale à le pousser, lui et l'Aegis, vers le haut du cratère. Vis marmonnait à travers les nouvelles coupures et contusions déjà marquées sur les jambes et les mains de Wax. Foti, Rana et Tamas étaient incompréhensibles, un barrage d'impressions inutiles balayées par le seul skar qui avait un sens.

Wax libéra la pierre de Whent, le pouvoir du dieu surgissant autour de lui et de Catya pour attraper les rochers qui dégringolaient. Plutôt que le chaos, le skar de Whent maintenait le glissement de terrain en ligne, permettant à Wax d'abandonner la canne et de glisser vers le centre du cratère, avec Catya allongée en dessous de lui, sur un lit de pierre stable. Leur élan s'épuisa près de la nouvelle bordure de la Blessure, un cercle déchiqueté avec de nouvelles entailles s'élançant dans les champs de lelune ruinés. D'autres glissements de terrain se produisirent alors que les tremblements s'atténuaient, et à chaque fois, Wax laissa le skar de Whent rediriger les décombres pour s'empiler autour d'eux en tas inoffensifs.

— À l'aide !

Le cri retentit alors que les glissements de terrain s'estompaient, et d'autres suivirent. Des appels venant de l'intérieur de la Blessure. Wax se vérifia, puis Catya, et trouva l'Aegis grimaçante mais vivante. Le Vis semblait aussi avoir échappé à des blessures graves, et l'impératif qui en découlait le poussa vers le bord de la Blessure.

La lumière rose de Sichi se déversait dans le trou, qui couvrait maintenant presque tout le sol du cratère. L'expansion n'avait pas été uniforme, avec des falaises et des crevasses saillant au milieu du sol fracturé. Des soldats najahn, l'auvent de toile et tout leur équipement gisaient éparpillés parmi les affleurements rocheux. Wax compta huit Najahn appelant à l'aide, leur armure captant la lumière de Sichi pour se démarquer au milieu de la roche sombre.

Combien y en avait-il eu avant le tremblement de terre ?

Wax secoua la tête. Aider ceux qu'il pouvait, pleurer ceux qu'il ne pouvait pas plus tard.

Cette aide, cependant, devrait venir par des moyens astucieux. Le trou avait englouti tout l'équipement des Najahn, laissant Wax avec peu plus que des fleurs brisées, des rochers et ses propres mains pour tirer les soldats de là. Et, bien sûr, les skars.

Kance passa au premier plan cette fois-ci, ces rafales offertes comme une possibilité. Quand Wax se concentra sur le soldat le plus proche, une femme couverte d'une cotte de mailles noir et or cabossée, affalée sur une pierre courbée et craquelée, le skar suggéra par des sensations plutôt que par des mots que le poids n'importerait pas. La pierre pourrait effectuer le sauvetage, pourrait les sauver, si seulement Wax la laissait chanter.

D'accord. Wax se détendit, laissant le skar de Kance inonder ses bras et ses jambes d'une fraîcheur légère comme une brise. L'air fut dévié loin de lui, une main invisible plongeant sous la soldate, dont les yeux s'écarquillèrent et dont la bouche laissa échapper un cri paniqué alors qu'elle s'élevait du rocher, volant au-dessus du bord de la Blessure pour atterrir avec un craquement sourd parmi les rochers.

— Aïe, marmonna Wax en grimaçant à la vue du corps gémissant. Plus doucement la prochaine fois ?

Le skar de Kance ne répondit pas, sauf pour pousser Wax à le libérer à nouveau, cette fois-ci visant un scribe, vêtu uniquement de robes najahnes, qui avait réussi à trouver des prises pour ses mains et ses pieds sur le côté opposé du cratère. Wax laissa le skar se déchaîner, sentit à nouveau le flux, et vit le scribe soulevé. Le pauvre homme se débattit en volant, mais cette fois le skar ne laissa pas tomber sa prise dans la terre, mais déposa l'homme en douceur sur une clairière effondrée.

— Beaucoup mieux, dit Wax, sa gorge le grattant alors qu'il parlait. Ses jambes tremblaient, premier signe que le skar de Kance puisait davantage son pouvoir en Wax que dans l'énergie résiduelle du dieu. Wax s'assit, regarda, et trouva le prochain soldat à sauver. Celui-là ensuite.

Trois autres s'envolèrent en succession rapide, laissant un autre trio dans la fosse. Ces trois-là étaient plus profonds, et bien que Wax ne l'admettrait pas à voix haute, il les avait laissés pour la fin car l'effort serait d'autant plus grand.

— Laisse-moi faire, dit Catya, marchant pas à pas lentement vers le côté de Wax. Elle avait récupéré sa canne, semblait saigner du côté, mais conservait malgré tout une vie féroce. Tu es presque à bout, n'est-ce pas ?

— Je pense que je peux en faire un de plus.

— Et si ton esprit faiblit ? Ils tomberont. Non. Donne-moi le skar.

L'Aegis avait raison. Avec le skar de Vis qui pansait encore ses coupures et soignait ses contusions, avec l'effort brûlé par la pierre de Whent pour sécuriser leur glissade sur l'éboulement, et à la fin d'une longue journée, les réserves de Wax s'amenuisaient. Comment Catya pouvait en avoir beaucoup plus, Wax l'ignorait, mais on ne disait pas non à l'Aegis.

Pas quand les skars étaient impliqués.

Wax libéra la pierre de Kance et la tendit à Catya. Autour d'eux, les Najahns sauvés se relevaient, venaient au bord du cratère et criaient des encouragements à leurs amis. Plusieurs autres commencèrent la pénible ascension sur le chemin en ruine, se dirigeant vers leur foyer et de l'aide. Cependant, les cordes et le sauvetage par ces moyens ne viendraient pas de sitôt, et attendre risquait des prises défaillantes, des pieds glissants, et...

— Tout ce temps, je n'ai utilisé les skars que pour une seule chose, chuchota Catya, insérant la pierre du dieu dans son collier. Maintenant, je vais voir ce que nous aurions pu faire.

— Laisse simplement le skar te guider, Catya, dit Wax. Il va...

— C'est là que tu te trompes, Vis. Regarde ce que les dieux ont fait quand on les a laissés à leurs propres desseins. Catya sourit en fermant les yeux, tendant sa main libre vers la fosse. Ils appellent à être guidés.

Wax s'attendait à ce que le vent se précipite autour de lui, mais l'air resta immobile. À la place, des cris alarmés vinrent des trois soldats najahns dans la fosse, tous en armure. Wax se pencha en avant, vit leurs prises rocheuses trembler. La roche elle-même, alors, commença à bouger autour de leurs mains, poussant les trois vers le haut d'un seul mouvement. L'air, maintenant, soufflait, mais pas de Catya elle-même. Au contraire, il montait d'en bas, gonflant en une large rafale, se couplant avec la terre en mouvement pour envoyer les trois soldats flottant jusqu'au bord du cratère, puis par-dessus. Les soldats trouvèrent de l'aide qui les attendait, des mains et des étreintes soulagées.

— Combiner deux skars, dit Wax. Je n'avais jamais essayé ça avant.

Catya ne dit rien, et quand Wax regarda dans sa direction, elle s'était assise à côté de lui. Sa peau semblait plus tendue qu'avant, et bien que ses yeux fussent ouverts, ses paupières étaient lourdes. Sa respiration légère.

— Tu dois y aller, chuchota Catya, ses mains cherchant son collier de skar.

— Y aller ?

— La Blessure. Ce qui a causé cela attend là-bas. Catya s'affaissa en avant et Wax la rattrapa. L'Aegis continuait à tâtonner son collier de skar. J'ai observé et attendu pendant dix ans. Nous ne pouvons plus, Wax. Les îles se brisent, et tu es le seul.

— Je suis le seul ? Wax suivit ses doigts, les pierres qu'elle libérait. Noctia, Kance. Le seul pour quoi ?

— Réunir les dieux. Défaire leurs erreurs. Nous sauver.

Les mots venaient par à-coups, à peine plus que des murmures. Les yeux de Catya trouvèrent ceux de Wax pour un seul battement de cœur lent, avant de se fermer une dernière fois. Un doux soupir s'échappa de ses lèvres, et l'Aegis n'était plus.

Tout comme Pan.

Wax serra les lèvres, leva un regard baigné de larmes vers Sichi, mais la lune ne détenait aucune réponse. Celles-ci ne viendraient que d'en bas, au fond de cette fosse, dans les Ténèbres d'En-Dessous. Catya avait essayé de lui donner deux skars, mais Wax savait quelque chose qu'elle ignorait.

Il déposa doucement la tête de Catya alors que les premiers soldats najahns remarquaient que leur Aegis ne se tenait plus debout. Leurs bottes métalliques martelaient le sol en direction de Wax, leurs premiers appels curieux traversaient l'air froid. Wax ne leur répondit pas tandis qu'il trouvait le fermoir, détachait le collier de Catya et le retirait.

Fatigué, déchiré, mais avec le devoir posé sur ses épaules, Wax attacha le second collier autour de son cou. Le premier soldat atteignit son côté, posa une question que Wax n'entendit pas par-dessus le bourdonnement des nouveaux skars dans son esprit. Possibilités, pouvoir, et espoir, s'il pouvait seulement les saisir.

Le Renouveau de Vis, le prochain Aegis, fit un pas en avant, puis sauta dans l'obscurité.

34
LA MORSURE DE LA JUNGLE

Grimper à un arbre à la tombée de la nuit, avec un corps meurtri et nourri de peu plus que d'insectes et de rosée, n'était pas une expérience que Quik souhaitait renouveler. Lui et Sawi s'étaient traînés de branche en branche, se passant la torche, et parfois en allumant de nouvelles lorsque le passage semblait trop difficile. Maintenant, ils étaient assis parmi les feuilles les plus hautes, la branche enflammée logée suffisamment haut pour que ses flammes dépassent la canopée. L'aube émergea, chassant les étoiles et la marque brillante du feu.

— Ça suffira quand même, dit Quik alors que Sawi murmurait une inquiétude. N'importe quel chasseur qui se respecte pourrait repérer ça depuis ces montagnes.

— Ou depuis cet avant-poste.

— Si les Najahn nous encerclent, Sawi, on pourra au moins en emporter quelques-uns avec nous.

Quik montra les dents en parlant, dans l'intention d'insuffler un peu de courage avec son sourire, et Sawi lui offrit un petit rire pour ses efforts.

— Poignardée par une vouge. Ce n'est pas comme ça que je pensais finir, dit Sawi.

— Je doute que tu sois la seule dans ce cas.

Un autre rire. Malgré leurs gorges desséchées, les deux compagnons reprirent leur échange d'histoires, remplaçant la branche qui brûlait par une autre au fur et à mesure qu'elle se consumait, tandis que la matinée s'étirait et que les nuages se dissipaient pour laisser place à une journée ensoleillée, apportant la première vraie chaleur du printemps qui s'installait.

Le premier signe que leur perchoir avait attiré l'attention vint d'un bruissement au Sud, de branches qui craquaient et de feuilles qui se brisaient. Un mauvais présage, qui fit froncer les sourcils à Quik tandis qu'il scrutait la cime des arbres et la verdure en contrebas à la recherche de signes révélateurs de ce qu'il savait déjà. Pourtant, la mort imminente fut confirmée par des ordres Najahn criés, confiants dans leur victoire.

— Encerclez l'arbre, vint le cri, accompagné de bruits de pas lourds et de cliquetis métalliques, les cottes de mailles qui devaient être chaudes et pesantes dans la jungle recouvrant toujours des soldats en sueur et fatigués.

Ils tenaient cependant leurs vouges levées. D'autres gardaient leurs chakrams prêts, des arbalètes chargées se mêlant aux disques tranchants sur leurs dos. Une concession aux nombreuses barrières de la jungle qui empêchaient un grand cercle d'atteindre une cible. Quik aurait souri en voyant les Najahn plier devant la volonté de son île en tout autre temps, mais il n'en trouva pas la force alors que lui et Sawi regardaient le violet et le noir encercler l'arbre qu'ils avaient choisi.

Les Najahn n'étaient pas venus totalement impréparés : des haches de bûcheron, sans doute prises à l'avant-poste, pendaient au dos de plusieurs Najahn, et ces soldats dégaignèrent leurs outils sur l'ordre de leur commandante, une femme élancée qui avait vu bien plus de saisons que Quik. D'abord, en quelques coups de hache rapides, le trio débarrassa la base de l'arbre des fougères et des jeunes pousses, gagnant de l'espace au prix de temps et d'énergie. Les autres soldats, apparemment peu inquiets de la menace que représentait le duo Vis, prirent place sur des pierres et de la mousse autour de la clairière. Les casques furent retirés des têtes en sueur et des conversations s'élevèrent, des éclats de colère se plaignant d'un ami familier caché dans la jungle : les Lira. Des embuscades nocturnes foudroyantes, la mort donnée et disparue avant que les Najahn ne puissent organiser une contre-attaque.

Pendant que son escouade se plaignait, la commandante interpella le duo avec des questions, auxquelles Quik et Sawi refusèrent de répondre.

— On devrait leur faire tomber des branches dessus ? demanda Sawi. Je pense qu'une grosse pourrait...

— Ça ne ferait que nous faire tirer dessus, dit Quik. Ces arbalètes pourraient nous tuer maintenant, mais ils se retiennent. Je veux savoir pourquoi.

— Tu ne demandes pas ?

— Tu crois que les Najahn vont nous le dire ?

Sawi haussa les épaules, le dos contre l'écorce.

— Ça ne coûte rien d'essayer.

Les cueilleurs. Toujours avec leurs idées étranges.

— Najahn, cria Quik alors que les porteurs de haches finissaient leur démolition, que voulez-vous ?

— Des informations, vint la réponse, dure et avide.

— Qu'aurions-nous à vous donner ? répondit Sawi. Nous ne sommes qu'une paire de chasseurs perdus.

La Najahn les foudroya du regard, une expression

comique vue de si loin. Comme si Quik était insulté par un moineau.

— Nous savons qui vous êtes. Votre piste n'était pas difficile à trouver, même si ce feu a révélé votre destination. La capitaine tendit la main et toucha leur arbre. Il y a eu plusieurs Najahn blessés par le Grand Sana la nuit dernière, qui ont juré que leurs assaillants étaient un jeune homme et une jeune femme, un duo qui correspond à votre description. Vos vies devraient être forfaites, mais pour un prix convenable, vous pouvez les récupérer.

— Et aller où ? demanda Quik. Vivre sous vos bottes à Kitaye ?

— Mieux vaut ça que la terre.

— C'est vous qui le dites, dit Quik, mais Sawi enchaîna sur ses mots.

— Vous nous laisserez descendre, si on vous donne ce que vous voulez ? demanda la cueilleuse Vis.

Ce regard noir se transforma en un sourire serein trop rapidement au goût de Quik, mais le chasseur réserva sa surprise pour son amie. Sawi, cependant, l'ignora. Quand la commandante accepta ces conditions, elle commença la lente et douloureuse descente.

— Et vous ? demanda la capitaine Najahn à Quik. Rejoignez-la, ou mes arbalétriers auront leur cible d'entraînement.

Ne laissant pas beaucoup de choix à Quik. Il accepta l'offre de la capitaine et commença sa descente. Il laissa la torche brûler là-haut – les feuilles humides et les branches vivantes garantiraient une extinction sans trop de dégâts, mais chaque seconde où ces flammes vacillaient signifiait... de l'espoir ? Quik irait-il jusqu'à dire qu'il en avait encore ?

La dure réalité se renforça alors qu'il suivait Sawi de branche en branche. Les Najahn semblaient se contenter d'observer leur descente, plus d'un des quatorze ou quinze soldats sortant des gourdes d'eau et du pain. Quik mesurait la distance à chaque descente, essayant de trouver la hauteur qui conviendrait le mieux pour faire un saut et atterrir sur l'un de ces soldats. Il n'avait pas d'arme, ses gantelets édentés étant posés sur le sol de la forêt en dessous d'eux, mais Quik avait du poids, et atterrir sur une tête non préparée pourrait...

Un sifflement se mêla au chant matinal de la jungle, assez vif et léger pour que les Najahn le manquent. Pour que Sawi et Quik le comprennent. La cueilleuse, plusieurs branches en dessous de Quik et à portée de la pointe d'une vouge, arrêta son ascension. Elle vacilla, les pieds nus en équilibre sur l'écorce. La capitaine Najahn fronça les sourcils.

— Continuez. Nous retournons à l'avant-poste avant la nuit, avec vous ou avec vos corps. La capitaine ponctua ses mots d'un léger geste vers un soldat près d'elle, et l'homme leva sa vouge. Vous n'aimerez pas ce que ces armes peuvent faire à un Vis.

En guise de réponse, Sawi leva les yeux vers Quik, ouvrit la bouche et poussa un cri. Ce cri fort et classique serait connu à travers toute l'île, ainsi que l'histoire qu'il racontait : le Vis poussant son cri n'était pas vaincu, il se tenait toujours debout pour son dieu.

Quik répondit par son propre appel, ces sons poussant les Najahn à poser leurs gourdes, leur pain et leurs fruits. Ils attrapèrent leurs armes lorsque les cris continuèrent, provenant maintenant des arbres, des fougères, de la jungle tout autour des Najahn.

Non pas que les voulges, les chakrams et les arbalètes importaient maintenant.

Des fléchettes sifflèrent, laissant un son à peine audible

dans leur sillage, découvertes seulement lorsque les tirs manqués rebondissaient sur les casques des rares Najahn qui les portaient encore. D'autres soldats portèrent la main à leur cou, à leurs joues où s'étaient plantées les fines aiguilles. Les Najahn se précipitèrent sur leur équipement, se levant seulement pour voir leurs compagnons d'armes, empoisonnés, chanceler et tomber. La capitaine tenta de crier un ordre, son appel s'interrompant brusquement lorsque Quik, cassant une branche, lança le bâton sur le casque de la Najahn.

La capitaine trébucha, jura et pointa un doigt accusateur vers Quik, un geste de condamnation rendu vain par l'émergence des Vis de la jungle. Des lances à plumes à la main, certains avec encore leurs sarbacanes aux lèvres envoyant une deuxième vague, les Vis s'avancèrent parmi les Najahn avec une efficacité impitoyable. À leur tête, comme elle semblait toujours l'être, se trouvait Deshiva, et sa lance trouvait aussi bien les victimes empoisonnées que celles encore debout. Les Najahn, avec plus de la moitié de leurs effectifs à terre en quelques secondes à cause des fléchettes, ne trouvèrent aucune cohésion, découvrant une mort sanglante. L'armure s'avéra peu utile contre les coups combinés de tous côtés, et au moment où Quik cassa une deuxième branche pour la lancer, l'escarmouche était déjà terminée.

La capitaine Najahn était toujours en vie, bien qu'un nez cassé et du sang s'écoulant d'une armure percée suggéraient que cet état pourrait être éphémère. Deshiva se tenait au-dessus de sa prise, les autres chasseurs dégageant l'espace autour de l'arbre pour que Sawi et Quik puissent descendre. Ce n'est qu'en atteignant le sol que Quik entendit le second ordre de Deshiva.

— Pas de prisonniers, lança la chasseresse. Ce qu'ils

nous ont fait, nous le leur faisons. Honorez Vis avec le sang des Najahn.

Sawi commença à protester, mais Quik arrêta la cueilleuse d'une main ferme sur son bras. Lorsqu'elle le fusilla du regard en retour, Quik fit un signe de tête vers leurs sauveteurs, vers les Vis qui avaient si bien mené cette embuscade. Vers les mains noueuses et les corps fatigués utilisant des couteaux de chasse pour mettre un terme définitif aux Najahn restants.

Ce n'étaient pas des chasseurs Mottilan ou Kitaye, jeunes et vigoureux. C'étaient des anciens, dont les jours de combat étaient loin derrière eux. Sans les fléchettes, sans la panique, les Najahn auraient pris ces rides et ces bras faibles et massacré les Vis.

— Si les Najahn savent que c'est tout ce qu'il nous reste, marmonna Quik, alors nous n'avons aucune chance.

Deshiva délivra la capitaine Najahn de sa vie, puis regarda le duo. — Je déteste à quel point tu as raison, Quik. Nous avons vu votre flamme dès qu'elle a été allumée, et cela nous a pris tant de temps parce que ces braves sont tout ce qu'il nous reste. Elle les examina tous les deux de haut en bas. — Vous pouvez marcher ? Courir ?

— Lentement, dit Quik.

— Alors nous irons lentement. Deshiva fit signe aux chasseurs de retourner dans les bois, vers les montagnes et Mottilan. — Les Najahn avancent. Nous avons perdu des éclaireurs, plus de chasseurs. Vous et Sawi êtes les seuls à être revenus du raid. Alors qu'ils se glissaient entre les fougères, se baissaient sous les branches, Deshiva continua à parler d'une voix monocorde. — La fin arrive vite pour Vis maintenant. Nous allons mourir, mes amis, mais ce faisant, nous créerons une légende.

35
ÉLYSÉE

La mort l'accueillit avec des fleurs dorées.

Sauf que tu n'es pas morte.

Maena accueillit la déclaration de son autre moi avec un refus immédiat, car où pourrait-elle être sinon dans le grand au-delà où toutes les âmes se rendaient une fois libérées de leurs enveloppes charnelles ? L'air, s'il y en avait, était immobile. Sur son dos, Maena ne sentait presque rien sous elle et ne voyait que ces fleurs dorées s'étendant au-dessus de sa tête, se recourbant pour masquer un ciel brûlé et sans nuages. Pas de chant d'oiseau, pas de bruit de vent au loin, pas de bourdonnement d'insectes.

Je ne serais pas là si tu étais morte, Maena. Je serais libre.

Cela, au moins, avait une once de logique. À moins que même la mort ne puisse guérir cette scission maudite qui avait hanté chaque instant de Maena depuis...

Un gémissement brisa davantage son illusion, et Maena se retourna, un mouvement sur son épaule droite qui provoqua une cascade de douleurs si intenses que les yeux de Maena se révulsèrent et que son souffle se coupa net. Sur le côté, les brûlures continuant à la tirailler, Maena vit une épave ensanglantée et trempée sur la boue humide autour d'eux : Haggerth.

Le Whent semblait écorché vif, ses vêtements de cuir déchiquetés et éparpillés en lambeaux autour de lui. La peau que Maena pouvait voir était couverte de cloques blanches et rouges, des brûlures qu'elle n'avait vues que lors de raids qui avaient mal tourné, quand une torche lancée trouvait du combustible et transformait un navire en un brasier infernal.

Des brûlures que Maena, à en juger par la douleur glaciale qui parcourait son corps, partageait sans doute.

Nous étions trop près des détonations. La caverne était trop petite. Nous avons payé le prix de la victoire.

L'avaient-ils ? Obtenu la victoire ?

Ami, l'ancienne Gardienne et la seule à avoir traversé les brumes et à en être revenue, avait mentionné être allée dans un autre monde. Deux fois. Ami avait vu le désastre balayé par les vents du dieu de Kance, et les mers argentées du royaume de Foti. Elle avait décrit une vaste altérité, où les attentes se pliaient de manière imprévisible, mais pas au point de la tuer sur-le-champ.

Ceci, ceci semblait identique.

Mais le domaine de quel dieu ? Et qu'est-ce que cela signifie ?

Maena ne pouvait répondre à aucune de ces questions, et avec ses jambes dans un état désastreux — Maena baissa les yeux sur elle-même et détourna aussitôt le regard, refusant de faire face à la dévastation qu'était devenu son corps — elle ne pensait pas pouvoir bouger de sitôt.

Quoi alors, on reste allongées là à mourir ?

Haggerth gémit à nouveau. Les yeux de l'homme étaient fermés. La conscience était une chose lointaine, et probablement une bénédiction, étant donné la douleur qu'il devait ressentir. Maena pouvait la sentir elle-même, un vide pas si éloigné. Elle pourrait fermer les yeux, se laisser aller au tourment, y succomber. Une délivrance qu'elle avait méritée, une qu'elle pourrait —

Non. Non, tu ne le feras pas. J'ai fait trop de chemin pour mourir ici.

Mais c'était ça le plan. Faire exploser les mines, effondrer la chambre, enterrer ces portes sous tellement de pierres que les démons ne pourraient plus jamais traverser. La mort avait été un prix accepté, ça avait été le marché.

Un prix pour le succès, peut-être. Comment savoir si nous avons accompli quoi que ce soit ? Notre mission reste inachevée.

Ou peut-être que son autre moi ne voulait plus s'aventurer dans l'au-delà.

Ces délibérations prirent fin lorsque le sol mou et humide sous elle trembla, quand une vague glacée passa sur l'épaule et la tête de Maena. Elle cracha, sa peau brûlante s'enflammant à nouveau au contact de l'eau, et regarda vers la source de l'ondée pour voir un lagon, une piscine, pas si différente de celle dans laquelle ils étaient tombés. Large, bleue, et recouverte de pétales de fleurs dorées provenant des plantes environnantes, l'eau ondulait avec de nouvelles arrivées : des rochers, des pierres et des gravats.

Tout arrive. Tout.

Les pierres bouillonnaient, des rochers qui n'avaient connu que l'humidité de la grotte pendant des siècles innombrables se frayant un chemin à travers le portail du dieu vers un nouveau monde. Des craquements et des claquements résonnèrent alors que les premières pierres se trouvaient poussées par d'autres arrivant derrière, un monticule grandissant au centre du bassin, repoussant l'eau vers l'extérieur. Une vague passa sur Haggerth, transformant un autre gémissement en une toux crachotante, les yeux du Whent s'ouvrant brusquement.

Il hurla.

Maena voulut faire de même, mais serra les dents, prit la douleur et la mit de côté. Une leçon de commandant, compartimenter les problèmes mineurs pour se concentrer sur le plus important, comme l'eau qui les entourait maintenant alors que roches et terre continuaient à rouler depuis le fond du bassin, depuis le portail.

La capitaine Rana reporta son attention sur ses jambes, maintenant immergées dans l'eau tourbillonnante et marécageuse. Elle essaya, les trouva vivantes, réactives, et faibles. Néanmoins, elles bougèrent quand elle le leur demanda, et avec ses bras, Maena se tira en avant, fit un mouvement vers les fleurs dorées au bord du bassin.

Haggerth hurla à nouveau.

Maena jeta un coup d'œil au Whent, son corps s'enfonçant dans les eaux qui s'étendaient. Les yeux de l'homme roulaient dans leurs orbites, son visage brûlé et meurtri tressaillant dans un mélange de terreur et d'agonie.

Tu ne peux pas l'aider.

Comme si Maena le voulait. Haggerth les avait mis tous les deux ici, avait jeté ses plans dans le chaos, et c'était aussi un mangeur de roche. Tout ce qu'elle devrait détester, et pourtant, il était la seule autre personne ici. Potentiellement, à part la voix brutale dans son esprit, le seul autre être humain dans ce monde étrange de fleurs.

Affronter l'inconnu seule était une peur plus grande.

Maena plongea de nouveau dans l'eau vers Haggerth. Elle éclaboussa, glissa, donna des coups de pied, et nagea à moitié alors que la terre qui s'élevait poussait des vagues sales sur son visage, dans sa bouche, ses oreilles, ses yeux.

Qu'était-ce de plus que de la douleur, plus d'irritation par rapport à ce qu'elle avait déjà enduré ?

Elle trouva d'abord les jambes de Haggerth, les saisit avec des mains scarifiées et crispées, et tira. La vague suivante aida Maena à s'asseoir, sa poussée lui permettant de se redresser sur ses cuisses et de tirer plus fort. Haggerth, crachotant entre deux cris, glissa vers elle, mais sa tête plongea sous la surface quand la vague passa.

— Assieds-toi, dit Maena, sa voix n'étant même pas un râle, pas un murmure, mais un grondement discordant.

Comme tout le reste, sa gorge aussi était brûlée.

Tu nous condamnes tous les deux.

Maena tira à nouveau, les jambes de Haggerth glissant devant elle. Elle déplaça sa prise sur sa poitrine, se pencha pour faire levier avec son épaule contre l'homme, et synchronisa son effort avec la vague suivante. L'eau qui passait l'aida suffisamment à amener le menton de Haggerth près de l'épaule inclinée de Maena, et elle glissa son bras derrière son cou, tirant le Whent hors de l'eau.

Cette fois, il toussa, ses yeux révulsés se posant sur elle tandis que Haggerth expulsait l'eau de ses poumons. Les vagues les battaient, bien que leur puissance et leur hauteur aient passé un certain zénith alors que la terre mouvante étendait trop loin la mare dans les fleurs. La colline de décombres qui s'écoulait devenait son propre risque, des rochers et des pierres brisées dégringolant tandis que de nouveaux morceaux de la grotte suivaient.

— Il faut bouger, dit Maena. Je ne peux pas te déplacer seule.

Haggerth n'essaya pas de parler, mais hocha la tête, roula en avant et se libéra de l'emprise de la Rana. Allongé sur la poitrine dans l'eau peu profonde, Haggerth nageait, se débattait, se tirait vers l'avant. Un spectacle lamentable, que Maena imita, pataugeant dans la boue et la vase jusqu'à ce qu'ils atteignent les champs de fleurs dorées. Toujours trempés, là, mais assez loin de la noyade, des rochers qui dégringolaient.

Saufs, vivants, à peine.

— Où sommes-nous ? demanda Haggerth plus tard.

Ils étaient allongés sur des fleurs froissées, brisées en un lit raide par leurs corps gesticulants. Un effort qui les avait laissés épuisés. Maena pensait qu'ils avaient dormi, mais le ciel semblait le même qu'auparavant, d'un jaune terne, sans nuages, sans soleil, ni Sichi. Le seul marqueur du temps qu'elle voyait était le tumulte continu qui se rapprochait toujours : le Dessous Sombre s'infiltrant dans ce monde.

Cela continuerait-il ? Toutes les Sept Îles pourraient-elles tomber à travers les particules dans cet endroit étrange ? Ou les dieux avaient-ils fait leur nouveau monde tellement plus grand que l'ancien pour assurer la destruction écrasante de celui-ci ? Maena avait-elle simplement assuré que ce royaume mourrait d'une mort différente de celle qui lui était déjà prescrite ?

— Maena ? demanda Haggerth. Tu sais ?

Elle tourna la tête, regarda Haggerth. — Je suis aussi perdue que toi.

L'homme émit ce qui semblait être un rire rauque. — Alors nous sommes morts.

— Pas encore.

Cela lui valut un regard plus perçant, bien que marqué par la douleur. — Pourquoi ? Pourquoi me sauver ? Te sauver toi-même ? Nous sommes ruinés, perdus. Les yeux de Haggerth se fermèrent. — J'ai mal partout.

— Parce que nous ne savons pas.

— Ne savons pas ?

— Ce que nous pouvons faire, encore.

Un autre rire rauque. Haggerth frissonna, puis tomba dans le silence. Maena se retourna vers le ciel, ces fleurs dorées. L'agonie la frappa à nouveau, et elle sombra.

Le toucher la réveilla avec euphorie. Toute la douleur, toute la peur, l'émerveillement, disparurent en un instant, remplacés par un bonheur béat. Maena afficha un large sourire, les lignes de cicatrices le long de son visage se fendant sans lui causer la moindre douleur. Et pourquoi le devraient-elles ? Les fleurs étaient si belles, plus brillantes que les pièces les plus propres. L'air et le ciel aussi purs que la rivière la plus limpide. Qu'elle soit ici était un miracle, c'était-

Elle s'étouffa, haletante. Le toucher se retira et avec son absence revint le pire. Le sourire s'évanouit, la douleur de son effort persistant. Maena s'assit, la rage et la confusion se mêlant au retour de la douleur.

La source. La source de ce bonheur, où ?

Elle la trouva sur sa droite, la fixant, bien qu'avec rien que Maena puisse appeler des yeux. D'un blanc laiteux, comme un nuage dans ses replis duveteux, la créature s'attardait à ses côtés. Presque aussi haute que les fleurs, deux fois plus large que Maena elle-même. Alors que Maena regardait, cette pureté se fissura, des lignes ambrées courant autour des bosses et des boules oblongues composant la chose, se séparant et se rejoignant ici et là.

Un démon.

Oui, mais de quelle sorte ? Alors que Maena fixait, un tentacule émergea du corps duveteux et s'approcha d'elle. Maena essaya de reculer brusquement, mais un corps flétri, affamé et épuisé s'avéra incapable, le tentacule touchant sa joue.

De nouveau l'extase, l'absence de tous les maux. Même l'esprit divisé de Maena tomba dans le silence.

Jusqu'à ce que ce tentacule s'éloigne.

— Encore, dit Maena doucement, les larmes commençant à peine à se former dans ses yeux. Encore, s'il te plaît.

Le démon, qu'il la comprenne ou non, exauça son souhait. Encore et encore et encore. Pendant combien de temps, Maena ne le savait pas, mais le démon la sauva du désespoir, et quand elle refit surface, les fleurs avaient disparu, cachées derrière davantage de ces miracles duveteux. Ils s'entassaient dans toutes les directions sauf une, où les rochers toujours montants culbutaient, se brisaient et tombaient.

Même ainsi, Maena aurait accepté une telle fin, se serait abandonnée à une mort délivrée avec un pur bonheur et de l'amour. Elle l'aurait fait, si ce n'était ce qui commençait à entacher le ciel, apparaissant d'abord par uns et par deux, puis en essaims trop grands pour être ignorés, même avec toutes ses blessures tenues en échec par la béatitude.

Un démon avait divisé son âme, un démon fait de vent tourbillonnant et d'obscurité. Maena n'en avait jamais vu de semblable auparavant, ni depuis, jusqu'à ce moment précis, jusqu'à ce qu'ils recouvrent sa glorieuse tombe.

36
ÉPÉE IMMORTELLE

L'ordre de Gladdring aurait dû tomber comme un coup de massue parmi les soldats de Kance. Les armures étincelantes auraient dû se retourner d'un seul mouvement et embrocher l'ancien chef Najahn pour avoir conseillé la capture de leur reine. Le fait qu'ils ne l'aient pas fait, que des regards à la fois vides et vicieux se soient fixés sur Eujo, indiquait à Svarde que des forces d'une autre nature étaient à l'œuvre.

Il n'y a pas si longtemps, le barbare serait resté perplexe. Même parmi les aventures avec Catya, la magie la plus puissante qu'il ait vue provenait de quelques démons, ou lorsque Catya, distraite, laissait échapper un caprice de skar. Maintenant, Svarde comprenait que Les Sept Îles étaient loin d'être un endroit sensé, que les dieux n'avaient pas créé un foyer miraculeux, mais avaient plutôt construit une cage chaotique et aléatoire pour leurs fragiles créations.

Survivre à cette erreur divine dépendait des bonnes personnes, et, d'après le trajet en ascenseur, Eujo et ses Gardiens étaient de bonnes personnes.

Gladdring, Svarde le savait avec une certitude morbide, était un Najahn assoiffé de pouvoir qui devait être arrêté.

Alors le barbare fit exactement cela : laissant tomber de son épaule la grande lame noire qui avait jadis percé le cœur d'une déesse pour la saisir fermement. Les soldats de Kance commencèrent à encercler Eujo et ses Gardiens, une manœuvre destinée à piéger le trio contre le trône de Kance, sans rien d'autre derrière eux que ces fenêtres de verre et un ciel nocturne infini.

Svarde baissa son épaule morte, la peau grise couverte de cicatrices qui n'avaient plus d'importance, qui ne le faisaient plus souffrir de batailles depuis longtemps terminées, et chargea. Il arriva par la gauche, entrant en contact avec un soldat de Kance inconscient et le projetant — homme ou femme, Svarde ne pouvait le dire et s'en moquait éperdument — sur le guerrier suivant dans la ligne. L'armure se fissura, un cri surpris s'éleva lorsque le bras droit du soldat s'écrasa contre le flanc de son partenaire. Des rapières tombèrent, des soldats trébuchèrent, et Svarde continua sa charge, piétinant sa première victime et s'écrasant sur la deuxième.

La lame n'avait pas encore frappé.

Le deuxième soldat, déséquilibré, n'eut pas le temps de réagir à Svarde et tomba comme le premier. Le pied droit de Svarde atterrit sur le casque du garde, broyant le nez et les os en dessous alors qu'il fonçait vers le troisième. Les rangs s'épaississaient ici, avec un quatrième s'approchant par la droite de Svarde, orientant sa rapière pour lui lacérer le dos. Le barbare accepta l'égratignure pour maintenir son élan, s'écrasant contre le troisième soldat qui pivotait et l'envoyant voler dans la foule de Kance. Avec deux corps brisés derrière lui, une lame de rapière se retirant de son épaule droite, la charge de

Svarde faisait enfin face à une force qui comprenait un peu mieux la situation.

Avec des armes bien trop fines.

La lame dentelée balaya la poitrine de Svarde, un coup à deux mains, mortel, qui fendit les rapières, les armures de Kance et la peau en dessous sans s'arrêter. Le rouge jaillit, la lumière étincela alors que les glorieux métaux de Kance volaient dans l'air éclairé par les lanternes, et lorsque Svarde acheva son mouvement, le nombre de morts devant lui avait doublé.

D'autres rapières se précipitèrent pour combler le vide. Par-dessus leur cliquetis, Gladdring réorienta l'assaut, divisant ses forces en deux. Un homme contre une douzaine aurait dû être une décision rapide, malgré l'attaque surprise.

Comme Gladdring se trompait.

Svarde n'avait aucune idée de ce qu'il advenait d'Eujo, Bliss et Torny. Son monde entier n'était qu'une bataille éclatante et mortelle. Les rapières s'abattaient, certaines suivies de gantelets qui frappaient, toutes soutenues par ces regards vides. Svarde les affrontait toutes, maniant sa lame moins avec l'habileté d'un épéiste qu'avec l'abandon sanglant d'un animal enragé.

L'emprise de Gladdring sur l'esprit des soldats s'effilochait avec chaque nouvelle blessure, les cris et la panique ramenant les soldats que Svarde frappait à un semblant de leur ancien état, une cruauté supplémentaire pour trop de derniers instants. Ces mêmes appels tombaient dans l'abîme qui était la préoccupation de Svarde, ses pensées, ses émotions, sauf une concentration totale sur le massacre devant lui et ceux sauvés par le carnage.

Les soldats tombaient les uns après les autres. Balayages, coups d'estoc, entailles, piétinements, tous trouvaient des cibles faciles et les abattaient. Svarde récoltait des répliques en retour, bien qu'il les ignore comme il l'avait fait tant de fois auparavant. Jusqu'à ce que, couvert des résultats de son œuvre, Svarde se retrouve seul dans la salle du trône de Kance. Cinq ou six soldats de Kance restaient debout, l'encerclant. D'Eujo, Bliss et Torny, il n'y avait aucun signe, bien qu'une fenêtre brisée derrière le trône marquât une possibilité.

— Gardien, dit Gladdring, le Tenet se tenant avec une main lourde sur le bras d'un soldat. Comment peux-tu encore tenir debout ?

Svarde, du sang coulant dans ses yeux, essuya des entrailles indéfinissables de ses lèvres. Il pointa la lame vers Gladdring.

— Ce qui importe, c'est que toi, tu le sois encore, répondit Svarde. À travers toutes les îles, Gladdring, une loi est constante : les traîtres vont devant leurs dieux pour être jugés.

Gladdring eut un rire méprisant.

— Et qui désigne les traîtres, Svarde ? Toi ? Cette Reine, qui est probablement morte et brisée loin en bas ?

Gladdring se redressa.

— J'essaie de sauver Les Sept Îles. De les unir et de vaincre les démons avec la seule arme dont nous disposons. Ta présence ici, tout ce que tu as fait, ne fait que nous condamner tous.

— Épargne-moi tes belles paroles. Si la Reine est morte, alors quelqu'un d'autre prendra le trône après que j'aurai tranché ta tête.

Gladdring soupira, semblant sur le point de recommencer à parler, mais Svarde en avait assez entendu. L'épée pesait lourd dans ses mains. Les skars de Vis et de Noctia faisaient rage autour de sa tête, leur mélange particulier s'efforçant de maintenir les os immortels de Svarde intacts, une compétence durement mise à l'épreuve par les blessures qu'il avait reçues. Svarde ne ressentait pas ces coups comme de la douleur, mais comme des étirements douloureux, comme des doigts incapables de tenir l'épée si fermement, comme une jambe gauche manquant d'élan pour charger.

Le barbare boita par-dessus un corps, puis un autre, se rapprochant de Gladdring. Une rapière trouva son dos, suivie d'une autre. Un troisième soldat tenta de se mettre en travers du chemin de Svarde et le barbare l'abattit d'un seul coup croisé, la rapière de Kance n'étant guère plus qu'un brin d'herbe sur son passage. Gladdring attendait, observant avec des yeux vitreux et un front trempé de sueur.

— J'ai été si souvent proche de la mort, dit Gladdring, repoussant le soldat qui le soutenait pour se tenir seul face à Svarde. Je n'irai pas à Noctia de ta main.

— Dis ce que tu veux.

Svarde commença à brandir sa lame, mais sa volonté de le faire s'évanouit. La rage déterminée mourut, tandis que les paroles antérieures de Gladdring trouvaient un nouvel écho. Le Tenet avait raison : les îles se fracturaient. Quelqu'un devait les unir, sinon pour détruire les démons, du moins pour les accepter. Gladdring comprendrait mieux que Fassle, que la jeune et inexpérimentée Eujo, comment intégrer les marcheurs de feu dans un monde qui n'était pas prêt pour eux. Gladdring était peut-être marqué par un passé difficile, mais Svarde l'était tout autant.

Cela ne le rendait pas inapte à être le héros dont les îles avaient besoin.

— Lâche ton épée, dit Gladdring d'une voix faible, épuisée. Le soldat qu'il avait repoussé revint maintenant alors que les genoux du Tenet fléchissaient. Celui-ci, cependant, ne s'agrippa pas aux bras du soldat, mais garda ses deux mains dans les poches de sa robe. Abandonne cet assaut insensé.

— Je ne peux pas la lâcher, répondit Svarde, bien qu'il abaissât la pointe de l'épée vers le sol. Ma vie est liée à cette lame.

— Vraiment ? demanda Gladdring, les yeux papillonnants. Alors vous pouvez tous deux servir les îles une dernière fois. Suis la Reine, Svarde. Assure-toi qu'elle ne tombe pas seule.

Svarde hésita, regardant vers le verre brisé. L'ordre n'avait pas beaucoup de sens, mais après tout, Svarde n'avait jamais été connu pour ses aptitudes intellectuelles. Si Gladdring était le meilleur espoir des îles, alors Svarde devait faire ce qu'il disait.

Cette acceptation passive porta Svarde à travers la salle du trône jusqu'à la fenêtre brisée. Il boita jusqu'au bord, regardant dans la vaste nuit. En bas, Kance scintillait, lanternes et torches marquant une cité et une île en alerte. Sichi enrobait les navires de sa lueur rosée. Un vent froid séchait le sang sur les joues, les jambes et la poitrine de Svarde.

— Saute, Gardien, appela Gladdring, dans un râle à peine audible.

Ce que le héros exigeait, Svarde devait le faire. Quelque part là-bas se trouvait la Reine, et Svarde la trouverait.

Elle ne tomberait pas seule.

37
DESCENTE

Au cours de sa vie, Wax aimait à penser que la plupart de ses idées avaient été meilleures que celle-ci : sauter dans la Blessure était une erreur.

L'obscurité profonde l'enveloppa tandis que son estomac lui remontait dans la gorge. L'air qui défilait trahissait la présence de nombreux surplombs mortels et de rochers saillants qui tourbillonnaient maintenant autour de lui, promesse d'une mort certaine dans quelques instants. Un destin retardé par un appel paniqué au skar de Kance, à ses vents soudains qui ralentissaient la chute de Wax. Whent aida aussi, en modelant un atterrissage en douceur à partir d'un rocher dur sur le côté, permettant à Wax de toucher terre sans complications fatales, juste avec une fatigue extrême. Une épuisement brutal et total.

Le Renouvellement de Vis n'avait ni nourriture, ni eau, juste un léger bourdonnement résiduel du vin que Wax avait partagé avec Catya et l'étincelle salvatrice mourante qui avait provoqué le saut en premier lieu. Tout ce qu'il y avait gagné était un perchoir solitaire au fond du gouffre, avec la lueur de Sichi loin au-dessus. Quelques Najahn curieux l'appelèrent, mais Wax ne prit pas la peine de répondre.

Il ne retournerait pas en arrière.

Il n'allait pas non plus plonger de ce refuge et risquer à nouveau les skars. Pas avant un moment, en tout cas. Les pierres avaient épuisé leurs maigres réserves, et leurs pulsions brutales suggéraient qu'elles voleraient ce dont elles avaient besoin à Wax à la prochaine occasion, transformant ses jambes tremblantes en pure gelée, ses bras fatigués en nouilles molles. Quelque chose que Wax ne pouvait pas se permettre, pas s'il...

Quoi, pas s'il quoi ?

Wax s'assit sur la pierre dure, rassembla ses robes en lambeaux de Noctia autour de lui, et fixa les géodes scintillantes et la terre brune et raide autour de lui. Une fois de plus, un ami mourant — Wax décida là et maintenant que Catya faisait partie de ceux-là — lui avait donné un rêve sans la moindre idée de comment le réaliser. Arrêter les démons, sauver les îles. Wax avait les skars maintenant, en avait plusieurs de chaque, alors ça devrait être simple, non ?

Tous les Renouvellements à travers l'histoire des îles, remontant jusqu'à Demion, n'avaient pas trouvé le moyen d'arrêter la terreur, de changer le cycle. Pourquoi Wax, un jeune homme qui n'avait même pas obtenu le statut d'adulte sur Vis, serait-il capable de changer le cours des choses ? Que faisait-il même ici, alors que Fassle attendait là-haut ? Wax aurait pu donner les pierres à cet homme, laisser aux Najahn la responsabilité, et rentrer chez lui auprès des mangues et de Sana qu'il aimait.

Ou retrouver Eujo. Le visage de la Reine, dur et déterminé, flotta sur l'un des murs de pierre sombre à proximité. Elle avait entraîné Wax dans cette course autant que quiconque, lui avait donné un but précis après la motivation nonchalante de Wax. Elle serait en train de se battre sur Kance maintenant, luttant pour sauver son peuple. Comme Wax, et elle ne douterait sûrement pas d'elle-même. Même si Eujo ne connaissait pas le chemin, ou comment faire, elle essaierait tout ce qu'elle pourrait jusqu'à ce que Kance soit en sécurité.

Bliss serait à ses côtés aussi. La sœur de Wax, toujours prête pour un combat. Elle avait affronté les démons seule, avait déjà sauvé la vie de Wax trop de fois. Jamais une question dans ses yeux. Si elle avait été au bord de la Blessure avec Wax, elle aurait probablement sauté après lui, trouvé un moyen d'escalader ces rochers et de le suivre.

Torny, bien sûr, serait juste à côté de Bliss. La bandit, une héroïne aussi improbable que Wax lui-même, et pourtant elle les avait accompagnés à travers des combats et des périls auxquels aucun voleur n'aurait pu s'attendre, et elle aiguisait encore ses dagues pour la suite. Elle avait volé ces âmes de Tamas, tout ça parce que Torny avait prêté serment, tout ça parce que la bandit aimait si clairement la sœur de Wax.

Son frère, lui aussi, avait abandonné sa place de chasseur sur Vis. Laissé derrière lui tous ceux qu'il connaissait pour essayer d'obtenir l'aide des Najahn pour Wax. Cet effort avait dû échouer, car Wax avait vérifié, n'avait trouvé Quik nulle part sur Noctia dans les jours entre son arrivée et maintenant, mais quand même, où qu'il soit, Quik s'efforcerait de rendre les îles meilleures. Il n'abandonnerait pas.

— Je suppose que ça répond à la question, marmonna Wax pour lui-même. Pas question d'abandonner maintenant.

La détermination, c'était bien beau, mais les intentions n'offraient pas d'elles-mêmes un chemin à suivre. Catya avait suggéré une plongée jusqu'au fond de la Blessure, jusqu'à la source apparente des démons. Comment Wax y arriverait-il ?

Un plongeon, à l'aveugle, dans le gouffre se terminerait avec Wax écrasé et brisé sur quelque rocher. Mais peut-être y avait-il un autre moyen ?

Le Vis rampa jusqu'au bord de son promontoire, utilisa la lueur scintillante de Sichi pour regarder autour de lui. Il trouva l'euphorie, un peu de honte, et beaucoup d'espoir : des échelles de corde et des piquets pour les tenir s'étendaient sur toute la longueur de la Blessure. Beaucoup étaient effilochées, éparpillées, ou semblaient à peine tenir après les tremblements de terre, mais elles offraient une possibilité de descente pour quelqu'un d'agile.

Du moins pour quelqu'un d'assez fou pour essayer.

Noctia bourdonnait de la mission de Whent vers le Dessous Obscur, et Catya avait mentionné le camp qui attendait dans les profondeurs. Le chemin de Wax s'ouvrait devant lui, tout cela grâce à cet effort, lancé, selon la rumeur, par le même barbare que Wax avait trouvé sur Vis. Svarde ? N'était-ce pas le nom de cet homme ?

Une longue chaîne. Presque trop longue pour être autre chose que le destin.

Wax hocha la tête pour lui-même sur le promontoire, évalua le premier saut, l'échelle qu'il saisirait. Avec un peu de soutien des skars, il pourrait avancer rapidement. Foti pourrait faire jaillir une flamme pour donner à Wax assez de lumière pour faire les sauts...

Les sauts vinrent vite et facilement, les prises fermes, les cordes solides. Certes, certains des piquets se détachaient brusquement, mais Wax gardait le skar de Kance bouillonnant proche et clair, l'aidant à se balancer d'une chute soudaine vers la sécurité. Foti faisait jaillir des éclairs selon les besoins, et Wax laissait des taches de mousse fumantes dans son sillage. Le réseau commercial de Noctia et Whent s'avéra être plus que de simples échelles de corde aussi, avec des camps approvisionnés jalonnant la distance toutes les quelques heures. De l'eau, de la nourriture l'attendaient là, ainsi que des sacs de couchage. Les tremblements de terre avaient détruit des parties de tout cela, mais Wax put en récupérer assez pour survivre.

La lumière du soleil lui donnait le jour et la nuit, visible en légers rayons au centre de la Blessure, et Wax utilisait cette lueur pour voyager plus vite, sautant et rebondissant comme il l'aurait fait de fougère en fougère chez lui. Ses chaussures ravagées amortissaient juste assez les atterrissages pour que Wax puisse continuer, le skar de Vis s'occupant des éraflures, des ongles cassés et des coups occasionnels de la tête, du coude ou du genou contre la pierre inflexible.

Çà et là, Wax découvrait les raisons de ces camps, et peut-être une victime de la surface de Noctia. Des équipements froissés et plus d'un corps brisé gisaient parmi les rochers, tout sauvetage étant à la fois impossible et inutile. Wax offrait néanmoins une prière à Vis pour chacun d'entre eux, ces âmes courageuses ayant entrepris un voyage périlleux à un moment inopportun.

Pires que ces visions effroyables étaient les séismes. Ils se poursuivaient de manière aléatoire, réveillant Wax de ses courtes siestes ou menaçant de le précipiter de son perchoir. Il s'agrippait à la roche lorsqu'ils frappaient, utilisant parfois le skar de Whent pour se maintenir stable, pour faire jaillir la pierre au-dessus de lui afin de se protéger des débris qui tombaient.

Quelle que soit la cause de ces tremblements, ce devait être le premier objectif de Wax. Arrêter ce chaos, puis s'occuper des démons. En supposant qu'il en soit même capable.

Le skar de Whent s'éleva à cette pensée, débordant d'une confiance manifeste tandis que Wax s'accrochait à une échelle étroite entre deux virages serrés de la Blessure. Quoi qu'il arrive, semblait dire le skar, Whent pouvait modifier la terre pour répondre aux besoins de Wax.

Une confiance sans limites était de mise, et Wax l'embrassa pleinement.

La fin de la Blessure apparut par vagues, avec davantage de rebords portant les marques du savoir-faire de Whent. Des points de largage pour l'équipement, la nourriture et les marchandises échangées subsistaient, avec des chariots et des rails rudimentaires servant de transport rapide. Tous étaient désormais désertés, et certains s'étaient effondrés sous les tremblements incessants. Les postes abandonnés, sur lesquels Wax se posait avant de continuer sa descente — la Blessure offrait un chemin direct, qui sait où ces tunnels secondaires pouvaient mener — étaient assez curieux, mais plus inquiétants encore étaient les sons qui résonnaient en contrebas.

Des chocs métalliques, des cris et parfois un grondement surnaturel. Wax, son énergie faiblissant après la descente de la journée, décida qu'il ne pouvait pas essayer d'établir un dernier campement. Difficile de dormir quand une bataille fait rage à proximité, même si continuer signifiait qu'il pourrait se retrouver dans un combat qu'il ne pourrait peut-être pas terminer.

La fin de la Blessure se présentait sous la forme d'une pointe rétrécie, un trou à peine plus grand que Wax lui-même. Il s'installa sur le sol poussiéreux au bord du trou, regardant en contrebas un dôme vaste et lisse. Rien de naturel là-dedans, y compris ce qu'il voyait à l'intérieur :

une silhouette imposante et silencieuse, vêtue d'une armure étrange, était assise sur un trône gigantesque. Autour d'elle s'agitaient des corps de monstres et d'hommes, certains se tordant dans une agonie rouge, d'autres portant des coups de hache ou de griffe les uns contre les autres.

Des démons et des combattants de Whent, et ces derniers semblaient en difficulté.

Wax compta deux Whent encore debout, couverts de cuir, barbus et ensanglantés, manœuvrant dos à dos pour tenir en respect un trio de démons grondants, semblables à des chiens. Des crinières écarlates coulaient sur ces créatures canines, leurs longs museaux abritant des crocs encore plus longs et claquants. Les démons poussaient la paire de Whent vers le fond du dôme, où un mur marquerait leur dernier combat.

Catya avait envoyé Wax ici pour sauver les îles. Quelle meilleure façon de commencer que par un sauvetage ?

Murmurant une rapide prière à Vis, Wax donna libre cours au skar de Kance et se jeta dans la bataille.

38
COMBATTRE OU FUIR

Devenir une légende, comme l'avait dit Deshiva, allait se produire plus vite que prévu.

Quik et Sawi étaient revenus, grâce à une lente ascension à travers la jungle et les montagnes — les Najahn encombraient la route principale et son viaduc — moins d'un jour avant l'arrivée de la force indomptable noire et violette, cliquetante et en marche. Des éclaireurs mottilans, à peine des enfants selon les normes habituelles de Vis, avaient trouvé Deshiva alors que leur groupe trébuchait sur le flanc verdoyant et humide de la montagne vers les sentiers escarpés surplombant la ville, et l'avaient forcée à abandonner le duo, ainsi que les anciens les plus doués avec leurs sarbacanes.

Ce qui laissa Quik et Sawi se frayer un chemin hasardeux devant des maisons fortifiées avec des archers jeunes et vieux, mais peu entre les deux, aux fenêtres. Des fosses à pieux recouvertes de feuilles parsemaient l'unique route descendante, tandis que les sentiers latéraux avaient été jonchés de pierres tranchantes, de branches empoisonnées et de tant de concoctions désagréables que Quik se sentit sacrément heureux qu'aucune guerre ouverte n'ait jamais éclaté entre les deux villes de Vis.

Kitaye avait peut-être l'avantage du nombre et un atout dans un combat de jungle, mais il aurait des cauchemars à propos de tous ces pièges ingénieux.

Revoir Annalyse dissipa ces tourments, du moins pour le moment. Elle continuait à fabriquer des armes et des armures de fortune pour les défenseurs mottilans, bien qu'elle ait depuis longtemps épuisé les skars à insérer dans ses créations. À la place, elle appliquait la science whent pour rigidifier les brassards, isoler les tissages avec des plaques de rebut pour émousser le tranchant d'une lame, et ajouter une pointe plus acérée aux têtes de flèches pour qu'elles aient une meilleure chance de percer les défenses najahniennes.

— Pas que ça va changer grand-chose, dit Annalyse en marchant avec Quik et Sawi vers la plage, où de simples abris de chaume servaient d'infirmeries pour tout Mottilan ayant besoin de soins médicaux. De fines couvertures étaient posées sur le sable, beaucoup occupées par des éclaireurs, des chasseurs et ceux blessés en élaborant la résistance mottilane. Un tableau sombre, des visages tirés sans la détermination éternelle de Deshiva. C'est un combat aussi voué à l'échec que tous ceux que j'ai vus.

Ni Sawi ni Quik ne répondirent à ces mots, car que pouvaient-ils dire ? Au lieu de se vautrer dans le désespoir comme tant d'autres autour d'eux, Quik prit une direction différente, suggérée par les paroles d'Annalyse.

— Alors pourquoi restons-nous ? demanda le chasseur.

— Parce que nous sommes sur une plage sans nulle part où aller, répondit Annalyse. Ou ce n'est pas évident pour toi ?

Quik fit un signe de tête à Sawi alors qu'ils s'installaient sur une paire de couvertures. Une jeune fille leur apporta deux noix de coco remplies de lait sucré, un merveilleux antidote à leurs gorges desséchées et leurs ventres remplis d'insectes. Juste une gorgée, couplée à la fraîche brise océanique, aux vagues revigorantes, permit à Quik d'ignorer les gémissements des blessés autour de lui et de se concentrer sur l'idée qui commençait à germer.

— Sawi, demanda Quik, tu es venue par les tunnels, n'est-ce pas ? Le Dark Below ?

— Guidée par des éclaireurs whent, oui. Ce n'était pas facile. Sawi commença à secouer la tête alors que Quik maintenait son regard, la femme analysant son idée. Si tu penses que nous devrions dire à toute cette ville de se réfugier dans les grottes, alors...

— Pas toute la ville, dit Quik, se tournant maintenant vers les navires dans le port de Mottilan. Des bateaux de pêche et quelques navires marchands, trop peu pour transporter tout le monde ici et donc écartés comme option. Juste ceux qui ne peuvent pas fuir sur ceux-là. Nous pouvons emmener les anciens, les très jeunes, à Kance. Gladdring est là-bas, il les acceptera.

— Le fera-t-il ? demanda Annalyse. Gladdring ne fait jamais rien qui ne lui donne pas un avantage.

— Il l'adoptera. Des insulaires âgés et des enfants ? Gladdring pourra dire aux îles que les Najahn essaient de les assassiner. Laissons Fassle convaincre Whent, Tamas et Foti qu'ils devraient envoyer leurs soldats et leurs navires pour se battre pour ça.

Sawi plissa les yeux. — Tu paries gros sur cette idée, Quik.

— Tu as vu ces pièges, Sawi ? Combien de Najahn arrêteront-ils avant que tout le monde ici ne se fasse embrocher sur le tranchant d'une vouge ? Quik fit clapoter le lait de coco en balançant le bol vers la ville. Deshiva peut dire ce qu'elle veut sur le fait de mourir en légende. Je préfère être en vie.

Quik n'avait pas été le premier à suggérer la fuite par bateau, mais l'ajout du voyage de Sawi à travers les tunnels en faisait une idée que Deshiva pouvait accepter. Annalyse aida Quik, soutenue par le skar personnel vis de la scientifique et ses énergies régénérantes, à présenter le plan à ce qui restait du conseil dirigeant de Mottilan ce soir-là, la dernière nuit avant que les Najahn ne soient attendus pour commencer leur assaut pour de bon. Des feux de cuisine avaient été repérés non loin de la route de la falaise, et plusieurs éclaireurs étaient revenus marqués par des carreaux d'arbalète empennés de noir.

— Nous n'avons plus de temps, dit Deshiva, fusillant du regard autour de la large table de pierre, la pièce bondée de gens fumant la pipe. Elle existait comme une fureur constante, chaque mot prononcé avec un feu couvant. Que ce soit son moment, ou que Deshiva ait simplement décidé d'en faire le sien, Quik ne pouvait s'empêcher d'être emporté par son aura. Le plan de Quik nous offre la meilleure chance de nous en sortir vivants, du moins pour certains d'entre nous. Ceux d'entre nous les plus aptes resteront et se battront aussi longtemps que possible pour gagner du temps. Une fois les navires partis, nous nous glisserons vers les grottes. Sawi, c'est là que tu seras, à attendre pour nous guider.

— Nous guider où ? demanda Sawi. Même si...

— N'importe où, Sawi. Si le Dark Below s'étend entre toutes les îles, alors nous irons vers Kance. Au nord, du mieux que nous pourrons.

Sawi semblait sur le point de protester davantage, mais Quik l'arrêta d'un geste de la main. Il y avait trop de visages douteux et nerveux dans la pièce. Trop de gens qui avaient besoin qu'on leur raidisse l'échine, pas qu'on l'amollisse.

— C'est un risque, dit une femme âgée, mais je ne vois pas d'autre chance. Je vote pour que nous y allions. Elle retroussa une lèvre. De plus, si nous maintenons les combats hors de la ville, il y a une chance que nous ayons même des maisons où revenir.

Des murmures s'élevèrent à ce moment-là, plus d'une suggestion surgit pour brûler Mottilan, épargner aux Najahn tout pillage victorieux. Cette idée fut abandonnée lorsque Deshiva répéta l'urgence de l'évacuation. Tout ce qui n'aidait pas à mettre des provisions et des gens sur ces bateaux ne valait pas la peine d'être fait, et avec cet ordre et un coup de lance de Deshiva, la réunion prit fin.

Et la première retraite de Vis commença.

Quik attendait dans les buissons. Ses gantelets, remis en état de marche, reposaient sur ses poignets. De l'autre côté se trouvait une maison de deux étages construite en terre séchée et en pierres empilées. Sawi, dans l'une de ses histoires lors de leur nuit dans l'arbre, avait mentionné avoir fui une maison semblable autrefois. Elle et Annalyse attendaient à l'entrée du Monde d'En-Bas, loin le long des étendues nord de la plage. Derrière lui, voile après voile se déployait et filait vers le Nord à toute vitesse. Les navires de Najahn allaient probablement venir intercepter ce qu'ils pouvaient, bien que leurs prises ne seraient pas des guerriers ou des trésors, mais des gens méritant, avec un peu de chance, de la pitié.

Les Najahn n'étaient pas sans cœur. Ils n'étaient pas tous comme Masayo.

Pourtant, ceux qui marchaient maintenant sur Mottilan étaient déterminés. Quik entendait le cliquetis de leurs bottes, entendait un hymne de Noctia s'élever dans le vent matinal. Les oiseaux, comprenant peut-être l'instant, s'étaient tus. Les vagues et quelques insectes bourdonnant curieusement fournissaient l'harmonie à une mélodie solennelle de respirations lentes des combattants autour de lui. Vieux, jeunes, volontaires.

Deshiva se cachait de l'autre côté, invisible grâce à sa peinture faciale et son camouflage. La première ligne, l'embuscade initiale. Chaque minute comptait comme un succès, une victoire pour sa patrie.

La première ligne blindée apparut. Huit de front, lances et boucliers à la main. Quik ne pouvait pas distinguer la profondeur, mais lorsque les Najahn arrivèrent sur le sentier de la falaise, ils ralentirent. Quelqu'un siffla, et une voix forte lança une menace, un ordre, une déclaration. Rendez-vous, dit l'homme, et rejoignez Noctia pour apporter la paix aux îles.

Se rendre.

Quik jeta des regards aux guerriers, aux chasseurs, aux vaillants qui attendaient de se battre pour leur foyer à ses côtés et ne vit ni peur, ni doute.

Se rendre.

Vis ne le ferait jamais.

39
L'ÉQUILIBRE

Une fois de plus, la vengeance s'avéra être toute la motivation dont Maena avait besoin.

La vue de ces démons déchiquetés flottant dans le ciel au-dessus d'elle apporta de la clarté à travers le bruit statique caustique qui envahissait le corps de Maena. L'une de ces créatures l'avait fendue en deux, l'avait réduite à cet état de fragilité, et si elle ne pouvait pas trouver ce démon spécifique pour le ravager, ce groupe ferait l'affaire.

Cependant, mettre en œuvre cette vengeance s'avérait être une question délicate. Au-delà des fleurs dorées, de la présence inutile de Haggerth et des étranges créatures vaporeuses, les armes étaient rares. La terre qui tremblait continuellement offrait des options derrière elle, des pierres qui roulaient et qui pouvaient être ramassées et maniées, mais les bras de Maena semblaient aussi incapables de lancer un caillou que de projeter un rocher pointu.

Alors il va falloir être malin.

Dans cette optique, Maena tendit la main et toucha la créature vaporeuse la plus proche. Ces formes semblables à des nuages, fendues ici et là par des fissures ambrées qui clignotaient et disparaissaient, continuaient à entourer Maena et Haggerth, comme si le duo était une sorte de trésor rare. Seulement, après un léger contact, les créatures nuageuses semblaient se contenter d'attendre à proximité en silencieuse observation. La proximité suffisait-elle ?

Pourquoi ?

La créature nuageuse ne recula pas devant le geste de Maena, et l'extase qui accompagnait le contact pulsait aussi fort que jamais, arrachant à Maena une respiration saccadée, un moment sans douleur. Dans ce paradis bienheureux, les pensées de Maena s'emballèrent, filant sans distraction d'une idée à l'autre tandis que ses yeux se concentraient sur les sinistres fantômes au-dessus.

Par les sept dieux. Ami s'était rendue dans une ruine balayée par les vents, l'avait déclarée comme étant Kance. Elle avait visité Foti avec les marcheurs de feu, décrivant en détail ses pierres calcinées et sa mer d'argent. Aucun ne correspondait au royaume dans lequel Maena se trouvait maintenant, ce qui laissait à la capitaine de Rana cinq options. Noctia pouvait être écartée rien qu'à cause de la lumière et des fleurs : quelle déesse de la mort créerait un endroit agréable comme celui-ci, rempli de démons chargés d'émotions ?

C'est pourtant assez proche d'un cauchemar. Peut-être que Noctia aurait-

Non. Svarde, Jochi, Ami et Maena en avaient suffisamment débattu à l'ombre du Roi Mort dans les Profondeurs Obscures. Les particules nageaient dans un bassin au cœur de Noctia. Que la déesse, mortellement blessée par Vis, ait néanmoins préservé quelque chose de chacun des autres dieux suggérait qu'elle n'était pas un monstre démoniaque. Son île, aussi, offrait de belles fleurs de lelune. Noctia n'était pas une terreur, mais elle n'était pas non plus une déesse dorée.

Rana ne correspondait pas non plus : mis à part le bassin maintenant banni par l'élévation rocheuse tremblante, Maena ne trouvait aucun élément familier de la déesse de la rivière. Whent, toujours maître des crêtes et des rochers, semblait également absent de l'étendue plate et dorée. L'horizon s'étirait à l'infini, seuls les pétales dorés étaient visibles.

Ce qui réduisait les possibilités à deux, et Vis n'était pas un dieu des champs dorés, mais de la jungle.

Donc tu penses que c'est la demeure de Tamas ? Et ensuite ?

La créature nuageuse se retira du contact de Maena et la capitaine de Rana se précipita après elle, manquant presque de tomber pour préserver cette évasion transcendante. Elle ne pouvait pas retourner à l'agonie, pas maintenant, pas encore. La créature heurta un autre de ses amis duveteux, rebondit dans la main de Maena et, piégée par ses compagnons qui l'encerclaient, abandonna sa retraite. Une fois de plus, Maena enfonça sa main dans son corps léger et spongieux et sentit ses inquiétudes disparaître.

Si c'était Tamas, alors les démons porteraient les aspects du dieu : l'âme, l'émotion, l'esprit. Cela expliquerait les monstres fendeurs d'âmes qui continuaient à s'amasser au-dessus, et, peut-être, donnerait à Maena un moyen de faire face à leur désastre.

Quoi, les maudire ? Leur dire qu'ils sont méchants ? Blesser leurs sentiments ?

En quelque sorte.

Maena se tourna vers la créature qu'elle touchait, apercevant davantage d'éclairs ambrés se répandant sur son corps. Les arcs dentelés couraient près de sa main, et Maena déplaça sa paume pour passer sur la fissure scintillante.

La sérénité disparut. Le froid l'enveloppa, un désespoir frissonnant paralysa Maena pour ensuite s'effacer brusquement lorsque l'éclair se dissipa. Il fuit son contact et disparut, tandis que sur les autres créatures près d'elle, les lignes noisette persistaient.

Qu'est-ce que c'était que ça ?

Une réponse. Une explication. Maena observa les démons suceurs d'âmes au-dessus. Ils avaient envahi le ciel, semblant maintenant descendre en tourbillons flottants. Les créatures nuageuses autour de Maena ne semblaient pas réagir, cependant, et Maena n'en était pas sûre, mais ces fissures ambrées clignotaient de plus en plus vite. Les créatures nuageuses se désagrégeaient.

Tamas. Dieu de l'âme. De l'émotion. De l'être intérieur. Le genre de choses que Maena avait l'habitude de balayer d'un revers de main avec une cruche d'ale et un sabre bien affûté. Ici, sans armes physiques, que leur restait-il ?

Tu parles par énigmes, Maena.

Dans la grotte, quand le démon balayé par le vent l'avait acculée, le monstre ne lui avait pas arraché les bras ni lacéré le visage. Le démon avait siphonné son esprit, son bonheur, ses rêves, l'essence même de son être. Plus tard, à en croire Svarde, ils avaient libéré des mots, des expériences, des souvenirs entiers du démon à chaque coup porté.

Maena tomba sur sa droite, grimaçant, haletant alors que la seconde sans contact ramenait la réalité de son corps brisé. Quelque part près de ses pieds, Haggerth poursuivait sa lente agonie, crachant des malédictions dans le silence. La capitaine de Rana atteignit sa cible, une autre créature nuageuse traversée de cicatrices d'éclairs. Sa main tomba sur le duvet, l'euphorie montant, seulement pour que Maena la bannisse en promenant sa paume sur l'éclair. Ce faisant, alors que l'angoisse engourdissante montait en elle, la cicatrice s'estompa pour laisser place au duvet gris-blanc pur.

Tu les guéris, comment ?

En faisant ce qu'elle avait fait toute sa vie. Une seconde nature pour tout Rana, pour tout combattant qui n'accepterait pas une défaite. Maena continua, et avec cet effort, elle repoussa le désespoir. Elle l'absorba et le détruisit par le défi.

Absurde. On ne peut pas guérir une blessure en l'imaginant disparaître.

Dans un royaume créé par Tamas ?

Maena sourit en passant ses mains sur les cicatrices de foudre de la créature nuageuse, leurs lignes disparaissant alors même que leur froid chagrin ne parvenait pas à trouver un foyer dans l'âme résolue de Maena. Étrange, certes, mais pas plus que ce qu'elle avait rencontré depuis qu'elle avait mis les pieds dans les Ténèbres d'En-Bas.

Et maintenant, vous les touchez tous ? Combien en aurez-vous avant que ces choses ne nous atteignent ?

Deux fut la réponse. Deux parmi trop nombreux pour être comptés. Les créatures macabres, guère plus que des vides sans forme enveloppés de haillons sombres — pas un instant Maena ne pensa que ces capes déchirées étaient de vrais tissus — descendirent sur les créatures nuageuses et les dévorèrent. L'air immobile prit vie, aspiré vers les démons, et avec son attraction, les créatures nuageuses suivirent aussi, s'étirant, disparaissant dans ces monstres. Criblées de cicatrices de foudre, des éclairs ambrés zébrant leurs corps en flashs constants maintenant, les créatures nuageuses ne ripostèrent pas.

Elles tremblèrent simplement, se rétrécirent et disparurent dans les démons suceurs d'âmes.

Toutes sauf les trois près de Maena, dans une conquête

si rapide que Maena n'eut pas le temps de se précipiter vers les autres. Au lieu de cela, elle s'appuya sur le duo, chaque main sur leurs formes immaculées et duveteuses. Derrière elle, le seul espace dans la foule sombre était la flèche grandissante, ses bords s'effondrant sur les fleurs dorées. Un lent ensevelissement.

Partout où Maena regardait, elle voyait les vides sans visage. Ils l'encerclaient, elle et les deux créatures nuageuses. Haggerth émit un dernier bruit désespéré, avant que tout ce qu'il était ne disparaisse dans l'un des démons. Toute tristesse que Maena aurait pu ressentir à l'idée d'être laissée seule, la tristesse qu'elle avait essayé d'arrêter en sauvant Haggerth de la piscine inondée, ne perça jamais le voile extatique.

La rage, la perte, la confusion, si. Ces démons sans visage tentèrent d'arracher les créatures nuageuses, essayèrent de se repaître de leur joie, et trouvèrent leur repas contrarié par Maena, qui à son tour trouva le désespoir oppressant contrecarré par le pur bonheur au bout de ses doigts. Un équilibre, pour un moment, entre une mélancolie écrasante et un contentement magnifique.

Le duel au cœur de Tamas.

Restons-nous ainsi pour toujours ? Sur cette limite ?

Non.

Un déchirement d'elle-même, un reflet en deux parties : l'âme de Maena se scinda à nouveau, les démons et leur désespoir inondant le moi en colère de Maena, le gouffre qui l'avait poussée à attaquer Whent, à combattre les démons pour leurs assauts sur les Îles et tous ces amis que ces batailles lui avaient coûtés. Repousser cela, l'emballer et le jeter au loin. Une tâche qu'elle aurait trouvée impossible sans la récompense déjà là, ces créatures nuageuses lui montrant ce qui pourrait être à Maena, si elle pouvait se libérer, si elle pouvait tout rejeter.

Les démons prirent tout. Ces monstres aspirèrent et sapèrent Maena, emportant toute sa colère, sa peur, sa perte, et une fois que ce fut fait, quand le capitaine Rana aurait dû être vide, ils ne trouvèrent que de la joie à la place. L'extase, la béatitude, et rien d'autre. Ils vinrent pour cela aussi, et changèrent.

Remplissez un puits de poison, et la maladie se répand. Purifiez-le à la place, et le village retrouvera la santé. Un vieux dicton simple que Maena vit à nouveau prouvé autour d'elle : les créatures hideuses changèrent, leurs formes déchiquetées et informes s'arrondissant, devenant entières, tendant la main vers Maena non pas par haine, non pas pour se nourrir, mais pour partager, pour embrasser, pour devenir ce que Tamas avait dû vouloir, avait dû briser avec la disparition et la mort du dieu.

Le temps n'avait que peu de sens dans cet endroit, mais lorsque Maena ouvrit les yeux, lorsque son corps redevint sien, ses douleurs et ses maux la ramenant à la réalité, le capitaine Rana vit les créatures nuageuses flotter à travers les fleurs dorées sous un ciel brûlé, heureuses et claires.

Et dans son esprit ne résonnaient plus que ses pensées, et ses pensées seules.

40
FACTIONS

Le museau d'un ferrite n'était ni doux ni délicat, mais Svarde sentit ses lèvres mortes s'étirer en un sourire face à ce contact familier. Le fait même que ces lèvres puissent bouger témoignait de la puissance du Vis qui bourdonnait autour de son âme, assemblant un corps qui ne pouvait, ne devait pas mourir.

La chute résonnait par flashs tandis que Svarde gisait dans un nouveau fossé au milieu d'un champ par ailleurs agréable, parsemé d'arbres. Svarde soupçonnait qu'ils portaient une sorte de fruit, mais comme il ne pouvait bouger ni les bras, ni les jambes, ni la tête, il ne pouvait confirmer cette intuition. Tout ce qu'il pouvait faire était de s'accrocher fermement à la lame, cette tension étant la seule chose qu'il avait faite durant les longues heures restantes de la nuit, qui s'était transformée en jour, puis de nouveau en nuit, et qui approchait maintenant de l'aube à nouveau.

Kivi l'avait trouvé il n'y a pas si longtemps, le ferrite apparaissant comme par magie au-dessus de Svarde. Au début, Kivi ne comprenait pas, et Svarde, dont la gorge avait dû être écrasée dans l'effondrement, ne pouvait prononcer aucun mot pour expliquer. Le ferrite avait cependant mené sa propre enquête, tâtant le corps brisé de Svarde, reniflant sa peine en découvrant l'étendue brutale de ses blessures.

Au moins, la malédiction de la lame, sa bénédiction, maintenait la douleur à distance. La soif et la faim n'avaient aucune emprise, et les autres besoins corporels qui auraient pu rendre désastreuse une immobilité de plusieurs jours dans la terre avaient depuis longtemps disparu de l'existence de Svarde. Il était resté allongé là, sentant les soubresauts des os qui se reformaient, des muscles qui rétablissaient leurs connexions, et observant le ciel.

Il y avait bien sûr des souvenirs à parcourir. Des idées à considérer. Des plans à élaborer. Tout cela s'était estompé après les premières heures, laissant Svarde dans un vide confortable et engourdi au milieu de la terre. Hormis Kivi, ses visiteurs comprenaient quelques oiseaux curieux, trois scarabées, et une colonne de fourmis qui avait tenté de grignoter ses yeux mais avait vu ses efforts contrariés par la puissance du Vis dans la lame. Tous étaient partis depuis, et Svarde dérivait ainsi, jusqu'à ce que le dernier coup de museau de Kivi n'annonce quelque chose de nouveau.

— Tu es vivant ? lança avec un sarcasme incrédule Torny, la bandit d'Eujo, apparaissant dans son champ de vision.

La bandit en disait long au premier coup d'œil : sa dernière journée s'était passée dans une bataille sanglante, à en juger par les coupures et la sueur sur son front. Ses cheveux avaient aussi été coupés, une mèche manquante près d'une entaille sur son front. Au moins ses yeux semblaient vifs.

Pas que Svarde puisse répondre.

Kivi renifla pour lui. Torny jeta un coup d'œil à la créature, puis plissa les yeux en regardant Svarde.

— Tu as l'air d'une épave, dit Torny. Comme si tu devrais être mort. Ton ferrite semble penser le contraire, et tes yeux bougent, donc je suppose que ça veut dire que tu es toujours parmi nous ?

Svarde cligna des yeux.

— Je vais prendre ça pour un oui. Torny leva les yeux et regarda au loin, vers l'océan. Les pieds de Svarde pointaient vers la flèche et le Palais Céleste à son sommet. Écoute. Ce n'est pas bon. Gladdring prétend qu'Eujo a massacré beaucoup de soldats de Kance. Qu'elle essaie de nous vendre aux Najahn. Tout le monde ne le croit pas, mais beaucoup de gens sont mécontents d'elle en ce moment.

« Heureusement, je suis géniale. J'ai gardé ces lettres, un peu moisies maintenant mais suffisamment bonnes, qui disaient que l'ancienne Garde de la Reine avait reçu l'ordre de tuer Eujo. Je les gardais pour du chantage, mais bon, les circonstances changent. Ça nous a valu assez de sympathie pour diviser la ville, mais Noctia est de nouveau en mouvement. C'est pourquoi je suis ici. Torny fronça de nouveau les sourcils. Eh bien, nous espérions que tu serais plus, tu sais, mobile. Mais nous avons besoin que tu convainques ces démons de Noctia de nous rejoindre.

Svarde cligna de nouveau des yeux. Une notion intéressante.

— L'accord dont nous avons discuté, tu te souviens ? Eujo peut faire la paix avec Noctia, mais nous devons d'abord détrôner Gladdring pour y arriver. C'est là que tes démons interviennent. Ils briseront les soldats encore loyaux à Gladdring, et pouf. Nous gagnons. Facile.

Rien n'était facile avec les marcheurs de feu, mais Torny ne le savait pas. La bandit ne s'attarda pas longtemps sur cette question, enchaînant rapidement sur le récit de leur fuite de la salle du trône, sur la façon dont Eujo avait utilisé le skar de Kance pour faire balancer le trio vers le niveau inférieur, brisant une autre fenêtre. De là, une course folle vers les escaliers, échappant au commandement de Gladdring pour s'enfuir dans la ville, où régnait une guerre ouverte, une guerre que Svarde pouvait terminer.

— Alors, qu'en penses-tu ? Tu peux le faire ?

Au rythme où ses muscles guérissaient, Svarde n'était pas sûr de pouvoir se tenir debout-

— Tiens. Je l'emprunte à Eujo. Ne le perds pas.

La ruée arriva rapidement. Les murmures du Vis dans son esprit se transformèrent en une conversation, sans mots et fantastique. Les os commencèrent à se remplir comme de la bière versée dans une chope, plutôt que de se reconstituer lentement. Ses mains et ses pieds tressaillirent, répondant à l'appel de Svarde. Il osa prendre une respiration, et la joie sauvage de sentir sa gorge bouger était à la fois étrange et stupéfiante.

— On dirait que ça marche, alors ? demanda Torny. On pensait qu'un autre skar du Vis pourrait aider. Mais, tu sais, Eujo est vulnérable pendant qu'il est ici, donc...

À l'heure du déjeuner, Svarde pouvait se tenir debout, bien qu'il s'appuyât sur Torny avec tant de poids que la bandit peinait à chaque pas. Avec Kivi en tête, le duo entreprit une lente promenade à travers les arbres jusqu'à la limite du verger, une mince clôture en bois menant à un grand bâtiment en pierre, que Svarde supposait être l'endroit où les produits étaient traités avant d'être expédiés vers les villes de l'île. Comment tout ce processus fonctionnait était un mystère que le barbare n'avait aucun désir d'élucider.

L'une d'entre elles était la façon dont lui et Torny

allaient gérer les soldats de Kance qui marchaient vers eux. Une escouade complète, armée de rapières et de cottes de mailles en verre étincelant, les soldats ne semblaient pas surpris de voir un barbare brisé s'appuyant sur la fine bandit. Les dagues de Torny reposaient dans des étuis à la taille, la lame de Svarde traînait au sol, ni l'un ni l'autre n'étaient prêts à contrer une attaque. Seule la ferrite, reniflant et ouvrant ses évents à vapeur, faisait une quelconque démonstration.

Pourtant, Torny n'arrêta pas de tirer Svarde, ralentissant seulement lorsque les soldats furent à quelques pas, leurs rangs assemblés.

— C'est le Gardien ? demanda le chef de l'escouade, son rang indiqué par des pointes teintées de bleu aux bords de son casque étincelant. Il a l'air aussi dévasté que vous l'aviez dit.

Torny répliqua quelque chose que Svarde ne put saisir, et le déchargea de son épaule. Le barbare vacilla, gardant son équilibre précaire assez longtemps pour que le chef d'escouade rougisse et ordonne à deux de ses soldats de saisir Svarde.

— Je m'appelle Oppan, dit le chef, et c'est mon travail de vous faire traverser l'autre côté de la ville. Vous ne nous avez pas rendu service en atterrissant ici, alors ce sera une longue marche.

Torny, se frottant les épaules, dit :

— Je dois retourner à Eujo. Ne perdez pas ce skar. Nous en aurons besoin.

Svarde tenait la pierre dans sa main droite, et continua de la tenir tandis que l'escouade d'Oppan emmenait le barbare le long des rues secondaires et des chemins de traverse, passant devant des bruits d'escarmouches, de métal s'entrechoquant, et des cris ordonnant de se rendre, de charger, de massacrer. La fumée s'élevait des bâtiments en feu. Des mères, des pères, des enfants fuyaient autour d'eux, se précipitant vers la campagne dans la panique. Les rares fois où Svarde put apercevoir la mer, l'océan bleu semblait parsemé de navires arborant les drapeaux de Kance et de Noctia, tourbillonnant les uns autour des autres dans une danse mortelle.

La guerre battait alors son plein, de tous côtés.

— La marine ne sait pas, dit Oppan alors qu'ils se rapprochaient de l'immense port, s'éloignant du Palais Céleste. Ils combattent Noctia en croyant qu'un Kance uni les soutient.

— Ne peuvent-ils pas voir les incendies ici ?

— Des insurgés. Des accidents. Ou peut-être qu'ils s'en moquent simplement. Le ton d'Oppan portait une certaine révérence. Nous nous battrons pour l'île du vent jusqu'au bout, Gardien.

— Cette fin pourrait arriver plus tôt que vous ne le pensez.

Le discours rauque de Svarde bégayait, s'arrêtait et reprenait, mais Oppan lui laissait le temps de parler. Les soldats du chef d'escouade partageaient la discipline de l'homme, gardant un œil vigilant et leurs armes prêtes, pourtant aucun combat ne les trouva durant leur prudente traversée.

— Eujo a plus de loyauté ici que dans le palais, dit Oppan lorsque Svarde s'étonna du calme relatif. Les paroles tordues de Gladdring ne portent pas jusque-là. Du moins, pas encore.

—Alors il ne peut pas gagner.

— La Reine pense que Gladdring attend. Pour négocier avec Noctia après la mort d'Eujo et assurer sa place de régent. Oppan fronça les sourcils. Cela, pour le moins, n'ar-rivera pas. Pas avec votre aide.

La nuit s'installait, un crépuscule brûlant, lorsqu'ils atteignirent les limites nord de la ville. Le même point de vue où Svarde s'était tenu avec Olgata et avait planifié son assaut en solitaire. À ce moment-là, il était si sûr de son chemin invincible. Maintenant ?

Maintenant, il pouvait se tenir debout tout seul, pouvait lever la pointe de sa lame jusqu'à ses genoux, pouvait lever les yeux et voir les premières lueurs alors que les marcheurs de feu faisaient avancer leurs brasiers vers lui. Svarde tendit sa main gauche vers Oppan, laissa tomber le skar de Vis dans la paume de l'homme.

— Ramenez ceci à votre Reine, dit Svarde. Si cela tourne mal, cette pierre ne me sauvera pas. Mais elle pourrait encore la sauver, elle.

41

LA PROMESSE DU HÉROS

L'air de la caverne à l'intérieur du dôme attrapa Wax dans sa chute, le faisant glisser en douceur derrière le trio de démons et leur proie Whent. Les deux guerriers aperçurent Wax, la confusion se peignant sur leurs visages poussiéreux et alertant les démons que le rapport de force avait changé. Le monstre du milieu se retourna brusquement vers Wax, qui se tenait là, apparemment sans défense, devant la créature à l'allure de chien.

Les apparences, cependant, pouvaient être trompeuses.

Wax commença à libérer le skar Foti, la longue descente de la journée rendant facile le relâchement de sa garde. La faim bouillonnante du skar Foti ne s'empressa pas de répondre à l'appel de Wax : un skar différent, plus étrange, répondit à sa place.

Noctia déploya son influence invisible, donnant à Wax l'impression d'avoir fait pousser trois cordes froides de ses mains. Ces lignes sombres se lancèrent vers les démons, encerclèrent leurs cous et se resserrèrent. Les monstres, étranglés, se débattirent et toussèrent. Wax, stupéfait, observa, sentant une nouvelle énergie affluer dans son corps, comme s'il avait dormi toute une nuit d'un sommeil parfait. Ses courbatures disparurent, la pression derrière ses yeux après tant d'heures à faire des sauts précis dans la Blessure s'estompa, et l'estomac grondant de Wax, affamé après plusieurs jours de maigres repas, se trouva rassasié.

Les démons se desséchèrent.

Le peu de graisse que les monstres avaient s'amenuisa, leurs os pressant fort contre leur peau. Leurs yeux s'amincirent, leurs bouches se rétractèrent, leurs dents noircirent et tombèrent. Au lieu de grogner et de mordre, les démons cessèrent leur lutte pour s'effondrer, silencieux et morts en quelques secondes.

Le skar Noctia fit miroiter une satisfaction malicieuse dans l'esprit de Wax, ces filaments s'estompant et laissant Wax haletant, une sueur froide perlant sur sa peau saine, debout et solide.

— Au nom de Whent, qu'est-ce que c'était que ça ? demanda le premier guerrier tandis que son partenaire examinait les démons décédés avec une hache. Et qui es-tu ?

Wax entendit la question, mais son attention était focalisée vers l'intérieur. Qu'avait donc fait ce skar Noctia ? Toutes les autres pierres épuisaient la volonté de Wax pour alimenter leurs plus grands effets, mais là, ceci... Wax pouvait-il puiser toute la force dont il avait besoin de ses ennemis ? Pouvait-il continuer indéfiniment, comme un être inarrêtable-

— Je t'ai posé une question, gamin, répéta le guerrier Whent, se tenant devant Wax, sa hache de bataille à double tranchant prête à l'emploi. Je ne sais pas d'où tu viens, et je suis heureux de te remercier pour ce que tu as fait à ces maudits monstres, mais nous sommes en pleine bagarre ici. J'ai besoin de savoir de quel côté tu es ?

Wax sourit. Il se sentait si bien. Le mieux depuis des jours, depuis la première gorgée de vin avec Catya. Il avait douze skars et leur pouvoir incommensurable.

— Je suis le nouvel Aegis, et je suis ici pour mettre fin à cette guerre.

La guerre, cependant, ne se déroulait pas très bien. Les deux combattants Whent escortèrent Wax à travers l'endroit qu'ils appelaient Dreamhold, bien que ses rues fussent déchirées par des combats incessants. Les démons affrontaient les guerriers Whent et, lorsque différents monstres se rencontraient, se battaient entre eux. Des bâtiments qui avaient tenu bon il y a quelques jours n'étaient plus que décombres maintenant, d'autres s'effondrant activement alors que Wax et ses escortes passaient. Des secousses plus fortes continuaient ici-bas, avec les lignes Whent essayant de tenir autour des roches glissantes et mouvantes.

— Ce sont ces maudites portes, dit Jochi, le chef Whent après que Wax se fut présenté. Les dieux, ou peut-être juste Noctia, ont laissé des portes ouvertes vers leurs anciennes demeures, et maintenant nous y tombons.

Jochi avait établi un poste de commandement dans un tunnel partant de Dreamhold, après une porte particulièrement sinistre construite en os. Le seigneur de guerre se tenait debout devant une immense table de pierre entourée d'une frénésie, avec des armes et des armures partant vers les combattants et étant remplacées par les blessés. Jochi lui-même avait du sang frais – bien que bleu et visqueux, appartenant à un démon – sur son cuir, suggérant du temps passé à manier deux haches familières sur les lignes de front.

— Cette piscine semblait les tenir en échec, poursuivit Jochi, ses yeux suivant la table et les figures dessus, des disques de pierre montrant où les éclaireurs Whent pensaient que les particules tourbillonnantes se trouvaient. Comment, je ne sais pas. Le sang de Noctia, peut-être, mais ça n'a plus d'importance maintenant. Cette maudite explosion, quoi que ce fût, a tout éparpillé.

Wax se contenta d'écouter. Jochi avait pris l'apparition du Vis avec calme, ne brisant pas le briefing du soir à plusieurs chefs d'escouade, et ne donnant pas à Wax un moment pour parler. C'était très bien ainsi, car, malgré la confiance de Wax, toutes les folles absurdités qu'il avait vues au cours des dernières heures étaient déconcertantes.

La Blessure se terminait dans une piscine ? Une remplie de portes tourbillonnantes qui semblaient être des portails vers les propres demeures des dieux ? Demion et son Gardien avaient trouvé cet endroit il y a des siècles et avaient cherché à l'utiliser pour repousser les démons, un effort qui avait progressivement échoué ?

Wax aurait besoin de plusieurs bières après tout ça, c'était certain.

— Ces portes engloutissent tout ce qui y tombe, continua Jochi. C'est une chaîne, et ça permet à tous les démons de savoir où se trouve leur sortie. Ils affluent, et je ne suis pas sûr de comment les arrêter. Le Whent prit une profonde inspiration, jeta un regard autour de la table. Ou même si nous le devrions. Ces démons fuient une mort certaine. Ils font ce qui est naturel.

— C'est leur monde qui meurt, pas le nôtre, vint une voix de l'autre côté de la table, un autre guerrier éclaboussé de sang. Ce n'est pas notre faute. Et ce n'est pas comme s'ils venaient en paix, non plus.

Jochi hocha la tête.

— C'est bien vrai, mais qui sait combien de monstres attendent derrière ces particules. Dieu merci, la porte de Rana est bouchée par une de ces énormes bêtes marines, et Kance et Vis sont tellement emmêlés que tous leurs démons ne font que se battre entre eux. Jochi jeta un coup d'œil à Wax. Tu ne les as pas encore rencontrés, mais les marcheurs de feu ont Foti scellé pour le moment. C'est juste Whent qui pose problème.

— Pour l'instant, souffla le même guerrier qu'auparavant. Ces portes tournent en permanence. Laissez-leur une heure et nous aurons peut-être affaire à quelque chose de nouveau.

— Ou alors, intervint une troisième voix, celle d'une femme mince tenant une carte qu'elle posa sur la table, nous pourrions perdre tout ce réseau. Plus rien n'est stable, Jochi. Si tu ne veux pas tout perdre, je dis qu'on devrait fuir.

Le seigneur de guerre parut vieillir d'une décennie à ces mots, mais il hocha la tête et reporta son regard sur Wax.

— Voilà la situation, Aegis. Si nous fuyons, ces portes continueront d'engloutir notre roche. Elles continueront de cracher des démons jusqu'à ce qu'elles soient vides. Des dizaines, peut-être des milliers de ces monstres. En ce moment, Whent mène seul la bataille. Peux-tu nous aider ?

— Je peux faire plus qu'aider, dit Wax, sentant les skars s'élever avec ses paroles, leur confiance renforçant la sienne. Protégez-moi, et je peux arrêter tout ça. Facilement.

Jochi haussa les sourcils. — Soit tu es le héros que nous attendions, soit le Vis le plus stupide que j'aie jamais rencontré. J'espère vraiment que c'est la première option. Le seigneur de guerre se tourna vers la table. — Emmenez-le aux endroits les plus vulnérables et voyons ce qu'il peut faire.

— Non, dit Wax. Je ne suis pas ici pour tuer des

démons. Conduisez-moi aux portes. Comme vous l'avez dit, nous ne pouvons pas combattre chaque créature qui les traverse. Les dieux ont laissé ces portes ouvertes. Je vais les fermer.

42
LA DÉFENSE DE MOTTILAN

Remontez aux premiers souvenirs de Quik, assis sur les genoux de son père près d'un feu crépitant, et vous l'entendrez écouter les chasseurs parler de leurs proies, de jours entiers à pister les hanokos et d'autres bêtes jusqu'à leurs tanières sombres et effrayantes. Les conteurs de ces récits, cependant, arrivaient toujours à un point où le sérieux cédait la place aux sourires, où le coup de lance ou la flèche décochée signalait que la victoire était enfin arrivée. Un toast s'élevait alors, les coupes en bois servant du vin de pêche à une ville rieuse et joyeuse.

Ces chasseurs ne parlaient jamais de guerre, car ils n'en avaient jamais connue. Vis elle-même avait évité de tels désastres aussi longtemps que Quik s'en souvenait, car le reste des îles considérait Vis comme une curiosité, un partenaire commercial qu'il valait mieux laisser à ses propres dispositifs excentriques.

Ce n'était plus le cas, et tout cela parce que le dieu qui l'avait créée, dont le corps déchu, selon la légende, avait formé la terre même dans laquelle Quik était maintenant accroupi, avait donné à ses skars le pouvoir de la vie.

Des fougères et d'autres arbustes dissimulaient l'endroit choisi par Quik, entassé avec d'autres défenseurs. Quelques-uns étaient des chasseurs de Mottilan et de Kitaye, revenus de raids ou fuyant l'autre ville de Vis, déjà prise. Ils tenaient des lances, quelques-uns avaient bandé leurs arcs. D'autres étaient trop vieux ou trop jeunes pour rejoindre les vrais rangs, mais appelés à l'action néanmoins pour protéger ceux encore plus âgés, plus jeunes ou infirmes. Ils tenaient les outils qu'ils pouvaient utiliser, des sarbacanes aux lames pour couper l'herbe.

Pas un seul n'avait l'air aussi frêle que leurs armes ne le suggéraient, et Quik puisait du courage dans leurs yeux clairs, leurs corps robustes, aussi maigres ou ridés qu'ils puissent être.

De l'autre côté de la route, couverte de fosses cachées par des feuilles et de tranchées boueuses destinées à rendre l'avancée périlleuse, se trouvait une maison en pierre. À l'intérieur de ses murs et visant à travers ses fenêtres carrées et grossièrement taillées, se tenaient des archers. Derrière le bâtiment, attendant le sifflet de Quik et prêts à se précipiter pour tendre une embuscade, se trouvaient Deshiva et plusieurs des meilleurs lanciers que Vis pouvait revendiquer comme siens.

La première ligne, et à peu près la seule. Quelques groupes épars attendaient plus bas sur la route de la falaise, et si le plan de Deshiva, formé à partir de la suggestion de Quik, fonctionnait, les forces de Mottilan frapperaient vite et fuiraient, pour attaquer à nouveau à intervalles aléatoires tout le long de la falaise.

Cela dissuaderait-il les soldats najahniens en violet et noir qui marchaient, presque arrivés, sur huit de front et plusieurs rangs de profondeur, boucliers et voulges prêts ?

Non, mais cela pourrait les ralentir suffisamment pour que l'évacuation de Mottilan s'achève.

Les Najahniens marchaient avec trop de confiance. Leurs soldats plaisantaient en marchant, leur formation serrée trahissant une attitude décontractée, une présomption de victoire. Quik allait leur prouver qu'ils avaient tort, et cette preuve commencerait... maintenant.

Le Najahnien le plus à gauche passa, suivi du deuxième rang. Ni l'un ni l'autre ne se donnèrent la peine de scruter attentivement les feuilles, essayant de percer le camouflage teinté qui cachait Quik et ses guerriers de fortune.

Le troisième rang n'en eut pas l'occasion.

Quik poussa un cri. Un hurlement sonore porté vers les Najahniens par sa charge, ses chaussures tissées mordant la terre et le propulsant, ses gantelets en avant dans une frappe descendante. Les boucliers najahniens, tournés vers l'avant, n'offraient aucune protection, ne firent rien pour protéger le flanc du soldat lorsque les griffes à pointe métallique de Quik déchirèrent la couture au cou du soldat, un uppercut perçant l'espace sous l'épaule du Najahnien. Un coup, une déchirure, un coup de pied, projetant le Najahnien blessé, peut-être mort, sur ses propres alliés.

Le chasseur n'attaquait pas seul. Des fléchettes et des flèches bourdonnèrent derrière et à côté de lui, beaucoup claquant sur les armures najahnienne. Quelques-unes se faufilèrent sous les casques ou dans les visages tournés, bien que même les ratés provoquèrent des tressaillements, transformant la confiance en panique, et donnant aux quatre chasseurs chargeant avec Quik le temps de frapper sans être parés.

Mais cinq combattants contre quarante n'était pas un combat qui pouvait être gagné seul.

Quik se déporta sur la gauche, faisant tournoyer ses

griffes pour atteindre un Najahnien qui se retournait sur le côté, visant les frappes vers les parties les plus faibles de l'armure. Une armure que Quik lui-même avait portée, étudiée pendant les semaines qu'il avait passées parmi les Najahniens dans leur patrie. Cette connaissance porta ses fruits, ses gantelets déchirant les mailles et trouvant la chair en dessous. Les quatre autres chasseurs restèrent proches, leurs lances perçant, causant moins de dégâts mais retardant davantage les Najahniens qui se tordaient, rompant leur formation pour engager le combat.

Et tournant le dos à la maison de pierre.

Alors que Quik repoussait une voulge offensante, reculant pour voir beaucoup trop de soldats najahniens le fixer, il retrouva sa voix. Un second cri, une seconde volée. Les boucliers najahniens levés et leurs attentes firent que les flèches et les fléchettes venant de derrière Quik firent peu de dégâts, rebondissant dans les airs. Ceux qui tiraient allaient courir dans un instant, glissant à travers les arbres et les lignes de corde jusqu'au prochain point d'embuscade.

Ceux de derrière, le groupe de Deshiva, déclenchèrent leur propre surprise. Utilisant des arcs, avec des flèches plus puissantes et une plus longue portée, les archers dans la maison lâchèrent une frappe dans les dos non protégés. L'armure najahnienne aida, et Quik vit plus d'une flèche rebondir sur un casque dans les airs, mais Vis avait bien entraîné ses archers, car un bon tir était plus qu'un simple droit de se vanter : il nourrissait votre famille, votre tribu.

Et cette compétence frappa les Najahniens dans le dos, perçant cous, tailles, jambes. Des soldats hurlèrent. Quik et son quatuor de chasseurs se déplacèrent vers la gauche, descendant la route, visant moins les morts que la survie. Les voulges frappaient, hésitantes et confuses. Facilement défendues, et Quik se retrouva au-delà de la ligne najah-nienne, son groupe seul sur le chemin de terre.

Trop de succès.

Les Najahniens se séparèrent, les premiers rangs suivant les appels de leur capitaine et se dirigeant vers la maison de pierre. Quinze soldats ou plus courant vers les archers avec leurs boucliers levés. Ils s'éloignèrent, laissant Quik et sa bande face aux lignes arrière intactes, certains traînant les blessés, d'autres s'avançant pour lancer des chakrams.

— Courez ! cria Quik, puis ignora son propre conseil pour reculer à la place, griffes levées.

Énormes disques tranchants comme des rasoirs, les chakrams tournoyaient en arcs. Ils captaient le soleil en volant, traçant des lignes aveuglantes blanches qui fonçaient vers Quik et les chasseurs. Quik avait vu les dégâts que ces choses pouvaient faire sur Noctia, et il se jeta sur sa droite, levant ses gantelets pour protéger son visage. L'un d'eux le frappa, un lancer puissant qui trancha son gantelet droit, mordant dans la main en dessous et proje-tant le Vis au sol.

Alors que sa tête heurtait la terre meuble, Quik vit un autre chasseur recevoir un chakram dans le dos, l'homme trop lent pour échapper à l'arme. Le disque le plaqua au sol, son bord barbelé et tournoyant s'enfonçant profondément. Le chasseur tressaillit une fois, puis resta immobile.

Une âme de plus à venger.

Quik repoussa la brûlure de sa main, utilisa son gantelet gauche pour arracher le chakram, le disque et le sang qui le suivait marquant le chemin où Quik retrouva son équilibre, partant en courant alors que les Najahn passaient à leur suite : les arbalètes.

Sur une plaine ouverte, les chakrams briseraient la

défense avec leur poids et leur angle, fracassant les boucliers et retournant l'ennemi. Les arbalètes et les carreaux suivraient, affaiblissant ce qui restait pour la dernière étape, une charge de voulges. Une stratégie simple rarement remise en question pour une force qui ne combattait que des bandits et des seigneurs de guerre occasionnels avec trop de confiance et pas assez d'intelligence.

Quik ne savait pas s'il avait cette intelligence, mais il avait assez vu la technique des Najahn pour savoir qu'une pente rendait ces arbalètes inefficaces. Les carreaux ne pouvaient pas courber leur trajectoire aussi bien que des flèches normales, alors lui et les trois chasseurs survivants échappèrent à ces morts en fléchettes en dévalant la route du flanc de la falaise, dansant autour des fosses couvertes et espérant, espérant que les Najahn les suivraient dans une rage victorieuse.

À sa droite, Quik vit la pente de la ville descendre jusqu'aux quais, les bateaux de pêche amarrés et les quelques navires de charge. Quelle chance que ce soit Mottilan, avec ses transports océaniques, et non Kitaye, avec ses feuilles enroulées faites pour la pêche et pas grand-chose d'autre. La fuite était possible, bien que la cargaison et les gens qui serpentaient sur ce quai indiquaient clairement qu'il fallait plus de temps.

Du temps que Quik et Deshiva feraient de leur mieux pour fournir.

La bataille pour Mottilan avait commencé.

43
LE SALUT

Le salut était éphémère.

Maena traînait Haggerth, qui avait perdu connaissance face aux démons voleurs d'âmes, d'une main tout en s'accrochant à une créature nuageuse de l'autre. L'extase de la créature duveteuse tenait la douleur de Maena à distance, les brûlures et les contusions ne faisant pas le poids face à ce courage inébranlable. Les fleurs dorées se pliaient devant ses pas, offrant une surface lisse pour traîner le Whent. La créature nuageuse ne protestait pas non plus, flottant sans la moindre opinion.

Son objectif continuait de s'élever devant elle, laid et s'effritant même s'il se développait à chaque minute qui passait. La porte de retour vers chez elle, la seule issue de ce piège.

Ce qui avait été un moment de purification et d'héroïsme inspirant s'était transformé en condamnation certaine alors que le ciel brûlé s'assombrissait à nouveau. Comme si Maena avait allumé un phare, d'autres démons sombres et voilés apparaissaient à l'horizon. Les créatures nuageuses qu'elle avait nettoyées en accueillaient d'autres, des éclairs ambrés traversant leurs corps, annonçant un changement inévitable.

Ami avait dit que les anciens mondes des dieux étaient en train de mourir, et Tamas ne faisait pas exception. Elle avait même dit que les marcheurs de feu avaient ralenti la destruction de Foti avec leurs puissantes machines. Maena aurait peut-être pu faire de même ici, mais la fin viendrait.

Maintenant que la capitaine Rana avait retrouvé son corps, son âme entière, elle n'avait pas l'intention de mourir avec ce monde couvert de fleurs.

Le sol clapotait sous ses pieds, les restes de la mare gargouillant à chacun de ses pas. Ami n'avait pas mentionné à quoi ressemblait le portail de retour, et il n'y avait aucune raison de penser que les portes seraient les mêmes d'un monde à l'autre, alors Maena continuait de regarder en bas, en haut et tout autour à la recherche des particules. Aucune n'apparaissait.

Tamas n'indiquerait pas sa sortie avec des lumières.

La roche et la pierre, en revanche, feraient l'affaire.

Maena changea sa façon de tirer, se plaçant devant le crâne poilu d'Haggerth alors qu'ils approchaient de la montagne grandissante. Des rochers, de la terre et de la roche glissante de grotte tombaient maintenant autour d'eux, passant à côté et atterrissant dans les fleurs avec des bruits sourds. La créature nuageuse n'essayait pas d'éviter les débris, et Maena ne pouvait pas se protéger elle-même et Haggerth tout en manœuvrant le monstre amical, alors le démon perdait des morceaux de lui-même lorsque des rochers s'enfonçaient dans son corps cotonneux. Les ovales qui lui servaient de jambes se déchiraient dans un petit glissement de terrain, se dispersant dans l'air derrière lui comme des graines de fleurs. Son bras droit, celui que

Maena ne tenait pas, disparut quand une énorme dalle conique se brisa et tomba dessus.

Pourtant, malgré ces pertes, la créature nuageuse ne réagissait pas. Maena la tenait plus près, la maintenait en l'air, son poids étant léger, et continuait à embrasser le bouclier bienheureux qu'elle lui offrait. Une chose comme celle-ci pouvait-elle même ressentir la douleur ? Comprendre ce qui se passait ?

La créature nuageuse n'avait pas de visage, pas d'yeux, pas d'expressions. Elle ne se dégageait cependant pas de l'emprise de Maena, et dans son contact frais, Maena avait trouvé un ami. Elle en avait besoin aussi, car maintenant qu'ils avaient atteint le bord de la montagne qui s'effritait, Maena réalisa où se trouvait la porte.

En dessous. Recouverte de roches qui tombaient. Le tas de pierres qui montait s'effondrait sur lui-même, s'étendant vers l'extérieur et n'offrant aucune option d'évasion. Du moins, aucune que Maena ne pouvait voir de là où elle se tenait, évitant les pierres qui tombaient et faisant de son mieux pour empêcher Haggerth de subir un sort écrasant.

Ils n'avaient pas de pelles, et Maena n'avait pas l'énergie de déplacer autant de terre même s'ils en avaient eu. Derrière eux, le ciel s'assombrissait davantage alors que d'autres démons s'approchaient en flottant. Sous eux, les fleurs dorées disparaissaient tandis que d'autres créatures nuageuses se dirigeaient vers eux en se balançant, apparemment en suivant Maena, bien qu'elle ne sût pas pourquoi.

Parce qu'elle les avait aidées ?

Maena secoua la tête. Elle leur avait peut-être accordé un court répit, mais ce monde était en train de se briser, et elle devait trouver un nouveau moyen de sortir.

Un autre rocher atterrit près d'elle, éclaboussa dans la

mare, se brisa à ses pieds. L'eau ondula. Des fleurs piétinées gisaient autour d'eux. D'autres créatures nuageuses s'approchaient, aplatissant davantage les tiges dorées. Une mer ondulante de gris et de blanc, l'observant, attendant.

Peut-être.

— Creusez, croassa Maena. Creusez ensemble.

Elle lâcha la main d'Haggerth et plongea son bras endommagé dans la roche meuble entassée. Elle jeta de côté ce qu'elle pouvait attraper. D'autres pierres s'effondrèrent pour combler le vide, mais Maena ne s'arrêta pas. Le fait qu'un tel acte dût être impossible n'entrait pas en ligne de compte, pas quand elle se sentait si bien, quand chaque mouvement semblait électrique, quand chaque murmure sur son destin funeste mourait sous une avalanche extatique.

Cette même confiance poussa Maena à continuer de creuser alors que les créatures nuageuses l'entouraient, leurs membres bulbeux ramassant les décombres un coup à la fois. Chaque mouvement fluide ne déplaçait que de petites quantités, mais les démons amicaux compensaient leur légèreté par le nombre. Ils formaient des chaînes, leurs membres se balançant en synchronisation pour éloigner les décombres de plus en plus loin de la montagne. Quand Maena, sa main gauche ensanglantée et couverte de terre, recula, d'autres créatures nuageuses prirent sa place, attaquant la terre avec un travail silencieux et simple.

Tenant toujours le nuage endommagé dans sa main droite, Maena s'assit à côté d'Haggerth, regardant les créatures nuageuses démolir la montagne. Des rochers et des pierres tombaient, de petits glissements de terrain écrasaient certains des démons, mais d'autres flottaient pour prendre leur place. Au-dessus, le ciel continuait de s'assombrir, les vides déchiquetés observant, attendant.

Non que Maena fût inquiète. Elle ne pouvait pas l'être. Au lieu de cela, Maena puisa de l'eau du bassin et la but, en versa un peu dans sa main pour la faire couler dans la bouche de Haggerth. Elle cueillit des feuilles des fleurs dorées et les mâcha, découvrant dans leur saveur un agréable goût de noisette. L'une ou l'autre de ces substances allait-elle la tuer, la rendre malade et la ruiner ?

Jamais, disait le frisson joyeux qui parcourait son contact avec la créature nuageuse. Maena ne ressentirait plus jamais de douleur, tant qu'elle continuerait à tenir le démon.

Le temps tourbillonna. Maena s'était peut-être assoupie, entourée par les créatures nuageuses, mais le bruit qui la réveilla en était un, comme toujours ici, d'espoir. Les démons, empilés les uns sur les autres et creusant bien haut dans la montagne, avaient fait basculer les pierres instables de l'autre côté. Ils reculaient maintenant, dégringolant d'une manière sautillante, tête par-dessus pattes, jusqu'au sol humide.

Maena se leva, trouva à nouveau la main de Haggerth, et marcha à travers les créatures nuageuses immobiles et attentives pour constater leur victoire.

La montagne était trop imposante pour être dégagée, du moins jusqu'à présent, mais les démons avaient creusé un bord, marqué par ces particules scintillantes. Juste assez grand pour s'y glisser. L'eau rouillée là-bas semblait d'un bleu profond, et Maena ne pouvait pas dire ce qui se trouvait de l'autre côté, mais c'était une chance qu'elle allait saisir.

Qu'elle allait, dit son âme étincelante, survivre.

— Merci, dit Maena, offrant aux créatures nuageuses un léger sourire, tout ce que sa peau brûlée et cicatrisée pouvait produire.

Puis, tenant toujours Haggerth d'une main et la créature nuageuse et son bonheur de l'autre, Maena passa à travers.

La capitaine Rana atterrit dans un étroit bassin caverneux, un endroit qui ne lui parut étranger que pendant un instant, jusqu'à ce que l'expérience lui dise que la roche autour d'elle était, comme la montagne dans le monde de Tamas, une chose temporaire. Des particules de Tamas dans leur éclat ambré tournoyaient près de sa taille, disparaissant dans le mur de décombres à la gauche de Maena, la barrière n'étant rien pour les étincelles divines. Elle considéra cela sans douleur, sans inquiétude, car à côté d'elle, reposant sur l'eau à sa droite, flottait la créature nuageuse.

Elle lui sourit. La créature l'avait sauvée, tout comme ses amis. Maena sentit un poids sur sa main gauche et tira, traînant la forme inerte de Haggerth derrière elle. L'eau maintenait le fardeau du Whent bas, et en quelques enjambées, elle avait quitté la caverne de fortune et se retrouvait sur la pente grise inclinée de la grande chambre, la cible des bombes de Maena.

Plutôt qu'une extrémité comblée, avec ces portes écrasées par d'interminables tonnes de terre, Maena vit des montagnes fracturées, des cavernes brisées et un chaos éclaboussant. Le bassin s'était élevé avec les pierres qui plongeaient, beaucoup se détachant encore et tombant d'en haut. Des démons jaillissaient aussi des profondeurs dans une frénésie confuse, pour se rencontrer soudainement en combat. La capitaine Rana regarda vers le tunnel Whent, le précipice qu'ils avaient utilisé pour parler aux marcheurs de feu, et vit qu'il était maintenant au niveau de la surface du bassin, la grotte derrière étant comblée. Elle vit aussi qu'il était le théâtre d'une lutte acharnée entre les marcheurs de feu et d'autres démons. Maena frissonna devant la violence.

Elle aurait dû être terrifiée, mais cela n'aiderait pas Haggerth. L'homme avait besoin de soins médicaux, tout comme Maena.

Un autre trou dans la roche persistait devant elle et à sa gauche. Elle aurait pu le manquer, si ce n'était pour une étrange collection de démons, avec de longues jambes et des becs étroits, qui se précipitaient à travers l'ouverture. Une option quand aucune autre n'existait. Elle fit quelques pas, sentit de nouvelles ondulations frapper ses jambes avec de doux clapotis et se retourna.

Ce qu'elle vit fit grandir le sourire étiré de Maena. Ses nouveaux amis arrivaient, et le bonheur qu'ils apporteraient avec eux, eh bien, les Whent semblaient en avoir bien besoin.

44
CONSEIL DE GUERRE

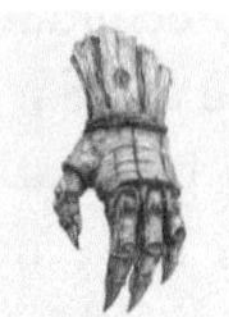

L'enfer ambulant derrière elle s'accordait avec les cheveux d'Ami, sinon avec son visage. Svarde devait imaginer que son amie et compagne Gardienne ressentait la même chose, marchant au milieu d'une route abandonnée vers lui. Marqués par plus que l'âge, le fait qu'ils soient tous deux encore en vie relevait du miracle répété. Littéralement, dans le cas de Svarde, et ce lien les réunit dans une étreinte gênée par l'épée de Svarde et le masque doré couvrant la joue d'Ami.

Les marcheurs de feu gardaient une distance respectueuse. Par-dessus l'épaule d'Ami, Svarde aperçut de nouveaux ombrages, des morceaux de toits de Kance soulevés par des poteaux de fortune. La journée ne menaçait pas de pluie, mais si quelques gouttes égarées pouvaient causer des dégâts permanents, Svarde aurait peut-être aussi gardé une couverture en permanence.

— Tu aimes nos nouveaux outils ? demanda Ami en reculant avec un sourire fatigué. Nos amis Whent les ont conçus rapidement, mais il a fallu quelques jours pour les construire. Sans parler de convaincre ces gars-là.

— Mais ça a marché.

— Je pense qu'ils ont réalisé qu'ils avaient encore besoin d'un foyer ici. Sur les îles. C'est une puissante motivation.

— Presque aussi efficace qu'une lame dans le dos.

Ami suivit le regard de Svarde vers l'épée noire.

— Tu la tiens toujours, mais j'ai l'impression que tu ne nous remets pas la ville ?

Svarde secoua la tête.

— Kance a plus de problèmes que les Noctia. Gladdring tient le Palais Céleste.

Le barbare rit quand les yeux d'Ami s'écarquillèrent, et rit de nouveau quand il lui raconta son accord avec Eujo.

— Tu conclus des marchés avec une Reine à peine assez âgée pour tenir son alcool, dit Ami. Fassle ne sera pas content.

— Le Cercle peut bien aller se faire voir, pour ce que j'en ai à faire, grommela Svarde. Elle est intelligente et n'a aucune de ces ambitions insensées des bâtards. On fait sortir Gladdring, elle fera sa part.

— Donc on fait marcher les marcheurs de feu jusqu'au Palais Céleste, on laisse ces monstres effrayer Gladdring ?

Svarde regarda à nouveau derrière Ami vers ces rangs infernaux. Que resterait-il de la ville si ces monstres la traversaient ?

—Je ne resterais pas Reine bien longtemps, c'est sûr, dit Eujo cette nuit-là, près du port. Svarde et Ami avaient décidé de s'aventurer seuls, les marcheurs de feu trouvant refuge dans des grottes voisines, d'anciennes mines de diamants célestes depuis longtemps abandonnées. Qui suivrait une reine qui a laissé brûler leur foyer ?

— Moi, je le ferais, dit le nouveau venu à la réunion, un assassin de Kance, Livier, qui tenait à peine debout.

L'homme s'appuyait sur un poteau, l'un de ceux qui soutenaient une guirlande de lanternes au-dessus de tables dres-
sées pour des temps plus heureux, celles-ci recouvertes de
poussière alors que le restaurant auquel elles appartenaient
restait fermé. Je vous suivrais, et je vous conseillerais, et
j'espérerais qu'ensemble, nous pourrions sauver notre foyer
après que les feux se soient éteints.

La soirée était devenue soyeuse, une fine brume s'infiltrant et confirmant la décision d'Ami de garder les
marcheurs de feu cachés au nord de la ville. Svarde l'avait
poussée dans cette direction, un délai à la guerre de Fassle
pour obtenir le partenariat d'Eujo. Une concession,
peut-être, à une notion plus amicale des îles que celle bâtie
sur la conquête et le pouvoir des skars.

Une concession que Svarde pouvait se permettre, en
tant qu'être immortel.

Livier n'était pas si immortel et avait, comme l'expliqua
Eujo, subi de terribles blessures en gardant la Reine hors
des mains des Najahn en mer. Le même raid océanique qui
avait permis à Wax de s'échapper et endommagé suffisamment le navire de la Reine pour la forcer à se rendre à Kance.
Bien qu'elle puisse fuir sur un autre vaisseau, tel un rat
fuyant dans la nuit, le destin d'Eujo semblait lié à son île.
Livier, tenant maintenant le skar Vis d'Eujo et expliquant
pourquoi il n'avait pas été facile de s'en séparer, gardait sa
main libre près d'une rapière, bien qu'il semblât si frêle que
le moindre choc l'enverrait de l'autre côté.

— Un beau sentiment, et pas un qui va sauver la vie de
votre peuple, dit Ami, se penchant en arrière dans la solide
chaise en métal. Toute la terrasse semblait construite à la
fois pour l'extérieur et pour résister aux coups que les
marins ivres pouvaient infliger à tout ce qui se trouvait à
portée de main. Le vin de glace, une boisson que Svarde

sirotait sans la goûter, jurait avec le cadre, mais quand on est à Kance, on boit comme la Reine. Vous avez perdu votre trône face à un manipulateur assoiffé de pouvoir, et vous devrez le récupérer rapidement.

— J'imagine que vous avez une nouvelle raison, au-delà de l'évidence ?

— Gladdring va réaliser, s'il ne l'a pas déjà fait, qu'il n'y a aucune chance de gagner contre vous. Soit vous obtenez suffisamment de soldats de Kance prêts à sacrifier leur vie, soit nous utilisons mes marcheurs de feu, soit vous l'affamez simplement là-haut. Ami croisa les bras, sourit. Il va mourir sans aide, et il n'y a qu'un seul endroit qui peut l'aider.

— Vous pensez que Noctia va le faire ? dit Torny, la Gardienne bandit, en riant. Gladdring a trahi Fassle. Et Yarvick, si vous dites vrai sur leur collaboration. Pas moyen qu'ils l'écoutent.

Svarde, cependant, comprit où Ami voulait en venir.

— Tout revient aux skars, dit le barbare. Une fois qu'ils auront obtenu les pierres de Gladdring, que leur importera cette île à Fassle et Yarvick ? Et en ce moment, Gladdring a les skars.

— D'accord, dit Eujo, supposons que Gladdring arrive à la même conclusion. Qu'il ait un espion, un planeur, ou un moyen que nous ignorons pour envoyer des messages à Noctia et en recevoir. Ils acceptent, et ensuite... Nous en sommes au même point ? Une flotte Noctia qui ne peut pas passer la nôtre.

— Et toute une armée de marcheurs de feu que vous ne pouvez pas vaincre à votre porte, rappela Ami.

— Une armée que vous commandez.

— Tant que Fassle et Jochi me le permettent. S'ils m'ordonnent de faire marcher ces démons ici et de vous ruiner, ils me relèveront de mes fonctions dès que je refuserai. Le vernis arrogant d'Ami s'estompa en une moue. Autant j'aimerais croire que les marcheurs de feu m'écouteraient, ils se battront pour la personne qui leur offre un foyer.

— Alors nous en revenons au point de départ, dit Livier. Gladdring doit partir. Je le tuerais moi-même, mais, hélas.

— Ouais, hélas, dit Torny. Tu n'avais pas besoin de jouer les héros sur le *Storm's Edge*. Je les aurais eus.

— Tes petits couteaux n'ont même pas égratigné leur armure.

— Arrêtez, arrêtez, intervint Eujo. Nous avons suffisamment ressassé ce combat. Buvez encore un peu de vin et concentrez-vous sur ce qui compte. Comme entrer dans le Palais Céleste. Elle jeta un coup d'œil autour d'elle, ne vit aucune interruption à l'horizon, et s'illumina. — Maintenant, certains d'entre vous le savent, j'avais l'habitude de faire les poches par ici. De subtiliser un trésor ou deux. Cela signifie rester hors de vue tout en entrant et sortant des endroits où se trouvent les bonnes choses.

— Nous savons tous ce que fait un voleur, dit Ami.

— N'interromps pas la Reine quand elle décrit le meilleur métier des îles, rétorqua Torny. Je n'ai rien dit à propos de ton grand sourire quand tu parlais de ces marcheurs de feu.

— Bref, reprit Eujo, devançant la réplique qui couvait chez Ami. Je dis qu'il y a plusieurs façons d'entrer dans le Palais Céleste.

— Plusieurs ? demanda Svarde. Plus d'un moyen secret ?

— Un voleur doit en avoir au moins trois, dit Torny. Moins que ça et tu es sûr de te faire prendre.

Eujo sourit. — La bandite a raison. S'ils n'en ont pas bouché, j'en ai quatre.

— Donc c'est un assassinat, dit l'assassin. Ça revient toujours à un couteau dans la gorge.

Torny plissa le nez. — Toujours ? Bon sang. Quelle vie tu as menée.

— Ça s'est très bien passé pour moi, très mal pour beaucoup d'autres.

La bandite roula des yeux. Eujo toussa, ramenant l'attention sur elle. Derrière la Reine, les vagues du port léchaient le bâtiment en pierre du quai tandis que plusieurs navires de Kance entraient au port pour échanger leurs équipages et recharger leurs provisions. Malgré une sorte de guerre civile, Kance dans son ensemble semblait imperturbable. Comme si l'ennemi intérieur devait être excisé sans montrer à l'ennemi extérieur.

— Si nous sommes tous d'accord, dit Eujo, recevant des hochements de tête autour de la table, voici comment je pense que nous pouvons faire ça. Un jour pour rassembler le matériel, se mettre en position. Demain soir, alors, nous prenons Gladdring rapidement. Trop vite pour que de l'aide arrive, pour que des accords soient conclus. Elle promena ses yeux glacés autour de la table, et Svarde vit à nouveau qu'Eujo jouait bien son rôle. — Gladdring ne peut pas s'échapper. Du moins, pas avec les skars. Vivant et enchaîné, ou mort. Un instant pour se ressaisir, pour donner ce que Svarde réalisa devoir être un ordre difficile. — Si vous avez le choix, mort c'est mieux. Nous savons de quoi cet homme est capable, et je ne prendrai aucun risque.

Svarde proposa de simplement monter l'escalier central, avançant lourdement avec Kivi derrière lui et massacrant tous ceux qui viendraient pour attirer Gladdring à découvert. Eujo refusa cette offre, au motif que ceux que Svarde massacrerait étaient tous ses soldats, bien que pervertis par les skars Tamas de Gladdring.

S'occuper des pierres, cependant, était la tâche principale de Svarde, et c'est pourquoi il s'était rendu le lendemain matin, tôt, à l'extrémité sud du Palais Céleste, non loin du champ dans lequel il s'était écrasé. Kance, l'île du vent, avait des geysers de chaleur éparpillés un peu partout, et avec un bon planeur, on pouvait utiliser ces geysers pour prendre un sacré courant. Svarde, avec Ami à ses côtés, allait voler droit dans la gueule de Gladdring.

Ensemble, les deux Gardiens attireraient autant que possible l'attention de Gladdring, drainant son énergie et-

— Ne t'inquiète pas, Svarde, dit Ami en l'attachant dans son planeur blindé, l'encombrant engin lourd alors qu'ils se tenaient au milieu de l'herbe coupée, près d'un large trou soufflant et bouillonnant. Une odeur de soufre imprégnait l'air, et plusieurs pilotes élancés observaient leurs efforts, lançant des suggestions ici et là. — Si Gladdring essaie de te faire sauter par la fenêtre à nouveau, je te remettrai les idées en place d'une bonne claque.

— Je pense que tu pourrais faire ça de toute façon.

— Ça fait un moment que je n'ai rien frappé. Ami, serrant la dernière sangle, tapota la lame à sa taille, qui trouverait sa place dans le compartiment de rangement de son planeur dans une minute. — Heureusement, là où nous allons, j'imagine qu'il ne manquera pas de sang à faire couler.

45
MONSTRES ET HOMMES MORTS

La bravoure du héros ne quitta pas Wax pendant que Jochi rassemblait une escorte. Bien que le Vis n'eût aucune idée précise de ce qu'il allait faire — Catya avait suggéré de laisser les skars travailler ensemble, c'était donc son plan pour l'instant — la voie la plus claire menait à la chambre de la piscine en ruine où tournoyaient toutes ces portes divines. Les voir, laisser les skars guider Wax pour fermer ces portes, et repartir avec des Sept Îles en sécurité.

Facile.

Sauf que, selon Jochi, un déluge de démons attendait entre ici et la caverne que Wax devait visiter. Ses bandes de guerriers Whent étaient pressées jour et nuit par d'interminables incursions de démons, beaucoup survenant sans prélude et avec de nouvelles créatures. Des tactiques devaient être élaborées sur le vif pour gérer des horreurs tentaculaires, des meutes de prédateurs canins, ou d'étranges masses fluides de slime. Wax reconnut cette dernière de son aventure sur Rana et était sur le point de proposer une solution enflammée avant que Jochi ne la balaie d'un geste, déclarant qu'ils l'avaient mise en pièces et feraient de même pour la suivante.

Jusqu'à ce que les Whent s'effondrent d'épuisement.

— C'est pourquoi j'espère que tu as raison, dit le seigneur de guerre alors qu'ils se rassemblaient à l'entrée de Dreamhold. J'ai lancé un appel pour que toutes les âmes que nous pouvons traîner de la surface descendent ici. Je demande aux autres seigneurs de guerre de me donner tous les hommes valides des Fosses, de leur offrir une hache et une chance de gagner leur liberté. L'homme hocha la tête en direction des larges rues, maintenant encombrées de convois militaires transportant des armes à l'intérieur et des guerriers blessés, ou pire, à l'extérieur. Si ça continue comme ça, je ne pense pas que nous tiendrons assez long-temps pour qu'ils arrivent.

— Ils continuent d'arriver ? demanda Wax alors que les derniers de leur escorte, une paire portant des bandages et des onguents en plus de leurs arbalètes et gourdins de fer, les rejoignaient. On pourrait penser que les démons fini-raient par s'épuiser.

Jochi leva un doigt et la marche commença, à travers ces portes d'os. Les combattants et les soigneurs qui n'étaient pas dans leur groupe de trente les contournaient, se faufi-lant dans des ruelles de pierre ou à l'intérieur de maisons décorées de peintures de guerre Whent. Certains levaient haches et épées en salut. La plupart gardaient les yeux bais-sés, boitant de blessure ou d'épuisement.

Le troisième jour ininterrompu de combat prenait son tribut.

— Je pense qu'ils sont canalisés, dit Jochi. Si ces mondes sont en train de mourir, une phrase que je n'aurais jamais pensé dire avant de venir ici, où rien n'a de sens, alors ces monstres fuient une mort certaine. Il pourrait y avoir mille démons dans chacun de ces endroits, peut-être dix mille. Un million. Tous venant droit vers nous.

Quelques marcheurs de feu, des démons sans destruction aveugle comme mode par défaut, pourraient s'adapter sur une île. Des millions ne le pourraient pas. Même si l'héritage Vis de Wax, son enfance passée en harmonie avec les hanoko, les créatures de la jungle, la vie fournie par son île et le respect qu'elle méritait en retour, poussait le Vis à chercher des moyens d'épargner la vie, il ne trouvait pas de réponse facile.

Chaque carte, chaque voyage lointain depuis les îles ne trouvait qu'une mer sans fin jusqu'à ce que, affamés et craignant la mort au milieu des eaux grises, les explorateurs fassent demi-tour. La dernière grande expédition remontait à des décennies, selon les anciens Vis, qui utilisaient ces missions impossibles comme preuve que les îles devaient être préservées.

Il n'y avait nulle part d'autre où aller. Ni pour l'homme, ni pour le démon.

L'air échangea l'odeur du métal forgé contre une autre saveur : la sueur salée du sang. Des hurlements, tant de cris de bataille que de blessures mortelles, résonnaient contre les bâtiments abandonnés. Wax remarqua des cadavres, certains depuis longtemps putréfiés et à peine plus que des os, empilés le long des rues. Certains avaient de nouveaux ajouts maintenant, des pertes face aux démons sans le temps de les déplacer pour un enterrement ou une crémation. La circulation diminua alors qu'ils passaient des postes de secours, des fortifications en construction hâtive tandis que des ingénieurs empilaient des briques, renversaient des charrettes et tout ce qu'ils pouvaient saisir pour transformer les rues en goulots d'étranglement.

Malgré ses paroles sinistres, Jochi faisait des plans pour tenir la ville. Retarder les démons assez longtemps pour...

— Vous pourriez simplement fuir, dit Wax alors qu'ils approchaient de la ligne de front. Le Dessous Sombre est immense. Laissez les démons se battre entre eux ici-bas et nous nettoierons ce qui atteindra la surface.

Le seigneur de guerre grogna :

— C'est ce que nous faisons depuis des siècles, Wax. L'Égide les brûle, nous découpons les quelques-uns qui se faufilent, sauf que ça ne marche plus si bien maintenant, pas vrai ? Avec tous ces démons, nous userons des Égides toutes les deux semaines. Ça ne va pas fonctionner.

Wax ne discuta pas ; l'évaluation brutale du seigneur de guerre, après plusieurs autres, ébranlant sa confiance d'un cran. Malgré tous les skars qui bourdonnaient dans sa tête, c'était ici une vraie guerre. Tout aussi dangereuse que les attaques sur Whent, Foti et dans les mers autour de Kance, mais sans sa survie comme seul objectif. Wax était censé se battre pour quelque chose de plus grand, être plus audacieux et plus courageux, mais peut-être, peut-être que c'était plus grand que ce pour quoi il était destiné.

Devant, la ligne Whent se profilait. Haches et arbalètes, heaumes tordus et cottes de mailles abîmées. Fourrures et férocité tandis que les combattants échangeaient leurs positions, se reposant et rejoignant la ligne. Jochi avait disposé ses soldats en rangs solides, le front en armure de pierre Whent en forme de tortue, avec des guerriers plus mobiles se glissant entre les fissures pour balancer une hache, enfoncer une lance ou tirer une arbalète sur ce qui se trouvait au-delà. La mort traversait une avenue, une étroite entre plusieurs bâtiments éclaboussés de sang. Des caisses et des corps encombraient les ruelles entre eux, créant un entonnoir dévastateur.

— Une vague de chiens maintenant, lança un commandant d'une voix rauque alors que Jochi ralentissait leur troupe à quelques pas derrière la ligne. Ils sont assez faciles. Leurs corps nous offriront aussi un répit.

— Pourquoi donc ? demanda Jochi.

— Parce que les prochains démons les mangeront, voilà pourquoi. Ils prendront leur déjeuner avant de s'en prendre à nous. Puis la vague suivante attaquera les démons en train de mâcher. C'est une bonne chose quand on voit ces satanés chiens.

Jochi jeta un coup d'œil à Wax : — C'est donc notre opportunité. Une fois ceux-ci à terre, on avance. On offre un répit à nos troupes et vous obtenez un plan rapproché. Le commandant Whent suivit le regard de Jochi, haussa un sourcil vers Wax, ce qui poussa Jochi à expliquer : — Ce gamin est notre prochain grand espoir. Soit il nous sauvera tous, soit il prouvera qu'on ne peut pas rester ici.

Le commandant hocha la tête : — Du moment que tu fais l'un ou l'autre, mon garçon, je serai content. Fais-le juste vite.

— C'est l'idée, dit Jochi, puis il siffla, la mêlée des démons s'essoufflant. On y va maintenant ! Combattez intelligemment. Vous avez des alliés, alors utilisez-les. Si on travaille comme un seul homme, on s'en sortira vivants.

Ce que Jochi ne dit pas, ce que Wax n'essaya pas d'ajouter, c'était si leur mission vaudrait quoi que ce soit.

Les rangs de tortues se fendirent dans un soupir, les soldats portant cette lourde armure soulagés de trouver enfin une brèche. Wax, marchant derrière Jochi et plusieurs guerriers Whent en épais cuirs — les tenues en pierre seraient trop lentes pour une incursion comme celle-ci — vit ce qui se trouvait au-delà et sentit son estomac se soulever. Le sien n'était pas le seul, et plusieurs montrèrent clairement qu'ils ne pouvaient pas contenir leurs propres réactions.

L'assaut Najahn sur le camp des bandits Foti avait été la seule fois où Wax avait été témoin des conséquences d'une vraie bataille, et la violence là-bas avait hanté ses rêves pendant des semaines. Ceci surpassait en un instant ces corps tranchés par l'épée sur la plage, avec des amas fumants, saignants et brisés d'os, de peau et pire encore laissés là où leur propriétaire était mort. Certains démons tressaillaient encore, sans qu'aucune mise à mort miséricordieuse ne vienne, tandis que des soldats Whent épuisés s'occupaient de leurs propres besoins.

L'équipe de Jochi n'offrit pas non plus de réconfort à ces monstres, les six premiers hachant et poussant de côté tout corps de démon trop grand pour être enjambé. Pendant les premiers pas au-delà de la ligne Whent, les horreurs continuèrent, avant de s'estomper rapidement en taches de sang et souvenirs éclaboussés. La raison était assez claire, car l'équipe de Jochi trouva ses premiers démons se nourrissant des derniers restes de monstres antérieurs.

Des créatures plus petites ressemblant à des chiens, avec des crinières rougeâtres et des yeux dorés. Les créatures levèrent les yeux de leur festin écarlate à l'approche de la ligne de Jochi. Elles se tournèrent pour fuir, mais Wax entendit des arbalètes tirer de chaque côté. Des carreaux fusèrent, clouèrent les démons au sol, et les guerriers de Jochi se séparèrent pour achever le travail avant que l'un ou l'autre démon ne puisse se relever.

— Ils fuyaient, pourquoi ? demanda Wax, Jochi ne stoppant pas la marche.

Ceux qui avaient donné le coup de grâce arrachèrent les carreaux, se dépêchèrent de reprendre position, les munitions mouillées rendues aux archers.

— Parce qu'un démon peut disparaître une minute et attaquer depuis les ombres la suivante, répondit Jochi. Ce n'est pas une mission de miséricorde, Wax. C'est une marche de la mort, et tout ce que nous verrons mérite une hache ou un carreau. Le seigneur de guerre, sans s'arrêter, lança un regard perçant au Vis. Et quand nous atteindrons la chambre, j'espère que tu leur planteras le couteau final dans le cœur. Pour notre bien à tous, Wax.

46
TORCHES ET PIÈGES

Quik se jeta dans la troisième brèche, la terre s'infiltrant dans les coupures de son flanc gauche. Cette vouge avait laissé sa marque, même si son propriétaire y avait perdu la vie. Autour du chasseur, la journée grise et venteuse rendait un verdict assorti : froide et morose. Le fait que seuls trois autres l'aient rejoint depuis la deuxième brèche, se faufilant entre les pièges, contournant les arbres et traversant les pelouses piquantes devant l'avancée des Najahn, ajoutait à ce manteau oppressant : ils perdaient. Un poids terrible, même s'il était attendu.

Le chasseur jeta un coup d'œil vers la mer. L'évacuation aurait dû être terminée maintenant, l'océan parsemé d'espoir alors que les bateaux de pêche et les navires de charge emportaient les familles et les anciens de Vis vers le dernier bastion sur Kance. Au lieu de cela, de la fumée s'élevait au milieu des vagues. Les navires de Vis se regroupaient près du quai, où le tirant d'eau plus faible empêchait les grands clippers Najahn de s'approcher trop près, trop mortellement.

Ils avaient déferlé depuis le nord de Vis dans leur rage, leurs drapeaux noirs et violets flottant au vent. L'assaut prédit dans les cartes que Quik avait trouvées, un assaut auquel la marine de Kance, apparemment trop préoccupée par ses propres eaux, n'avait pas fait face.

Narro n'avait pas tenu sa promesse, il n'était pas venu à l'aide de Vis. L'île était seule.

Ses gantelets, dont les pointes métalliques étaient maintenant un mélange de sang rouge et de terre noire, s'agrippèrent au sol et poussèrent Quik vers le haut, bien que le chasseur resta accroupi en se dirigeant vers le côté gauche de la route de la falaise, l'étroite brèche couverte d'arbres avant la descente abrupte — pas si loin maintenant — vers la place centrale de Mottilan. Au milieu des fougères et des broussailles, il trouva ces quelques chasseurs, jeunes et vieux, fourrant des fléchettes dans des sarbacanes avec des doigts ensanglantés, nettoyant des lances pour la prochaine attaque, ou regardant dans le vide, le moment écrasant leur santé mentale.

Il devait dire quelque chose, devait les réveiller pour la prochaine résistance. Deux autres brèches les attendaient après celle-ci, des groupes de pièges qui ralentiraient les Najahn même s'il ne restait qu'une seule âme pour les manœuvrer. Quik rassembla son souffle, ouvrit la bouche—

— Vis, vint le ton de fer, aussi dur que la mort elle-même, comme Deshiva l'était toujours. La maîtresse de chasse tomba dans le bosquet d'en haut, un élan sauvage que Quik réalisa avoir dû commencer depuis le mur de la falaise de l'autre côté de la route, à travers la cour et la maison en flammes au-delà. Le combat continue, mais notre stratégie doit changer.

Deshiva portait autant de blessures que n'importe lequel d'entre eux, et sa lance n'avait plus qu'une seule plume bleu-blanc sur son corps meurtri, mais elle se tenait aussi inébranlable que jamais. S'accroupissant au sol en parlant, Deshiva pansa leurs esprits d'un long regard sur le visage de chaque défenseur.

— Vous avez retardé les Najahn comme nous en avions besoin, mais seulement sur terre. Notre ennemi vient à nous par la mer, et nous devons donc les combattre là-bas aussi. Deshiva se concentra maintenant sur les archers, leurs flèches. Le groupe le plus nombreux, ceux qui partaient en premier pour la prochaine embuscade. Tous ceux qui peuvent tirer à l'arc viendront avec moi. Nous nous dirigeons vers les navires, pour retarder, détruire et faire reconsidérer aux Najahn leur poursuite. Elle hésita, trouva Quik, ses gantelets. Le reste d'entre vous, tenez les brèches. Maintenez-les à distance.

— Sans les archers, nous sommes morts, dit un chasseur plus âgé, assis par terre et pressant un cataplasme de feuilles sur une entaille le long de sa jambe droite.

— Alors vous mourrez d'une mort glorieuse, dit Deshiva, puis elle porta sa lance à sa tempe, saluant le chasseur avec les deux. Je salue votre bravoure, chasseur, et Vis voit votre sacrifice. Rendez-le digne de son respect.

Sans attendre d'autre mécontentement, Deshiva mit deux doigts à sa bouche et siffla. Un appel aigu, celui qui lance une chasse, et les archers bondirent à l'appel. Aussi vite qu'elle était apparue, Deshiva s'élança du côté de la falaise, sautant d'arbre en liane, ses suiveurs se précipitant après elle en lignes déchiquetées.

En haut de la falaise, le sol trembla. De lourdes bottes approchaient, régulières et implacables dans leur avancée.

Dix. Dix chasseurs restaient dans le bosquet, et Quik se surprit à réprimer un froncement de sourcils à ce mot. Peut-être qu'un seul autre ici pouvait être qualifié de chasseur, dans le sens classique de Vis. Trois étaient âgés et s'effilochaient, rappelés des bosquets et de vies solitaires en harmonie avec la jungle pour défendre leur foyer. Les cinq autres auraient eu de la chance de voir plus d'une douzaine d'étés, leur courage prouvé par leur présence ici.

Plus maintenant.

— Partez, dit Quik aux plus jeunes. Suivez Deshiva et dirigez-vous vers le nord à la plage. Trouvez Sawi à la grotte et partez avec son groupe.

Quand celui qui avait déclaré que l'ordre de Deshiva était une condamnation à mort commença à parler à nouveau, Quik écrasa l'argument de la même manière.

— Vis est son peuple, pas un lieu, dit Quik, réalisant, en parlant, que ces mots venaient des histoires Najahn qu'il avait été forcé d'apprendre pendant ses semaines sur l'île. À l'origine tiré d'un dernier discours contre une attaque de démons, Quik pensa que c'était une réutilisation digne. Emportez Mottilan avec vous, et partez.

Le même chasseur sembla réaliser que discuter était à la fois impossible et inutile, se levant plutôt d'une manière chancelante. Un autre jeune prit le bras de son ami, et ensemble avec les trois autres, ils se dirigèrent vers les grands arbres et les lianes offrant une échappatoire. Avant de sauter, le chasseur blessé tourna la tête vers le ciel terne et poussa un cri sauvage.

Quik et ses cinq compagnons restants, meurtris, firent écho au son.

— Et maintenant que vous avez chassé les jeunes, comment voulez-vous que nous mourions ? demanda une femme plus âgée, avec trois sarbacanes en boucle autour de son cou. Une bandoulière de fléchettes en travers de son épaule, chacune trempée dans un poison paralysant. Une charge glorieuse contre les Najahn ? Un lent dépérissement pendant qu'ils nous découpent et nous poignardent ?

Le chasseur de Vis ne répondit pas immédiatement. Au lieu de cela, Quik se retourna vers la route. Les Najahn avaient ralenti à mesure que l'attaque se prolongeait, devant à la fois s'occuper de leurs blessés et naviguer à travers les pièges ignobles. Ils n'étaient pas encore apparus au-dessus de la pente suivante, et cet espace donna à Quik le temps de trouver un plan.

— Là, dit le chasseur en indiquant d'un signe de tête la fumée noire s'élevant des maisons en flammes sur la falaise. Des lanternes, des torches, délibérément ou dans le chaos de la bataille, avaient trouvé de quoi se nourrir. C'est notre réponse.

Quik envoya les deux chasseurs les plus agiles dévaler la pente pour trouver des torches, tandis qu'il utilisait ses gantelets pour battre les buissons, les herbes, les fougères et les petits arbres afin de les jeter en travers de la route. Les broussailles recouvrant déjà les pièges feraient également l'affaire. Les gantelets n'étaient pas des haches, mais ils raclaient et projetaient suffisamment bien, les deux derniers chasseurs ramassant ce que Quik battait et le disposant le long de la route.

Cela brûlerait-il assez longtemps pour retarder les Najahn ? Pas en soi, mais si Quik pouvait déclencher un brasier suffisamment important ?

Les Najahn apparurent au sommet de la pente au moment où les deux chasseurs revenaient en courant avec leurs torches. Boucliers levés, voulges en main, leurs rangs reformés après avoir passé les fosses-pièges, les Najahn avançaient à un rythme délibéré qui, sur un cri, ralentit lorsqu'ils virent Quik debout, seul, au milieu de la route. Des broussailles jonchaient le sol à ses pieds, ses deux gantelets pendaient à ses mains le long de ses flancs.

Quik gronda en direction des guerriers vêtus de pourpre et de noir, tandis que le chasseur plus âgé murmurait que les torches étaient arrivées.

Le spectacle pouvait commencer.

— Pour Mottilan ! Pour Vis ! rugit Quik, levant ses gantelets en un appel à deux griffes vers le ciel.

Ce faisant, les chasseurs lancèrent les deux torches, les flammes tourbillonnant dans la brise de l'après-midi. Elles atterrirent près des pieds de Quik et trouvèrent un foyer accueillant. Des étincelles et de la fumée jaillirent, les broussailles sèches recouvrant les pièges offrant suffisamment de prise pour donner une chance aux feuilles, bâtons et branches encore verts de crépiter.

Les Najahn se séparèrent, plusieurs porteurs de chakrams et d'arbalètes se plaçant devant les voulges pour tirer facilement. Quik offrait effectivement une cible facile, fumée ou pas, debout au milieu de la route. Il fit donc un pas en arrière et disparut.

S'il n'avait pas utilisé les gantelets pour se rattraper avec Sawi sur le flanc du Grand Sana, Quik n'aurait pas tenté de sauter dans la fosse-piège. Au lieu de cela, le geste triomphant permit au chasseur de placer les gantelets là où il en avait besoin, là où leurs pointes métalliques s'enfoncèrent dans la terre et arrêtèrent la chute de Quik. Des carreaux et un unique chakram volèrent au-dessus de sa tête, soulevant la terre et traçant des sillons dans la route. Aucun ne le toucha.

Rester à l'affût pendant que la fumée s'épaississait semblait une idée séduisante, sauf que les Najahn avaient déjà vu suffisamment de fosses-pièges de Vis pour deviner que la disparition de Quik n'était pas due à une compétence surnaturelle. Alors Quik se hissa près des débris en feu et s'élança à la suite des autres chasseurs. Derrière lui, les Najahn reprirent leur marche.

Quik, presque rampant, hésita. Il jeta un coup d'œil en arrière vers la colonne blindée et évalua leur vitesse.

Trop rapide. Le feu n'aurait pas le temps de se propager. Ses chasseurs n'auraient pas non plus le temps d'allumer le reste des brasiers, de transformer Mottilan en l'inferno cicatrisant qu'elle devait devenir pour gagner suffisamment de temps.

Deshiva leur avait demandé d'offrir à Vis une mort glorieuse. Quik avait fait un serment à Wax, de gagner du temps pour son frère. Qu'avait dit Gladdring déjà, que son frère se dirigeait vers Kance ? Une île assiégée par les Najahn ?

Les blesser ici, et Quik pourrait encore aider Wax. Pas comme le chasseur le voulait, peut-être, mais comme les dieux l'exigeaient.

— Je te l'ai dit, mon frère, je ne t'abandonnerai jamais, murmura Quik, et il tourna non pas à gauche, vers la route menant à la ville, mais à droite, vers une falaise parsemée de broussailles et de pierres.

Bientôt, Vis accueillerait un autre fils digne d'elle.

47
VOLEURS DE JOIE

En termes de promenades idylliques, trébucher le long d'une caverne rocheuse et escarpée laissait beaucoup à désirer. Maena, cependant, ne le remarquait pas, son esprit étant si agréablement enveloppé d'une belle aura grâce à sa main droite et à sa prise inébranlable sur la créature moelleuse et sereine à côté d'elle.

La créature nuageuse n'avait pas conservé son apparence parfaite après avoir traversé le portail, ses flocons blancs et gris gagnant de la boue, de la poussière et quelques morceaux manquants dus aux débris tombés de la cave. Un regard en arrière aurait confirmé que la masse sinueuse qui les suivait subissait un sort similaire, mais ces paquets de bonheur sans bouche et sans mots ne se plaignaient pas. Ils se balançaient derrière Maena, suivant Haggerth qu'elle tirait, inconscient.

Devant, les rochers effondrés qui abritaient les particules Tamas et leur portail se détendaient via des fragments qui s'effritaient. Noueux et scintillants de minéraux exposés, les longues dalles qui avaient survécu à leur chute initiale se brisaient alors que le sol continuait de trembler.

Certains de ces morceaux tomberaient probablement à travers le portail et écraseraient ces terreurs voilées qui attendaient à l'intérieur.

Si Maena avait particulièrement de chance, la roche et la boue pourraient même sceller à nouveau le portail et laisser ces choses enfermées dans leur monde mourant.

Et, vu à quel point elle se sentait bien, pourquoi ne pas ajouter un peu de chance au mélange ?

Même la vue au-delà des dalles abritées ne pouvait pas gâcher l'euphorie de Maena : le chemin qu'elle avait choisi, le long du mur extérieur de la chambre, continuait avec des cicatrices occasionnelles d'effondrement, des lignes qu'elle devrait franchir, mais pas impossibles. Non, ce qui aurait suscité plus d'inquiétude si Maena avait été capable de le ressentir, c'était le chaos absolu qui l'attendait près de la sortie sud de la chambre, celle qui menait autrefois aux cavernes et à la fortification Whent.

Ce tunnel avait disparu. Bloqué par des décombres et, si Maena voyait bien, colmaté à la hâte avec du mortier Whent. Quelques bribes du campement des marcheurs de feu subsistaient, leurs machines suintantes et leurs sphères de plongée autrement écrasées en morceaux tordus et brisés. À la place, la sortie de la chambre se trouvait beaucoup plus près de l'emplacement de Maena, une entrée oblongue et rugueuse menant dans l'obscurité.

Juste vers Dreamhold, si Maena avait bien compris sa géographie.

Le trou, à peine plus grand que la sortie de la caverne qu'elle venait de quitter en se débattant, n'était pas vide et n'attendait pas l'équipe de Maena. Il grouillait de démons. Des créatures que Maena ne pouvait nommer, qui ressemblaient à des monstres agités semblables à des oiseaux avec des griffes frétillantes en guise de pattes, se pressaient dans l'ouverture et ce qui se trouvait au-delà. Des corps par dizaines, par centaines, gisaient au bord de la piscine sous le trou, marqueur de démons combattant d'autres démons.

En termes d'options, cela semblait un mauvais choix, et même dans sa confiance euphorique, Maena chercha une meilleure solution. Aucune ne se présentait : traverser la chambre dans l'obscurité — en effet, la seule lumière de la chambre provenait des vestiges des marcheurs de feu, se terrant près de la caverne colmatée, leur lueur vacillant à travers la chambre et projetant tout dans des tons oranges et jaunes — n'offrait rien d'autre qu'une noyade obscure ou un écrasement rocheux comme récompense. Derrière Maena attendaient le portail Tamas et un mur de décombres.

— Alors on continue, dit Maena, à la fois à Haggerth et à la créature nuageuse.

Ni l'un ni l'autre ne s'y opposa.

Le chemin n'était ni rapide ni agréable. La faim et la soif de Maena attaquaient son plaisir, des éclairs surgissant pour déclarer que son corps dévasté ne pourrait pas tenir beaucoup plus longtemps, mais ces élancements étaient comme les trébuchements et les chutes sur les pierres pendant qu'ils marchaient : temporaires, gênants, ignorés.

Sa progression lente avait un avantage : au moment où ils atteignirent le trou, les démons s'étaient tous faufilés à l'intérieur. Aucun n'avait pris leur place, bien que les eaux bouillonnantes à la droite de Maena suggéraient que beaucoup allaient arriver. Une chance, donc, de passer.

Ce que Dreamhold, Jochi et tous les autres feraient quand Maena entrerait à la tête d'une armada de démons, dont un beau et apportant le bonheur à chaque contact, était un problème que la capitaine Rana décida de ne pas se soucier.

— Juste par ici alors, dit Maena, sa voix craquelée à peine un râle.

Haggerth, peut-être en réponse, peut-être à cause des terribles choses qui tourmentaient son corps, gémit.

Les créatures nuageuses se balancèrent en silence.

Maena, posant ses genoux contre la roche pour pouvoir monter sans lâcher prise ni sur Haggerth ni sur la créature nuageuse, leva les yeux vers l'ouverture. Pas seulement un trou, assez grand pour accueillir de gros monstres, et agrandi par des entrées dévastatrices, à en juger par les morceaux de pierre brisés, les toussotements griffus et les trous arrondis. Pourtant, malgré sa taille, Maena trouva son chemin bloqué.

Les démons semblables à des oiseaux revenaient.

Poussant des cris de panique aqueux, les monstres se précipitèrent dans l'ouverture, fonçant sur Maena. La capitaine Rana se retira avec la créature nuageuse, tombant sur Haggerth et se blottissant près de lui. Les démons arrivants les contournèrent, se déversant dans l'eau, jusqu'à ce qu'ils entrent en contact avec les créatures nuageuses. Malgré quelques morceaux blancs et duveteux projetés dans les airs, les bruits frénétiques s'apaisèrent, se réduisant à de simples soupirs secs.

Maena se redressa et vit pourquoi : les créatures nuageuses avaient pris les démons dans leur piège amical. Les démons-oiseaux qui avaient touché les créatures nuageuses se tenaient immobiles, les yeux mi-clos, leurs bouts d'ailes déchiquetés touchant les créatures nuageuses. De leur côté, les créations Tamas flottantes continuaient d'avancer depuis la caverne, flottant autour des démons-oiseaux, enveloppant les bêtes dans le meilleur piège que Maena puisse imaginer.

Elle sourit. Voilà une solution. Si ces créatures

nuageuses pouvaient être domptées, eh bien, personne n'aurait plus à craindre un démon. Tamas pourrait s'avérer être l'antidote, la réponse à la catastrophe imminente des îles.

Car, Maena le reconnaissait, le bombardement des portails avait échoué. Les démons continuaient d'arriver. Mais un héros ne baissait pas les bras simplement parce que ses idées n'aboutissaient pas. Ils continuaient d'essayer jusqu'à trouver le succès, et Maena n'allait pas s'arrêter maintenant. Ses dettes n'étaient toujours pas réglées.

Elle se retourna vers l'ouverture, commença à grimper à nouveau, seulement pour trouver le trou rempli de nouveaux corps. Pas des démons cette fois, pas des membres inconnus ou des bouches baveuses et crochues. Au lieu de cela, Maena leva les yeux vers un visage barbu, ensanglanté et en colère qu'elle connaissait bien.

— Rana, souffla Jochi, ses haches tirées, les yeux plissés. De toutes les personnes que je m'attendais à trouver ici, pourquoi ne suis-je pas surpris que ce soit toi ?

Maena esquissa un sourire et commença à répondre, quand un guerrier près de Jochi jura et pointa une lame derrière elle. La capitaine Rana, lâchant la main d'Haggerth, se retourna et vit l'autre côté de Tamas : ces esprits sombres dévoreurs d'âmes s'écoulaient de la caverne latérale effondrée, engloutissant les créatures nuageuses et les démons ailés sur leur passage. Une vague sinistre balayait tout sur son chemin.

Cette fois, l'éclair qui brisa la félicité de Maena s'attarda, devint brûlant. Elle déglutit et se retourna vers Jochi.

— Rocheur, il faut qu'on courre.

48
PLAN DE VOL

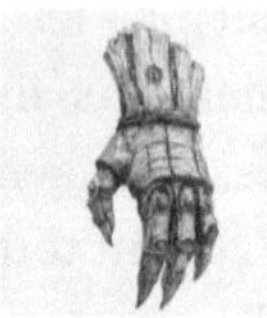

Après une vie et une mort remplies de moments angoissants et palpitants, Svarde plaçait les secondes à couper le souffle qui suivirent le lancement de son planeur dans le ciel par le geyser près du sommet de sa liste. Attaché, répétant les instructions délivrées par une enseignante qui semblait à peine sortie du lit, Svarde ne put s'empêcher de pousser un hurlement rauque tandis que le paysage s'éloignait sous lui. L'air brûlant chauffait les coussins de protection sous son corps tout en gonflant la fine toile au-dessus de lui, menaçant de le renverser à la verticale, ce que seul son propre poids et son penchant obstiné vers l'avant empêchaient.

Une danse qu'il devait poursuivre jusqu'à ce que le planeur s'élève suffisamment haut pour le porter vers l'embuscade de l'aube.

Sa cible, la flèche du Palais Céleste, s'élançait vers le haut, grimpant dans sa pierre parsemée de balcons. Des chambres de verre parsemaient ici et là les flancs de la montagne, étranges excroissances conçues pour émerveiller les invités en leur permettant de dormir en flottant dans les airs. Svarde en réveilla plusieurs en sursaut lors de son ascension, le triangle festonné du planeur interrompant ce qui aurait été autrement un magnifique lever de soleil.

Cela dit, Svarde leur rendait service : se réveiller maintenant leur donnerait peut-être une chance de fuir avant la bataille.

La force du geyser s'épuisa après trop peu de temps, laissant le vent omniprésent de Kance prendre le relais. Le planeur frissonna, la toile claquant alors qu'elle s'adaptait à son nouveau guide. Svarde tenait la barre de sa main droite, gardant sa main gauche sur le pommeau de son épée, bien que les sangles autour de ses jambes et de sa poitrine rendaient la force de préhension superflue. Toute cette protection rendrait un atterrissage en combat délicat, bien que l'enseignante ait suggéré qu'une forte traction suffirait à défaire les cordes serrées.

Quelque chose que Svarde allait bientôt mettre à l'épreuve. Le barbare fit virer son planeur, s'inclinant selon les instructions rapides de l'enseignante, vers l'Est. Un virage paresseux destiné à passer quelques minutes jusqu'à ce qu'Ami puisse attraper la prochaine éruption du geyser et le rejoigne là-haut. Cette lente dérive dévoila Kance sous Svarde, ses montagnes et leurs cols sinueux se prolongeant vers l'Est. Des champs verts, portant les premières semences du printemps, s'étendaient sur des plateaux ondulés. D'autres planeurs sillonnaient déjà le ciel dans cette direction, mais pas pour admirer le paysage : Svarde vit les pilotes vider des sacs sur ces champs, une façon plus rapide de fertiliser et de planter, surtout pour une île dépourvue des bêtes de labour de Whent.

Cette vue provoqua en lui une étrange vague de fierté pour les îles dans leur ensemble, cette terre à laquelle Svarde s'était dévoué, à maintes reprises, pour la défendre.

Pas toujours de la meilleure façon, pas toujours avec les bonnes méthodes, mais il avait essayé, et ces îles, avec leurs habitants ingénieux, leurs merveilles laissées par les dieux, méritaient qu'on se batte pour elles.

Sa partenaire dans tant de ces combats s'éleva dans un léger sifflement, son planeur d'un beige jaunâtre contrastant avec le vert tendre de Svarde. Ami ne suivit pas la boucle contemplative de Svarde, s'orientant plutôt durement vers le nord en direction du Palais Céleste. Elle avait l'avantage de la hauteur sur Svarde, mais Ami sacrifia cet avantage pour la vitesse, fonçant vers un balcon qu'elle avait décidé de viser.

Ils n'avaient ni cartes, ni schémas, ni réelle idée de la hauteur que le geyser pouvait les propulser. En termes de stratégie, le duo devait s'écraser dans le Palais Céleste et se frayer un chemin jusqu'à Gladdring aussi vite que possible, en tuant le moins de soldats de Kance possible en chemin.

La première partie serait assez facile. La seconde ?

Le balcon arrivait sur eux gentiment, une balustrade de pierre blanche parsemée de jeunes plantes en pot, les bourgeons commençant tout juste à apparaître. Une belle terrasse, et une bien trop petite pour leurs planeurs. Svarde pensa à crier quelque chose, mais à quoi bon ?

Ce n'était pas une opération en douceur, mais une opération brutale. Ami leva le bras alors que son planeur fonçait, tirant sur une corde qui resserrait le planeur pour le rangement, réduisant l'aile de toile à une ligne. Elle plongea, rebondit sur les pierres et s'écrasa dans la pièce au-delà. Les portes vitrées en bois volèrent en éclats, le cadre en verre trempé du planeur se brisa en un million d'étincelles, et Svarde ne vit plus rien lorsque l'atterrissage d'Ami passa dans l'ombre de la pièce.

Un spectacle terrible, et que Svarde était sur le point de répéter.

Le barbare marmonna une prière Foti, tendit la main vers la même corde de resserrement qu'Ami avait tirée alors que le balcon arrivait à toute vitesse. Il tira, l'aile se referma brusquement, et Svarde chuta... Trop vite.

En matière de balustrades en pierre, la barrière immaculée et blanchie à la chaux du balcon comptait parmi les plus belles. De petites rafales de vent avaient été sculptées sur toute sa longueur, de sorte qu'en la regardant, on suivait une vague continue d'un bout à l'autre.

Svarde compléta ce design avec un fracas d'os brisés, fendant la balustrade et envoyant son planeur dans un tourbillon craquant à travers les carreaux déjà couverts des débris d'Ami. La main gauche du Gardien garda sa prise, même si l'énergie Vis dans la lame jaillit, se précipitant vers les coupures, les contusions et au moins une côte fêlée qu'il avait gagnées à l'atterrissage.

D'accord, il avait démoli le planeur, détruit la balustrade et s'était peut-être rendu inutile dans un combat, mais pour un premier vol, ce n'était pas si mal, n'est-ce pas ?

Sur le dos, Svarde examina attentivement la pièce autour de lui. Un plafond peint présentait des nuages entrelacés de diamants célestes. Des meubles éparpillés, la plupart renversés, et une table brisée suggéraient que l'endroit était une sorte de salon, un lieu pour des réunions décontractées ou des apéritifs du soir. Quoi qu'il en soit, à cette heure-ci, il était désert, et aucun cri ne résonnait dans les couloirs.

Petites bénédictions.

— Eh bien, c'était une terrible idée, dit Ami, et Svarde tourna la tête pour la voir se relever, époussetant le verre de son pantalon de vol de sa main gauche. Cela fait, elle atteignit son bras droit maladroit et, avec une grimace, tira fort sur son poignet droit. Son épaule se remit en place dans un claquement, la Gardienne grogna un juron, puis soupira. Même les skars n'aident pas pour ça.

— Il faut juste en avoir plus alors, répliqua Svarde, s'asseyant, sentant son corps meurtri s'étirer et le lancer alors qu'il le faisait.

Le pouvoir de Vis, intégré dans la lame, s'attaquait à la douleur, provoquant presque des chatouillements alors que son corps inerte se reconstituait. Svarde n'avait pas encore atteint ses limites, bien qu'il supposât que la chute depuis ce même palais avait dû s'en approcher. Plus d'une journée à gésir dans la poussière suggérait que même sa lame finirait par ralentir.

Mais pas encore, pas pour cette seule chute.

Ils trébuchèrent trop longtemps, se débarrassant des morceaux du planeur, laissant aux skars le temps de ramener leurs parties brisées du bord du gouffre. Svarde attendait l'arrivée des soldats de Kance, l'apparition d'un ultimatum, mais l'unique entrée de la pièce, une arche sans porte donnant sur un couloir traversant la tour, restait déserte.

— Soit tout le monde fait la grasse matinée, soit on nous tend un piège, dit Svarde en hissant la lame sur son épaule et en se dirigeant vers l'entrée. Ses pas écrasaient le verre et le bois sur le carrelage.

— Connaissant Gladdring, c'est la seconde option. Les coupures d'Ami, contrairement à celles de Svarde, luisaient encore de sang séché. Elle se tenait aussi droite que lui, une grande lame Whent dans les deux mains. — J'espérais qu'ils attaqueraient maintenant, nous donnant un chemin à suivre.

— Nous allons tracer le nôtre, alors.

— Comme au bon vieux temps, n'est-ce pas, Svarde ?

Svarde sourit et se mit en route. — Tu te souviens de ce qui arrivait quand quelque chose se mettait en travers de notre chemin à l'époque ?

— On le coupait en deux.

Cette habitude trouva sa première cible lorsqu'ils contournèrent l'arche pour entrer dans le couloir proprement dit. Orné de tableaux et de manteaux garnis de trésors cristallins, le Palais Céleste captait la lumière du soleil venant des terrasses et la projetait partout, faisant scintiller des prismes arc-en-ciel. À gauche, le couloir se terminait rapidement au bord de la tour incurvée, une autre terrasse offrant une vue sur le port de Kance et les navires au-delà. À droite, les dalles de pierre lisse continuaient jusqu'aux ascenseurs au centre de la tour.

Là, un comité d'accueil les attendait.

L'homme se tenait debout, revêtu d'une armure Kance luisante. Une rapière dans chaque main, les gardes des armes aussi dorées que tout ce que Svarde avait jamais vu. Une visière balayait son casque, ne laissant visible que les yeux du soldat. Il attendit que Svarde et Ami s'approchent, sans émettre le moindre son.

— Qui es-tu, toi ? demanda Ami alors qu'ils arrivaient à quelques pas.

Le soldat ne dit rien. Il observait.

— Pas du genre bavard ? demanda à nouveau Ami, écartant ses jambes pour adopter une posture appropriée. — Alors laisse-moi te dire, tout de suite, que te tenir là où tu te tiens est un moyen rapide d'aller à Noctia. Tu ne vas pas gagner cette fois, alors que dirais-tu de faire demi-tour, de dévaler ces escaliers avec tes jolies épées, et de nous laisser passer ?

Encore une fois, pas de réponse.

— Soit Gladdring a trouvé des muets loyaux, dit Svarde, soit il a utilisé les skars pour écraser l'esprit de celui-ci.

Ami claqua sa langue. — Mon ami a-t-il raison ? Il ne te reste plus rien là-haut ?

Silence.

— Je crois qu'il a fait son choix, Ami.

— Je crois aussi.

Svarde fit deux pas vers la droite, Ami fit de même vers la gauche. Le soldat et ses rapières restèrent immobiles entre eux. Les deux Gardiens échangèrent un regard, un hochement de tête.

Le chemin vers Gladdring serait pavé de sang. Autant s'y mettre.

49
LES DÉSIRS DE LA MORT

Il s'y était mal pris depuis le début, réalisa Wax, alors que Jochi et ses guerriers emmenaient le jeune Vis au-delà des lignes Whent. Tandis que Dreamhold méritait, une fois de plus, son surnom, Wax ne faisait guère plus que d'éviter de glisser sur l'avenue trempée de sang. Lames et haches Whent, arbalètes et pioches de mineur distribuaient une mort coordonnée aux démons assez fous pour charger dans leur direction. Tentacules, griffes, langues ou dents, peu importait : les monstres rencontraient une fin sans cérémonie.

Pourtant, Wax ne voyait pas de sourires victorieux sur les visages autour de lui, les rangs tournant pour placer des bras et des jambes frais à l'avant après chaque escarmouche. Aucun chant ne s'élevait, aucune blague ne faisait son apparition. Si Torny avait semé la destruction comme cela, elle aurait lancé des insultes toutes les minutes. Bliss aurait noté le nombre de victimes de son équipe. Même Eujo aurait peut-être esquissé un sourire.

— On célèbre les victoires, dit Jochi, haletant après qu'ils venaient d'envoyer une autre volée d'étranges démons ailés battre en retraite. Dans cette guerre, jusqu'à présent, il n'y en a eu aucune.

— C'était quoi, alors ? demanda Wax.

— Une pause. Ils reviendront, ou quelque chose d'autre prendra leur place. Les démons ne s'arrêtent pas, Wax, ce qui signifie que nous ne dormons pas. Fais ton boulot, et j'aurai chaque Whent ici en bas levant une chope à ton nom avant la tombée de la nuit.

Que la tombée de la nuit soit un concept impossible ici-bas ne semblait pas avoir d'importance.

Quant au boulot de Wax ?

La chambre n'était pas le foyer éclatant que Wax avait imaginé, même avec les tremblements constants. Jochi avait décrit l'endroit comme le cœur de Noctia, ou peut-être son âme. Là où elle gardait les demeures que les dieux avaient laissées derrière eux. Si ça avait été comme ça autrefois... Ça ne s'en rapprocherait plus jamais.

Des pierres s'effritaient et des cascades de terre pleuvaient aussi loin que Wax pouvait voir, ce qui, étant donné l'obscurité qui empiétait de partout au-delà de leurs torches et de la petite lueur sur la gauche, où les marcheurs de feu étaient censés être retranchés, n'était pas bien loin. Des éclaboussures résonnaient contre les murs creusés alors que des rochers géants s'écrasaient dans le bassin, le plafond au-dessus tellement défoncé que Wax aurait cru le bassin déjà comblé.

Les dieux avaient laissé ces portes grandes ouvertes.

S'écoulant d'un coin sombre sur la droite, probablement d'une de ces portes, venait une étrange file rebondissante de démons semblables à des nuages. Leur duvet gris argenté était couvert de saleté et de crasse, et certains avaient des morceaux manquants dans leurs formes sphériques, mais ils formaient autrement une chaîne derrière une femme en haillons, dont la peau et les vêtements étaient en lambeaux, qui avait l'air de devoir être morte. La femme boitait dans leur direction, luttait sur les décombres accidentés, et à travers tout cela, elle gardait une main agrippée à l'un de ces démons et l'autre... Était-ce un corps ?

Les démons ailés que les Whent avaient chassés s'enfuirent à travers les boules de duvet bondissantes quand quelque chose d'étrange se produisit : les créatures craintives s'arrêtèrent simplement ici et là, s'immobilisant confusément au milieu des sphères grises rebondissantes. S'ils étaient attaqués, dévorés, Wax ne pouvait le dire. S'il devait deviner, à la façon dont les démons ailés baissaient les épaules et fermaient les yeux, ils avaient l'air... heureux ?

— Voilà quelqu'un que je ne m'attendais pas à voir, dit Jochi, debout juste devant et à la droite de Wax, regardant par le trou. Des guerriers le flanquaient de chaque côté, armes prêtes, tandis que le reste du groupe s'étalait derrière, prenant du repos ou de l'eau. Reste en arrière, Wax. Maena est dangereuse.

Wax n'avait pas beaucoup de place pour reculer alors que Jochi s'agenouillait et disait quelque chose à la femme blessée, qui s'était traînée près de l'entrée du trou. Wax gardait les yeux sur les démons qui se rassemblaient derrière, fut le premier à lancer un avertissement à la vue de l'essaim sombre et fantomatique qui dérivait de la même caverne d'où la femme — Maena ? — avait émergé quelques instants plus tôt. Ces monstres, qui ressemblaient à des haillons déchirés couvrant les opposés plus sombres de ces boules de duvet blanc-gris, ne partageaient pas l'aura placide qui émanait de leurs homologues.

Au lieu de cela, les démons sombres atterrissaient sur les plus clairs, ces corps duveteux blancs se croisant avec des éclairs ambrés déchiquetés. Ces fissures s'étendaient, couvrant les créatures nuageuses de lignes crépitantes, mais la lumière ne s'envolait pas librement, ne se répandait pas comme les orages du pays natal de Wax. Au lieu de cela, elle s'enroulait, se nourrissant directement des démons sombres. Quand la lumière disparaissait sous ces haillons noirs troués et déchirés, elle ne ressortait plus. À mesure que les éclairs s'estompaient, il ne restait qu'une coquille rétrécie, les vestiges en lambeaux de la créature nuageuse sombre et ruinée, mais pas morte. Au lieu de cela, elle flottait, rejoignant le flot de démons qui se dirigeait vers eux.

— Aux armes ! cria Jochi. Le seigneur de guerre se retourna vers sa troupe et répéta l'ordre, tandis que les guerriers à ses côtés se penchaient pour hisser Maena dans le trou. Nous tenons ici, où l'ouverture est la plus étroite !

Maena hurla. Les yeux de la femme s'écarquillèrent, sa voix, à peine un râle rauque, se brisa. Les guerriers la tirèrent à travers le trou tandis que la force Whent se rassemblait, les arbalètes lâchant les premiers tirs sur les étranges démons. Les mains de Maena se tendirent vers la chambre, vers le démon duveteux flottant là, déjà parmi les derniers de son espèce alors que la vague déchiquetée approchait. Des éclairs ambrés jaillirent. L'obscurité s'épaissit.

Wax vit son moment. C'était pour cela que l'Aegis était fait. Il contourna les guerriers qui traînaient Maena, maintenant en proie à des convulsions et des haut-le-cœur, apparemment agonisante, loin du trou. Jochi resta à ses côtés, les yeux du seigneur de guerre descendant la pente vers un autre humain allongé là, inconscient.

— C'est une guerre, gronda Jochi tandis que Wax regardait les démons qui approchaient, sentant les skars s'agiter dans son esprit. Tes skars sont-ils prêts pour ça ?

— Tu l'es ?

— Depuis le jour maudit de ma naissance, répondit Jochi en fusillant du regard les démons, comme si sa seule volonté pouvait les ralentir. Le claquement des arbalètes n'avait certainement pas eu d'effet, les carreaux disparaissant dans ces démons sans grand résultat. On dirait que c'est ton heure, Vis.

Wax hocha la tête, bien conscient de cela. Il avait eu de la bonne nourriture, de l'eau et suffisamment de repos pour faire ce que Catya exigeait. C'était le moment. Rassembler les skars, bannir les démons, briser les portes et sauver les îles.

— Va chercher ton ami, marmonna Wax. Je m'occupe de ceux-là.

Jochi prit Wax au mot, laissa tomber ses haches et se glissa par le trou. Wax tendit une main vers la vague sombre et flottante qui approchait. Ils avaient aussi dévoré les démons à l'apparence d'oiseaux, remarqua Wax, bien que ceux-ci ne se soient pas transformés en plus de monstres flottants. Au lieu de cela, ces démons s'étaient effondrés, les yeux révulsés et les membres immobiles.

Les skars s'enragèrent à cette vue, Foti réclamant une explosion de feu. Rana exigeait que Wax saisisse la mare pour emporter les monstres, tandis que Whent trouvait des fissures dans la roche tremblante au-dessus : ensevelir les démons serait facile. Et Noctia attendait toujours, affamée et prête à aspirer tout ce qui maintenait les démons en vie.

C'étaient tous des actes séparés. Wax avait besoin de plus, il devait les réunir. Il poussa contre leurs pulsions, comme s'il pliait une rêverie. Effondrer la caverne, mais utiliser l'eau de la mare pour inonder les brèches. Fondre le tout avec les flammes, et—

Jochi jura. Il avait les deux mains sur le corps, le traînant vers le trou, quand le dernier démon nuageux, celui que Maena avait retenu, se brisa en un éclair ambré devant lui. Un vide déchiqueté fondit sur le seigneur de guerre, et Noctia prit le dessus. Elle quitta la symphonie soigneusement orchestrée par Wax et envoya un trait invisible, frappant le démon et aspirant son essence vers Wax.

Le Renouveau Vis ressentit deux choses à la fois, comme s'il recevait un coup de poing dans le ventre tout en étant embrassé sur la joue. Bonheur et douleur, terreur et espoir. Sa vision se brouilla, les skars hurlèrent, et Noctia alimenta ces pierres d'une énergie fraîchement dévorée.

Foti parla en premier, des jets de feu jaillissant des doigts de Wax vers les démons qui approchaient. Ces haillons fragiles s'enflammèrent, les tourbillons sombres en dessous frissonnant, mais continuant d'avancer. Whent frappa ensuite alors que Jochi se hissait à côté de Wax, le seigneur de guerre s'efforçant de tirer son ami après lui, d'autres guerriers tendant la main pour aider. La roche autour d'eux explosa, des fissures remontant les murs instables et creusant des morceaux loin au-dessus. Des pierres écrasèrent les démons en flammes, les réduisant en miettes, mais d'autres continuaient d'affluer.

Kance avait la solution, invoquant une forte rafale qui repoussa les démons les plus proches, là où Rana souleva la mare pour tremper et aspirer les monstres sous les eaux tumultueuses. Wax tomba à genoux, son souffle devenant superficiel, les skars continuant de cracher du feu, de jeter des pierres, de souffler et de noyer la vague sombre.

Noctia, une fois de plus, était prête. De nouveaux démons approchaient, et Wax tendit la main vers eux, arrachant leur terrible énergie et l'attirant en lui. Les skars tonnèrent, prêts à réduire Wax en cendres pour faire de même aux démons. Derrière lui, les arbalètes tirèrent à nouveau. Deux guerriers, soit stupides soit courageux, se glissèrent à côté de Wax avec des lames Whent levées, les plantant vers les revenants en lambeaux qui s'engouffraient.

Tellement nombreux. Et au-delà, tellement plus encore.

Le skar Tamas se faufila derrière le vacarme qui faisait rage dans la tête du Renouveau, suggérant autre chose, un rappel, une envie d'unir les pierres. Les dieux ensemble, comme ils étaient toujours destinés à l'être.

— Donnez-moi du temps, dit Wax en frissonnant, et il sentit une lourde main le repousser loin de l'ouverture.

— Tu en auras, dit Jochi, son ami déposé à côté de Maena qui hurlait toujours derrière Wax. Autant que nous pourrons t'en donner.

Ces terreurs en haillons fondirent sur eux, esquivant les coups d'épée, recevant les carreaux d'arbalète dans leurs vides, et se régalèrent d'âmes Whent.

Sous la rage, Wax écouta la cadence. Le pouls venant des skars alors qu'ils poussaient son esprit vers la ruine, la destruction, le salut. Foti martelait un refrain régulier, constant et crépitant. Whent balayait derrière, lent et lourd. Rana et Kance sautillaient en rafales staccato. Tamas et Vis se maintenaient au milieu, bouclant avec des mélodies fluides. Et Noctia ?

Noctia clamait ses exigences au hasard, dépassant les autres avant de disparaître, laissant les échos de sa faim.

Il ne les avait jamais séparés ainsi, et en le faisant, Wax les sentit réagir à son attention. Leur sentiment sonore brillait alors que Wax tournait son attention vers chaque skar tour à tour, et bien que Wax ne se considérait pas comme un musicien, Kitaye avait été une ville de chansons. Dire à Foti de ralentir son grondement, à Kance et Rana de séparer leurs solos, à Noctia de claquer un point culminant,

Wax faisait ces choses les yeux fermés, ses oreilles sourdes à la bataille autour de lui.

Des corps Whent bousculaient Wax, des mains le stabilisant s'il trébuchait. Les ordres rugissants de Jochi lui parvenaient faiblement, tandis que les râles aigus de Maena continuaient, la femme juste aux pieds de Wax. Il repoussa ce monde. Ce n'était pas important. Pas maintenant.

Les skars se mirent en rang, une marche ordonnée de puissance. La synchronicité se produisit d'un coup, sans indice, sans montée en puissance. En un instant, Foti alimenta son énergie à Rana, puis à Tamas, Kance, Vis, Whent, et, dans un crescendo tumultueux explosant à travers l'esprit et le corps de Wax, comme s'il avait plongé dans la mer la plus froide, le feu le plus chaud, Noctia frappa l'accord final.

À cet instant, un doute acéré s'insinua : Catya avait suggéré la symphonie, elle n'avait jamais dit à Wax l'ordre.

Les skars, unifiés, se libérèrent. Wax ouvrit les yeux et ne vit rien, mais il sentit ces lignes, ces lignes invisibles de Noctia jaillir de lui. Six, s'étirant devant et au loin, cherchant les portes. Une guerrière frappant un démon en lambeaux vit son ennemi s'embraser soudain d'une flamme violette-noire, vit les pierres derrière lui se dissoudre alors qu'une ligne le transperçait. Le sol trembla. Maena hurla à nouveau.

Et Wax suivit les lignes, toutes, en même temps, jusqu'à ces points tourbillonnants. Les lignes balayèrent l'espace, effleurant ces lumières tourbillonnantes, traçant des lignes entre elles, connectant non pas des lueurs, non, mais des skars. Des skars scintillants, coincés à maintenir ouvert le chemin vers les demeures de leurs dieux. Noctia les avait liés, les avait amenés en elle à la fin, et Wax les trouva, les sentit et entendit leurs chants. Ils revinrent le long des lignes de Noctia, leurs mesures, leurs rythmes, leurs voix offrant à Wax un choix.

Laisser les portes tranquilles dans leur chœur éternel, ou laisser Noctia finir la chanson, laisser le skar couler le long de ces lignes et briser ces portes tourbillonnantes.

Il n'avait qu'une seule réponse.

Wax donna les skars à Noctia, et la déesse, toujours affamée, dévora.

<h1 style="text-align:center">50</h1>

<h2 style="text-align:center">LA FIN DE LA FALAISE</h2>

Le chasseur ne fuyait pas. Il attirait, il appâtait et il volait.

Libéré de ses compagnons chasseurs, des chaînes qui le retenaient aux pièges et à un chemin fixe et lent, Quik redécouvrit des instincts dormants tandis qu'il bondissait, se balançait et se hissait le long des falaises. La route descendante de Mottilan longeait un flanc de montagne escarpé, dont la pente raide avait été depuis longtemps martelée par les pieds et les sabots en une série de lacets. Les défenseurs de Mottilan avaient forcé les Najahn à se frayer péniblement un chemin le long de ce sentier sinueux avec leurs embuscades, leurs pièges et maintenant, les lignes de feu.

Quik allait ajouter quelque chose de plus dans ses derniers efforts : une provocation.

Il utilisait arbustes et arbres comme couverture, devinant les prises, s'écorchant les jambes, les orteils et les paumes lors de sauts frénétiques tandis que les Najahn lançaient des chakrams, tiraient des carreaux et criaient à Quik de se rendre. Cette dernière option devait sembler évidente, puisque Quik ne se dirigeait pas vers ses alliés, mais remontait plutôt la falaise, derrière les lignes Najahn.

Un faible espoir persistait entre les sauts de Quik, ses feintes à droite pour bondir à gauche, ou pour se laisser glisser le long d'un tronc d'arbre et sprinter derrière la carcasse d'une maison en flammes. Si Quik pouvait aller assez loin, il pourrait peut-être distancer les colonnes Najahn, disparaître dans la jungle à l'ouest de Mottilan, puis couper vers le nord et descendre les falaises abruptes jusqu'aux bas-fonds, et de là rejoindre Sawi, Annalyse et les autres qui attendaient dans les grottes du bord de mer.

Un objectif improbable qui s'éloignait de plus en plus à chaque niveau que Quik gravissait : le violet et le noir ne cessaient pas. Certes, leurs rangs s'éclaircissaient à mesure que Quik s'éloignait du front, et les tirs se faisaient moins rapides, car les soldats, mal préparés à une embuscade, peinaient à lever et à tirer leurs arbalètes, sans parler des disques tranchants, avant que Quik ne disparaisse le long du mur.

Bientôt Quik serait au sommet, et il y arriverait avec les jambes et les bras en feu — ses gantelets, dont les pointes avaient été récemment aiguisées, étaient déjà réduits à l'état de moignons — et pourtant, d'autres Najahn l'attendaient.

Car il ne s'agissait pas seulement d'un massacre, mais d'une occupation. Les Najahn ne prévoyaient pas d'effacer Mottilan de la carte, mais d'y installer une nouvelle direction. Ils l'avaient déjà fait à Kitaye, et cette pensée jeta plus de combustible dans le feu de Quik, toujours alimenté par sa colère, ses serments, sa volonté de voir son île prospérer.

Un carreau s'écrasa contre le calcaire décoloré par le soleil juste devant sa main droite, projetant de la poussière sur le visage de Quik, et le chasseur plongea du mur rocheux. Une herbe courte, humide et chétive l'accueillit alors que le chasseur roulait sur le dernier, ou le premier, selon votre perspective, palier quittant Mottilan. Quik avança rapidement, se courbant contre le mur arrière du bâtiment, à seulement deux ou trois enjambées du bord de la falaise.

La maison de pierre n'avait pas été brûlée, sa position comme premier point d'embuscade, à l'époque où Deshiva et Quik avaient encore des espoirs plus certains, l'ayant sauvée. Par-dessus sa propre respiration haletante, Quik entendait les cris marquant sa position, les archers prenant position le long des côtés. Il pouvait retourner à la falaise, mais quelques sauts de plus le mettraient à découvert avec seulement une lèvre herbeuse à atteindre. Un tir facile, sans couvert de broussailles. Revenir vers la gauche, optant pour une descente, pourrait lui acheter quelques brefs moments avant que le filet ne se referme complètement. À droite, le long de l'arrière de la maison le mènerait à la pente douce vers la route, le col traversant les montagnes.

Pas de couverture là non plus.

Un bruit attira le regard de Quik vers le haut, vers une fenêtre du deuxième étage. Brisée pendant les combats, des voix en sortaient, l'une d'un Najahn sévère et l'autre d'un Vis épuisé. Quik n'eut pas besoin d'entendre plus d'une phrase pour comprendre qu'il s'agissait d'un interrogatoire, offrant une chance.

Ou, du moins, une meilleure mort.

Quik pivota, sauta et utilisa ce qui restait de ses gantelets pour s'agripper aux blocs de pierre irréguliers composant la maison. Le mortier s'effritait tandis qu'il enfonçait ses gantelets, ses griffes, dans la roche, tandis que Quik se propulsait avec ses orteils. Le penchant de Mottilan pour la simplicité — la ville réservait sa créativité pour ses navires — aida Quik, car aucune fioriture ni surplomb n'obstruait son ascension rapide, le plaçant, en sueur, tendu et prêt, à la fenêtre brisée en quelques respirations seulement.

À l'intérieur, une seule chaise en paille était debout dans une pièce par ailleurs occupée par une natte de paille et plusieurs paniers. Sur la chaise, les poignets déjà liés par une corde, était assis un Mottilan âgé et silencieux. Le regard de l'homme se porta sur ses interrogateurs Najahn, une paire de soldats qui avaient troqué leurs casques contre des airs plus impérieux. Leurs vouges reposaient contre le mur près de l'unique porte à la gauche de Quik. Un soldat se pencha vers leur prisonnier, délivrant quelque verdict cinglant que Quik ne saisit pas.

L'autre, de l'autre côté de la pièce, vit Quik et le désigna du doigt.

Être repéré par un Najahn promettait beaucoup de choses, la plupart terribles, mais Quik prit le geste comme une invitation. Posant sa paume gauche à plat sur le rebord de la fenêtre, Quik se hissa à l'intérieur en une culbute. Alors que son dos et son postérieur heurtaient le plancher de bois, Quik donna un coup de pied, attrapant le Najahn qui interrogeait à mi-tour. Les jambières de métal encaissèrent le coup, amortissant tout dommage que les ongles d'orteil de Quik auraient pu causer, mais faisant peu pour dévier la pression : le genou droit du Najahn se plia vers l'intérieur et l'homme jura.

Quik rebondit après le coup de pied, roulant sur sa gauche et se redressant, son dos tourné vers le Najahn pendant un moment trop bref. Leur armure cliquetante trahissait leurs mouvements, et Quik pivota dans un violent crochet du droit. Le Najahn au genou plié s'était tourné vers Quik, dégainant la lame de secours à sa taille, un geste qui aurait eu plus de sens s'il s'était d'abord éloigné de la portée du chasseur. Au lieu de cela, il tourna sa tête sans protection droit dans le coup tourbillonnant de Quik.

Un Vis apprenait à vivre avec la sauvagerie de la chasse. Non pas à se délecter du coup et de ce qui s'ensuivait, mais à l'accepter comme un signe de victoire, une opportunité de continuer.

Quik s'exécuta, retirant son gantelet, le faisant glisser pour tirer et trancher les cordes qui liaient les mains du Mottilan. L'autre Najahn, face à une horreur viscérale qu'aucun entraînement Noctia, avec ses assurances sur l'invincibilité des Najahn, n'aurait pu le préparer, resta immobile et hurla.

Le Mottilan mit fin au tourment de son ravisseur, se relevant et frappant le Najahn en pleine gorge. Le cri devint un gargouillis, puis une fin lente. Quik ne s'attarda pas pour en être témoin.

Si le prisonnier était malin, il attendrait le retour des Najahn et se déclarerait innocent.

Quik lui-même n'avait pas le temps pour des alliés. Pas maintenant.

Au-delà de la pièce, la maison de pierre révélait un petit deuxième niveau. Une échelle descendait au premier étage depuis une étroite trappe, avec deux autres chambres complétant le second étage. Aucune ne semblait occupée, bien que des taches rouges et des arcs brisés suggéraient que d'autres sacrifices du groupe de Deshiva avaient trouvé leur fin ici. Quik considéra l'échelle, entendit des Najahn se regrouper en dessous. Les premières bottes métalliques frappèrent le barreau inférieur.

Pas par là.

Au lieu de cela, le chasseur jeta un regard à travers l'étage et courut. Il ne prit pas la peine de donner un coup de pied dans l'échelle, privilégiant la vitesse et l'incertitude, se dirigeant vers une autre fenêtre carrée ouverte et brisée de l'autre côté. Cette chambre ressemblait à l'autre, vide à l'exception des taches de sang qui s'étalaient. Quik murmura une prière à Vis et continua, contractant ses cuisses et plongeant directement par la fenêtre ouverte.

Il s'élança dans trop d'air, trop d'espace. La cour autour de la maison n'offrait aucun abri à Quik. Ses seuls atouts étaient la vitesse et la surprise, et tandis que Quik tombait, ces deux éléments lui suffirent, tout juste. Un chakram fendit l'air là où il se trouvait, tranchant derrière lui alors que Quik heurtait l'herbe dans une roulade désordonnée. Des carreaux sifflèrent, l'un traçant une ligne rouge — encore une — le long du dos de Quik. Un autre s'enfonça dans l'épaule de Quik alors qu'il se précipitait dans les broussailles, le tissage Mottilan du chasseur faisant juste assez pour permettre à Quik de se débarrasser du carreau d'un coup sec.

Le sang jaillit, une nouvelle douleur s'ajoutant à la litanie.

Quik traversa la bande étroite de broussailles séparant le côté nord de la maison de la route, se traînant sur les bâtons et les fougères avec des pieds et des jambes qui n'étaient plus assez frais pour danser comme ceux d'un chasseur le devraient. Il émergea en trébuchant, une branche accrochée à ses cheveux et une tige épineuse traînant de sa jambe gauche.

Des distractions.

Le chasseur maintint sa course, traversa la route. À sa gauche, un convoi de ravitaillement Najahn s'était arrêté, les poneys Tamas amenés pour tirer les chariots hennissant alors que de nouveaux cris parvenaient aux oreilles tonnantes de Quik. À sa droite, des soldats en course le poursuivaient, visaient, tiraient. Des carreaux volèrent, ricochèrent sur la terre devant Quik, derrière lui, et dans son flanc.

Il se tordit sous l'impact, sa vision virant au rouge. Ses instincts prirent le dessus, maintenant Quik sur ses pieds, une danse tourbillonnante le laissant de l'autre côté de la route. Il s'écrasa dans les sous-bois, les fougères, les branches et les feuilles offrant à Quik une couverture.

Il n'avait plus de direction maintenant, seulement courir. L'ancienne idée de sacrifice, d'une mort honorable s'évapora là, parmi les vignes, les mauvaises herbes et la verdure. Quik ne voulait pas de lances dans sa peau, ne voulait pas d'un carreau dans sa poitrine, pour tomber dans la froide étreinte de Noctia.

Pas encore. Pas encore.

Alors il continua, battant des bras avec ses gantelets pour se frayer un chemin. Derrière, les soldats Najahn peinaient à suivre dans leur armure. Des jurons se mêlaient à des ordres secs de poursuivre le Vis, de le traquer. De tuer à vue.

Pourtant, Quik gagnait du terrain. Son flanc était trempé de son propre sang, mais le chasseur, pour le moment, vivait. Avec la vie venait la chance, venait l'espoir, venait... Une falaise.

Le feuillage céda la place à un précipice qui se rétrécissait, dominé par des herbes, des mauvaises herbes et une étrange machine : une grue avec une cage suspendue au bord de la falaise. Quik, les poumons haletants, fixa la chose comme une promesse brisée. Il s'était battu, avait couru, esquivé tout ce chemin pour en arriver là ?

Trébuchant en avant, la jungle derrière lui se remplissant de Najahn, Quik s'approcha de la grue. Loin en contrebas, Mottilan brûlait. Les autres avaient donc fait leur travail, et leurs derniers vestiges se précipitaient sur des navires. Le chasseur distingua les archers de Deshiva, ripostant contre les vaisseaux Najahn. Agaçants, mais pas suffisants. Le pourpre et le noir couraient sur les vagues, chassant les bateaux de pêche, les lents navires de charge.

Combien de son peuple des îles mourrait aujourd'hui ?

Quik secoua la tête, se retourna vers la forêt. Les premiers Najahn émergeaient, se libérant de la dernière étreinte de Vis. Beaucoup de Vis mourraient aujourd'hui, mais l'île vivrait, et avec leur dieu, les Vis combattraient les Najahn pour toujours. Son dieu avait vaincu Noctia une fois, et l'île de Quik le ferait à nouveau.

Même s'il ne vivait pas pour le voir.

Levant ses mains gantées en l'air, Quik poussa un grand cri. Un cri de chasseur, un cri de héros, un appel Vis.

51
REFUSÉ

Elle ne choisissait plus de crier. Cela arrivait, son corps torturé par les brûlures, les os brisés, les coupures et les ecchymoses. La soif et la faim. L'épuisement aurait dû emporter Maena. La mort aurait dû le faire, et elle la souhaitait là, sur ce sol de caverne, avec les Whent autour d'elle qui reculaient. Les sombres démons s'écoulaient par le trou, aspirant dans leurs horribles hurlements de succion tous les Whent qui tenaient bon. Même Jochi, là au centre, balançant ses haches comme si elles avaient la moindre importance, disparut lorsque les démons l'entourèrent.

Le seul qu'ils évitaient, qui se démarquait dans la vision floue de Maena, était l'étrange jeune homme debout juste devant elle. Les deux démons qui s'étaient approchés de lui s'étaient embrasés de flammes violettes, se réduisant à quelques flocons de cendres. Après cela, les démons l'avaient laissé tranquille, et il était resté immobile, apparemment inconscient de tout ce qui l'entourait.

Elle avait perdu les créatures nuageuses, et avec elles, la seule chance de Maena de garder sa sanité d'esprit. Elle cria à nouveau, un tremblement montant de sa jambe et se propageant à travers sa gorge. Un autre viendrait dans quelques instants, entre deux respirations sifflantes. À sa droite, d'une manière ou d'une autre, gisait Haggerth. Toujours en sueur, froid et inconscient. Une certaine paix résidait au moins dans cela.

Maena reporta son regard sur le jeune homme. Un autre démon, peut-être submergé par la frénésie du moment, l'attaqua. Il plaça ce sombre visage devant l'homme, tordit son vide sans forme pour correspondre au visage de l'homme, seulement pour que des flammes noires et violettes surgissent de nulle part et consument la créature. Et dans cela, Maena trouva sa réponse, son échappatoire.

Elle avait fait ce qu'elle avait promis. Brisé la chaîne. Tenu ses serments, du mieux que Maena le pouvait.

Les îles se souviendraient-elles d'elle ? Et Svarde ?

Toutes les légendes n'avaient pas besoin d'être racontées.

Maena se redressa brusquement, os et muscles craquant. Elle se jeta sur le dos du jeune homme, implorant ces flammes, ce magnifique oubli.

Et rebondit sur lui pour atterrir au sol, arrachant un cri, une malédiction agonisante à la Rana. Elle roula loin de lui, attendant qu'un de ces démons la prenne ensuite, mais la caverne délabrée semblait propre, dégagée. La lueur orange des lanternes Whent ne rencontrait aucune interruption, et Maena n'entendait plus de haches qui tournoyaient, de lames qui coupaient ou d'arbalètes qui claquaient. La pure surprise atténua la douleur, rien n'avait de sens.

— Hé, dit l'homme qu'elle avait plaqué. Je crois que je les ai eus. Sa voix vacillait avec le timbre de l'épuisement, quelque chose auquel Maena pouvait compatir. Tenez, je pense que vous en avez plus besoin que moi.

Maena sentit sa main brûlée être ouverte de force, une pierre chaude et lisse déposée dans sa paume. Une curiosité sans mots envahit son esprit, et pendant une seconde terrifiante, Maena crut que son moi divisé était revenu, jusqu'à ce qu'elle réalise que la voix ne parlait pas avec des mots qu'elle connaissait, ni même avec des mots du tout, en réalité. À la place, la chaleur se répandit dans tout son corps, apaisant les douleurs spasmodiques et les remplaçant par des démangeaisons, les premiers signes de guérison.

— Vous n'avez jamais ressenti ça avant, hein ? dit le jeune homme, accroupi au-dessus d'elle, un sourire grimaçant sur le visage. De si près, Maena remarqua les lignes d'encre de l'homme, des sigiles que Maena avait rarement vus mais qu'elle comprenait. Seulement, que faisait un Vis ici ? C'est un skar. Un skar Vis, en fait. Il va vous guérir du mieux qu'il peut, bien que, euh, vous ayez l'air plutôt mal en point.

— Merci, murmura Maena, fermant les yeux.

— Je dis que ça prendra quelques jours. Peut-être une semaine. Mais nous avons le temps maintenant, l'homme se leva, des pierres bougeant, bien que Maena gardât les yeux fermés, s'abandonnant à cette chaleur. Jochi, je pense que je les ai tous fermés.

— Quoi ? La voix de Jochi, tout aussi fatiguée que la sienne. Je vois que tu as fermé ce foutu trou. Ça veut dire qu'on ne sait pas d'où les démons vont sortir ensuite.

— Non, je dis qu'il n'y aura plus de démons. C'est fini. Nous sommes en sécurité.

Maena répéta ce mot plusieurs fois dans sa tête, s'émerveillant de *pouvoir* le répéter. Quelques instants auparavant, elle était prête à tout abandonner, et maintenant, malgré son dos allongé sur le sol dur, malgré les rongeurs de pierre tout autour d'elle, Maena était sacrément contente d'avoir échoué.

Ce qui laissait une question. Elle força ses yeux à s'ouvrir, humecta ses lèvres, et vit les guerriers Whent se taper dans le dos, soigner des blessures mineures, et, Jochi, agenouillé sur le dernier mystère.

— Haggerth est-il vivant ?

52
ANIMAUX

Le plan de Gladdring aurait pu fonctionner s'il avait été face à des adversaires normaux. L'épéiste Kance, rapières sorties, aurait pu être le meilleur combattant de l'île. Svarde, cependant, ne jouait pas selon les règles habituelles.

— Reste en arrière, glissa le barbare à Ami, avant de se lancer dans une course lourde vers l'épéiste, encadré par la magnifique lumière matinale au milieu des halls étincelants du Palais Céleste.

L'épéiste plia un genou, pas tout à fait accroupi, et Svarde vit ce qui allait arriver, ne fit rien pour l'empêcher. Le Gardien Foti s'approcha à quelques pas, et, comme une vipère, l'épéiste frappa. Il se détendit dans une fente avant, sa rapière droite en tête pour plonger profondément dans la poitrine de Svarde. La gauche suivit avec un coup tout aussi mortel dans le ventre de Svarde. Les deux infligèrent une douleur sourde, les deux auraient dû tuer le barbare sur le coup.

Malheureusement pour l'épéiste, il avait négligé la

seule chose qui pourrait réellement tuer Svarde : lui arracher sa grande lame.

Alors que les rapières plongeaient, Svarde fit un choix et agit en conséquence, fracassant le pommeau noir de son épée, imprégné de skar, sur le crâne casqué du soldat Kance. Le coup projeta l'assaillant de Svarde au sol, où Svarde enchaîna avec un violent coup de pied, faisant claquer la tête du combattant Kance en arrière, ses yeux se révulsant.

— Ce n'est vraiment pas juste, dit Ami en s'approchant de Svarde tandis que le barbare arrachait les rapières, sans trace de sang, et les jetait de côté. Comment était-il censé savoir ?

— Je l'ai laissé en vie, répondit Svarde. Je pense qu'on est quittes.

Ami rit, et ils regardèrent les ascenseurs. Aucun n'était à leur niveau, et même si le duo pouvait en prendre un, un loyaliste attentif de Gladdring — ou quelqu'un dont l'esprit avait été déformé par ces skars Tamas — pourrait coincer Svarde et Ami entre les étages.

— On va marcher, alors, dit Ami pour eux deux, et c'est ce qu'ils firent.

Le bon sens suggérait que Gladdring se serait placé dans les étages supérieurs du Palais Céleste. La méthode du geyser-planeur avait amené le duo près de la moitié du chemin, ce qui laissait encore beaucoup de marches à gravir. Les grandes dalles longeaient l'extérieur de la tour, avec une rambarde sur toute la longueur, et une certaine protection contre les intempéries fournie par les terrasses de chaque niveau. Une belle journée signifiait que l'ascension serait agréable, mais pas pour les personnes partageant les escaliers avec Svarde et Ami.

Malgré toute leur planification, l'équipe discrète d'Eujo n'avait pas pensé que le Palais Céleste était, eh bien, un

Palais fonctionnel. Même avec Kance lui-même en plein tumulte, les commerçants de passage, les soldats loyaux, les politiciens et tout le personnel nécessaire pour s'occuper d'eux circulaient encore dans l'endroit, et ils croisaient Svarde et Ami dans les escaliers avec des yeux écarquillés, des cris étouffés, et au moins deux évanouissements distincts.

— C'est parce que tu as l'air si terrible, dit Ami après le deuxième, un homme élancé qui était devenu plus pâle que quiconque Svarde n'avait jamais vu à la vue de son épée. Le barbare avait rattrapé la chute de l'homme, l'avait déposé sur les marches. Comme un arbre pétrifié et pourri, je pense.

— Au moins, je suis toujours entièrement moi-même.

Svarde tapota son visage, juste là où il n'y avait pas de plaque dorée.

— Pour le malheur de tous, rétorqua Ami. Le Roi Mort avait raison, se cachant sous toute cette armure.

— Il sentait affreusement mauvais, Ami. Des siècles sans bain, cette armure jamais lavée.

— C'est ton avenir, Svarde.

Le barbare rit, et le duo accéléra le pas. La mission principale — récupérer ces skars — allait bientôt commencer, ce qui signifiait que Gladdring devait se concentrer sur des choses moins importantes, comme garder son être traître en vie.

La première étape de cette liste d'auto-préservation était l'emplacement, et Gladdring n'avait pas pris la peine de cacher le sien. Ami et Svarde supposaient que le Tenet attendrait dans le centre du pouvoir de Kance, et, après beaucoup trop d'escaliers, avec Ami en sueur malgré l'air frais — Svarde, parmi les nombreux aspects de la vie qui ne le dérangeaient plus, ne transpirait pas — le duo atteignit le niveau de la salle du trône. Révélé par des drapeaux argentés claquant dans la matinée ensoleillée, un palier surchargé orné de rampes sculptées et de statues sinueuses d'anciennes reines, l'étage phare du Palais Céleste semblait mal adapté à la dévastation qu'Ami et Svarde s'apprêtaient à y apporter.

Pas que Svarde s'en souciait : si vous vouliez garder vos jolies choses préservées, mieux valait ne pas inviter la bataille chez vous.

Gladdring offrit peu de résistance. Aucun soldat ne barrait le chemin du duo dans le couloir, si peu que Svarde aurait remis en question leur choix correct si les serviteurs s'affairant, les yeux toujours attirés par la lame noire de Svarde, n'étaient pas si disposés à confirmer que Gladdring attendait au bout du couloir.

Svarde et Ami passèrent devant les ascenseurs, les salles de réunion, les toilettes, et les trouvèrent pour la plupart pleines. Les politiciens de Kance s'occupaient à débattre de ceci et de cela, comme s'il n'y avait pas une guerre en cours en dessous d'eux, l'effet de normalité forcée était si déconcertant que Svarde, plus d'une fois, regarda Ami pour confirmer que tout cela n'était pas une sorte de délire.

Peut-être que cette chute avait frappé sa tête plus fort qu'il ne le pensait.

— Certainement pas, répondit Ami. Parce que je suis là et tout aussi confuse que toi. Sans commotion cérébrale.

La réponse attendait dans la salle du trône. Un drap couvrait la fenêtre brisée par Eujo lors de son évasion, la même par laquelle Svarde avait sauté. Les trônes jumeaux étaient vides. Le seul autre meuble était une petite table à droite de l'entrée, une pierre scintillante d'argent et de perle s'ouvrant. Sur cette table reposaient les restes du petit-déjeuner, plusieurs pâtisseries et une cafetière abandonnées par l'homme qui, vraisemblablement, les avait commandées.

Gladdring se tenait près du trône de gauche, presque affalé sur le grand siège. Ses robes de Kance étaient tachées de nourriture, froissées. Le visage du Tenet était plus en sueur que celui d'Ami après l'escalade, de profondes rides autour de ses yeux. Bien que son coude s'attardât sur l'accoudoir du trône, Gladdring avait les deux mains dans ses poches.

Il n'y avait aucune surprise dans sa posture lorsque le duo entra dans la pièce, leurs pas résonnant sur le carrelage.

— Un seul soldat ? dit Ami en guise de salutation. C'est tout ce que vous avez envoyé pour nous arrêter ? Un seul ?

— L'avez-vous tué ? répondit Gladdring, la voix de l'homme aussi fatiguée que son apparence.

— Pas besoin, répondit Svarde. Il fit deux pas vers la droite d'Ami. Elle avait deux couteaux cachés sur elle, prêts à être lancés. Ce n'était pas sa compétence la plus aiguisée, mais si Gladdring essayait de manipuler leurs esprits, ils avaient une option, et Svarde voulait lui donner l'espace pour l'utiliser. Il aura quelques douleurs, mais il est vivant.

— Étonnant que tu t'en soucies, dit Ami, ses mains s'agitant près des couteaux. Vu la façon dont tu nous as laissés tomber sur Noctia, je pensais que tu étais un monstre.

— Sur ce point, je ne discuterai pas, acquiesça Gladdring. J'ai fait des erreurs, Ami. Nous en avons tous fait. Mais quand on croit être le meilleur espoir des Îles, on doit agir pour rester en vie.

— Comme c'est pratique.

— La commodité n'a jamais été ma voie, ni la tienne, dit Gladdring, puis il fronça les sourcils en regardant Svarde. Il semble que tous mes ennemis soient très difficiles à tuer. Fassle refuse de mourir, et maintenant, d'une manière ou d'une autre, tu te tiens ici après être tombé d'assez haut pour réduire une âme normale en bouillie. Qu'ai-je fait pour être maudit avec des adversaires si impossibles ?

— Tu as surtout été un connard, dit Ami. Ta petite aventure avec Kance est terminée, Gladdring. La Reine a conclu un marché, un marché que nous ferons respecter à Fassle. Les marcheurs de feu récupèrent leur foyer. Fassle obtient ses skars. Toi, si tu as de la chance, tu auras une petite ferme sur Tamas. Tu pourras jouer tes jeux avec les cochons.

Le coin de la bouche de Gladdring se tordit en un sourire. — Si la Reine pensait que j'allais me plier à ce petit discours, elle ne vous aurait pas envoyés.

Svarde plissa les yeux à ces mots. Gladdring avait l'air si fatigué, voûté et hagard, qu'il était difficile d'imaginer qu'il puisse tenter quoi que ce soit avec les skars, et pourtant.

— Oh, s'il te plaît, dis-moi que tu as l'intention de te battre. Ça ferait vraiment ma journée, dit Ami en faisant un pas vers Gladdring. J'ai envie de te planter un couteau dans le cœur depuis Noctia.

—Ami, marmonna Svarde. Quelque chose ne va pas ici.

—Je sais que c'est ce que tu veux, Ami, dit Gladdring, le poids de ses mots suspendu dans l'air. Tamas me le dit. Il me dit que tu es confiante, assoiffée de sang, et aveugle.

Ami ne perdit pas un instant de plus. La Gardienne saisit, tira et lança le premier couteau sans attendre. La lame frappa alors que la phrase de Gladdring s'éteignait, s'enfonçant profondément dans sa poitrine. Un lancer si parfait que Svarde jeta un coup d'œil vers Ami, surpris.

— J'ai eu beaucoup de temps à tuer sur Noctia, lança Ami, sa main se dirigeant vers l'autre couteau.

Sa cible poussa un souffle rauque, s'effondra à genoux. Sa robe rougit. Une main sortit de sa poche, tendue vers Ami.

— Ne le laisse pas... commença Svarde, mais une fine ligne, une courbure dans l'air, jaillit de Gladdring vers Ami.

La Gardienne tressaillit, trembla, tomba. Sa peau devint pâle. Son masque doré se fissura en heurtant le carrelage.

Et Gladdring ? Gladdring se redressa, porta la main à sa poitrine et retira le couteau. L'ancien Tenet jeta l'arme de côté alors que Svarde orientait sa lame noire pour une attaque tranchante, un coup qui s'évanouit lorsque des bruits de pas, de nombreux pas, résonnèrent dans le couloir derrière eux.

— Tu sais, son analogie avec la ferme n'était pas si loin, dit Gladdring, tandis que Svarde se retournait et voyait ces étranges politiciens, fonctionnaires, serviteurs et marmitons du Palais courir dans leur direction. Seulement, je n'ai pas besoin d'aller à Tamas, ni d'élever des cochons. J'ai mes animaux à abattre, ici même.

Toute ambiguïté dissipée, Svarde opta pour l'évidence. Il poussa un cri de guerre foti et chargea Gladdring. L'homme grimaça, glissa sa main à l'intérieur de sa robe ensanglantée, et Svarde sentit à nouveau son esprit assailli. Des idées s'insinuèrent, suggérant que Gladdring avait trop de pouvoir pour être défié, qu'Eujo était en effet trop jeune pour être digne de confiance, que Fassle détruirait tout.

Que les marcheurs de feu ne méritaient pas une place sur les îles.

Svarde aurait pu céder du terrain à Gladdring sur les premières incursions, faites à la vitesse de l'éclair alors que le barbare traversait la salle du trône. La dernière, cependant, manquait de la précision habituelle de Gladdring, assimilant grossièrement les marcheurs de feu à tous les autres démons, comme des terreurs à écraser. Face à une supposition si erronée, l'emprise du skar de Tamas se relâcha, et Svarde retrouva sa détermination.

Gladdring le savait aussi. L'homme jura, recula. À deux enjambées, Svarde leva sa lame, prêt à l'abattre. Pas dans un coup de poignard ou une coupure sauvage, mais visant la seule chose qui mettrait fin à ce combat.

Un schisme ébranla les nerfs de Svarde, envoyé par la main gauche de Gladdring, les pierres noires entre ses doigts maintenant visibles avec Svarde si proche. Les muscles du barbare tremblèrent, son souffle disparut tandis que ce qui restait de ses poumons se caillait, et Svarde savait que s'il avait encore un cœur, il serait en train de se flétrir.

Mais on ne peut tuer un homme déjà mort.

Malgré tout, les tremblements dévièrent le coup de Svarde de sa trajectoire décapitante, la lame entaillant à la place l'épaule de Gladdring, coupant profondément et envoyant le Tenet s'étaler sur le carrelage. Une fois de plus, la robe se teignit de rouge.

Cette fois, l'homme n'aurait pas le temps de...

Des mains décharnées agrippèrent la jambe gauche de Svarde. Un autre corps sauta sur les épaules du barbare, le faisant trébucher en avant. Un troisième saisit son poignet droit, tenant la lame noire, et tenta de l'arracher. Un quatrième transperça le flanc de Svarde avec une fourchette de petit-déjeuner.

L'armée d'idiots envoûtés de Gladdring était arrivée.

Svarde amortit sa chute sur son genou droit, pivotant avec sa main gauche en tête. Il frappa un visage après l'autre. Enfonça son coude droit dans la poitrine de l'homme qui tirait sur ce poignet. Un coup de tête de Svarde brisa le nez de celle sur son dos, repoussant la femme au regard fou, et lui donnant le temps de se concentrer sur celui qui lui agrippait la jambe.

Seulement pour trouver ce dernier en train de convulser, de devenir gris, et de mourir. Tout comme Ami.

Derrière l'homme, se relevant et semblant à peine affecté, se tenait Gladdring.

— Mes cochons, dit Gladdring, tandis que ceux qui saignaient se jetaient sur Svarde, d'autres corps l'ensevelissant sous leurs mains agrippantes, leurs dents mordantes, leurs pieds battants. J'en suis venu à réaliser que les îles ne veulent pas être sauvées. Les gens n'en veulent pas. Ils préfèrent s'accrocher à leur misérable pouvoir, même si cela les détruit.

Svarde continuait de frapper, cognant avec l'épée, enfonçant ses genoux dans les ventres, frappant avec ses poings, et projetant son front dans un fracas d'os après l'autre. Pourtant, les corps sans esprit continuaient d'affluer, et de plus en plus de doigts tiraient sur la lame noire. Un coup de chance, une distraction de trop, et la vie immortelle de Svarde disparaîtrait.

— Mais l'homme du commun désire moins, Svarde. La sécurité, la chance d'élever une famille, la certitude que la nourriture et l'eau seront là demain ? La voix de Gladdring s'éleva. Avec ces skars, je peux leur donner cela, et ils m'aimeront pour ça. Que leur donneras-tu, Gardien ? La mort, de tes mains sanglantes ?

Des mains que Svarde ne pouvait plus beaucoup bouger. Trop de mains le clouaient au sol, d'autres pressant sa tête contre le carrelage froid. Des gens s'asseyaient sur ses jambes, sa poitrine. Ne le poignardant plus, ne le mordant plus, juste l'immobilisant. Permettant à ceux qui travaillaient sur la main droite de Svarde de libérer, peu à peu, ces doigts de la garde de la lame.

Gladdring dominait ses esclaves, regardant Svarde. — Accueilles-tu la vraie mort, Svarde ? Sa paix ? Ou, sans cette miséricorde, dériverais-tu pour toujours, une ombre parmi les vivants ?

Svarde ne pouvait pas répondre. Des mains enserraient sa gorge, étouffant sa voix. À la place, il lança un regard noir, et Gladdring rit. Les sbires de Gladdring rirent aussi, leurs visages se tournant tous vers Svarde et imitant le rire de Gladdring, jusqu'au dernier souffle.

Deux doigts se détachèrent. Le pouce de Svarde glissa, des mains le tirant, tordant son poignet, mordant ses articulations.

— Adieu, Svarde, dit Gladdring. Je ne peux pas dire que je suis désolé de te voir partir.

L'ancien Tenet adressa à Svarde un dernier sourire tordu, et perdit la tête. Une coupure nette, de gauche à droite, et Gladdring s'effondra. Derrière lui, les cicatrices Vis brillant sur sa visière, se tenait Ami, ramenant lentement sa lame Whent en position. Pas qu'elle en ait besoin : la horde de Gladdring cessa ses griffures, clignant des yeux, toussant, jurant et semblant perdue à la place.

— Désolée, Svarde, dit Ami, un mince sourire, un de ceux que Svarde avait vu tant et tant de fois lors de leurs aventures, illuminant ses lèvres. Ces cicatrices Noctia ont un sacré impact.

53
LA RÉCOMPENSE DU HÉROS

Lorsque Maena tomba sur le dos de Wax, le Vis ne le sentit pas. Pas comme il l'aurait fait quelques instants plus tôt, avant que le skar Noctia n'ait pris le contrôle du chant rugissant parmi les pierres, avant que le skar n'ait tendu la main pour étancher sa soif infinie en buvant toutes ces portes, les skars faisant tourner leurs propres chants pour les maintenir ouvertes.

Le pouvoir refluait en Wax comme mille nuits de repos bien méritées, une centaine de cafés brûlants, une douzaine de sourires d'Eujo. Il vibrait, à l'intérieur comme à l'extérieur, de ce que le skar Noctia lui rendait, et lorsque Maena le heurta par derrière, le Vis ignora cette présence tout en dirigeant toute cette puissance vers les démons mangeurs d'âmes autour de lui.

Ses skars chantaient toujours à l'unisson, et Wax détourna leur attention de ces portes vers les démons qui attaquaient les guerriers Whent. Noctia, une fois de plus, prit les devants, lançant ses éclairs pour transpercer chacun de ces monstres en haillons. Foti et Kance suivirent la déesse de la mort cette fois-ci, immolant instantanément les démons de l'intérieur, tout en comprimant l'air autour d'eux pour que les flammes éclair ne se propagent pas, ne durent même pas plus d'une seconde.

Assez longtemps pour tuer les démons, laissant leurs restes flotter jusqu'au sol. Whent vint ensuite, répondant à l'exigence de Wax et fermant violemment le trou menant à la chambre de la piscine. Pas seulement ça, cependant. Wax poussa le skar à sceller le sol brisé, à combler les échappatoires sous-marines de la chambre de la piscine. Verrouiller toutes les issues possibles par lesquelles un démon pourrait s'échapper, s'assurant que même les monstres qui avaient franchi les portes avant qu'elles ne se referment seraient piégés, inoffensifs.

Puis, bien sûr, vinrent les blessés.

Wax donna le skar Vis aux Rana blessés, saignant suffisamment d'énergie — comme en concentrant une pensée ou en contractant un muscle — pour ramener Maena du bord de la mort. Il prit le second skar Vis, celui de Catya, et le donna à l'homme inconscient. Haggerth, comme l'appelait Jochi. Comme Maena, le Whent semblait brûlé et ravagé, mais échappait encore à l'étreinte finale de Noctia. Maintenant, il verrait demain, et peut-être le jour, la semaine, l'année d'après.

Cela, enfin, lui valut une acclamation rauque des guerriers autour de lui.

Le destin, comme le disait Pan, était un fardeau. Du moins quand il passait d'une vie à cueillir des champignons et à se balancer dans la jungle à sauver Les Sept Îles. Ce que Pan ne mentionnait jamais, cependant, c'était à quel point il était agréable d'accomplir ce destin, de retirer ce poids des épaules de Wax, de s'en débarrasser avec enthousiasme, frisson et délice.

Wax embrassa tout cela et fit passer le tout avec plus de

bière. Après leur retour à Dreamhold, Jochi avait appelé à la célébration. Après, bien sûr, que les blessés aient reçu leurs soins et que les corps des démons aient été soit brûlés, soit dépecés. Le seigneur de guerre éloigna Wax de tout cela, cependant, et l'emmena prendre un bain et enfiler un nouveau set de cuirs Whent.

— Les héros doivent ressembler à des héros, dit Jochi en ramenant Wax à Dreamhold, vers une foule qui l'attendait. C'est le moment où tu entres dans l'histoire, mon ami Vis. Fais-en sorte d'en être digne.

Si seulement Eujo et Bliss avaient été là pour voir le sourire de Wax, la façon dont il levait les mains, l'une tenant le collier et les skars avec — Wax gardait celui de Catya caché sous sa chemise, car de combien de skars un héros avait-il besoin ? — et se délectait des applaudissements, du cliquetis des chopes de bière, des rugissements des Whent et des Noctia qui, si Wax devait deviner, célébraient autant leur survie que le rôle de Wax dans celle-ci.

À partir de là, le jour, la nuit et le temps lui-même se fondirent en une fête tourbillonnante. Les skars Vis récupérés permirent à Wax de boire Jochi et la plupart de ses amis sous la table, un fait que le Vis ne révéla certainement pas, et à mesure que chacun s'éclipsait ou devait être traîné au loin, quelqu'un d'autre prenait sa place, voulant partager le moment, comme on l'appelait, où Les Sept Îles furent sauvées.

La routine mit fin aux réjouissances peu à peu, les réparations, les enterrements et le commerce remplaçant la fête. Les messages Noctia demandaient plusieurs semaines pour réparer les échelles traversant la Blessure, un délai trop long pour Wax, mais sur lequel il avait peu de contrôle. Le skar Whent était trop grossier pour un travail précis, et voyager à travers le Dessous Sombre jusqu'à Whent, puis prendre un navire vers le sud prendrait presque autant de temps.

De plus, Wax était sacrement fatigué. Il avait parcouru les îles en trombe, rassemblé les skars, combattu les démons et défié l'héritage d'une déesse en fermant ces portes. Le Dessous Sombre, ces grottes, n'étaient pas l'endroit où il choisirait de rester, et quand Fassle envoya un message personnel disant qu'ils avaient conclu la paix avec Kance, qu'Eujo était vivante et aux commandes de son île, eh bien, l'attente devint plus supportable.

Une idée, un espoir, qui dura jusqu'à un dîner interrompu avec Jochi. Un éclaireur Whent, annonçant l'arrivée de visiteurs, un groupe débraillé errant au nord depuis Vis. Retrouvés à peine vivants, perdus dans les tunnels.

Menés par nul autre que Sawi.

<h1 style="text-align:center">54</h1>

<h2 style="text-align:center">LE DERNIER CHASSEUR</h2>

Il se tenait comme une ombre devant la fumée, la ville en flammes en contrebas s'élevant pour envelopper Quik dans un dernier linceul. Le chasseur avait poussé ses cris de guerre, et les Najahn qui lui faisaient face l'avaient dans leur ligne de mire, pourtant ils ne tiraient pas. Ni carreau, ni chakram. Cette absence, sa vie épargnée, le mettait en colère.

Étaient-ils en train de l'humilier ? Le laissaient-ils debout devant un public pour qu'on se moque de lui ?

Mais non, les Najahn ne l'invectivaient pas. Ils ne lui lançaient pas d'insultes. Au lieu de cela, ils semblaient attendre, mais quoi ?

La réponse vint avec une armure, sans casque, avec une vouge. Des yeux durs et un visage familier. Elle marcha devant les soldats, qui s'écartèrent pour la laisser passer sans pour autant baisser leur garde. Pavarde, autrefois chasseuse de bandits et capitaine de navire sur Foti, se tenait maintenant là, les bras croisés, le foudroyant du regard.

— Vos Lira m'ont amenée ici, dit Pavarde face au regard

fixe de Quik. Ils ont assassiné tant de commandants Najahn que j'ai dû quitter les mers. Mais même vos meilleurs ont besoin de nourriture, de repos, d'un endroit où dormir. La Troisième Main les a trouvés, et il s'avère que les Lira meurent comme n'importe quel bandit.

— Pourquoi me dites-vous cela ?

— Parce que la dernière fois que je vous ai vu, vous vouliez aider à débarrasser le monde du mal. Parce que quand je vous ai vu maintenant, j'ai reconnu ces griffes et leur potentiel. Pavarde inclina la tête, comme pour souligner l'évidence. Vous vous êtes battu pour votre foyer et avez acheté leurs vies avec la vôtre. Il y a encore du travail à faire, Quik. Les Najahn ont besoin de combattants comme vous pour ce qui s'en vient.

— Ce qui s'en vient ? Quik rit, agitant un gantelet au-dessus de la ville en flammes. Que reste-t-il ?

— Le nouvel ordre, Quik. Les îles gouvernées, leurs skars mieux utilisés. Il y aura de la résistance, et nous l'écraserons chaque fois qu'elle apparaîtra, la voix de Pavarde tomba comme du fer, étayée par les regards durs des Najahn autour d'elle. Des croyants, tous. Votre rébellion a coûté à votre île sa deuxième ville. Kitaye, cependant, prospère. Pas une âme perdue face aux démons depuis des jours. De nouveaux échanges, de nouvelles opportunités de voyager vers les autres îles. Vis est prête à rejoindre le monde, allez-vous aider ?

Quik mesura la distance jusqu'à Pavarde, estimant qu'une mort certaine viendrait bien avant qu'il ne l'atteigne. Un saut des falaises restait une option, mais le suicide serra son cœur d'une peur glaciale. Il n'était pas prêt pour le néant de Noctia. Pas encore.

Ce qui laissait l'offre.

— Je ne comprends pas, dit Quik. Je vous ai combattus. J'ai tué vos soldats.

— Vous êtes une arme. Vous avez fait ce que font les armes. Pavarde sourit, bien que Quik n'y décela aucune chaleur. Comme la femme qu'elle avait été sur Foti, Pavarde avait l'esprit Najahn jusqu'au bout des ongles. Nous avons des utilisations pour les armes, et des récompenses.

Quik repensa à la cage. À se creuser un chemin à travers le sable. À combattre Masayo sur les falaises. Il connaissait tout des récompenses Najahn, les promesses qu'ils faisaient et brisaient sans faute. Il ne voulait pas mourir, mais c'est ce qui l'attendrait avec la promesse empoisonnée de Pavarde.

La mort, cependant, n'avait pas besoin d'être un gâchis. N'avait pas besoin de venir tout de suite.

— Si j'accepte, que faisons-nous maintenant ?

— Vous venez avec moi, vous nous guidez à travers cette ville. Vous nous montrez les pièges, tous les trésors qui en valent la peine. Après, nous en discuterons plus en détail. Autour d'un bon repas et d'une meilleure bière de Tamas. Le sourire de Pavarde s'élargit. Ou, si vous préférez, un peu de vin de pêche tout droit venu de Kitaye.

Cela, après la journée qu'il avait eue, semblait effectivement agréable.

Et s'il devait se glisser à nouveau parmi les Najahn, un ressort enroulé attendant jusqu'à ce qu'il trouve le cou de Fassle à portée de main... Quik devrait jouer le jeu.

Vis aurait sa vengeance, et bientôt.

55
RETOUR AU BERCAIL

Elle voyagea dans le chariot pendant les premiers jours, jusqu'à ce que Maena ne puisse plus supporter de rester allongée et se force à marcher. Ses muscles et sa peau cicatrisés s'étiraient, la démangeaient, et lui disaient qu'elle ne serait plus jamais capable de mener un raid. Elle ne devrait pas non plus s'approcher d'un champ de bataille si elle voulait voir le prochain lever de soleil.

Il n'y a pas si longtemps, cette pensée l'aurait plongée dans une bravade moqueuse, ou peut-être dans le désespoir. Maintenant, même sans l'influence rose de la créature nuageuse, Maena considérait son présent avec un regard plus sain. Elle vivait, elle marchait, et bientôt, grâce à la gentillesse de Jochi, elle rentrerait chez elle. Elle reverrait Rasslebeck, Pennifer. Ce qui restait de son ancienne équipe.

— Encore perdue dans tes pensées ? demanda la voix, retrouvant un peu de sa couleur d'antan, s'élevant au-dessus du bruit des roues du chariot.

Ils étaient toujours sous terre, dans des tunnels élargis et éclairés par les ingénieurs Whent. Ils y resteraient encore au moins un jour, mais à chaque heure qui passait, Maena jurait qu'elle pouvait sentir une meilleure brise, humer le parfum d'une fleur fraîche.

— Ma tête est aussi vide qu'elle l'a toujours été, répondit Maena, en regardant vers le chariot, vers l'homme tout aussi amoché à l'intérieur. Et je ne pourrais pas en être plus heureuse.

Haggerth se redressa, posa son menton sur la rambarde. Il l'étudia. Le travail terminé, l'homme rentrait chez lui aussi, Jochi lui ayant donné un poste qui n'exigerait plus d'interrogatoires dangereux.

— Je n'arrive toujours pas à croire que tu vas t'en tirer comme ça, dit Haggerth, avec la plus infime trace de rire dans la voix. Tu as kidnappé un éclaireur, tu as failli détruire Dreamhold en provoquant une frénésie de démons, et pourtant te voilà.

— Grâce à toi.

Haggerth cligna des yeux. — Pardon ?

— Jochi ne te l'a pas dit ?

— Tout ce que le seigneur de guerre a dit, c'est qu'il t'avait pardonnée et que je devais oublier toute cette histoire. Haggerth renifla. Ce dont je suis incapable.

— Je t'ai sauvé la vie, mangeur de pierres.

Haggerth regarda Maena. Le chariot continuait d'avancer, les bœufs le tirant avec précaution à travers le tunnel de pierre lisse. Les autres Whent autour bavardaient ou restaient silencieux, évitant largement les deux étranges passagers brûlés qui faisaient leur chemin vers la surface.

— Drôle de façon de dire que tu as failli me tuer, dit finalement Haggerth.

— Je t'ai traîné hors d'une porte, je t'ai remis à Jochi juste à temps pour que ton cœur continue de battre, dit Maena. Sacrément héroïque de ma part.

Haggerth secoua la tête. — Je n'y crois pas.

— Crois ce que tu veux. Je connais la vérité.

Une fois de plus, Haggerth la regarda de cette façon qui lui était propre, comme si l'homme lisait toute son âme de l'intérieur et de l'extérieur. Cette fois, un sourire plus sincère apparut.

— C'est parti, Maena, dit Haggerth.

— Quoi donc ?

— Cette lueur dans ton regard. Ce regard de tueuse. Ce qu'il y a maintenant, c'est quelqu'un que j'aimerais apprendre à connaître.

Maena rit, le son résonnant dans toute la grotte, beau et clair.

56
LA PROCHAINE BATAILLE

Avec un peu de bière et une question directe, Svarde avouerait qu'il n'avait que faire de la royauté. De toutes les îles, Kance était la seule à s'en préoccuper, et pour autant que Svarde puisse en juger, cette idée n'apportait que des problèmes. Pourtant, en regardant Eujo prendre place sur son trône — nettoyé rapidement de toute trace sanglante — Svarde ne put s'empêcher d'être emporté par la cérémonie.

Certes, Eujo était et avait toujours été Reine, mais ici elle était une dirigeante en temps de guerre. Elle prit sa place non pas dans une robe dorée, mais dans une armure de Kance sculptée pour épouser les formes d'Eujo comme une seconde peau scintillante. La jeune Reine observa les soldats et les conseillers qui recevaient ses premiers ordres sans douter, posant de bonnes questions, et lorsque le dialogue s'acheva, Svarde ne fut pas le premier à pousser un hourra pour Kance, sa dirigeante et un avenir victorieux.

— Un avenir que tu n'auras jamais, dit Svarde plus tard, lorsque la salle du trône se fut vidée, à l'exception de quelques serviteurs, des Gardiens d'Eujo, de Svarde, d'Ami et de Livier. Tu as gagné les pierres, il est temps de tenir ta parole.

La grande attaque sur le Palais Céleste, la course pour capturer les skars, s'était avérée inutile. Privée de sa tête, l'emprise de Gladdring sur ses divers sbires s'était dissipée. Eujo raconta que les soldats qui leur barraient la route s'étaient réveillés comme d'un rêve et s'étaient inclinés devant elle. La plupart des occupants du Palais Céleste avaient réagi de la même manière, bien que quelques politiciens, se sentant peut-être trop proches de Gladdring pour l'ignorer, aient démissionné rapidement. Svarde avait observé leur fuite larmoyante, prenant soin de garder sa lame noire bien visible pour accélérer leur pas.

— J'en ai l'intention, dit Eujo en hochant la tête vers Svarde. Mais mon premier discours en tant que seule Reine de Kance ne peut pas être une capitulation devant Noctia. Je dois d'abord gagner leur soutien.

— Au prix de vies ? demanda Ami.

— Des vies de Najahn, marmonna Torny, la bandit exécutant un tour habile : lancer un couteau en l'air tout en croquant une pomme.

— Ce seront des vies de Kance si les marcheurs de feu s'impatientent.

— Pourquoi le feraient-ils ? dit Eujo. Dis-leur, Ami. Je vais envoyer aujourd'hui même un émissaire à Noctia avec mes conditions. Si ce que tu m'as dit est vrai, il acceptera l'accord, et nous mettrons cette guerre derrière nous.

— Il acceptera, dit Svarde. Cet homme veut sa victoire, et ces skars.

— Alors je compte sur vous pour y arriver.

Le barbare sursauta.

— Pardon, Votre... euh... Majesté ?

— Toi, ainsi que Torny et Bliss ici présents, allez transmettre mes conditions à Fassle, dit Eujo. Faites-le accepter. Mettez fin à cette guerre.

Torny protesta en premier, disant qu'Eujo serait en danger sans les dagues de la bandit pour veiller sur elle. Eujo balaya l'argument, soulignant que Livier et ses compagnons assassins Vientas étaient maintenant de son côté. Sans parler d'une île entière de soldats loyaux. Bliss n'offrit aucune objection, se contentant de faire quelques signes du doigt, auxquels Eujo acquiesça sans rien dire. Torny capta aussi les gestes et arrêta de grommeler, plissant les yeux et adoptant l'expression solennelle de Bliss.

De quoi s'agissait-il ?

— Svarde ? demanda Eujo. Acceptes-tu cette mission ?

— Bien sûr, dit Svarde. Et Ami ?

— Je suppose que je dois garder les marcheurs de feu sous contrôle, répondit la Gardienne à l'armure dorée. Ce qui ne m'enchante pas, mais je suppose que j'ai déjà eu l'occasion de décapiter quelqu'un, donc je ne peux pas trop me plaindre.

— Alors c'est réglé, dit Eujo. Prépare-toi, Svarde, et rends-toi au port. Le *Storm's Edge* devrait être prêt à lever l'ancre demain matin. Tant de vies reposent maintenant sur toi.

Svarde rit.

— Votre Majesté, j'en ai l'habitude.

57
LA QUÊTE DU SURVIVANT

Pas de Quik.

Sawi et Annalyse ont dit qu'ils avaient attendu aussi longtemps que possible, jusqu'à ce que les Najahn aient amarré leurs navires dans le port de Mottilan et fait défiler leurs couleurs pourpre et noir dans ses rues en flammes. Quik n'était jamais arrivé. Alors que la majeure partie de la cité Vis s'était échappée par la mer, le reste de leur groupe en haillons avait fait un périlleux voyage vers le nord à travers de longs tunnels peuplés de démons errants.

Le scientifique avait utilisé les skars, les Vis avaient utilisé leurs lances, et ils avaient quand même perdu plusieurs des leurs. Tant de morts, tant de dégâts, parce que Fassle et les Najahn avaient décidé de s'emparer du pouvoir plutôt que de le partager.

Wax bouillonnait avec Sawi, Annalyse et Jochi dans la cathédrale de Dreamhold. D'une certaine manière, discuter de la marche à suivre dans un monde changé semblait plus facile avec l'imposant Gardien mort qui les surplombait, la présence de l'armure apportant un poids et une concentration que Wax avait du mal à trouver autrement.

Tout ce qu'il voulait, c'était boire plus de bière, parler de son frère et de la façon dont Wax lui avait fait défaut.

Au lieu de cela, Annalyse et Jochi orientaient la conversation différemment : vers l'avenir, pas le passé, et la réalité épineuse qui attendait les îles dans un monde sans démons.

— Fassle ne va pas laisser les Najahn revenir en arrière, dit Jochi. Il sait que toute cette conquête repose sur les démons et leur danger. Une fois que les îles apprendront que les démons ne sont plus une menace, elles chasseront les Najahn. Ou essaieront.

— Tu parles comme si tu n'étais pas de son côté, dit Sawi. Les Najahn ne vous aident-ils pas ?

Jochi hocha la tête.

— Si, mais Fassle n'est pas les Najahn. Il y a des gens plus raisonnables dans leurs rangs. Des tenants qui ne sont pas si aveugles à un avenir meilleur et plus coopératif. Si on en place un dans le Cercle, on pourrait sauver les îles d'une guerre ou d'un dépérissement sous la botte de Fassle.

— Tu parles d'un assassinat, dit Annalyse.

— Je parle de politique, répliqua Jochi, bien que le guerrier ait enveloppé ces mots d'un sourire féroce. Ce qui, sur Noctia, semble impliquer plus souvent qu'autrement un coup de poignard entre les côtes.

Le seigneur de guerre se tourna vers Wax.

— Fassle a misé sa réputation sur la protection des îles. Il y a une personne ici qui peut prouver qu'il a tort, saper sa revendication. C'est toi.

Wax renifla.

— Quoi, tu veux que j'affronte Fassle ?

— Je dis que tu peux monter à la Cité Encerclée, trouver un ami ou deux parmi les Najahn, et gagner leur soutien. Tu m'auras derrière toi, et le poids de l'Égide aussi. Un vrai héros pour les îles. Si Fassle est intelligent, il verra que sa ruse a fait son temps et rappellera ses soldats. S'il ne l'est pas, tu le marques comme un ennemi de la paix, et tu laisses Yarvick faire son truc. Le seigneur bandit ne tolérera pas un handicap.

— Peut-on faire confiance à Yarvick ? demanda Annalyse.

Jochi haussa les épaules.

— C'est un voleur et un tueur, mais je ne l'ai jamais entendu parler de prendre le contrôle des îles. De plus, on ne livre pas une guerre sur deux fronts. Fassle d'abord. Yarvick, si nécessaire, après.

Jochi lança un regard barbu à Wax.

— Souviens-toi, Vis. Fassle a ordonné la capture de ton île. La mort de ton frère est son œuvre. Ne laisse pas Fassle s'en tirer.

Oh, Wax ne le laisserait pas faire. Les skars, toujours chuchotants, étaient d'accord. Si Wax devait endosser le manteau du héros pour y parvenir, eh bien, il l'avait déjà fait. Pour Quik, pour Pan, Wax terminerait le voyage, apporterait la paix aux îles. Et si Fassle n'était pas d'accord, eh bien, le skar de Noctia, rampant dans l'âme de Wax, était toujours affamé.

———

Les démons ont peut-être disparu, mais Wax n'en a pas fini. Avec les Najahn attaquant Kance et détruisant Vis, l'ancien Renouveau doit maîtriser les skars et affronter son plus grand défi à ce jour.

Les démons ont peut-être disparu, mais Wax n'en a pas fini. Alors que les Najahn attaquent Kance et détruisent Vis, l'ancien Renouveau doit maîtriser les Skars et relever son plus grand défi à ce jour.

Poursuivez l'aventure avec *Les Chaînes de l'Espoir* :

REMERCIEMENTS

Ce roman est le fruit de ma famille et de mes amis qui ont refusé de laisser mourir un rêve. Ma femme Nicole, pour m'avoir permis d'écrire tôt le matin et s'être assurée que je ne meure pas de faim. Mes frères et mes parents pour leurs commentaires constants, leur soutien et leur enthousiasme.

Et, bien sûr, vous, le lecteur, pour m'avoir donné une raison d'écrire.

À PROPOS DE L'AUTEUR

A.R. Knight tisse ses histoires dans une maison glaciale à Madison, dans le Wisconsin, principalement occupée par deux chats. Après avoir été happé par le tourbillon du travail lors de la crise économique de 2008, il s'est retrouvé à voguer dans l'espace et à vivre de grandes aventures pendant d'ennuyeuses réunions.

Finalement, après s'être consacré aux podcasts, aux scénarios, aux nouvelles et à d'autres romans, il a trouvé une histoire dans laquelle il pouvait se plonger et des personnages à la fois divertissants et pleins de cœur.

Merci, comme toujours, de lire !

À Hope et Henry